Andrea Vitali
Die Kronjuwelen des Signor Navacchi

PIPER

Zu diesem Buch

Maria Isnaghi hatte in den vierzig Jahren, die sie auf der Welt war, noch nie einen Toten gesehen. Aber es gibt für alles ein erstes Mal. Ihres fällt auf einen Donnerstag, den 12. November 1936, als sie die Witwe Fioraventi tot in ihrem Zimmer auffindet. Eigentlich war der Tod zu erwarten gewesen, hatte die Fioraventi doch schon das stattliche Alter von 93 Jahren erreicht. Doch irgendwas scheint nicht zu stimmen. Das merkt auch die Haushälterin des Pfarrers, die in der Todesnacht von wilden Alpträumen heimgesucht wird. Die kluge Frau beginnt eins und eins zusammenzuzählen, und eine finstere Geschichte um eine tote Taube, den einäugigen Schützen Anselmo Crociati, vier Dorftrottel und den verdreckten Balkon der Dorfprostituierten Luigina Piovati nimmt ihren Lauf.

Andrea Vitali, in Bellano am Comer See geboren, sorgt dort heute als Hausarzt für das Wohlergehen seiner Mitmenschen. Ganz Italien liebt ihn für seine Romane um die Eigenheiten seiner Mitmenschen. Seine Bücher brachten ihm bereits mehrere Literaturpreise sowie ausgezeichnete Platzierungen auf der Bestsellerliste ein. Auf Deutsch erschienen bisher »Als der Signorina Tecla Manzi das Herz Jesu abhanden kam«, »Tante Rosina und das verräterische Mieder«, »Die fabelhaften Hüte der Signora Montani« sowie »Die Kronjuwelen des Signor Navacchi«.

Andrea Vitali

Die Kronjuwelen des Signor Navacchi

Roman

Aus dem Italienischen von
Christiane Landgrebe

Piper München Zürich

Mehr über unsere Autoren und Bücher:
www.piper.de

Von Andrea Vitali liegen bei Piper vor:
Als der Signorina Tecla Manzi das Herz Jesu abhanden kam
Tante Rosina und das verräterische Mieder
Die fabelhaften Hüte der Signora Montani
Die Kronjuwelen des Signor Navacchi

MIX
Papier aus verantwortungsvollen Quellen
FSC® C083411

Deutsche Erstausgabe
Juni 2012
© 2006 Garzanti Libri s. p.a., Milano
Titel der italienischen Originalausgabe:
»Olive comprese«
© der deutschsprachigen Ausgabe:
2012 Piper Verlag GmbH, München
Umschlagkonzept: semper smile
Umschlaggestaltung: Cornelia Niere mit Bettina Steebeeke
Umschlagmotive: Trevor Dixon / plainpicture (Frau),
Violet Kashi Photography / Getty Images (Hintergrund)
Satz: Satz für Satz. Barbara Reischmann, Leutkirch
Gesetzt aus der Stempel Garamond
Papier: Munken Print von Arctic Paper Munkedals AB, Schweden
Druck und Bindung: CPI – Clausen & Bosse, Leck
Printed in Germany   ISBN 978-3-492-27460-9

Rangfolge in der Hierarchie der Carabinieri:

Carabiniere (Stabsgefreiter)
Appuntato (Unteroffizier)
Brigadiere (Obergefreiter)
Maresciallo (Stabsfeldwebel)
Maresciallo maggiore (Hauptfeldwebel)
Tenente (Oberleutnant)
Capitano (Hauptmann)

ERSTER TEIL

I

Noch nie hatte Maria Isnaghi in den vierzig Jahren, die sie auf der Welt war, einen Toten gesehen.

Sie sah ihn am Abend des 12. November 1936, einem Donnerstag.

Sie sah ihn nicht nur, sie berührte ihn sogar.

Oder, besser gesagt: Sie berührte sie.

Um sicher zu sein, dass die Witwe Fioravanti wirklich tot war, hob sie einen ihrer Arme hoch, und er fiel schwer auf das Bett und glitt zum Fußboden hin. Dabei neigte sich der Kopf der Toten, und die Lippen öffneten sich ein wenig, als wolle die Fioravanti noch etwas sagen.

Das genügte, um die Isnaghi in Panik zu versetzen. Sie stellte die Suppenschüssel mit der Minestra auf die Kommode und rannte weg, so schnell sie konnte.

Im Dunkeln ging sie auf die Terrasse, den Blick getrübt, als herrsche Nebel. Ihre Kehle war trocken, und ihr war kalt. Sie stieß gegen einen Eimer, fiel hin und schürfte sich ein Knie auf. Dann stand sie wieder auf und zerriss dabei ihre Schürze. Der Wind zerzauste ihr das Haar.

Sie lief in ihre Wohnung und betrat die Küche, in der nur ihr Mann Agostino saß, vor einem halbvollen Glas Wein, am Rand eines schwachen Lichtkreises aus einer nackten Glühbirne, die an einem alten Kabel baumelte.

Der Mann schaute sie an.

Angesichts ihrer Blässe begriff er, dass etwas passiert war.

Doch er sagte kaum etwas und fragte auch nicht nach.

»Sie ist tot«, hauchte sie, und bei dem Gedanken, dass sie sie angefasst hatte, lief ihr ein Schauer über den Rücken.

Agostino gab ihr durch eine Geste zu verstehen, dass er verstanden hatte, und trank seinen Wein aus.

Dass eine Dreiundneunzigjährige gestorben war, war für ihn nichts Besonderes.

»Der Pfarrer«, hauchte Maria.

Sie mussten ihn rufen, ihm Bescheid sagen. Wegen der heiligen Ölung und dem Segen. Und bestimmt müsste auch gebetet werden. Sie war ja so durcheinander ... sie hatte schließlich noch nie eine Leiche gesehen. Und sie hatte sie sogar angefasst!

Agostino lehnte sich in seinem knarrenden Sessel zurück. Die Frau dachte an die Knochen der Toten und glaubte, gleich fiele sie in Ohnmacht.

Ihr Mann stand auf. Seine Augen waren rot und glänzend.

»Warte mal«, sagte er.

»Aber ...«

Ihr Mann machte den Mund nicht auf, sondern forderte sie mit einer Kopfbewegung auf, in die Küche zu kommen.

»Was ist los?«, fragte Maria.

Keine Antwort.

Sie brauchte nur zu warten und würde schon sehen.

Agostino verließ die Küche.

Maria kam nicht auf die Idee, ihn zu fragen, wohin er ging und was sie tun sollte. Sie kannte ihren Mann und wusste, dass er heute Abend schon verhältnismäßig viel geredet hatte.

Er war ein schweigsamer Mann, der nie viele Worte machte.

Zwei Schritte hinaus auf die Terrasse, und schon war Agostino in der Dunkelheit verschwunden.

Zehn Minuten später kam er nach Hause zurück.

Er hielt eine tote Katze am Schwanz hoch, die Katze der Witwe Fioravanti.

Er warf sie ins Waschbecken.

»Jetzt kannst du ihn holen«, rief er.

Er meinte den Pfarrer.

2

Agostino war die Witwe Fioravanti weder sympathisch noch unsympathisch gewesen.

Er hatte sie seit drei Jahren auf dem Buckel. Seit er endlich eine feste Anstellung als Lagerverwalter in der Spinnerei Gavazzi gefunden hatte. Mit seinem Lohn konnte er diese Wohnung in der Via Manzoni bezahlen, zwei Zimmer mit Gemeinschaftsklo auf dem Balkon und Blick in den Hof über dem Kinderheim. Vorher hatte er sich als Gelegenheitsarbeiter verdingt und in Ombriaco, einem Ortsteil von Bellano, gewohnt.

Auch da hatte er zwei Zimmer gehabt. Aber ohne Klo und ohne Licht, feucht und mit einem Fußboden aus gestampfter Erde. Um von dort wegzukommen, überlegte Agostino seit Mitte 1933, ob er nicht nach Libyen emigrieren sollte wie viele andere Italiener, die in die Cyrenaika und die Umgebung von Tripolis gingen. Allein bei dem Gedanken hatte die Isnaghi graue Haare bekommen.

Doch mit der Stelle in der Spinnerei waren die Pläne vom Tisch.

Eine Woche nachdem sie in die neue Wohnung eingezogen waren, hatten sie Besuch vom Pfarrer bekommen.

Zuerst hatte er ihre Wohnung gesegnet.

Dann lobte er sie dafür, dass sie der Gemeinde ein Beispiel christlicher Nächstenliebe seien.

»Das ist selten«, erklärte der Pfarrer.

»Welche Nächstenliebe?«, fragte Agostino.

»Ihr seid wirklich bescheiden«, antwortete der Pfarrer mit Nachdruck und lächelte dazu.

Agostino sparte nicht mit Worten.

»Ich bin ungebildet, und ich verstehe das nicht«, antwortete er.

Der Pfarrer war geduldig.

»Sagen Sie das nicht«, flüsterte er, »vielleicht haben Sie es nur vergessen.«

Aber Agostino war nicht vergesslich.

»Ich kenne so was nicht«, sagte er und stieß einen tiefen Seufzer aus. Aus Müdigkeit, denn Sprechen strengte ihn furchtbar an.

»Was?«, fragte der Pfarrer erstaunt.

Und dann seufzte auch er und fuhr fort: »Diese Fabbricieri.«

Der Rat der Fabbricieri kümmerte sich um die Verwaltung des Gemeindebesitzes, und nicht einmal der Priester, eigentlich der Chef, traute sich, die Entscheidungen dieses erhabenen Gremiums in Frage zu stellen. Die beiden Zimmer, die Agostino gemietet hatte, gehörten der Witwe Fioravanti, die sie der Gemeinde überlassen, allerdings dabei mit den Fabbricieri eine Abmachung getroffen hatte. Die Miete floss in die Kirchenkasse, wenn sich dafür die Mieter um die Alte kümmerten. Sie war damals schon neunzig und konnte weder den Haushalt machen noch für sich kochen, noch viele andere Dinge.

Eine Weile fanden sich keine Mieter. Nicht weil Bewerber fehlten, sondern weil niemand, sobald die Fabbricieri von der besonderen Vereinbarung mit der Witwe sprachen, bereit war, sich diese Last aufzubürden.

Wir haben es schwarz auf weiß, hatte die Fioravanti immer gesagt. Der Vertrag war unterzeichnet und damit gültig, ob da jemand wohnte oder nicht, und er musste eingehalten werden.

Ob sie wollten oder nicht, die Fabbricieri mussten jemanden bezahlen, der für die Witwe den Haushalt führte und für sie kochte.

Selten hatten die Fabbricieri ein so schlechtes Geschäft gemacht wie mit der Witwe. So schnell kämen sie da nicht wieder heraus. Und so stand der Ruf der Unfehlbarkeit, den der Rat genoss, auf der Kippe. Beim Pfarrer, aber auch bei der Kurie, die sein Wirken oft gelobt hatte.

Um einer Schädigung seines guten Images vorzubeugen, hatte der Rat irgendwann eine folgenschwere Entscheidung getroffen. Man beschloss, die Zimmer zu vermieten, ohne etwas von dem Vertrag zu sagen. Agostino und Maria liefen ahnungslos in die Falle. Sie konnten sich nicht mehr daraus befreien, denn eine Woche nach ihrem Einzug besuchte sie der Pfarrer und enthüllte ihnen das Geheimnis. Da sahen sich die beiden an und dachten schweigend über die Alternative nach, nämlich die Koffer zu packen und sich schon wieder auf die Suche nach einer Wohnung zu machen.

Maria traf die Entscheidung. Um nichts in der Welt wäre sie bereit gewesen, zurück in den Vorort zu ziehen, und der Gedanke, die Zimmer wieder aufzugeben, in denen sie schon ihr Nest gebaut hatte, stürzte sie in Verzweiflung.

Sie nahm es hin. Die Witwe Fioravanti würde sie auch nicht mehr Zeit kosten als ein Kind, wenn sie eins hätte.

Agostino hatte nichts dagegen. Wenn man Suppe für zwei Leute hat, reicht sie auch für drei. Und zur Hausarbeit brauchte er nichts beizutragen, das machte ja seine Frau.

Von Anfang an hatte er einen tiefen Hass auf die Katze der Fioravanti. Die Witwe überschüttete sie mit Liebe, sie war das einzige Lebewesen, das die langen Stunden ihrer Einsamkeit teilte.

3

Mehr als einmal und vor allem abends brachte Agostino der Alten anstelle seiner Frau eine Schüssel Reissuppe mit Petersilie oder Milchreis, die Diät, an die sie seit Jahren gewöhnt war.

Dabei stellte der Mann fest, dass Marias tägliche Arbeit weniger der Witwe als der Katze galt, in deren Magen nämlich der größte Teil der Suppe landete, weil die Fioravanti vielleicht zwei Löffel davon aß und dann behauptete, satt zu sein.

Dann musste man die Schüssel nehmen und sie neben das Bett stellen, auf dem die Fioravanti lag, damit die Katze bequem und in aller Ruhe zu Abend essen konnte.

Erst dann, nach dem Essen, wenn das Vieh auch den letzten Tropfen des Gerichts aufgeleckt hatte, durfte man das blitzblanke Geschirr wegnehmen, der Fioravanti gute Nacht wünschen und nach Hause gehen.

Im Allgemeinen kam Agostino fluchend über die Terrasse nach Hause zurück, und auch wenn er nichts sagte, wusste seine Frau, warum er so schlecht gelaunt war und die Brauen zusammenzog, wenn er von der Witwe kam.

Eine bedürftige Alte zu bedienen, das ging ja noch.

Aber ein eitles Tier, fett wie ein Schwein, das war wirklich zu viel.

Aber was sollten sie sonst machen?, fragte Maria sich oft.

Nichts, antwortete sie jedes Mal, weitermachen und schlucken.

Agostino hatte sich die Frage auch gestellt.

Aber seine Antwort sah anders aus.

Er wusste nicht mehr genau, wann er den Entschluss gefasst hatte. Jedenfalls wollte er beim Tod der Alten die Katze töten wie ein Kaninchen. Und danach wollte er sie, da sie mit Milch und Reis gefüttert worden war wie ein Ferkel, essen, als Salami, einfach köstlich.

4

Als der Herr Pfarrer die Wohnung der Isnaghi betrat, nachdem er die Witwe Fioravanti gesegnet und ein paar Worte gemurmelt hatte, die für Maria, die dabei gewesen war, wie *»De profundis«* geklungen hatten, war es gerade zehn Uhr abends.

Agostino hatte das lange, verhasste Tier bereits gehäutet, es sich genau angesehen und auf etwa fünf Kilo geschätzt. Daraus konnte man eine schöne Salami machen und dazu Gäste einladen.

Vorläufig hatte er sie ins Waschbecken gelegt, unter den Hahn mit kaltem Wasser. So musste man es mit Katzen machen, damit sie den Wildgeruch verloren.

Nachdem sich Maria von dem Schrecken erholt hatte, dass sie zum ersten Mal im Leben eine Leiche angefasst hatte, machte sie sich Sorgen um ihre Zukunft. Was sollte jetzt aus ihnen beiden werden? Da es ihr unfein erschien, dies den Pfarrer zu fragen, schließlich war die Witwe noch warm, bat sie ihn, bei ihnen noch ein Glas zu trinken.

Grappa oder Marsala.

»Selbst gemacht«, erklärte Maria. Einer aus Ombriaco stelle sie heimlich her, nicht zu kommerziellen Zwecken, nur für sich und ein paar Freunde.

Der Pfarrer trank lieber einen Marsala unbekannter Herkunft, da Maria sie nicht verriet. Sie hatten die Flasche vor drei Jahren in der Küchenkredenz gefunden, als sie in die

Wohnung eingezogen waren. Sie war damals schon halb leer gewesen, und bis heute Abend hatten sie sie nie angerührt.

Agostino war bereit, sich an den Tisch zu setzen, um dem Pfarrer Gesellschaft zu leisten.

Vorher allerdings drehte er den Wasserhahn zu und schloss den Vorhang, der das Waschbecken vom Rest der Küche trennte. Was ich nicht weiß, macht mich nicht heiß.

Dann setzte er sich und trank einen Schluck Grappa.

Auch Maria trank etwas.

Sonst trank sie nicht einmal Wein, aber heute Abend brauchte sie etwas Mut, um die Sache zu besprechen.

Sie nahm ein Schlückchen Grappa, lief puterrot an und schoss los mit der Frage, die ihr auf dem Herzen lag.

Der Pfarrer ließ den faden Marsala durch die Kehle laufen.

Dann beruhigte er die Frau. Er sehe keinen Grund, warum sie nicht weiter dort wohnen sollten.

»Sie haben doch einen normalen Vertrag«, sagte er.

»Genau«, entfuhr es Maria.

Aber vor drei Jahren seien sie schon einmal ziemlich überrascht worden, und nun habe sie Angst, dass nach Fioravantis Tod eine neue böse Überraschung auf sie wartete.

»Sie haben mein Wort«, beruhigte sie der Pfarrer, und mit einem Seufzer stand er auf und erklärte, nun müsse er wieder ins Pfarrhaus zurück.

Höflich erhoben sich auch Agostino und Maria und begleiteten ihn zur Haustür.

An der Schwelle drehte sich der Pfarrer plötzlich noch einmal um.

»Hatte die Witwe Fioravanti nicht eine Katze?«, fragte er.

Die alte Dame hatte immer über sie gesprochen, wenn er sie besuchte. Er erinnerte sich genau daran, dass das Tier bei dieser Gelegenheit immer unter seine Soutane gekrochen war.

Heute Abend aber hatte er sie gar nicht gesehen.

»Die ist bestimmt unterwegs«, sagte Agostino schnell.
So seien Katzen nun mal.
Nachtaktive Tiere.

5

Nachdem der Pfarrer fort war, sagte Agostino:
»Lass uns schlafen gehen.«
Das war eher ein Befehl als etwas anderes.
Maria gehorchte. Aber wie sollte sie nach dem, was passiert war, einschlafen können? Sie hatte die erste Leiche ihres Lebens gesehen und sie auch noch angefasst! Sie hatte gesehen, wie sie sich bewegte, wie der Mund aufging!
Das würde sie nicht schlafen lassen. Und nicht nur das.
Denn seit sie die Fioravanti entdeckt hatte, konnte die Isnaghi den Anblick nicht vergessen. Ihr Leben lang würde sie dieses Bild vor Augen haben.
Aber so war es dann doch nicht.
Je mehr Minuten vergingen, desto mehr verblasste das Bild. Sie dachte immer weniger daran, und die üblichen, normalen Gedanken erhielten wieder die Oberhand.
Darunter auch dieser.
Warum eigentlich nicht?, fragte sie sich, während sie ins Schlafzimmer ging.
Was war daran schlimm?
Wenn der Pfarrer es erführe, würde er ihr dann sagen, so etwas dürfe eine gute Christin nicht tun?
Sollte sie vielleicht ihren Mann nach seiner Meinung fragen?
Daran war nicht zu denken. Agostino war von solchen Dingen meilenweit entfernt.
Sie musste selbst entscheiden. Sie musste schnell darüber

nachdenken, noch diese Nacht. Und wenn sie deswegen nicht schlafen konnte, musste sie das aushalten.

Die Isnaghi legte sich hin und dachte mit geschlossenen Augen nach.

Ja oder nein?

Sollte sie am nächsten Morgen zu Eufrasia Sofistrà gehen und sich bei ihr Rat holen oder nicht?

Und das mit der Katze?

Sollte sie es ihr sagen?

Nein, dachte sie und gähnte.

Dieser Frau sagte sie besser nichts über die Katze. Es war bekannt, dass sie Katzen liebte, ihre einzige, wahre, große Familie.

6

1936 war die Sofistrà nur noch ein Wrack. Sie war mager und unbeweglich, ihr Gesicht voller Runzeln, die früher stolz geschwellten Brüste zwei Tüten, die Fußgelenke geschwollen. Sie war fünfundsechzig, sah aber zehn Jahre älter aus. Mit der Zeit war sie um zehn Zentimeter geschrumpft. Sie wohnte in einem schmutzigen Dachboden in der Pradegiana, umgeben von einem Heer von Katzen, ihre, wie sie sagte, einzige, wahre, große Familie. Sie war nur noch der Schatten jener Frau, die im Juli 1901 nach Bellano gekommen war, mit der »Außerordentlichen Darbietung der Gauklerkunst der Gebrüder Sofistrà«, die am Sonntag, dem 16. Juli ihre letzte Vorstellung gehabt hatte.

In Bellano wollten sie eigentlich nicht auftreten. Die Familie Sofistrà hatte gerade die Plätze von Varese, Como und Lecco bespielt, war vom Publikum begeistert gefeiert worden und wollte nun nach Sondrio ziehen und nach zwei oder drei Darbietungen die Bewohner von Grigione begeistern. Doch dieser Ort mit seinen Läden, Hotels und Osterien, den vielen geschäftigen Leuten, brachte die Sofistrà auf die Idee, dass dies ein hervorragender Platz sei, und so beschlossen sie, eine Weile hierzubleiben.

Die Familie Sofistrà bestand aus nur zwei Personen, einem Mann und einer Frau, sie war Eufrasia, er Aniceto. Ihre Aufgaben waren genau festgelegt. Eufrasia unterhielt das Publikum vor der Aufführung. Jedem, der es wollte, las sie gegen wenig Geld aus der Hand, eine Kunst, die sie, wie es in der Ankündigung hieß, von einer ungarischen Zigeunerin gelernt hatte. Nach der Vorstellung ging sie mit einem Tellerchen herum, um das Geld einzusammeln.

Die eigentliche Aufführung bestritt Aniceto. Er lief umher und jonglierte mit einem Stock oder fuhr mit einem umgebauten Fahrrad auf einem Stahlseil in über vierzig Metern Höhe ohne Netz. Am 16. Juli 1901 passierte in der Nachmittagsvorstellung ein Missgeschick, vor den Augen einer zahlreichen Menge, die sich auf dem Kirchplatz drängte, und vor denen des Pfarrers, der diskret aus seinem Schlafzimmerfenster zuschaute.

Vielleicht war es ein Windstoß. Vielleicht ein verhängnisvoller Moment fehlender Konzentration. Jedenfalls stand das Fahrrad plötzlich Kopf. Ein bewunderndes Murmeln ging durch die Menge, die unten stand und glaubte, einer Nummer von unglaublicher Kühnheit beizuwohnen. Aber nein.

Der Gaukler hing nicht freiwillig mit dem Kopf nach unten. Und vielleicht hätte er sich noch retten können, wenn nicht die Lenkstange des Fahrrads abgegangen wäre, so dass er ins Leere stürzte, während seine Hände die Griffe so festhielten, dass man noch hinterher alle Mühe hatte, ihn aus dieser letzten sinnlosen Umklammerung zu befreien.

Eufrasia war mit dreißig Jahren, so alt war sie nämlich damals, plötzlich allein auf der Welt.

Der tödliche Unfall ihres Bruders und das grausame Ende, das er nahm, versetzten sie in einen Zustand der Verwirrung. Tagelang war sie geistig abwesend und wurde von den Schwestern des Waisenhauses von San Rocco versorgt. Auch im Ort hatte das tragische Nachspiel des Gauklerauftritts großen Eindruck gemacht. Zu dem Blutfleck auf der Mitte des Platzes, an der Stelle, an der Aniceto so unglücklich aufgeschlagen war, pilgerten tagelang alle, die dem Schauspiel nicht beigewohnt hatten, um sich den tragischen Sturz besser vorstellen zu können.

Über die Lokalzeitungen war die Nachricht auch in die überregionale Presse gelangt. Der *Corriere della Sera* schrieb unter dem Titel *Tragisches Ende eines Artisten* darüber. Die Schwestern, die sich um die unglückliche Eufrasia kümmerten, berichteten dem Pfarrer täglich über ihr Befinden und gaben ihm noch andere Informationen, die sie der Frau in den raren Momenten geistiger Klarheit entlocken konnten.

Es war nichts Ermutigendes. Sie war allein auf der Welt. Sie hatte ihre Eltern nie kennengelernt. Sie und ihr Bruder hatten nur von dem gelebt, was sie für ihre Vorstellungen bekamen.

Wenn sie wieder gesund würde, wusste sie nicht, wohin sie gehen und was sie tun sollte.

Letzteres allerdings hatte die Sofistrà nie gesagt. Eine der Schwestern von San Rocco hatte selbst diesen Schluss gezogen und es dem Pfarrer anvertraut. Der teilte es der Gemeinde in einer Predigt mit, und dies führte zu einem wahren Wettstreit von Hilfeleistungen.

Als sich Eufrasia wieder erholt hatte, bekam sie jede Menge Arbeitsangebote, aber auch Heiratsanträge. Sie wog sie gegeneinander ab: Arbeiterin, Schneiderlehrling, Säuglingsschwester, Gesellschafterin, Aufpasserin …

Was für Zukunftsaussichten hatte sie, wenn sie so etwas machte?

Ihre Lehrerin hatte ihr immer gesagt, die Zukunft liege im Geist Gottes und in den Linien der Hände.

Sie bat um ein paar Tage Zeit, um ihre Verhältnisse zu ordnen. Den Wagen zu verkaufen, mit dem sie von Marktplatz zu Marktplatz gezogen waren, dazu den Gaul, der ihn gezogen hatte, mit dem ganzen Krimskrams aus dem Wagen. Nach einer Woche verließ sie die Schwestern, dankte ihnen und erklärte, sie habe Arbeit im Hotelrestaurant *Del Sole* gefunden, das Barnaba Vitali gehörte.

Die Schwestern äußerten sich nicht dazu, verzogen aber verächtlich den Mund. Vitali stand gar nicht auf der Liste der Leute, die dem Mädchen ihre Hilfe angeboten hatten.

Wer weiß, was zu dieser Wahl geführt hat?, fragten sie sich.

7

Nicht mal als Katze hätte der Pfarrer an jenem Abend das Haus verlassen.

Am besten, er wärmte sich schön in der Nähe des Ofens und ging dann ins Bett, um selig zu schlafen.

Allerdings ...

Andererseits hatte er eine Aufgabe zu erfüllen.

Als der Pfarrer die Wohnung der Isnaghi verließ, empfing ihn draußen kalte Luft ohne jeden Windhauch, und doch roch es deutlich nach zwei Dingen: nach dem Rauch von Kaminen und Öfen und nach Schnee. Schon seit ein paar Tagen hielt die Schneeluft das gesamte Panorama in Schach.

Der See war eine einzige glatte Fläche von intensivem Grau, still und schwer, der Berg war schwarz und schien auf die dichte Masse der Wolken zu schauen, die sich nicht entscheiden konnten, ihre Last abzuwerfen.

Für richtigen Schnee war es noch ein bisschen früh.

Es war aber schon vorgekommen, dass sie bis Februar, März durch Schnee laufen mussten.

Man muss die Dinge nehmen, wie sie sind, dachte der Pfarrer unterwegs, als er mit langen Schritten und rauschender Soutane Richtung Pfarrhaus ging.

Niemand war Herr über das Wetter.

Die Haushälterin war aufgeblieben und hatte auf ihn gewartet. Vom Ofen ging tröstliche Wärme aus. Das Holz, es war Kirsche, knisterte und roch wunderbar.

Der Pfarrer trank ein Tässchen aufgewärmten Kaffee und nahm auch noch ein Glas mit Herztropfen, weil die Haushälterin das für richtig hielt.

»Nachts draußen sein, und das bei dieser Kälte«, sagte die kleine Frau.

Der Pfarrer trank mit Vergnügen auch die Herztropfen und beschloss dann, die Haushälterin nicht länger warten zu lassen und ins Bett zu gehen.

Sie war neugierig, und nicht umsonst war sie aufgeblieben, obwohl er ihr beim Verlassen des Pfarrhauses vor einer halben Stunde gesagt hatte, sie könne sich ruhig hinlegen.

»Es ist nicht nötig, dass Sie auf mich warten«, hatte er gesagt.

Hätte er ihr gleich gesagt, dass die Verstorbene die Witwe Fioravanti war, läge die Haushälterin jetzt schon in seligem Schlummer. Vor ein paar Jahren war er zu einem Toten gerufen worden, um ihn zu segnen, und als er kam, war der Tote wieder erwacht. Seither war der Pfarrer vorsichtig und überzeugte sich lieber selbst.

Die Haushälterin hätte vor Spannung nicht einschlafen können.

Er sagte es ihr.

So konnte sie am nächsten Tag einen Triumph genießen und der Schar Beginen, die die Frühmesse um sechs besuchten, berichten, wer gestorben war.

»Die Witwe Fioravanti?«, fragte die Haushälterin leicht beunruhigt.

Der Herr Pfarrer musste gähnen.

Er hatte keine Lust, nachzufragen, warum sie so überrascht schien, schließlich war die Fioravanti dreiundneunzig geworden.

Aber warum war sie so überrascht?

Er sagte nichts und ging auf sein Zimmer in der zweiten Etage.

8

Auch die Haushälterin schlief im zweiten Stock des Pfarrhauses.

Ihr Schlafzimmer lag am einen Ende des Flures, am anderen das des Pfarrers. Die beiden anderen Zimmer dazwischen dienten als Gästezimmer, waren aber meistens unbenutzt und wurden als Vorratsräume genutzt. In dem einen verwahrte die Haushälterin Nüsse, Kastanien und Pfirsiche, die einen sanften Duft von sich gaben.

Ihr Schlafzimmer war das kleinste der vier, und die Ausstattung bescheiden. Ein hoch gelegenes Eisenbett, in das die Frau nur mit Hilfe eines Hockers hineinsteigen konnte. Dazu ein massiver, düsterer Schrank, eine Truhe, in der die Haushälterin Schuhe und Pantinen aufbewahrte, eine Kommode, kein Spiegel und nur ein Bild an der Wand. Der heiligen Rita von Cascia galt ihre ganze Verehrung.

Aus Gewohnheit schlossen der Pfarrer und die Haushälterin ihre Zimmertür ab, wenn sie sich schlafen legten.

Der Pfarrer schnarchte übrigens.

Die Haushälterin schnarchte nicht, hatte aber einen leichten Schlaf.

Als sie in ihrem Zimmer war, versuchte sie, sich so zu benehmen, als sei dies ein ganz gewöhnlicher Abend – dabei wusste sie genau, dass es nun nicht mehr so war.

Sie legte ihre Kleider ab, schlüpfte in ein dickes Nachthemd, legte sich einen Schal um die Schultern, zog ein Paar graue Wollsocken an, kniete vor dem Bild der heiligen Rita nieder und sprach ihre Gebete.

Dann bekreuzigte sie sich. So viele Male, wie sie Tote in der Familie hatte, nämlich acht. Ihre Eltern, zwei Schwestern, zwei Brüder und zwei Neffen, die beide an Diphtherie gestorben waren. Dann stand sie auf, um zu prüfen, ob die Läden des Fensters, das auf den Kirchplatz hinausging, auch geschlossen waren.

Danach stieg sie ins Bett, in dem sie immer auf dem Rücken schlief, die Decken bis zur Nase hochgezogen und die Hände über der Brust gefaltet. Ein tröstlicher Gedanke: Wenn sie im Schlaf starb, was gar nicht so selten passierte, so schön zurechtgemacht dazuliegen, auch wenn sie steif war wie ein Stockfisch. So bräuchte der Totengräber sich nicht lange damit aufzuhalten, sie in eine würdige Lage zu bringen.

Sie löschte das Licht, betete den Rosenkranz und bat um die Gnade, heute Nacht nicht sterben zu müssen.

Da es nicht völlig dunkel war, konnte die Haushälterin ihre Umgebung noch schemenhaft wahrnehmen. Plötzlich hatte sie den Eindruck, dass sich an der Decke eine Figur abzeichnete. Als wäre Wasser eingesickert und hätte, von bösen Gedanken geleitet, etwas gemalt.

Nicht irgendetwas.

Die weit aufgerissenen Augen der Haushälterin sahen deutlich, dass die Wassertropfen das Gesicht der Witwe Fioravanti zeichneten.

Sie musste einen Schrei unterdrücken, um den Pfarrer nicht zu wecken.

Sie schloss die Augen.

Sie betete erneut, dass sie Schlaf finden möge.

Aber so einfach war das nicht.

9

Niemals hatte der Pfarrer das Schlafzimmer seiner Haushälterin betreten.

Mehr als einmal war die Frau, die die Augen geschlossen hielt, kurz vor dem Einschlafen gewesen. Aber in dem Moment, in dem der Schlaf sie zu überkommen schien, jagte sie ihn instinktiv dahin zurück, woher er gekommen war.

Durch die Nachricht vom Tod der Witwe Fioravanti, aber auch wegen des teuflischen Spiels von Licht und Schatten, das an der Decke ein Porträt der Toten malte, bildete sich in ihr die Vorstellung, auch ihre Stunde sei gekommen, trotz des Gebets.

Und dass ihr kein angenehmer Schlummer bevorstand, sondern der Schlaf des Sensenmanns.

Ihr Überlebensinstinkt sagte ihr, sie müsse sich wehren, auch wenn sie das mit einer schlaflosen Nacht bezahlte.

Um die gewiss vom Teufel stammende Versuchung abzuwehren, sich dem Schlaf hinzugeben, den sie sich sehnlich wünschte, beschloss die Haushälterin, die Nacht mit Rosenkranzbeten zu verbringen: mitten im zweiten aber war sie erschöpft eingeschlafen.

Die Vision von der Witwe Fioravanti verschwand allerdings nicht. Dank der völligen Entspannung, die ihr der Schlaf schenkte, begann diese einen Totentanz zu tanzen.

Es war ein stiller, stummer Tanz, denn in ihrem Albtraum hörte die Haushälterin nicht den leisesten Violinenton oder Klavierakkord.

Jedenfalls träumte die Haushälterin, dass die Witwe Fioravanti in einer weißen Tunika mit zwei riesigen Vogelflügeln statt Armen sie gezwungen hatte, mit ihr zu tanzen. Schritt für Schritt sollte der Tanz die Haushälterin zu einem Sarg führen, in dem die Fioravanti sie einsperren wollte, vielleicht um sich zu rächen.

Jedes Mal aber wenn sich der Tanz seinem furchtbaren Ende näherte, gab die Haushälterin einen Schreckensschrei von sich und stieß die Witwe und ihre Flügel weit von sich.

Der Pfarrer wusste nichts von den Qualen, die seine Haushälterin in dieser Nacht erlitt.

Doch er merkte, dass sie etwas plagte.

Denn gegen zwei Uhr morgens drang einer ihrer Schreie durch den langen Flur zu ihm und weckte ihn.

Die Haushälterin hatte gerade zum x-ten Mal die grässliche Figur, halb Frau halb Vogel, von sich gestoßen.

Zuerst glaubte auch der Pfarrer, dass er geträumt hatte.

Er wollte gerade wieder einschlafen, als er einen neuen Schrei hörte.

Er musste gewartet haben, bis eine neue Tanzrunde stattfand.

Er war jetzt sicher, dass er den Schrei nicht geträumt und ihn sich auch nicht eingebildet hatte.

Was zum Teufel ging im Schlafzimmer der Haushälterin vor?

Der Pfarrer hatte es nie gewagt, es zu betreten.

Aber in dieser Nacht schien es ihm notwendig.

Unerlässlich.

Und so wagte er es.

In dem Zimmer roch es nach Urin.

Der Pfarrer drehte das Licht an und hatte gerade noch Zeit, den neben der Kommode stehenden bis zum Rand gefüllten Nachttopf zu sehen.

Die Haushälterin erwachte plötzlich, fuhr im Bett auf, die Augen weit aufgerissen.

»Was ist los?«, fragte sie.

»Das frage ich Sie«, antwortete der Pfarrer.

Als ihr klar wurde, dass er in ihrem Schlafzimmer war, deckte sich die Haushälterin schnell zu.

»Geht es Ihnen nicht gut?«, fragte der Pfarrer.

»Mir?«, gab sie zurück.

Verdammtes Weib, dachte der Pfarrer und grinste.

»Wem denn sonst?«

Deswegen sei er ja hier, erklärte der Pfarrer. Er habe sich Sorgen gemacht, und wenn es ihr schlecht gehe, brauche sie es nur zu sagen.

Ob sie einen Arzt brauche. Dann würde er ihn höchstpersönlich holen.

»Keinen Doktor«, sagte die Haushälterin trocken.

Der Pfarrer sah sie mit tiefernstem Gesicht zweifelnd an.

Das entging der Haushälterin nicht.

»Ich habe einen schlimmen Traum gehabt«, sagte sie zu ihrer Verteidigung.

Ein Albtraum, den sie schon wieder vergessen habe – eine Lüge.

Vielleicht habe ihr etwas im Magen gelegen, weil sie das Abendessen nicht vertragen habe.

»Doch nicht bei einer Brotsuppe!«, sagte der Pfarrer und breitete die Arme aus.

»Na ja«, meinte die Haushälterin, »aber es war ein Eigelb drin!«

»Und jetzt ist alles in Ordnung?«, fragte der Pfarrer, der langsam genug hatte.

»Alles bestens«, versicherte die Haushälterin ihm.

Auch das war eine Lüge. Niemals hätte sie dem Pfarrer gebeichtet, was ihr zu schaffen machte.

Und um das zu tun, was sie morgen unbedingt zu erledigen hatte, musste sie darauf verzichten, in die erste Frühmesse zu gehen – das erste Mal seit wie viel Jahren? Zehn? Fünfzehn? Vielleicht seit ihrer letzten Krankheit.

11

Sie war tatsächlich nicht da.

Vom Altar aus sah der Pfarrer am nächsten Morgen, dass der Platz links in der dritten Reihe im für die Frauen reservierten Teil leer war.

Hier saß sonst immer die Haushälterin, und zum ersten Mal war sie nicht da – das erste Mal seit wie vielen Jahren? Zehn? Fünfzehn? Vielleicht seit ihrer letzten Krankheit.

Sehr merkwürdig.

Das war es wirklich. Schon die vergangene Nacht war ja die Hölle gewesen, dachte der Herr Pfarrer.

Was für Gebärden, was für ein Geschrei!

Und danach war es weitergegangen.

Nachdem er das Zimmer der Haushälterin verlassen hatte, legte er sich wieder hin, denn sie hatte behauptet, dass alles in Ordnung sei. Er hatte so getan, als glaube er ihr, aber er fragte sich, ob sie ihm nicht etwas vorgemacht hatte. Wie sollte er jetzt wieder einschlafen, als ob nichts wäre.

Und tatsächlich, kurz nach drei Uhr morgens begann das Konzert von Neuem.

Er war versucht, wieder in die Kammer der Haushälterin zu gehen, um nachzusehen, was zum Teufel dort passierte, doch er tat es nicht.

Er nahm es einfach hin, ertrug geduldig das Gestöhne der Frau und nahm sich vor, sie am Morgen zur Rede zu stellen.

Als er um halb sechs in die Küche kam, war die Haushälterin schon auf.

Blass wie immer, bescheiden angezogen wie jeden Tag, keine Spur von der höllischen Nacht.

Genau wie immer goss sie ihm den Zichorienkaffee ein, den er vor der Messe trank.

Er war wütend über die gespielte Normalität. Die Haushälterin tat, als sei nichts geschehen, machte alles wie immer, setzte sich ihren grauen Hut auf, band sich ihren Schal um, dass man kaum noch den Kopf sah, und ging, ohne ein Wort zu sagen.

Alles wie immer.

Nur, dass sie jetzt nicht, wie sonst, in der Kirche war.

12

Maria Isnaghi aber war in der Kirche. An ihrem üblichen Platz. Gleichwohl war sie wie abwesend, zerstreut, mit dem Kopf anderswo.

Immer noch plagten sie Zweifel, ob sie zur Sofistrà gehen sollte oder nicht.

Auch heute Morgen hatte sie keine Lösung gefunden.

Im Grunde war es eine gute Gelegenheit.

Aber es war eine Sünde, die sie hinterher beichten musste, und dann würde sie den Zorn des Pfarrers zu spüren kriegen.

Die Versuchung war dennoch groß.

Aber Versuchungen, das sagte der Herr Pfarrer oft, waren ein Werk des Teufels, und es gab sie in verschiedenster Form. Auch in der Gestalt eines Mannes oder einer Frau. Bei der Sofistrà konnte das durchaus sein. Ja, gerade diese Person, über die oft getuschelt wurde, als täte sie etwas Verbotenes, eine Frau, von der man sich besser fernhielt.

Die Fioravanti hatte ihr als Erste von dem Unglück des Bruders erzählt und wie Eufrasia sich dann im Ort niedergelassen hatte. Zuerst als Bedienung im Hotelrestaurant *Del Sole*, später heiratete sie den Besitzer.

Maria hatte nie herausgefunden, ob das nur Hirngespinste der Alten waren, oder ob es stimmte.

Dass Barnaba Vitali an jenem Sonntag 1901 vor dem Unfall zu den Ersten gehörte, die zu ihr kamen, traf zu. Er zeigte seine Hand vor, ohne etwas zu sagen. Eufrasia nahm sie, und mit dem Wissen ihrer ungarischen Lehrerin, die in Wirklichkeit aus Busto Arsizio stammte, studierte sie die Hand.

»Achten Sie auf Menschen, beschnuppern Sie sie, sehen Sie sich ihre Besonderheiten an. Ihre Zukunft steht in Gesichtern, Kleidern und Gerüchen geschrieben.«

Vitali war ein selten hässlicher Mann. Er war blass, hager, trübsinnig. Seine Nase war groß wie ein Segel. Die beiden Augen lagen tief in den Höhlen. Wenn man ihm nachts begegnete, machte man sich vor Angst in die Hose. Ungefähr dreißig, zweiunddreißig musste er sein, schätzte Eufrasia. Er hatte noch keine Falten um die Augen und eine leichte Glatze, war gut und elegant gekleidet. Er benutzte Parfum, aber in dem Duft war auch ein Hauch von Küchengeruch und Tabak. War er vielleicht Kellner? Aber sie hatte seinen Gang beobachtet, und Plattfüße hatte er nicht. Vielleicht Koch? Schwer zu sagen, er sah eher wie ein Leichenbestatter aus. Sie sah sich die Hände an, erst den Handrücken. Kein Ring, also Junggeselle. Weiße

Nägel, fein säuberlich geschnitten. Die Finger waren gelb vom Rauchen. Dann sah sie sich die Handinnenfläche an. Keine Schwielen, keine manuelle Arbeit, ihr Kunde war wohlsituiert.

Aha.

Als Eufrasia Sofistrà die Hand betrachtete, erstarrte sie vor Staunen.

Nie hatte sie so etwas gesehen.

Nie hatte sie in ihrer Zeit als Handleserin eine so kurze Lebenslinie gesehen.

Kurz wie die erste Morgenmesse. Gleich war sie vorbei, und Maria Isnaghi hatte nicht mehr viel Zeit, sich zu entscheiden.

Außer dem Pfarrer hatte sie niemanden, den sie um Rat fragen konnte.

Gerade da begann er: »Im Namen des Vaters ...«

Aber mechanisch, zerstreut, auch er war mit den Gedanken woanders. »*Introibo ad altare Dei* – Zum Altare Gottes will ich treten«, sagte er feierlich während der Messe, die Augen starr auf den leeren Platz der Haushälterin gerichtet, der auch leer blieb, denn sie stand gerade in der Via Loreti 13 vor der Haustür von Anselmo Crociati.

13

I

Jeden Morgen begegnete Anselmo Crociati, Jahrgang 1888, Eliteschütze des 21. Infanterieregiments des Italienischen Königlichen Heeres, dem Pfarrer. Anselmo sah darin ein gutes Omen.

Um zehn nach fünf, spätestens Viertel nach zehn, verließ Crociati mit geschultertem Gewehr sein Haus in der Via

Loreti und überquerte den Kirchplatz auf dem Weg zum Maultierpfad, der an der Orrido-Schlucht und am Friedhof entlang hinauf in die Weinberge von Ombriaco und Pradello führte.

»Waidmannsheil«, sagte er oder: »Was macht die Jagd?«

Anselmo war ein wortkarger Mensch und erzählte ungern Märchen. Wenn er zur Antwort gab, dass die Jagd gut lief, dann stimmte es auch. Und um dies zu beweisen, schickte er dem Pfarrer, sobald er welche hatte, immer ein paar von den Vögeln, die er besonders mochte.

So war es in den letzten Jahren immer gewesen, und Crociati brüstete sich damit, dass der Pfarrer ihn einmal als seinen besten Wildlieferanten bezeichnet hatte.

Von Beruf war Anselmo Maurer mit eigener Firma, und an Arbeit fehlte es ihm nie, vor allem im Sommer. Er war Junggeselle, und mit dem, was er verdiente, führte er ein angenehmes Leben.

Im Lauf des Sommers, als er gerade in der Gegend von Biosio unterhalb einer Stallwand jagte, fiel ihm ein Spritzer ungelöschten Kalks ins rechte Auge.

Mithilfe von Malventeeumschlägen war die Schwellung innerhalb weniger Tage zurückgegangen, und das Auge schien sich zu erholen.

Aber in Wirklichkeit ging es nicht viel besser. Das Auge tat ihm immer wieder weh. Und oft hatte er den Eindruck, um gut sehen zu können, müsse er es weit aufreißen.

Als der Sommer vorüber war, begann Crociati, Kartuschen und Gewehr zurechtzumachen. Die Jagdsaison stand kurz bevor, und dies bedeutete für den Maurer, von einer Arbeit zur anderen zu wechseln, denn mit dem Verkauf seiner Jagdbeute bekam er genug Geld zusammen, um sich in der trüben Jahreszeit durchzuschlagen.

Am 1. September 1936, an dem die Jagdsaison eröffnet

wurde, begegnete er wie immer dem Pfarrer, der den klassischen Ausspruch »Waidmannnsheil, viel Glück!« tat.

»Kann ich gut gebrauchen«, antwortete Crociati lachend.

An jenem Morgen herrschte nicht das ideale Wetter für reiche Jagdbeute. Die Luft war zu warm, und es gab wenig Hoffnung, Drosseln und Lerchen zu schießen. Bei diesem ersten Jagdausflug würde er vor allem Amseln erwischen, die in den Weinbergen schmausten.

Als er gerade auf einen dieser Vögel zielte, stellte Anselmo Crociati mit Verbitterung fest, dass er sehr schlecht sah, wenn er nur sein rechtes Auge offen hielt. Das Bild war unscharf, Konturen waren nicht zu erkennen. Die Amsel war nichts als ein dunkler, trüber Fleck.

Er schoss trotzdem. Der Vogel flog weg und pfiff dabei, als wolle er sich über ihn lustig machen.

Kurz nach zwölf Uhr mittags kam Anselmo mit leerem Magazin und leerer Jagdtasche nach Hause. Zu seiner größten Schande klangen ihm noch die Glückwünsche der Bauern im Ohr, denen er unterwegs begegnet war. Sie hatten ihn schießen hören, als wäre er im Krieg, und ihm mit der Hand auf die Schulter geklopft.

»Reiche Beute heute Morgen, was?«

Sie waren zufrieden, denn diese gefräßigen Vögel waren eine echte Plage für die Weinberge.

Zu Hause zog Anselmo Bilanz. Siebenundzwanzig Patronen verschossen und keinerlei Beute.

Am nächsten Morgen ging er wieder los.

Auch heute traf er den Pfarrer, der statt »Waidmannsheil« fragte: »Hat sich die Jagd gut angelassen?«

Er log und antwortete mit Ja.

Während er den Berg hochstieg, fragte er sich, ob der Pfarrer bereits von seiner gestrigen Knallerei gehört hatte und vielleicht schon mit einer ersten Lieferung Vögel rechnete.

Diese Frage beunruhigte ihn sehr und trug mit dazu bei, dass seine Abschussquote auch am zweiten Tag äußerst mickrig war: dreißig Schüsse, ein verletzter und unauffindbarer Vogel.

Crociati hatte versucht zu schießen, indem er beide Augen offen hielt, wie es manche Jäger, die er kannte, taten. Aber auch das nützte nichts.

Nachdem er den x-ten Weinrebentrieb abgeschossen hatte, kehrte der Maurer ohne Beute nach Hause zurück.

Es blieb ihm nichts anderes übrig, als zum Doktor zu gehen und nach einem Mittel zu fragen, das dem rechten Auge seine ursprüngliche Schärfe zurückgab.

II

Der Doktor geriet in Zorn.
Er war jemand, der leicht aus der Haut fuhr.
Aber in diesem Fall gab es mehr als einen Grund.
»Also«, begann er, nachdem er Crociato zugehört hatte.
Nicht nur, dass der Maurer ein paar Monate zu spät zu ihm gekommen war.
Jetzt verlangte er auch noch von ihm, dass er ihn heilte und ihm Medizin gab.
»Und was für Medizin soll das sein?«, fragte er.
»Das weiß ich nicht, Sie sind doch der Arzt«, antwortete Crociati.
»Ich weiß es auch nicht«, brüllte der Arzt.
Auch er wusste nicht, wo man eine Medizin finden konnte, die ein von ungelöschtem Kalk verbranntes Auge heilen konnte. Kein Arzt der Welt, kein Augenarzt war in der Lage, einem fast blinden Auge die Sehkraft zurückzugeben.
»Blind?«, krächzte Crociati.
»Klar, ungelöschter Kalk brennt!«

Dadurch seien die Bindehaut, die Hornhaut und die Netzhaut verbrannt, unheilbare Verletzungen.

»Nicht wieder gutzumachen!«

Zwar hätten Professor Serotini von der Augenklinik in Pisa und Professor Nutarelli von den Vereinigten Krankenhäusern in Brescia Artikel über die Chancen der Chirurgie in ähnlichen Situationen geschrieben. Aber diese Veröffentlichungen seien bei den Akademikern auf Skepsis gestoßen, woraufhin die beiden geschätzten Professoren erklärt hätten, es sei noch viel zu tun, bis man garantieren könne, dass solche Eingriffe auch gelängen.

Crociati blieb nichts anderes übrig, als sich seinem Schicksal zu ergeben.

»Glücklicherweise hat uns Mutter Natur zwei Augen gegeben«, sagte der Doktor zum Schluss.

Und da kam dem Maurer ein Gedanke.

Er musste lernen, beim Schießen mit dem linken Auge zu zielen.

Ganz einfach. Hätte er nur früher daran gedacht. Dann hätte er sich die Arztrechnung sparen können.

III

Gesagt, aber nicht getan.

Zwischen dem Entschluss, das linke Auge benutzen, um zu sehen, und der Praxis geriet Crociati mindestens hundert Mal in Versuchung, seine geliebte Doppelflinte zu zerbrechen, sie gegen einen Baumstamm zu schlagen, sie in ein Tal zu werfen und sich vielleicht gleich danach selbst hinunterzustürzen. Er hatte genug davon, dauernd Drosseln, Finken und Lerchen zu sehen, die sich weigerten, herunterzufallen, nachdem er auf sie geschossen hatte.

Er konnte nicht mehr schlafen, verlor den Appetit auf Essen und Frauen und verzog das Gesicht, jedes Mal wenn er auf die Jagd ging, weil zwischen Denken und Tun Welten lagen.

Wie sollte er es anstellen, das Gewehr auf die rechte Schulter zu legen und mit dem linken Auge zu zielen?

Unmöglich.

Das war ihm klar, nachdem er Schuss um Schuss abgegeben hatte, ohne zu begreifen, wo sie hingingen.

Nachdem er sich sein Scheitern eingestanden hatte, kam Crociati ein anderer Gedanke. Er stellte sich vor, er hätte nur einen Arm, und benahm sich entsprechend. Nur so konnte das gute Auge das Ziel anvisieren.

Aber auch so war gesagt noch nicht getan ...

Bevor er sich wieder auf den Weg machte, übte er in der Nähe seines Hauses, um sich an die unnatürliche Bewegung zu gewöhnen, die Waffe links zu halten. Er wiederholte die Bewegung hunderte Male, damit sie ihm so leicht von der Hand ging wie möglich.

Als er sich sicher genug fühlte, beschloss er, einen ersten Jagdausflug als einarmiger Jäger zu machen.

Es war an einem Morgen Mitte Oktober zur gewohnten Zeit. Dass er immer dem Pfarrer begegnete, fiel ihm erst ein, als er auf dem Kirchplatz schon vor ihm stand.

»Anselmo«, begrüßte der Pfarrer ihn verblüfft. Sie hatten sich vierzehn Tage nicht mehr gesehen. »Was macht die Jagd?«

Crociati ließ sich darauf ein. Er antwortete mit einer Lüge: Eine Bronchitis habe ihn ans Bett gefesselt. Dann ging er mit langen Schritten und schamrot davon.

Der Pfarrer hatte nicht indiskret sein wollen, aber er erhielt keine Antwort auf seine Frage.

Warum hatte er ihm nicht schon ein paar Vögel geschickt? Gerade er, sein bester Wildlieferant!

Das war ein katastrophaler Morgen.

Keine Lerchen, und die beste Zeit, den Vogelzug zu erwischen, war vorbei. Hier und da eine Singdrossel, aber nur wenige, und diese waren seinen Schüssen geschickt ausgewichen. Außerdem hatte Anselmo das unangenehme Gefühl, beobachtet zu werden. Als folge ihm jemand und lache über seine seltsame Haltung.

Dann kam der Moment, in dem er eine Schar Steinrötel entdeckte, die auf einem Apfelbaum saßen und verschrumpelte Früchte fraßen, die niemand pflücken wollte.

Anselmo zielte lange, und als er schoss, schloss er beide Augen. Gleich nach dem Schuss sah er unter den Baum und entdeckte, dass er wieder versagt hatte.

Beinahe hätte er geweint, aber er nahm sich zusammen.

Denn trotz all dieser Vormittage, an denen er immer wieder sein Ziel verfehlt und nur Äste und Schösslinge getroffen hatte, konnte er sich sein Leben ohne die Jagd nicht vorstellen.

Wenn er nicht mehr auf die Jagd ging, war sein Leben zu Ende.

Also hielt er seine Tränen zurück und beschloss, weiterzumachen und seine Enttäuschung zu ignorieren. Er wollte weitermachen, immer weiter, bis er die unnatürliche Schussposition mit der Linken beherrschte.

Diese Saison allerdings war vorbei.

Wenn er bloß sein Gesicht gegenüber dem Pfarrer wahren konnte ...

Nach seinem Entschluss, nicht aufzugeben, machte er auch in den kommenden Tagen weiter, aber immer mit demselben Ergebnis.

Dann kam der Morgen des 11. November, ein Mittwoch.

Und deshalb stand jetzt die Haushälterin vor seiner Haustür.

IV

Auch heute war kein glücklicher Tag. Immer weniger Vögel unterwegs, nur noch ein paar Spatzen.

Anselmo schoss drei Mal.

Erst als er laut fluchend nach Hause ging, sah er sie.

Sie saß oben auf einem hölzernen Lichtmast, an der Kreuzung von zwei Maultierpfaden, deren einer von Pradello herunterkam, der andere aus dem Wald von Fasole.

Eine Ringeltaube!

Er blieb stehen, um genauer hinzusehen.

Eine Ringeltaube auf einem Lichtmast.

Das war merkwürdig, fast unmöglich.

Er näherte sich auf zehn Schritte aus dem Hinterhalt und hielt den Atem an.

Nein, stellte er dann fest, als er näher an den Mast herangetreten war und besser sehen konnte. Das war keine Ringeltaube, eher eine Felsentaube. Eine von denen, die immer auf dem Kirchplatz oder auf den Hausdächern hockten und ab und zu einen Ausflug aufs Land unternahmen, um Abwechslung in den Speiseplan zu bringen.

Die Taube war schön dick und fett.

Ein vorzüglicher Bissen, der sich auf dem Tisch des Pfarrers hervorragend machen würde, denn dem war es ziemlich gleichgültig, ob er nun eine Ringeltaube oder eine Felsentaube zu essen bekam.

Anselmo trat noch zwei Schritte näher.

Noch ein Schritt, und krach! Er war auf einen trockenen Ast getreten. Der zerbrach, und das Geräusch zerriss die Stille, die über der ganzen Welt zu liegen schien.

Der Vogel reagierte nicht. Er saß noch an seinem Platz.

Vielleicht, dachte Anselmo, der den Atem anhielt und reglos dastand, vielleicht war er verletzt ...

Er wollte nicht noch einen Schritt vortreten und damit das Schicksal herausfordern.

Die Stunde war gekommen, sein Glück zu versuchen.

Er zielte.

Zuerst mit dem rechten Auge, aber da war nichts zu sehen, die Taube verschmolz mit dem Licht auf dem Mast.

Dann mit dem linken Auge.

Er drückte auf den Abzug.

Als das Geräusch des Schusses verklungen war, hörte er das Rascheln der Schrotkugeln, die in das umliegende Grün fielen.

Die Taube war immer noch da, oben auf dem Mast.

Er hatte sie verfehlt, das war klar, aber sie saß immer noch da.

Was war das für ein Geheimnis?

Jetzt hatte er keine Zeit, der Sache nachzugehen.

Er brauchte nur einen neuen Schuss auf diese lebende oder beinah noch lebende Beute abzugeben.

Er stellte sich in Positur. Er zielte und schoss.

Und diesmal fiel der Vogel auf eine reife Birne, und sein Kopf grub sich in einen Grasbüschel. Langsam flogen ein paar Federn zu Boden, was bewies, dass der Vogel nicht vor Schreck gestorben war, sondern durch das von Anselmo Crociati geschossene Blei. Anselmo erwachte zu neuem Leben.

14

Crociati öffnete selbst die Tür. Auf dem Kopf trug er eine Hausmütze, er war noch ganz verschlafen. Außerdem war Freitag, und da konnte er nicht auf die Jagd gehen.

»Was wollen Sie?«, fragte er die Haushälterin.

Sie wolle nichts, sagte sie.

Außer ihm zu sagen, dass sie seine Taube am Donnerstag

der Witwe Fioravanti geschenkt habe, gestern früh, und dass sie am Abend tot gewesen sei.

Crociati kratzte sich am Kopf.

»Was habe ich damit zu tun?«, fragte er.

Die Haushälterin war vorsichtig.

Mussten sie unbedingt hier draußen am Eingang reden?

Da ließ Crociati sie widerwillig ins Haus.

Als die Haushälterin drinnen war, sah sie sich überall um und bedauerte im Stillen, dass im Haus eine solche Unordnung herrschte.

»Jetzt erkläre ich es Ihnen«, sagte sie dann.

Und sie fing an.

15

Wenn sich der Herr Pfarrer über etwas Gedanken machte, bekam sie das mit, erklärte die Haushälterin.

»Dann hat er nämlich Falten auf der Stirn«, sagte sie.

Also gut. Am Montagmorgen, als er in die Küche herunterkam, um ihr guten Morgen zu sagen, bevor er die Messe las, waren keine Falten auf der Stirn des Pfarrers zu sehen.

Aber dann, während der Messe, waren da plötzlich welche. Sie hatte das von ihrem Platz aus in der dritten Reihe links außen deutlich gesehen. Keine Ahnung, was der Grund war, aber sie nahm an, dass sie es bald herausfinden würde. Oft nämlich ließ sie der Pfarrer an seinen Bedenken teilhaben, nicht weil er einen Rat haben wollte. Er tat es nur, weil laut über die Dinge zu reden, ihm half, klarer zu sehen und sich das Herz zu erleichtern. Und er redete laut in Gegenwart von jemandem, damit er sich dabei nicht verrückt vorkam.

Aber sie hatte sich getäuscht.

Er blieb den ganzen Tag über stumm.

Am Dienstag sah sie ihn kaum, nur in der Frühmesse. Mittags aß der Pfarrer anderswo.

Es war nämlich der Geburtstag des Notars De Cusi, und da war der Pfarrer immer im Haus des prominenten Mannes zu einem Essen eingeladen, an dem noch andere Priester teilnahmen, die Pröpste von Varenna, Perledo, Corenno und Dervio.

Der Notar interessierte sich für Kirchengeschichte und hatte wichtigtuerische Bücher über das Leben mehrerer Kirchengemeinden am Comer See verfasst. Die *Società Storica Comasca* hielt große Stücke auf ihn und freute sich auf den Tag, an dem De Cusi ihr Präsident werden konnte, wenn er endlich die zahlreichen Berufspflichten hinter sich hatte. Er hätte lieber Pfarrer werden sollen, denn der Notar umgab sich mit Pfarrern, sobald sich die Gelegenheit dazu bot, und erklärte oft, wenn er eines Tages seine Kanzlei schlösse, werde er den Rest seines Lebens in der Nähe eines Klosters verbringen und sich mit Leib und Seele seiner geliebten Forschung widmen.

Angesichts der Menge und der Qualität der vielen Gänge, die Secchia, Meisterkoch des Restaurants *Il Cavallino*, hergestellt hatte, war es kein Wunder, dass abends keiner der Gäste auch nur einen Löffel Suppe essen konnte.

Nachdem er schnell den Abendgottesdienst hinter sich gebracht hatte, nahm der Pfarrer nur noch einen Schluck Kräutertee zu sich und legte sich ins Bett.

So wurde es Mittwoch.

16

Mittwoch, also vorgestern war der Tag der Taube.

Anselmo Crociati rechnete nach. Die Haushälterin hatte noch zwei volle Tage zu erzählen, und so versuchte er, sie etwas anzutreiben.

»Könnten Sie nicht direkt zum Kern der Sache kommen?«, fragte er halb gelangweilt, halb im Scherz.

Ob es der Haushälterin aufgefallen war, ließ sie sich nicht anmerken.

»Na bravo«, antwortete sie, »dann verpassen Sie den wichtigsten Teil.«

»Tatsächlich?«, fragte Crociati ungläubig.

»Allerdings«, erwiderte die Haushälterin.

Die, wie sie sagte, genau wusste, was ihre Aufgabe war.

In Kirchenfragen hatte der Pfarrer das Sagen. Da mischte sie sich lieber nicht ein, aber alles andere entschied sie. Zum Beispiel, welches Essen es gab, und es war ihr nicht entgangen, dass der Pfarrer seit einiger Zeit jede Gelegenheit nutzte, sich den linken Schuh auszuziehen, weil er ihm zu eng war.

War das der Versuch, einen Schmerz zu lindern?

Ohne Zeit zu verlieren, war sie zum Arzt gegangen und hatte es ihm erzählt.

Gicht, diagnostizierte der Doktor.

Und er empfahl ihr, die Ernährung des Pfarrers radikal umzustellen.

Kein Fleisch mehr!

»Und Wild?«, fragte sie.

»Gift!«, antwortete der Doktor.

Und deshalb hatte sie die Taube, nachdem sie sie gebraten hatte, der Witwe Fioravanti gebracht.

»Ich verstehe«, sagte Crociati.

»Das glaube ich nicht«, sagte die Haushälterin mit Nachdruck.

Es fehlte noch ein Element, damit der Mann verstehen konnte, warum sie hergekommen war.

Das war die Geschichte von gestern, dem Donnerstag.

17

»*Gestern Morgen*, als ich der Taube ein paar Federn ausrupfte, die Sie übersehen hatten«, sagte die Haushälterin, »klingelte es.«

Nicht an der Pfarrhaustür, es war vielmehr die Glocke, die anzeigt, dass in der Kirche jemand beichten will.

Das kam ab und zu vor. Der Pfarrer hatte bestimmte Zeiten für die Beichte festgelegt, aber es konnte passieren, dass jemand etwas Dringendes wollte, und wenn es wirklich so ernst war, konnte er läuten. Wenn der Pfarrer merkte, dass dies nur ein Trick war, um nicht Schlange stehen zu müssen, dann gab er dem Betrüger nach der Beichte eine Buße, bei der er ein paar Stunden knien musste. So verging den Leuten die Lust, andere an der Nase herumzuführen.

Nachdem sich der Pfarrer in den Beichtstuhl gesetzt hatte, sagte der Mann, dass er keine Sünden zu beichten habe. Er müsse ihm aber etwas Wichtiges sagen, und zwar, ohne seinen Namen zu nennen.

18

Der angebliche Sünder legte los wie ein Maschinengewehr und erzählte, vor einer Woche habe ihn jemand nach Säure gefragt, mit der man empfindliche Maschinenteile reinigen konnte.

»Was sollte damit geschehen?«, unterbrach der Pfarrer ihn, fest entschlossen, keine Zeit zu verlieren.

»Ich bin mir nicht ganz sicher, aber ...«, lautete zögernd die Antwort.

»Wer hat danach gefragt?«, hakte der Pfarrer nach.

»Es war ein Freund, oder besser gesagt, eher ein Bekannter...«

»Moment mal!«, sagte der Pfarrer streng, »junger Mann, damit wir uns richtig verstehen. Ich lasse mir dieses Getue noch eine Minute gefallen. Wenn Sie bis dahin nicht bereit sind, Klartext zu reden, dann gehe ich, und wir bleiben Freunde.«

Durch das Gitter drang zunächst ein Seufzer, und dann sagte der Mann flüsternd:

»Also gut, ich sage alles.«

Evaristo Sperati, genannt Risto, habe ihn um die Säure gebeten.

»Ach dieses Subjekt«, bemerkte der Pfarrer. »Und wieso hat er gerade Sie gefragt?«

»Weil ... weil ...«, verhaspelte sich der Mann.

»Warum?«, drängte der Pfarrer.

»Weil er wusste, dass ich es beschaffen kann«, lautete die Antwort.

Eine dumme Antwort, wie der Pfarrer bemerkte. Er würde auf die Frage noch mal zurückkommen. Zunächst ließ er den Mann weiter erzählen.

»Los, weiter!«

Was passiert war, nachdem er ihm die Säure gegeben hatte, wusste er nicht und hatte auch Risto seither nicht gesehen. Dann aber hatte er gestern, am Mittwoch, etwas entdeckt. Das hatte ihn eine schlaflose Nacht gekostet, weshalb er nun den Pfarrer um Rat fragen wollte. Deshalb hatte er die Glocke unter dem Vorwand einer dringenden Beichte geläutet.

Er hatte herausgefunden, dass die Säure benutzt worden war, um die Tauben zu vergiften, die über dem Dorf am Himmel kreisten.

19

Kleine dunkle Formen, die auf dem Kirchplatz verstreut lagen.

Der Pfarrer hatte sie am Montag vom Schlafzimmerfenster aus gesehen, im fahlen Morgenlicht. Sie kamen ihm vor wie Steine, Flusskiesel, die jemand aus irgendeinem Grund dort hingelegt hatte.

Aber es waren Tauben.

Tot und starr vor Kälte.

Am Montag hob der Pfarrer sechs auf, am Dienstag drei und am Tag darauf vier.

Das missfiel ihm sehr, und er zog die Stirn in Falten. Er liebte diese Tiere. Manche hatte er sogar an ihren unterschiedlichen Federn erkannt. Sie waren zahm gewesen und hatten auf dem Balkon vor seinem Arbeitszimmer nach Essbarem gesucht. Oft hatte er heimlich, ohne Wissen seiner Haushälterin ein paar Krümel und Brotkrumen in die Tasche seiner Soutane gesteckt, um sie den Vögeln zu geben.

Er schaute ihnen auch gerne zu, wenn sie frei hoch in den

Himmel flogen. Er berauschte sich daran, bewunderte ihre Flugmanöver und Flügelschläge. Und wenn er sie so betrachtete, überkam ihn ein feierliches, freudiges Gefühl.

Sie tot zu sehen, bedauerte er zutiefst. Doch das behielt er für sich. Nicht einmal der Haushälterin wagte er es zu sagen. Es ging nicht an, dass man wegen zehn toter Tauben solchen Kummer hatte. Was hätte sie von ihm denken sollen! Was würden die Gläubigen von einem Pfarrer halten, den der Tod von vier getöteten Vögeln quälte. Er behielt also seinen Kummer für sich, aber nie hätte er sich vorstellen können, dass Säure am Tod seines geliebten Federviehs schuld war.

20

Es könnte auch tödlich sein, hatte der Mann gesagt.

Allerdings, wenn er es benutzte ...

»Ja, es ist tödlich«, sagte er dann.

Auf dem Beipackzettel stand deutlich geschrieben, dass der Benutzer Augen und Hände schützen und es außerhalb der Reichweite von Kindern aufbewahren musste. Auf dem Etikett war auch der Totenkopf mit den gekreuzten Knochen zu sehen.

Und einmal ...

»Einmal?«, drängt der Pfarrer.

Was er hatte sagen wollen, war, dass einmal ein Arbeiter der Baumwollspinnerei aus Versehen zwei Schluck genommen hatte und dadurch beinahe umgekommen war. Er hatte es noch gerade rechtzeitig gemerkt.

»Nichts, gar nichts«, sagte er und erklärte schnell, um die Neugierde des Pfarrers abzulenken, wie man die Säure verwenden musste, wenn sie tödlich wirken sollte.

Bei Füchsen klappe dies hervorragend, erklärte er, und die seien ja, wie man wisse, schlaue Tiere.

Wie einfach war es dann erst mit Tauben, die so dumm waren – ein Kinderspiel.

Man musste nur ein paar Maiskörner nehmen, sie ein paar Tage in Kamillentee legen, damit sie weich wurden und ein wenig aufquollen. Dann brauchte man sie nur für eine Stunde in etwas Wasser und zwei Fingerhut Säure zu legen und sie in einer Mischung aus lauwarmem Wasser und Holundermarmelade ziehen zu lassen. Danach mussten sie gut abgetrocknet werden. So geriet das tödliche Gift in die Maiskörner. Die aber hätten einen süßlichen Kamillegeschmack, und die rote Farbe des Holunders zöge die Blicke der Vögel an.

Nur zwei, drei Körner, und die Taube konnte beten »Näher mein Gott zu dir«.

Der Pfarrer seufzte.

»Warum nur?«, fragte er.

Warum sollte man Tauben töten? Was hatte das für einen Sinn? Sie taten doch nichts Böses?

Von der anderen Seite des Gitters hörte er ein Seufzen und dann:

»Ich weiß es nicht.«

Er lege aber Wert darauf, dass der Herr Pfarrer wisse, dass er mit dem Ganzen nichts zu tun hatte. Sie hatten ihn hintergangen, das sei alles, und ihn träfe keine Schuld.

»In Ordnung«, murmelte der Pfarrer.

Wenn er aber schon nicht erklären könne, warum sie so etwas getan hätten, dann könnte er ihm wenigstens sagen, wie er dahintergekommen sei.

»Ich weiß es, weil ich es weiß«, antwortete der andere schnell.

»Und ich bitte Sie, was ich gesagt habe, zur Kenntnis zu nehmen, für den Fall, dass es zu irgendeinem Skandal kommt.

Ich habe nichts damit zu tun, und falls irgendwann etwas geschieht, dann sind Sie mein Zeuge.«

Der Pfarrer grinste höhnisch durch das Gitter.

»Was soll ich bezeugen?«, fragte er. Wie könne er sicher sein, dass er ihm die Wahrheit gesagt und nicht irgendeine Lügengeschichte erzählt hatte? Wie hatte er diese Dinge in Erfahrung gebracht? Wer hatte sie ihm erzählt?

Am Ende hätte er noch selbst an der Ermordung Unschuldiger mitgewirkt, deren Motiv er noch erfahren wollte.

»Nein!«, rief der Mann.

»Und wer kann das beweisen?«, erwiderte der Pfarrer. »Woher wissen Sie all diese Dinge?«

In diesem Augenblick war der Mann versucht zu fliehen. Er verzichtete nur deshalb darauf, weil er sicher war, dass der Pfarrer ihn dann einholen und erkennen würde.

»Ich weiß es, weil man es mir gesagt hat«, hauchte er durch das Gitter.

»Wer?«, fragte der Pfarrer trocken. »Der Risto vielleicht?«

Zuerst herrschte auf der anderen Seite des Gitters Schweigen. Dann hörte man einen tiefen Seufzer.

»Nein.«

»Wer dann?«

Zuerst antwortete er so leise, dass es kaum zu hören war.

Da befahl ihm der Pfarrer, es zu wiederholen.

»Die Luigina.«

»Die Luigina«, stotterte der Pfarrer, dem die Puste wegblieb.

»Ja, die«, bestätigte der Mann, »die Luigina U…«

»Ich habe verstanden, ich habe verstanden!«, rief der Pfarrer und ließ eine Minute bleierner Stille folgen.

»Ich möchte mir wünschen, dass du mir die Wahrheit gesagt hast«, flüsterte er dann durch das Gitter.

Dem geheimnisvollen Sünder verschlug es die Sprache.

Warum ging der Pfarrer so plötzlich vom Sie auf das Du über? Er ahnte es.

Und wenig später war er sich sicher, als ihn der Pfarrer fragte, mit dem Ton dessen, der schon die Antwort weiß, unter welchen Umständen er diese vertraulichen Mitteilungen von der Luigina U erhalten hatte ...

»Sag es mir«, brüllte er.

Der Mann war tief verlegen. Konnte er dem Herrn Pfarrer sagen, dass er von Zeit zu Zeit zur Luigina ging, weil seine Frau ihn allzu oft abblitzen ließ?

»Ähm ...«, brummte er.

»So eine Schande!«, rief der Pfarrer. »Ein Familienvater!« Vater von zwei Töchtern, einem Sohn von acht Jahren, einem von vier. Wie konnte er sich nur zu so etwas herablassen?

Allein dafür hatte er eine ordentliche Buße zu leisten.

Und dass er es bloß nicht wieder tat!

»In Ordnung«, antwortete Andrea Serperelli, achtunddreißig und Mechaniker in der Baumwollspinnerei.

»Und jetzt sag es mir«, befahl der Pfarrer.

»Was?«

»Hat Sperati das allein gemacht?«

»Nein.«

»Waren noch andere dabei?«

»Ja.«

»Wie viele?«

»Drei.«

»Die Namen!«

»Die Namen?«

»Die Namen der drei anderen«, forderte der Pfarrer.

Da wusste Serperelli, dass er keine Wahl hatte.

»Ich kann sagen, von wem ich diese Dinge erfahren habe, kann es aber auch lassen.«

Er nannte sie ihm.

Ludovico Navacchi, Stefano Liberati, Andrea Valenza.

Und natürlich Evaristo Sperati, der die Idee gehabt hatte, die Tauben zu vergiften, die monatelang die Luigina Uselànda belästigt hatten.

21

Der Segretario der Gemeinde Eugenio Coppes, von dessen Gefräßigkeit jedermann wusste, hatte der Signorina Luigina Piovati den Spitznamen Uselànda gegeben.

Eigentlich war es ein bisschen anders gewesen. Aber das Verdienst gebührte ihm trotzdem.

Es war vor drei oder vier Jahren passiert, als die Frau in die Kommunalverwaltung kam, weil sie ihren Pass verlängern musste.

Die Piovati war unberechenbar und sonderbar, und sie provozierte gern. Als sie der Kommunalangestellten – der nur der Schleier fehlte, dann hätte sie komplett wie eine Nonne ausgesehen – ihren Beruf nennen sollte, machte sie eine für sie typische Szene.

»Jeder kennt meinen Beruf«, sagte sie, »deshalb ist es vollkommen überflüssig, mich das zu fragen.«

Da wurde die Angestellte puterrot. Auch sie wusste, welch schändlichen Beruf die Piovati ausübte, aber es war unmöglich, dies auf einem amtlichen Dokument zu vermerken.

»Wenn Sie nicht den Mut haben, das zu tun«, sagte die Piovati beharrlich, »schreiben Sie irgendwas rein, was Ihnen passt. Dadurch ändert sich im Grunde nichts.«

Die Angestellte war in größter Verlegenheit und wandte sich an den Segretario Coppes, einen Mann von Welt. Er hatte die Szene von Anfang an verfolgt und es gleich begriffen:

Wollte man erhobenen Hauptes aus der Sache herauskommen und der Luigina keinen weiteren Anlass für einen Skandal geben, brauchte man einen Geniestreich.

Und er hatte den Geistesblitz.

»Passt Ihnen Vogelkundlerin?«, fragte er die Frau.

Die Piovati reagierte mit schallendem Gelächter, und um das letzte Wort zu haben, machte sie dem Segretario ein Kompliment.

»Sie haben eine Gratis-Beratung gewonnen«, sagte sie, und damit endete die Begegnung.

Seit diesem Tag bezeichnete sich die Luigina gegenüber Unbekannten als »Vogelkundlerin«.

22

Die Luigina übte ihren Beruf zu Hause aus. Sie empfing nach Termin, Tag und Nacht, ohne dass ihr Stundenplan je durcheinandergeriet. Auch früh am Morgen machte es ihr nichts aus, beispielsweise zwischen fünf und sieben Uhr stand sie den Arbeitern der Baumwollspinnerei zur Verfügung, die von der Nachtschicht kamen, oder denen, die zur Frühschicht gingen, und in dieser Zeit schaffte sie es, zehn unterzubringen.

Sie wohnte nicht weit vom Pfarrhaus entfernt. In einem dunklen und feuchten Häuschen zwischen dem Bezirksgefängnis und der Bäckerei *Panozzi*.

Solange sie dort allein gewohnt hatte, hatte alles wie am Schnürchen geklappt.

Dann aber, vor ein paar Monaten, war eine Familie aus Sizilien in die obere Wohnung eingezogen. Der Vater war Weichensteller bei der Eisenbahn, die Mutter Hausfrau, dazu ein Kind von sieben oder acht Jahren.

Es gab schon fast am ersten Tag Probleme. Seit sich die Sizilianer über ihrem Kopf niedergelassen hatten, war ihr Balkon immer voller Taubenkacke.

Eine schöne Sauerei.

Diese Viecher verdreckten auch die Blumen, mit denen die Luigina ihren Balkon verschönerte, und sie musste zwei bis dreimal pro Tag putzen.

So konnte es nicht weitergehen.

Zwischen einem Freierbesuch und dem nächsten hatte die Luigina die Lage analysiert und zu verstehen versucht, wie es kam, dass die Tauben es gerade bei ihr machten. Schließlich glaubte sie, das Problem gelöst zu haben.

Sie hatte festgestellt, dass die Frau des Sizilianers Brotkrumen auf die Fensterbank legte und die Tauben sie aufpickten. Sie kamen an, stützten sich auf dem Fensterbrett ab, pickten alles auf und kackten auf ihren Balkon.

Sie verlor keine Zeit und ging eines Tages nach oben, um diesen Kanaken klarzumachen, dass die Tauben ihre Terrasse schmutzig machten und die Blumen eingingen. Aber sie reagierten einfach nicht.

Luigina hatte den Eindruck, dass sie nicht mal Italienisch konnten, sie hatten sie auch nicht hereingebeten und so getan, als komme sie von einem anderen Stern.

Sie ärgerte sich schwarz. Wofür hielten die sich eigentlich? Dann beobachtete sie die Leute genauer. Und sie kam zu der Überzeugung, dass sie Tauben aßen.

Immer mal wieder ließen die Sizilianer ein Fenster offen, damit eine Taube in die Küche flog. Danach war die Hölle los. Dann hörte man heftige Schläge. Die Luigina begriff, was los war, und sie täuschte sich nicht. Die Hausfrau verfolgte den Vogel mit dem Besen in der Hand durch die ganze Küche und schlug wild um sich, bis sie das Tier traf, und dann kam es in die Pfanne.

Auch ich habe Hunger gelitten, dachte Luigina.

Aber Kacke war nun mal Kacke, und sie hatte die Nase voll, wegen dieser Zulu-Kaffer dauernd den Balkon mit Essigwasser putzen zu müssen.

Sie hatte es im Guten versucht, doch die hatten es nicht begreifen wollen, sagte die Luigina sich.

Pech für sie, dann würden sie es jetzt zu spüren bekommen.

Und so überlegte sie, wie sie sich rächen konnte.

Risto war an einem Abend der vergangenen Woche auf die rettende Idee gekommen. Es war ein feuchter, stiller, langweiliger und kalter Abend. Ein Abend voller Sehnsucht, an dem man auf den Gedanken kommen konnte, von hier wegzugehen, diesem Ort den Rücken zu kehren, der nichts anderes als ein riesiger Friedhof oder ein Altersheim war.

Die vier hatten abends lange zusammengesessen und sich die üblichen Geschichten erzählt, bis sie der Chef des Cafés an der Anlegestelle aufforderte, nach Hause zu gehen. Eigentlich sei das Café schon seit einer Weile geschlossen. Sie gingen nach draußen, aber statt schlafen zu gehen, liefen sie lustlos über die Piazza Grossi, vorbei an dem Dichter mit dem melancholischen Blick, und amüsierten sich damit, ab und zu einen fahren zu lassen, das einzige Geräusch in der bedrückenden Stille, die auf ihnen lastete.

Keiner wollte sich dazu entschließen, auf Wiedersehen zu sagen und ins Bett zu gehen. Vielleicht hatten alle vier Angst davor, wieder allein zu sein und nicht einschlafen zu können, weil sie an morgen denken mussten, an einen weiteren öden Tag.

Da kam Risto auf die Idee.

Warum gehen wir nicht zur Luigina?

Alle vier?

Alle vier natürlich. Was war Besonderes daran, die Luigina verweigerte niemandem etwas.

Und, erklärte Risto dann, man musste ja nicht unbedingt gleich mit ihr vögeln. Sie konnten doch einfach bei ihr sitzen und sich ein paar Geschichten erzählen. Die Frau hatte immer ein paar Kuriositäten über merkwürdige Freier auf Lager. So kämen sie zu einer angemessenen Zeit ins Bett.

Im Grunde, so erklärte Risto noch, sei das Haus der Luigina das einzige Lokal, das in diesem Scheißkaff um diese Zeit noch offen war.

So verließen sie im Gänsemarsch den Platz, schlugen den Weg zu den engen Gassen ein und gingen kichernd auf das Haus der »Ratgeberin« zu.

Die war gerade eifrig dabei, mit Essigwasser und Scheuerlappen die Flecken von Taubenkacke auf ihrem Balkon wegzuwischen.

Es war ein langer Tag gewesen.

So war es im Herbst immer. Im Sommer waren die Männer weg. Nicht alle, aber die meisten schon. Dann, bei der ersten Kälte, wenn es feucht wurde, erinnerten sie sich wieder an sie und kamen zu ihr.

In der schlechten Jahreszeit wollten sie es besonders schnell haben. *Toccata und Fuge.* Das war für sie das Beste, denn da der Preis immer derselbe war, konnte sie mehr Freier bedienen, und am Ende des Tages war ihre Schublade prall gefüllt.

So war auch dieser Tag gewesen. Jede Menge Kunden, einer nach dem anderen.

Und so war Luigina nicht dazu gekommen, sich um den Balkon zu kümmern.

Als die vier Taugenichtse an ihre Tür klopften, befand sie sich also mitten in einem radikalen Putzmanöver.

Als sie die vier sah, war sie ein wenig beunruhigt.

»Vier?«, fragte sie.

Sie hatte zwar eine kräftige Natur, die viel aushalten konnte, aber so stabil war sie auch wieder nicht. Sie sagte jedoch nichts, denn auch die vier bedeuteten Geld, und das Opfer lohnte sich.

Zuerst allerdings ...

Sie stellte eine Bedingung: Zuerst musste sie mit der gerade begonnenen Putzerei fertig werden.

Sie müsse es unbedingt tun, erklärte sie, bevor sie dem jungen Gemüse »Gehör schenke«, wie sie sich auszudrücken pflegte, danach hätte sie nämlich weder Lust noch Kraft, noch etwas anderes zu tun.

Da hakte Risto nach und fragte, was denn eigentlich los sei.

Wieso, warum, was denn?

Da erzählte die Luigina die ganze Geschichte, und die Lust der vier, die sowieso nur mittelmäßig war, ließ nach, während die Piovati mit Tatsachen und Vermutungen herausrückte.

Es endete so, dass die Frau eine Flasche Roten auf den Tisch stellte, und dann gab jeder seine Meinung zum Besten. Risto kam schließlich auf die richtige Idee. Er verriet sie der Luigina. Die war einverstanden und versprach, wenn sie sie wirklich von diesen scheußlichen Vögeln erlösten, würde sie sich um sie kümmern, und zwar umsonst.

23

Die Wahrheit trat Anselmo Crociati unversehens vor Augen.

Er hörte der Haushälterin gar nicht mehr zu, die immer weiterredete, sondern sah den Mittwochmorgen wieder vor sich.

Die Taube oben auf dem Mast.

Reglos, auch als er aus Versehen auf einen trockenen Zweig getreten war.

Aber auch noch danach, als er schoss.

Zwei Schüsse.

Der erste, mit dem er sie verfehlt hatte.

Der zweite, mit dem er sie erwischte, aber nur, weil das Tier nicht in der Lage war, sich zu wehren, zu fliegen, abzuhauen.

Er hatte auf ein krankes Tier geschossen, vergiftet von dem tödlichen Köder, den irgendein Verrückter ausgelegt hatte.

Alle Mühe, die er sich zu Hause gegeben hatte, war einen Scheißdreck wert, die erlegte Taube war nicht der Beginn eines neuen Lebens, sondern die Fortführung des alten mit nur einem Auge.

Als die Haushälterin mit ihrer Geschichte fertig war und ihn mit krächzender Stimme fragte, ob er begriffen habe, warum sie zu ihm gekommen war, antwortete Anselmo mit Ja.

»Aber was habe ich damit zu tun?«, fragte er dann gleich.

»Und ich?«, erwiderte die Haushälterin.

Sie konnte noch am wenigsten dafür. Sie tat ja nichts als ihre Pflicht. Sie hatte die Taube bekommen, gebraten und der Witwe Fioravanti gebracht.

Das war alles. Sie traf keine Schuld.

Er müsse zum Herrn Pfarrer gehen und ihm sagen, dass die Taube, die die Fioravanti am Vortag gegessen hatte, vermutlich voll giftiger Säure gewesen war.

Crociati war sprachlos.

Die Haushälterin zuckte die Achseln.

»Hätten Sie sie nicht ins Pfarrhaus gebracht, wäre nichts passiert«, jammerte sie.

Anselmo schnaufte.

Dann sagte er: »Es könnte sein, dass am Ende noch die Carabinieri auftauchen.«

Die Haushälterin breitete die Arme aus. Das war nicht ihre Sache. Und jetzt war die Messe vorüber.

24

»Amen«, sagte der Priester.

Maria Isnaghi raffte sich auf. Die Messe war vorüber, und sie war immer noch kein bisschen weitergekommen.

Jetzt war der Moment, in dem sie es wagen musste. Aber sie hatte nicht den Mut.

Sie wollte nicht vom Pfarrer exkommuniziert werden oder etwas in der Art, so wie es 1905 der Sofistrà passiert war; zwei Jahre nach der Hochzeit und zwei Monate nach dem Tod ihres Mannes.

Nach dem, was die Fioravanti erzählt hatte, hatte der damalige Pfarrer Evandro Scapelli sie am Eingang des Hotelrestaurants *Del Sole* angesprochen, das nun Eufrasia allein gehörte. Er wollte genauere Erklärungen. Er hatte nämlich soeben in einem Kuvert eine beträchtliche Geldsumme erhalten, um zehn Jahre lang wöchentlich eine Messe zum Gedächtnis von Barnaba Vitali zu lesen. Don Scapelli war nicht käuflich. Er hatte nichts gegen Geld für seine eigenen Bedürfnisse und die der Gemeinde, aber dieses Kuvert hatte nach Schwefel gerochen, und er wollte kein Geld vom Teufel annehmen.

So fragte er die Sofistrà, ob es stimme, was ihm mehrere Leute erzählt hatten, nämlich dass sie den Leuten aus der Hand, aus dem Kaffeesatz, aus Eiweiß, den Karten und wer weiß noch was las, und so an die Stelle dessen trat, der die Menschen nach seinem undurchdringlichen Ratschluss in die Welt setzen und sterben ließ.

»Ist daran etwas Schlimmes?«, fragte die Sofistrà.

»Ganz und gar«, antwortete der Pfarrer trocken. Er gab ihr das Kuvert mit dem Geld zurück und erklärte, die Gemeinde könne kein Geld annehmen, das vom Teufel stamme. Dann forderte er die Sofistrà auf, sofort zu bereuen. Das tat Eufrasia nicht, und so begann ein langsamer Abstieg, der wer weiß wohin geführt hätte, wäre nicht in einem bestimmten Moment Dilenia Settembrelli aufgetaucht, die Frau des damaligen Bürgermeisters.

Sie, so dachte Maria Isnaghi, hatte keine Freundinnen oder Freunde, die sie unterstützen würden.

Da war nichts zu machen.

Sie beschloss, ihren Plan aufzugeben, und ging zum Ausgang.

Da hielt der Pfarrer sie zurück. Anstatt gleich in die Sakristei zurückzukehren, kam er durch die Bankreihen.

»Entschuldigung, Maria«, sagte er.

Die Isnaghi war gerade auf der Höhe des Taufbeckens angekommen.

Sie wurde rot.

Hatte der Pfarrer etwa ihre Gedanken gelesen?

Doch er lächelte ihr zu.

»Ich muss Sie um einen Gefallen bitten«, sagte er.

Es ginge darum, erklärte er, die Wohnung der Fioravanti in Ordnung zu bringen. Abzustauben, aufzuräumen und alles für die Trauerbesuche fertig zu machen.

»Gestern Abend«, fügte der Pfarrer hinzu, »habe ich vergessen, Sie darum zu bitten.«

Sie solle es ihm zum Gefallen tun.

»Und auch für die arme Fioravanti.«

Sie würde ihr sicherlich von oben im Himmel danken.

Die Isnaghi zuckte vor Schreck zusammen.

Dies war das Zeichen, auf das sie gewartet hatte.

Wie konnte die Witwe Fioravanti ihr danken, wenn nicht auch ein bisschen Glück im Spiel war?

»Natürlich«, antwortete die Isnaghi.

Sofort.

Nicht ganz sofort.

Denn jetzt, wo es beschlossen war, musste sie zuerst zur Sofistrà gehen.

Energisch ging sie davon, während der Pfarrer, immer noch neugierig, weshalb die Haushälterin nicht in der Messe gewesen war, ins Pfarrhaus ging und laut nach ihr rief. Sie steckte zur Antwort den Kopf durch die Tür, gab vor, in größter Eile zu sein, und sagte dem neugierigen Pfarrer:

»Da wartet einer auf Sie«, und wies auf das kleine Wartezimmer.

»Einer?«, fragte der Priester.

»Ja«, erwiderte die Haushälterin, »der, der immer auf die Jagd geht und ab und zu Vögel vorbeibringt.«

»Anselmo?«

»Genau.«

»Und was will er? Was ist passiert?«

»Fragen Sie das nicht mich, Hochwürden«, sagte die Haushälterin energisch und zog sich in die Küche zurück.

25

»*War das ein Traum?*«, fragte sie Sofistrà.

»Nein«, antwortete Maria Isnaghi außer Atem, wegen der anstrengenden Treppe, aber auch wegen der Aufregung, schließlich war sie zum ersten Mal in dieser Wohnung. Außerdem war dies eher ein Loch als eine Wohnung, eine hergerichtete Dachkammer, die man über drei Treppen erreicht, ein kleines Fenster mit Blick über die Dächer der Pradegiana und überall kleine Teller mit Essen: für die Katzen, Eufrasias richtige Familie.

Die sagte: »Oje.«

»Warum oje?«, fragte Maria.

Weil, erklärte die Sofistrà, die Wirklichkeit oft lügnerisch und verräterisch war. Träumer aber waren unschuldig wie Kinder und täuschten sich selten. In diesem besonderen Fall, so legte die Frau weiter dar, gab es nur wenig zu raten.

»Der Tod, eine alte Frau, der Pfarrer ...«

Ganz banale Dinge.

»Ist denn nichts Besonderes daran, kein Hinweis?«

Schon, dachte die Isnaghi: die tote Katze, umgebracht von Agostino. Aber es schien ihr besser, dies einer Frau, die Katzen für menschliche Wesen hielt, nicht zu sagen.

»Also gut, ich werde mein Möglichstes tun«, schloss die Sofistrà.

Danach sagte sie:

»10. 34. 41.«

»Und um wie viel wollen Sie spielen?«

Die Isnaghi zückte einen Fünf-Lire-Schein.

»Auf welchem Glücksrad?«, fragte sie und betonte, sie rate ihr dringend, kein Rad aus dem Süden zu nehmen, die wären immer parteiisch.

»Mailand?«, fragte die Isnaghi.

»Das scheint mir eine sehr gute Wahl«, antwortete die Sofistrà.

Am Ende nahm sie für die Beratung noch zwei Lire mehr und noch eine halbe Lira für besondere Ausgaben. Sie sammelte nämlich jeden Freitag die Einsätze und fuhr mit dem Zug nach Lecco zur Lottostelle.

26

Wie denn, wie denn, wie denn?

Drei Gewehrschüsse hintereinander und mitten auf die Schießscheibe.

Anselmo Crociati hatte dem Pfarrer gerade erzählt, dass in dem Vogel, den er ihm am Morgen gebracht hatte, wahrscheinlich dasselbe Dreckszeug drin war, das die anderen getötet hatte.

Woher wusste er das?

Crociati antwortete – um es kurz zu machen und vor allem, um die Haushälterin nicht zu verraten, der er hatte versprechen müssen, sie da nicht mit hineinzuziehen –, er habe es von der »Vogelkundlerin«, er sei ja Junggeselle und besuche sie regelmäßig, was eigentlich gar nicht stimmte.

Woher er denn wisse, dass der fragliche Vogel auf dem Tisch der Witwe Fioravanti gelandet war?

Anselmo sah sich gezwungen, weiter zu lügen.

Er erzählte, abends werde er schnell müde, freue sich immer auf sein Bett und besuche die Signorina Piovati gewöhnlich in den frühen Morgenstunden. So sei es auch an jenem Morgen gewesen, und nachdem er von dem Tod der Tauben erfahren habe, sei er zum Pfarrhaus gerannt, um die Haushälterin vor der Gefahr zu warnen. Dadurch habe er sie von der täglichen Pflicht, die Frühmesse zu besuchen, abgehalten. Sie habe ihm dann erzählt, dass der Vogel auf dem Tisch der Witwe gelandet sei. Er habe Skrupel bekommen und halte es für seine Pflicht, es dem Pfarrer zu sagen. Auch wenn ihn keine Schuld treffe. Falls der Herr Pfarrer den Carabinieri Bescheid sagen wolle ... die Sache war nun mal passiert, und man konnte das Ganze nicht rückgängig machen ...

»Aber wie ...«, unterbrach der Priester ihn.

Wie konnte er sich einbilden, dass man die Carabinieri aus dieser Geschichte raushalten könnte? Wie konnte er glauben, dass er da nicht hineingezogen würde? Hatte er denn kein Gewissen?

Auf Crociatis Gewissen lastete nur eins: dass das Jagdgesetz verbot, Felsentauben zu schießen. Aber noch mehr plagte ihn der Gedanke, dass die Carabinieri ihm den Jagdschein, wenn sie ihn überprüften, wahrscheinlich nicht zurückgeben würden.

»Und Sie verlangen von mir, dass ich so tue, als ob nichts wäre!«, brüllte der Pfarrer.

Er müsse jetzt sogleich zur Kaserne gehen.

War ihm denn gar nicht klar, dass sie es mit einer Straftat zu tun hatten?

27

»*Eine?*«, fragte der Maresciallo maggiore Ernesto Maccadò, Ortskommandant von Bellano.

Als der Pfarrer in die Kaserne kam, war Maresciallo Maccadò noch nicht da. Er wohnte nicht in der Dienstwohnung, obwohl er einen Anspruch darauf hatte, sondern ein wenig außerhalb, in einem Ort namens Calchera. Ein hübsches Fleckchen mit einem Haus oberhalb vom See und einem Stück Garten. Hier hatte sich die Signora Maccadò von den Anstrengungen des ersten Jahres in Bellano erholt, das sie als junge Ehefrau in der Dienstwohnung der Armee über der Kaserne hatte verbringen müssen.

Auch dem Maresciallo sagte das Häuschen zu. Weniger gefiel ihm, dass er Geld für Miete ausgeben musste, wo er doch umsonst hätte wohnen können. Aber das Gesicht seiner Frau verdüsterte sich allein beim Gedanken an einen Umzug, so als wäre die Sonne von Kalabrien, mit der sie aufgewachsen war, untergegangen. Dann hörte Maccadò auf, davon zu reden, schnallte den Gürtel enger und fuhr bei jedem Wetter mit dem Dienstfahrrad in die Kaserne, um seine Schuhsohlen nicht abzunutzen.

An jenem Morgen wehte ein Novemberwind, der von den Gipfeln der Voralpen winzige gefrorene Schneeflocken herüberwehte. Der Maresciallo kam ein paar Minuten zu spät, denn heute war er zu Fuß in die Kaserne gekommen. Er entschuldigte sich, bat den Pfarrer in sein Büro und erklärte, er stehe ihm zur Verfügung.

Während ihm der Pfarrer die Ereignisse darlegte, machte er sich ununterbrochen Notizen.

Dann begann er zu zählen.

»Eine?«, stieß er hervor und zog Bilanz.

Er sah mindestens drei Straftaten.

Totschlag, Tierquälerei, Täuschung Wehrloser. Auch derjenige, der den vier Tätern die Säure gegeben hatte, konnte verfolgt werden: Diebstahl, Mittäterschaft, Begünstigung.

Der Maresciallo rieb sich die Hände. Er freute sich und tat nichts, um dies zu verbergen.

Er lauerte diesen vier Nichtsnutzen schon lange auf, um eine Rechnung zu begleichen, die er in der Nacht des 9. August 1934 aufgemacht hatte.

28

In der Nacht des 9. August wurde der damalige Sekretär der faschistischen Partei gegen zwei Uhr aus dem Schlaf gerissen, weil er aus dem Fenster der Wohnung der achtzigjährigen Klavierlehrerin Goietta Ribaldi, zart wie eine Wolke, in der Via Plinio gegenüber von seinem Haus, die Klänge der *Internationalen* gehört hatte.

Als Maccadò gemeinsam mit Camozzetti ins Haus der Ribaldi stürzte, fand er tatsächlich die Alte am Klavier sitzen und die unsägliche Hymne spielen. Da waren aber auch die vier Nichtsnutze, ziemlich angeheitert. Auf die Frage des Maresciallo, was sie da zu suchen hätten, erklärten sie, sie seien zufällig auf dem Rückweg von Pradello, wo sie in der *Osteria del Cacciatore* gefeiert hätten, unter dem Fenster vorbeigekommen. Da hätten sie die verbotenen Klänge gehört und seien ins Haus der Lehrerin gegangen, um den Skandal im Keim zu ersticken, aber da sei nichts zu machen gewesen, denn die Ribaldi hätte nur taube Ohren für ihre Ermahnungen gehabt.

»Und wie ist sie an die Noten gekommen?«, fragte Maccadò.

Vor zwei Jahren, als bei der Lehrerin die geistige Verwirrung begann, hatte sie die schlechte Gewohnheit angenommen, zu jeder Tages- und vor allem Nachtzeit zu spielen, und ging damit ihren Nachbarn auf die Nerven. Der einzige Weg, sie davon abzubringen war, ihr die Unmengen von Noten wegzunehmen. Ohne die nämlich war in ihrem Kopf nicht mehr die geringste Spur von Tönen.

»Ein Geheimnis«, sagten die vier im Chor, als Camozzetti die *Internationale* in Stücke riss.

»Ein Geheimnis«, murmelte Maccadò. Er glaubte nicht an Geheimnisse. Und er mochte es gar nicht, um zwei Uhr morgens geweckt und auf den Arm genommen zu werden.

Die Sache sprach sich herum, alles lachte über den Maresciallo, und als er wenig später eines Nachmittags zufällig seinen Kollegen aus Mandello del Lario im Flur des Kommandos von Lecce traf, fragte der ihn lachend, ob man ihm noch weitere nächtliche Ständchen gebracht hätte.

Ein paar Monate später geschah eine weitere Schandtat. Es war wieder Nacht, als vom Glockenturm der Propsteikirche eine Reihe von Explosionen zu hören war, als schieße jemand mit einem Carcanogewehr. Zuerst kam der Küster Bigè herbeigelaufen und rief, der Teufel habe sich in der Kirche niedergelassen, und hole den Probst und auch den Maresciallo aus dem Bett.

Als der zum Ort des Geschehens kam, war die Knallerei schon vorbei, doch man konnte feststellen, dass jemand im Glockenturm den Evaristo Bezzi, genannt Penìn und von Beruf Säufer, eingeschlossen und mit Knallfröschen versehen hatte, die er da oben krachen ließ.

»Wer kann auf eine so verrückte Idee gekommen sein?«, fragte sich der Pfarrer laut.

Maccadò sagte nichts, aber am nächsten Tag hatte er durch Befragung des Besitzers der *Osteria del Lasco* herausgefunden, dass die vier am Vorabend mit Penìn zusammen gewesen waren und ihm Getränke spendiert hatten, bis er nicht mehr konnte. Danach waren sie mit ihm weggegangen.

Mehr wusste der Gastwirt nicht.

Maccadò kombinierte dies mit den Hinweisen, die er von Matteo Scambiai erhalten hatte, einem Kriegsversehrten des Ersten Weltkriegs und Pförtner des Arbeiterheims der Baumwollspinnerei. Immer wieder würden die jungen Mädchen dort von den vieren belästigt.

»Zeigen Sie sie an«, hatte ihn Maccadò mehrfach aufgefordert.

Doch der Pförtner hatte sich immer geweigert. Schließlich

belästigten sie nicht ihn, und wenn die Mädchen es sich gefallen ließen und die Kerle nicht anzeigten, dann hatten sie Pech gehabt.

Von den anderen kleinen Dingen, die den Bürgermeister und die Einwohner ärgerten, ganz zu schweigen. Die Denkmäler von Tommaso Grossi und Sigismondo Boldoni waren voller Kratzer, Schlüssellöcher von Toren und Türen mit Kleber gefüllt worden, außerdem lagen Fische in Briefkästen, riesengroße weiße Sprüche waren auf Hauswände geschmiert worden. Maccadò hatte versucht, die Dinge gütlich zu regeln, indem er mit der Mutter von Risto sprach, dem Ältesten und dem Gehirn der Gruppe, wenn überhaupt von Gehirn die Rede sein konnte.

Die Frau zuckte nicht einmal mit der Wimper, als der Maresciallo mit ihr redete, und behandelte ihn von oben herab.

»Wenn Sie Beweise dafür haben, dass mein Sohn schuldig ist, dann legen Sie sie vor«, sagte sie. »Ansonsten, lieber Maresciallo, haben Ihre Worte keinerlei Wert.«

Diese Antwort war ein tödlicher Schlag für Maccadò. Er musste allerdings wutschnaubend zugeben, dass die alte Vettel nicht ganz unrecht hatte.

Er brauchte Beweise.

Und er dachte, er hielte sie endlich in Händen, als im Frühjahr 1936 das Reich auf den Hügeln Roms wiedererstand.

29

Das war die ideale Gelegenheit für Gauner und Böswillige jeglicher Art, sagte sich der Maresciallo. Am Morgen des 9. Mai 1936 kam der Bürgermeister von Bellano, Ermete Bonaccorsi, und sagte ihm, am Abend werde die Rede zur Proklamierung des Reiches übertragen, mit zwei riesigen Megaphonen, die mit dem Radio verbunden waren und auf dem Balkon des Palazzo Municipale aufgestellt waren.

Da dachte der Maresciallo an die Menge, die auf den Platz strömen würde und was dabei alles passieren könnte: die ideale Gelegenheit für Gauner und Böswillige.

Er sagte es dem Bürgermeister.

»Sie werden schon sehen, dass nichts passiert«, antwortete der.

Der Maresciallo tat, als stimme er ihm zu. Aber er hoffte, dass das Wetter auf seiner Seite war. Er war verdrossen an diesem Morgen. Auf den Hügeln Roms war das *Imperium* wiedererstanden, auf dem Berg Muggio waren die Vorzeichen eines prächtigen Gewitters zu sehen, aber bis Mittag hatte Maccadò noch Hoffnung. Als er dann auf dem See die sanfte, vom Wind verursachte Welle entdeckte, fühlte er sich verraten. Am Nachmittag war der Himmel heiter, die Wolken waren vertrieben, der Gipfel des Muggio leuchtete in prächtigem Grün.

Da rief er die Carabinieri Malamonica und Bottasana in sein Büro und verpflichtete sie, am Abend Dienst zu machen. Sie sollten alle kritischen Punkte im Auge behalten: die Piazza, einige Osterien, Spelunken, in denen sich Hitzköpfe aufhielten, und das Ende der Mitternachtsschicht in der Baumwollspinnerei.

Trotz seiner Besorgnis ging der Abend recht problemlos

vonstatten; hier und da Lärm, ein paar Prügeleien, der eine oder andere Betrunkene. Die meisten Bellaneser benahmen sich gut, wie der Bürgermeister vorhergesagt hatte, sie versammelten sich auf der Piazza, um zu feiern und sonst nichts, wenn auch nicht alle wussten, was geschehen war und warum die Glocken der Propsteikirche und der anderen Kirchen der Gegend seit dem späten Nachmittag läuteten wie an Feiertagen. Wie viele Schäden es wirklich gegeben hatte, würde man erst am nächsten Tag feststellen können, sagte sich Maccadò.

Aber auch am nächsten Morgen schien nichts den üblichen Betrieb in der Kaserne zu stören, der Bürgermeister hatte recht gehabt. Gegen neun Uhr am 10. Mai beschloss der Maresciallo angesichts der allgemeinen Ruhe, ins Café bei der Anlegestelle zu gehen und einen Kaffee zu trinken.

Deshalb öffnete er und nicht der einfache Soldat Malamonica dem Pförtner Enea Anomali die Tür, als er eine Anzeige wegen Diebstahls erstatten wollte.

Kohlediebstahl, etliche Doppelzentner.

Enea Anomali, Aufseher beim Warendepot des Bahnhofs, hatte den Diebstahl von mehreren Doppelzentnern Kohle bemerkt, der am vorigen Nachmittag per Eisenbahn erfolgt war. Wie viel, das konnte er nicht sagen, er hatte die Menge nur mit den Augen geschätzt.

»Verdächtige? Spuren? Indizien?«, fragte Maccadò.

Er habe an den Festlichkeiten teilgenommen und sei ein paar Stunden weg gewesen, vielleicht drei, das habe der Stationsvorsteher ihm erlaubt. In dieser Zeit mussten die Diebe den Coup ausgeführt haben.

»Und wo soll ich die jetzt finden?«, rief der Maresciallo.

Anomali breitete die Arme aus. Maccadò schickte ihn weg und sagte, er werde tun, was er könne. Er wusste aber, dass das Unsinn war und dass er die Anzeige gleich zu den Akten legen konnte.

Das hätte er auch getan, wenn nicht Eufrasia Sofistrà dazwischengekommen wäre, ohne deren Ratschläge Dilenia Settembrelli, die Frau des Bürgermeisters, nicht leben konnte.

30

I

Dilenia Settembrelli stammte nicht aus Bellano. Sie war in Carbonate im Varesotto geboren. Mit neunzehn Jahren verließ sie 1898 ihr kleines Dorf. Nicht in gutem Einvernehmen, ganz im Gegenteil. In diesem Sommer wurde die Gegend um Carbonate von einer Typhusepidemie heimgesucht. Die Gesundheitsbehörden hatten den Leuten geraten, die Gefahrenzone zu verlassen, sofern sie es konnten. Dilenia wurde zu einer Schwester ihrer Mutter geschickt, die in Rancio di Lecco wohnte, aber am Morgen der Abreise weigerte sich das Mädchen loszufahren.

»Wahnsinn!«, sagten die Eltern, die schon die ersten Anzeichen der Krankheit spürten.

»Ich rette mich schon selbst«, erwiderte Dilenia.

Das hatte ihr in dieser Nacht im Traum ihre Schwester Euforbia gesagt, die drei Jahre zuvor an Tuberkulose gestorben war. Sie war von ihrer Bahre aufgestanden, und mit einem Lächeln auf den Lippen hatte sie ihr diese prophetischen Worte eingegeben. Tatsächlich war die Settembrelli verschont worden. Aber ihre Eltern nicht, dafür war ihr Bruder mit heiler Haut davongekommen. Als er wieder auf den Beinen war, beschloss er, das Leben auf dem Land aufzugeben und anderswo sein Glück zu suchen.

Allein, wie sie war, fühlte sich Dilenia verloren und konnte nicht entscheiden, was sie tun sollte. Da kam ihr wieder Euforbia zu Hilfe. Auch diesmal im Traum. Auf der Bahre liegend und mit ihrem Lächeln auf den Lippen sagte sie: »Geh!« Und in diesem Befehl sah Dilenia die Aufforderung, nach Lecco zu ziehen.

In der kleinen Stadt am Comer See wartete bestimmt kein Luxusleben auf sie. Tante Gerbera hatte sieben Kinder, vier Mädchen und drei Jungen, und einen Mann, der als Schlosser immer weniger Aufträge bekam. Nach einem Monat fand Dilenia Arbeit in der Baumwollspinnerei Bonaccorsi, die in Rancio lag, und nun half sie gemeinsam mit Cousinen und Vettern, die Haushaltskasse zu füllen. Dies war eine Zeit geradezu schmerzlicher Langeweile. Morgens früh aufstehen, dann Arbeit, eine kurze Mittagspause, dann wieder Arbeit bis zum Abend, Schlaf in der Nacht mit bleischweren Träumen und Emotionen. Euforbia hatte von ihrer Bahre aus, auf der sie, wie ihre Schwester manchmal neidvoll dachte, lag, nichts mehr von sich hören lassen, und so fragte sich Dilenia, wie lange sie dieses Leben ertragen würde.

In der Nacht vom 3. auf den 4. April 1902, als Dilenia schon drei Jahre in Lecco war, gab Euforbia wieder ein Lebenszeichen von sich.

Bei dieser dritten Erscheinung lächelte sie nicht, doch ihre Botschaft war klar und deutlich: »Bleib zu Hause!«

Bevor Dilenia gehorchte, zögerte sie eine Weile. Sie würde ihre Stelle verlieren, wenn sie nicht zur Arbeit ging. Andererseits sagte sie sich: Aller guten Dinge sind drei. Auch diese dritte Botschaft aus dem Jenseits musste wie die vorherigen einen bestimmten Grund haben.

Und den hatte sie, wie sich später herausstellte. Einen zweifachen sogar.

Denn nicht nur brach an jenem Morgen bei der Baumwollspinnerei Bonaccorsi ein Brand aus, bei der drei Arbeiterinnen getötet und zehn verletzt wurden.

Am Abend klingelte außerdem der Sohn des Chefs Ermete Bonaccorsi an der Haustür. Er hatte etwas Wichtiges mitzuteilen: Die Arbeiterin Dilenia Settembrelli wurde vermisst. Die Feuerwehrleute fürchteten, sie habe eine Rauchvergiftung erlitten, sei in Ohnmacht gefallen und liege nun gemeinsam mit anderen Arbeiterinnen unter den Trümmern. Sie vermissten noch andere Frauen außer ihr.

Tante Gerbera hörte ihm eine Weile zu und beruhigte ihn dann: Dilenia sei wohlauf, sie sei heute wegen starker Bauchkrämpfe nicht zur Arbeit gegangen. Dann rief sie das Mädchen, damit der Sohn des Chefs sehen konnte, dass sie ihm kein Märchen erzählt hatte.

Und so lernten sich die beiden kennen.

Ihm war Dilenia erschienen wie von einer Glücksaura umgeben, denn nur so konnte er sich das Schicksal erklären, das sie durch Bauchkrämpfe gerettet hatte.

Sie aber sah in Ermete den eigentlichen Grund, weshalb ihr Euforbia vom Jenseits aus die Anweisung gegeben hatte, zu Hause zu bleiben. Sie sollte den Mann kennenlernen, den sie acht Monate später ehelichen würde.

Nach dem Brand der Baumwollspinnerei standen die Bonaccorsi mit leeren Händen da. Der Alte rechnete genau nach und beschloss, die Firma zu schließen. Er war auch schon älter und hatte ein paar Geldreserven, um bescheiden von der Rendite leben zu können.

Seinem Sohn Ermete kaufte er mit dem Rest des Familienvermögens einen Posten.

»Eine Garantie gegen die Unbill des Schicksals«, sagte er dazu.

Er fand ihn dank der Freundschaft mit Natale Zai, dem Direktor der Spinnerei Tavazzi in Bellano.

»Stellvertretender Direktor!«

Mit der Aussicht, vorausgesetzt er erledigte seine Aufgaben gut, im Laufe der Jahre Direktor zu werden, da Zai nicht nur ein Freund des Vaters, sondern auch dessen Jahrgang und damit nicht mehr der Jüngste war.

Ermete nahm das Angebot mit Freuden an, ohne sich vorzustellen, dass er dieses Dorf nie mehr verlassen und sogar eines Tages Bürgermeister sein würde.

Zu der Zeit war die Sofistrà schon ein paar Jahre in Bellano.

II

Die Settembrelli kam im späten Juni 1903 nach Bellano, an der Seite ihres Mannes Ermete. Den Gesetzen der Mode folgend trug er einen Gehrock und sie einen langen Schleier, der bis zum Gürtel reichte und ihr verärgertes Gesicht verbarg, gezeichnet von dem Kummer, der sie seit einiger Zeit plagte.

Ermete nämlich hatte ihr etwa einen Monat nach der Hochzeit in angemessener Form zu verstehen gegeben, für ein oder zwei Jährchen vielleicht besser noch keine Kinder in die Welt zu setzen. Dabei verzichtete er allerdings keineswegs darauf, immer wieder die Ehe zu vollziehen. So stand die Braut zwischen Baum und Borke: einerseits das legitime Recht des Ehegatten, andererseits das Ziel jeder guten christlichen Ehe. Deswegen erwartete sie Hilfe von Euforbia, aber die war nicht gekommen. Dies beunruhigte sie sehr und bestärkte sie in dem Gedanken, dass sie ihre letzte Botschaft nicht beachtet und ihren Zorn erregt hatte.

Da die Firmenleitung nur dem Direktor umsonst einen Wohnung zur Verfügung stellte, während die anderen und auch sein Stellvertreter selbst für eine Unterkunft sorgen mussten, wohnten die Bonaccorsi fast einen Monat im Hotel, bis die Tapezierer und Möbellieferanten ihr neues Heim fertig eingerichtet hatten. Sie hatten das Hotelrestaurant *Del Sole* gewählt, nicht zufällig. Direktor Zai hatte es ihnen persönlich empfohlen, denn ihn verband eine jahrelange Freundschaft mit dem Eigentümer und eine gemeinsame Leidenschaft für das Fischen, besonders mit der Harpune, und so verbrachten sie oft gemeinsam nächtliche Stunden auf dem See in einem Boot und fingen Hechte, Barsche und Aale.

Auf dem Weg zur Rezeption ging Ermete Bonaccorsi seiner Frau voraus, die ihm nachdenklich und müde hinterherlief, erschöpft von der Reise und den Tagen des Durcheinanders.

Der Gepäckträger, ein langer, schlaksiger Rothaariger, sprang sofort herbei und sagte:

»Ich rufe die Signora sofort.«

Als die Settembrelli sie sah, unterdrückte sie nur mit Mühe einen Schrei des Erstaunens und Schreckens.

Euforbia war ihr nicht mehr im Traum erschienen.

Sie wartete hier in Bellano auf sie, hinter der Rezeption des Hotelrestaurants *Del Sole*, verkleidet als Eufrasia Sofistrà, so nämlich stellte sie sich vor.

Dieselben Augen, dieselben Haare, dasselbe ovale Gesicht, die Größe, die Nase. Alles war gleich. Aber nicht nur gleich. Sie war es in Person. Ihre große Schwester war aus dem Jenseits zurückgekehrt, damit sie nicht allein war auf dieser Welt. Nur ihren Namen hatte sie geändert, um nicht mit einer Toten verwechselt zu werden. Die Initialen allerdings waren geblieben, und wer es verstehen wollte, der konnte es verstehen.

An jenem Abend, während Ermete an den Schnüren ihres Mieders herumhantierte, bat Dilenia ihn um Erlaubnis, ihm eine Frage zu stellen.

»Glaubst du, dass die Toten auf die Erde zurückkehren können?«, fragte sie.

»Was sollen sie da?«, antwortete Ermete grinsend, der glaubte, seine Frau wolle ihn auf den Arm nehmen.

»Um denen zu helfen, die sie zurückgelassen haben, sie zu leiten und zu beraten«, erklärte die Frau.

Sie war ernst, blickte in den düstersten Winkel des Zimmers und sah aus, als falle sie gleich in Ohnmacht.

Daraufhin fragte Ermete sie: »Geht es dir nicht gut?«

Als habe ihr Mann gar nichts gesagt, flüsterte sie: »Ich muss dir etwas über mich erzählen.«

Bonaccorsi verlangte es nach ihrem Körper. »Kann ich das Licht ausmachen?«, fragte er.

»Nein«, sagte sie, »erst musst du mir zuhören.«

Dann erzählte sie ihm von ihrer Schwester Euforbia, wie sie an Tuberkulose gestorben war, wie sie ihr drei Mal im Traum erschienen war, in Situationen, bei denen sie eine wichtige Entscheidung treffen musste. Ermete hörte mit einem Ohr seiner Frau zu, mit dem anderen folgte er dem Klang der Glöckchen, die die Fischer auslegten, um die Position der Netze zu markieren. Er ging ins Zimmer mit dem Fenster zum See, monoton, traurig, einsam und düster.

»Aha«, sagte er, als er glaubte, nun habe die Frau alles erzählt, was sie auf dem Herzen hatte.

»Das ist noch nicht alles«, betonte Dilenia.

Er wisse noch nicht, dass Euforbia ihr, seit sie geheiratet hätten, nicht mehr im Traum erschienen sei.

»Aber gewiss«, brach es aus ihm heraus, »das ist doch mehr als logisch. Du hast jetzt einen Mann und brauchst keine Ratschläge von anderen mehr. Folglich ...«

»Nein«, unterbrach ihn seine Frau.

Mit einem tiefen kehligen Nein, bei dem Ermete ein Schauer über den Rücken lief.

Das war nicht der Grund.

»Euforbia ist zu uns zurückgekehrt.«

Deshalb nämlich konnte sie ihr nicht mehr im Traum erscheinen. Wenn sie im Diesseits war, konnte sie ja nicht im Jenseits sein und umgekehrt.

Zehn Minuten vergingen in Schweigen. Bonaccorsi kam sich vor wie in einem Schauerstück, wie er sie schon öfter in der Theatergruppe von Rance gesehen hatte.

Dann beschloss er, die entscheidende Frage zu stellen: »Und wo willst du sie gesehen haben?«

Dilenia streckte einen Arm aus und wies mit dem Finger auf den Fußboden. Dort war sie, unter ihnen.

Bei dem Gedanken, dass diese, wie hieß sie noch, Euforbia, nicht hier war, im ersten Stock, wie seine Frau behauptet hatte, sondern unter der Erde, wurde Ermete unruhig und bat darum, draußen ein paar Schritte gehen zu dürfen, da ihm das Abendessen schwer im Magen liege. Die eigentliche Last aber hatte er im Kopf, und die Luft im Hotelzimmer schien ihm nicht die beste zu sein, um sein Gehirn mit Sauerstoff zu versorgen. Draußen fühlte er sich gleich besser, und der Anblick des Dorfes, das er an diesem Abend zum ersten Mal sah, brachte ihn in die Wirklichkeit zurück. Ein paar Spaziergänger waren unterwegs, auf dem See waren einige Lichter zu sehen, es waren Geräusche in der Luft, es herrschte eine friedliche, ganz normale Atmosphäre.

Das verrückte Gerede seiner Frau war eigentlich fast normal, sagte er sich. Eine Folge der Verwirrung, in die sie das Leben auf dem Weg von der einfachen Arbeiterin in der Baumwollspinnerei zur Ehefrau des Vizedirektors gestürzt hatte, mit allem, was dazugehörte.

Kurz vor Mitternacht kehrte er ins Hotelzimmer zurück. Er hatte sich beruhigt und war überzeugt, dass er sich keine Sorgen zu machen brauchte.

Am nächsten Abend, noch bevor er auf die Idee kam, die Bändchen ihres Mieders zu lösen, teilte ihm Dilenia eine sensationelle Entdeckung mit. Sie hatte am Morgen die Sofistrà gefragt, wie alt sie sei.

»Drei Jahre älter als Sie«, hatte sie geantwortet.

Genau das Alter von Euforbia.

Damit seien die letzten Zweifel beseitigt.

III

Das Trauergeläut der Glocken der Probsteikirche empfing die Bonaccorsi in ihrer neuen Wohnung. Es war am Abend des 20. Juli 1903. Papst Leo XIII. war tot. Seine Agonie hatte genauso lange gedauert wie der Aufenthalt der beiden im Hotelrestaurant *Del Sole*. Die Nachricht vom Tod des Pontifex hatte Dilenias Tränen noch reicher fließen lassen als seit ein paar Tagen. Seit ihr Mann ihr gesagt hatte, dass die Wohnung fertig sei, litt sie unter der bevorstehenden zweiten Trennung von ihrer Schwester. Nach Ermetes Meinung war das aber genau das richtige. Wenn sie außerhalb von deren Einflusssphäre wäre, würde sie wieder ihre Pflichten als Ehefrau wahrnehmen, auch die körperlichen, denn seit sie in diesem Hotel wohnten, hatte Bonaccorsi nicht mehr seiner Lust frönen können.

Nach zehn Tagen rief ihn der Direktor Zai in sein Büro.

»Gefällt Ihnen Ihre Arbeit nicht?«, fragte er ihn, »oder vielleicht der Ort, die Leute, oder vielleicht das Klima?

»Warum?«, fragte er.

Weil er noch nicht gemerkt habe, dass er einen Vizedirektor habe, erklärte Zai ihm.

Er sei abgelenkt, zerstreut und fahrig.

»Wenn Sie ein Problem haben, dann sagen Sie es mir.«

Er hatte tatsächlich ein Problem, sagte sich Ermete.

Aber er wollte nicht jetzt mit dem Direktor darüber reden.

Es gab nur einen Menschen, der ihm helfen konnte, es zu lösen, Eufrasia Sofistrà.

Noch am selben Abend, lernte Ermete Bonaccorsi sie kennen. Er war unter dem Vorwand, einen Kaffee trinken zu wollen, von zu Hause weggegangen.

IV

Er ging zum Hotelrestaurant Del Sole und fragte nach ihr. Der lange Lulatsch, der zugleich Portier und Gepäckträger war, bat ihn, einen Moment zu warten. Die Signora sei in einer Sitzung.

»In einer Sitzung?«, fragte er.

Ja, sie lege gerade zwei alten Trotteln die Karten, und es würde noch eine halbe Stunde dauern.

Als die Sofistrà erschien, erkannte Ermete sie nur mit Mühe. Sie trug Bühnenkleidung, einen Schal auf dem Kopf, ein Tuch mit orientalischen Mustern, Armreifen, Ohr- und Fingerringe und sah wie eine Zigeunerin aus.

Bonaccorsi nahm Weihrauchgeruch wahr. Er erzählte ihr stockend von der Lage seiner Frau, und während ihm die Worte aus dem Mund drangen, ahnte er, wie unglaubhaft sie waren. Schließlich erklärte er den Grund, weshalb er sich zu ihr vorgewagt hätte: Er wollte Eufrasia bitten, den verrückten Hirngespinsten seiner Frau Einhalt zu gebieten, bis sie sich eingelebt oder diese Hirngespinste vergessen hätte.

»Und wenn es keine Hirngespinste sind?«, gab die Sofistrà zurück.

Als sie diese Worte aussprach, hielt Eufrasia die Augen geschlossen und stieß einen langen Luftstrom durch die Nase aus, der stark nach Knoblauch roch und Bonaccorsi einnebelte.

»Wie soll man es sonst nennen?«, fragte der Vizedirektor.
Aber die Sofistrà antwortete nicht.
»Lassen Sie mich machen«, sagte sie.
Am nächsten Abend merkte er, dass die Sofistrà tagsüber seine Frau getroffen hatte. Dilenia hatte sich in seine Arme geschmiegt, ungewöhnlich nachgiebig. Als sie aber dann seufzend zu ihm sagte, jetzt, wo sie ihre Schwester wieder gefunden habe, werde sie sich nie mehr von ihr trennen, hatte Bonaccorsi wieder Lust sich umzubringen. Er begriff, dass es ein schwerer Fehler gewesen war, den Spinnereien seiner Frau so großen Raum zu geben, und fragte sich, wann er für die Folgen würde zahlen müssen.

V

Zwei Jahre.
Zwei Jahre litt er darunter, dass er statt zu zweit zu dritt leben musste. Eufrasia oder Euforbia, wie seine Frau sie manchmal auch nannte, war immer bei ihnen, bei Tisch, beim Spazierengehen, im Bett.
Im Dezember 1905 schenkte das Schicksal Ermete eine einmalige Gelegenheit, und er tat alles, sie sich nicht entgehen zu lassen. In Castellanza, einer anderen Niederlassung seiner Fabrik, war ein Direktorposten frei geworden. Bonaccorsi hatte Zai, den Aufsichtsratsvorsitzenden bedrängt, seine Kandidatur zu unterstützen. In der Zwischenzeit begann Ermete, bei seiner Frau das Terrain vorzubereiten. Aber erst, als ihm Zai mitteilte, dass in einer Woche über seine Ernennung entschieden würde, enthüllte Ermete, sicher, dass er den Posten bekäme, der Familie das Geheimnis. An diesem Abend verließ Dilenia das Haus, um, wie sie sagte, ein paar Schritte zu gehen. In Wirklichkeit ging sie ins Hotelrestau-

rant *Del Sole* und brach bei Eufrasia oder Euforbia in Tränen aus.

Die Sofistrà verlor nicht die Fassung.

»Sei ganz ruhig.«

In dieser Nacht waren Direktor Zai und Barnaba Vitali, die wie so oft zum Fischen auf den See hinausgefahren waren, nicht zurückgekehrt. Ihr Boot wurde leer am Ufer von Morcate gefunden, wo es angespült worden war. Vitalis Leiche wurde weiter oben gefunden, zerschmettert an den Felsen der Gallerie von Varenna. Nach Zai wurde drei Tage lang gesucht, dann gab man es auf. Drei Tage später erfuhr Bonaccorsi von der Generaldirektion der Spinnerei, dass er zum Direktor ernannt war, aber in Bellano und mit einer Dienstwohnung, kostenfrei.

Auch an diesem Abend war Dilenia wieder allein weggegangen, um die Sofistrà zu besuchen.

Diesmal wollte sie sich bei ihr bedanken.

»Ist schon in Ordnung«, sagte die, und damit schien die Angelegenheit geregelt.

Doch so war es nicht.

Denn einen Monat nachdem sie in die neue Wohnung gezogen waren, zeigten sich bei Dilenia besorgniserregende Symptome. Appetitlosigkeit, Schlaflosigkeit, Blässe, obwohl ihr Mann in sie drang, schüttete sie ihm nicht das Herz aus. Das hatte sie nämlich schon bei der Sofistrà getan.

Nachts hörte sie Geräusche. Schritte. Seufzen, Schluchzen.

Konnte das der Geist von Direktor Zai sein, der durch die Lüfte schwebte und Ruhe finden wollte?

Was konnte Eufrasia anderes tun, als zu antworten, das könne man nicht ausschließen?

Als Bonaccorsi von der Sache hörte, stieg Wut in ihm auf, er lief zur Sofistrà und hob drohend die Fäuste in die Luft.

»Man muss Geduld haben«, sagte sie.

Zwei Monate später wurde bei der Schleuse von Lecco ein ziemlich übel zugerichteter Leichnam angespült. Es war der von Direktor Zai. Was man an einem Bruch des Unterkiefers erkannte, den sich der Direktor in seiner Jugend zugezogen hatte.

Ob es nun stimmte oder nicht, als Zai unter der Erde war, hörte Dilenia Settembrelli angeblich keine Geräusche mehr. Ermete seufzte erleichtert auf. Er sehnte den Tag herbei, an dem er endlich ein normales Leben führen konnte. Wenn es doch endlich so weit wäre!

Aber mit den Überraschungen war es noch lange nicht vorbei.

VI

Die Weltausstellung in Mailand, die am 28. April 1906 im Beisein von Staatsoberhäuptern und verschiedenen Ministern des Königreichs Italien eröffnet wurde, erregte großes Aufsehen. In vielen Städten gab es ähnliche Veranstaltungen. In Venedig, Parma, Padua, Faenza, Perugia, La Spezia. Man nutzte die Gelegenheit, Kunstwerke zu zeigen, den Stapellauf eines Schiffes, die Produkte von Industrie und Handwerk Italiens vorzuführen. Auch die Leitung der Firma Tavazzi hatte der Versuchung, sich zu präsentieren, nicht widerstanden. Es gab eine Ausstellung in Varese, wo der Hauptsitz lag, eingeweiht am 15. Oktober 1907 im Beisein von Würdenträgern und Damen von Welt. Alle Direktoren waren da, darunter auch Bonaccorsi, aber allein: Dilenia hatte sich die Reise und eine zweitägige Trennung von Eufrasia nicht zugemutet.

Während des Festessens plauderte Bonaccorsi mit seinem Nachbarn und erzählte, dass seine Frau aus Carbonate stammte.

»Carbonate?«, fragte der. »Das ist ja nur einen Steinwurf von hier entfernt.«

Dies brachte Ermete auf eine Idee. Nach dem Essen mietete er eine Kutsche, fuhr in den Geburtsort von Dilenia und ließ sich zum Friedhof bringen.

Auf dem kleinen Gottesacker ging er ein wenig umher, unter dem wachsamen Auge des Leichenbestatters, dem er schließlich sein Anliegen vorbrachte. Er suche das Grab von Euforbia Settembrelli, die 1885 gestorben sei, könne es aber nicht finden.

»Natürlich nicht«, antwortete der Mann und schwieg.

Da erklärte Bonaccorsi ihm, dass die Tote eine Schwester seiner Frau sei, er sie aber nicht gekannt habe. Wo er nun hier sei, habe er ihr Grab besuchen wollen.

Da sagte der Bestatter ihm, dass die Toten aus diesem Jahr nicht mehr da seien.

»Unter der Erde, meine ich«, fügte er hinzu.

Sie seien auf Anweisung der Kommune ausgebuddelt worden, man habe nur die Steine und die Knochen aufbewahrt, Letztere in einem Massengrab.

»Aber nicht von allen!«

»Was wollen Sie damit sagen?«, fragte Ermete.

Von manchen habe man nichts mehr gefunden, erklärte der Leichenbestatter. Sie seien verschwunden, als habe sie die Erde, in die man sie gelegt hatte, verschluckt.

Bonaccorsi bekam eine Gänsehaut. Dann bat er darum, die Steine zu sehen. Als er den mit dem Bild von Euforbia Settembrelli sah, schauderte es ihn wieder, aber stärker, heftiger, kälter.

Sie glichen sich tatsächlich wie ein Ei dem anderen, dieselbe Nase, dieselben Ohren, dasselbe ovale Gesicht.

Das war sie.

Sie?, fragte er sich.

Gab es eine logische Erklärung, für alles, was ihm widerfuhr?

Es war schwer, darauf zu antworten. Eins allerdings war ihm sofort klar: Es würde nicht einfach sein, Eufrasia loszuwerden.

Doch er verlor nicht den Mut und versuchte es zum ersten Mal im Jahr 1908.

VII

In diesem Jahr hatte die Sofistrà beschlossen, das Hotelrestaurant *Del Sole* zu verkaufen.

Die Stammkunden kamen nicht mehr. Sie hatten genug von ihrer schlampigen Art, das Hotel zu führen, und waren eingeschüchtert, nachdem der Priester mehrere Male erklärt hatte, dass er keine Einladungen zu Hochzeiten, Firmungen und Kommunionen annähme, wenn sie in diesem Restaurant gefeiert würden. Es wurde durch Vermittlung des Direktors Bonaccorsi verkauft.

Seine Frau hatte ihn unter Druck gesetzt, weil sie sich Sorgen um die Zukunft der Frau machte, die sie immer noch ihre Schwester nannte. Ermete nutzte die Gelegenheit und überzeugte den Direktor der Firma Tavazzi, das Hotel zu kaufen, um daraus ein Arbeiterwohnheim zu machen, zu einem guten Preis, mit dem die Sofistrà ein Häuschen in der Via Manzoni kaufen und sich mit einigem Komfort für die Zukunft einrichten konnte. Nachdem er alles geregelt hatte, hielt Bonaccorsi der Sofistrà einen Vortrag mit dem Tenor: von nun an jeder für sich, sie solle Dilenia nun in Frieden lassen.

»Ich bin völlig einverstanden«, sagte die Sofistrà, »aber was wird sie dazu sagen?«

»Das werden Sie schon sehen«, erwiderte Bonaccorsi selbstsicher.

Jetzt war die Zeit gekommen, endlich mit der immer wieder aufgeschobenen Zeugung des Sohnes zu beginnen, was seine Frau unter tausend verrückten Vorwänden immer zurückgewiesen hatte. Das Jahr 1908 ging vorbei, ohne dass etwas geschah. So fragte Ermete gegen Ende des Jahres einen Arzt um Rat. Der meinte, bei der melancholischen und schwerfälligen Körperbeschaffenheit der Settembrelli sei eine Schwangerschaft wenig wahrscheinlich. Sie brauchten etwas Glück und er solle vor allem die fruchtbaren Tage nutzen. Bonaccorsi ließ sich das nicht zweimal sagen, aber als das neue Jahr gerade begonnen hatte, verriegelte Dilenia ihm alle Türen. Außerdem war sie düsterer Stimmung, verlor den Appetit, und als eines Abends ihr Mann auf seinem Recht auf einen Erben bestand, antwortete sie geheimnisvoll:

»Es wäre sinnlos, einen Toten zu gebären.«

Danach wurde sie stumm wie eine Pflanze, und nach ein paar Tagen holte ihr Mann den Arzt. Der begriff nichts und versuchte alles: Kampferspritzen, Blutegel, Breiumschläge, Einläufe, blähungstreibende Mittel, Schwitzen, Stärkungsmittel. Nach zwei Wochen gab er auf. Er war überzeugt, dass die Frau von Bonaccorsi verrückt sei, sagte es aber nicht.

»Was raten Sie mir?«, fragte Ermete.

»Versuchen Sie sie abzulenken!«, sagte der Doktor. »Hat sie denn keine Freundinnen?«

Da kam dem Direktor plötzlich Eufrasia in den Sinn. Er widerstand zunächst der Versuchung, sich an sie zu wenden, aber dann musste er nachgeben. Nach einigen Tagen nämlich bat ihn Dilenia am Abend, mit ihr ins Schlafzimmer zu kommen. Man kann nie wissen, dachte er hoffnungsvoll. Doch er sah gleich, dass er sich getäuscht hatte. Als sie das Zimmer betreten hatten, zeigte ihm die Frau zwei Gewänder, eines für eine Frau, eines für einen Mann.

»Was mein ist, ist dein«, sagte sie.

Ermete begriff nicht und bat um eine Erklärung.

Das seien die Kleider, die sie für die Reise anziehen müssten.

»Welche Reise?«, fragte er.

Die auf sie wartete, lautete die Antwort, die große Reise ins Dunkel, in die Ewigkeit!

»O Gott!«, murmelte Bonaccorsi und probierte es dann mit dem Pfarrer.

Nachdem er Bonaccorsi angehört hatte, kreuzte der Pfarrer die Arme über der Brust und seufzte.

»Ein empfindsames Gemüt«, sagte er, »ein sehr empfindsames Gemüt kann fühlen, wenn seine Stunde gekommen ist.«

»Auch meine?«, fragte Bonaccorsi.

»Wer weiß...«, antwortete der Geistliche.

Da ließ Ermete die Arme hängen.

Was sollte er machen?

Beten, lautete der Rat des Priesters.

VIII

Beten.

Bonaccorsi tat es. Erst flehte er den Allmächtigen an und dann die Sofistrà. Sie solle kommen und sehen, ob sie verstand, was los war, und etwas dagegen tun könne. Das tat Eufrasia, und im Handumdrehen war die Situation geklärt. Unter Tränen hatte ihr die Settembrelli anvertraut, dass sie nur noch auf das Ende der Welt warte, in einigen Monaten sei es soweit, da der Halleysche Komet auf die Erde einschlagen werde. Nach Expertenmeinung müsse dies am 18. oder 19. Mai geschehen. Dann würde giftiges Gas aus dem Schweif des Kometen austreten und die Menschheit vernichten.

»Was sind denn das für Geschichten!«, sagte Eufrasia. Ob sie denn meinte, sie sei in dem Wissen auf die Erde zurückgekehrt, dass sie nach so kurzer Zeit schon wieder ihre Koffer packen müsse?

»Was willst du damit sagen?«, fragte die Settembrelli.

»Ich meine damit, dass nichts passieren wird«, sagte Eufrasia kurz und bündig.

Nach kurzer Zeit sah Dilenia wieder fröhlich aus. Ermete allerdings nicht, denn ihm war klar, dass sie von jetzt an keinen Schritt tun würde, ohne die Sofistrà statt seiner um Rat zu fragen. Und so geschah es auch.

Sogar noch schlimmer. Denn von nun an folgte er widerwillig der Bitte seiner Frau, die Sofistrà mit dem Namen anzureden, der ihrer Meinung nach der richtige war: Euforbia und nicht Eufrasia. Und wehe, er vertat sich! Dann begann eine Krise von Gejammer und Schweigen, die Wochen dauern konnte. Die Sofistrà hatte noch keine Entscheidung gefällt, von welcher Arbeit sie leben wollte. Sie brauchte ihre Geldvorräte auf und übte zu Hause ihren Lieblingsberuf aus: Sie las aus der Hand, dem Kaffeesatz, Eiweiß und allem, was ihr die Leute vorlegten, um ihre Zukunft zu erfahren. So war Anfang 1914 kaum mehr etwas von ihrem Geld übrig.

Das merkte auch Bonaccorsi, der sie fast täglich zum Mittag- und Abendessen zur Gesellschaft hatte. Als er es eines schönen Tages nicht mehr aushielt, sie ständig um sich zu haben, hielt er ihr wieder einen kleinen Vortrag: Sie solle ihn in Ruhe lassen und aufhören, schädlichen Einfluss auf Dilenia zu nehmen! Sie sei inzwischen so verblödet, dass sie ihn vor ein paar Abenden gefragt habe, in welchem Verwandtschaftsverhältnis sie eigentlich mit dem armen Aniceto stünden, dem Gaukler, der zu Boden gestürzt und zerschmettert war. War er ihr Bruder oder ihr Vetter?

»Stellen Sie sich das vor!«, rief Bonaccorsi.

Eufrasia schluckte.

»Ich bitte Sie«, sagte Ermete flehentlich. »Lassen Sie meine Frau in Ruhe!«

»Einverstanden«, sagte die Sofistrà.

Aber nach zwei Monaten geriet Dilenia wieder in eine Krise. Sie redete nicht mehr, stöhnte, hörte auf zu essen und warf ihm böse Blicke zu.

»Was ist denn?«, fragte Ermete nach drei trostlosen Tagen.

IX

Zunächst hatte Bonaccorsi nicht an die Worte seiner Frau glauben wollen, da er sie für die Ausgeburt ihrer makabren Ideen hielt. Sie meinte nämlich, dass sich die Sofistrà vermählen und, was noch schlimmer war, umziehen wollte. Eufrasia selbst habe ihr das, so gestand Dilenia unter Tränen, an einem der letzten Nachmittage erzählt: Wie ein Blitzschlag hatte es sie vor zwei Sonntagen auf einer Kunstflugschau getroffen, die in Mengaggio veranstaltet worden war. Es traf sie und natürlich auch Oberdan Fassineti, einen Hotelier aus Cernobbio. Er hatte, da sie beide nicht mehr taufrisch waren, beschlossen, im Zeitraffer zu handeln, und ihr einen Heiratsantrag gemacht.

Als Dilenia das Wort »Heirat« hörte, fiel sie in Ohnmacht und schwamm in Tränen.

»Kannst du dir das vorstellen?«, sagte sie stöhnend.

Ermete dachte die ganze Nacht darüber nach und überlegte, was ihm jetzt bevorsteht: Tränen, Seufzer, Schluchzen,

Grimassen, Schweigen, Blicke, Schlaflosigkeit, Appetitlosigkeit und Übelkeit.

Und was noch?

Als es Morgen wurde, wusste er, was er zu tun hatte. Die Sofistrà durfte nicht heiraten.

X

»*Wie soll ich seinen Antrag denn ablehnen?*«, fragte die Sofistrà, als Bonaccorsi gehen wollte.

»Wie Sie das machen sollen?«, entfuhr es Ermete.

Sie müsse es tun. Sie müsse es tun und basta! Ob ihr nicht klar sei, was diese Hochzeit für ihn und seine Frau bedeutete? Dass sie durch ihre Heirat ihr Leben ruinieren würde?

Sicher, antwortete Eufrasia, aber sie müsse auch an die Zukunft denken, und dies sei eine Gelegenheit, die sie beim Schopf ergreifen müsse, da sie sich ihr genau im richtigen Moment böte.

Bonaccorsi kratzte sich am Kopf. »Wenn Sie auf die Heirat verzichten, werde ich schon eine Lösung finden.«

»Das wollen wir mal sehen«, sagte Eufrasia. »Was schlagen Sie vor?«

Auf die Hochzeit zu verzichten, kostete sie nicht viel, denn sie hatte sich die ganze Geschichte nur ausgedacht.

Einen Monat brauchte Bonaccorsi, um in der Fabrik eine Beschäftigung für sie zu finden, als besondere Sekretärin des Direktors: Er hatte die Zustimmung der Generaldirektion mit dem Argument erhalten, dass die Mehrheit der Angestellten weiblich sei und er eine starke Persönlichkeit dieses Geschlechts als Vermittlerin zwischen den Arbeitskräften und ihm brauche.

»Dickköpfige Mitarbeiterinnen, die den Worten von Außenstehenden nicht trauen«, betonte er.

In Wirklichkeit war es nur ein Scheinposten, und Eufrasia bekam ihr Geld, ohne je einen Fuß in die Firma zu setzen, bis 1919, als infolge der durch den Ersten Weltkrieg verursachten Inflation das Personal drastisch abgebaut wurde. Da konnte Bonaccorsi nichts anderes tun, als auch sie zu entlassen.

»Es tut mir sehr leid«, sagte er und meinte es auch, denn in diesen Jahren hatten sich die Krisen seiner Frau schrittweise gehäuft, und nur die Sofistrà konnte ihr dann noch helfen. Dilenia war von ihr und ihren Worten völlig abhängig.

Dies wurde Bonaccorsi endgültig klar, als eines Abends, als er nicht mehr an die Gefahr einer Hochzeit mit dem Hotelier von Cernobbio dachte, die Settembrelli zu ihm sagte, es würde ihr gefallen, ihrer Schwester einen Neffen zu schenken. Ermete erschrak. Deshalb zitterte er vor Angst, als er Ende 1919 Eufrasia entlassen musste. Er tat alles, um sie an sich zu binden. Er überzeugte sie, das Haus zu verkaufen, das sie mit dem Erlös des Hotels erworben hatte.

»Mit dem Gewinn haben Sie ein Kapital, von dem Sie gut leben können«, sagte er.

Als Wohnung bot er ihr ein Zimmer im Wohnheim der Arbeiterinnen an. Eufrasia nahm das Angebot an. Bonaccorsi atmete erleichtert auf. Doch er hatte nicht an den Beruf gedacht, den die Sofistrà ausübte, und nicht bedacht, dass Eufrasia jetzt eine feste, vor allem nächtliche Kundschaft hatte, die von ihren Vorhersagen abhängig war.

XI

Anfang 1921 bat die Generaldirektion Bonaccorsi in einem Brief, nachzuforschen, ob es stimme, dass in den Räumlichkeiten, die der Unterbringung und Erholung der Arbeiterinnen dienten, Okkultismus praktiziert werde, der mit dem Geist der Einrichtung nichts zu tun habe. Sie hätten viele anonyme Hinweise erhalten, denen die Direktion keine größere Aufmerksamkeit gewidmet hätte. Aber mit einem Brief, der den Skandal offenkundig mache, könnten sie so nicht verfahren. Er stamme von dem Bellaneser Pfarrer, bei dem es sich nicht mehr um den verehrten Don Scapelli handele, der aber nicht weniger kämpferisch sei als dieser.

Bonaccorsi reagierte beschwichtigend. Es sei an der Geschichte nichts dran, und sie sollten ruhig kommen, um es zu kontrollieren, denn mittlerweile hatte er die Sofistrà in zwei gemieteten Zimmern im Hof der Adamoli untergebracht.

Durch die Inflation waren die Ersparnisse von Eufrasia aufgezehrt, und sie hatte vor diesem Schritt selbst genau ausgerechnet, dass sie in zwei Jahren, fünfzigjährig, ohne Dach über dem Kopf dastehen würde. Bonaccorsi beruhigte sie und versprach ihr eine Lösung. Das musste er tun, denn es war mit seiner Frau so weit gekommen, dass sie, wenn zufällig Salz oder Öl verschüttet wurde oder ein Spiegel zerbrach, nur durch das heilsame Eingreifen der Sofistrà beruhigt werden konnte.

Er musste es also tun. Verzweifelt suchte er nach einer Idee. Aber im Frühjahr 1923 war ihm das Glück hold.

Der Generaldirektor der Tavazzi-Fabriken nahm als Repräsentant seines Unternehmens und Unterstützer der Initiative an der Grundsteinlegung für das Altersheim teil. Seine Gattin Rosachiara war eine fanatische Lottospielerin, und als sie entdeckte, dass es in Bellano keine Annahmestelle gab, in der sie, bevor sie spielte, das Lottobuch studieren konnte, um ihre Träume in Zahlen umzusetzen, wandte sie sich an ihren Mann. Der nahm Bonaccorsi beiseite und bat um Hilfe. Wenn seine Frau eins nicht lassen konnte, dann war es das Lottospiel. Ermete sah die Bitte als Befehl an, und ihm kam sogleich eine Idee. Er bat die Sofistrà, sich mit ihm zu verbünden: Sie sollte so tun, als sei sie Lottoexpertin, und Rosachiara vier Zahlen sagen.

»Um diese zu setzen?«, fragte Eufrasia.

»Wenn ich Ihnen die Reise nach Lecco bezahle?«, schlug Rosachiara vor.

»Reisen«, antwortete Eufrasia, »sind Trinkgeld für eine Beratung.«

Am Ende setzte Rosachiara zwei Treffer auf die Ruota di Firenze, gewann dreißig Lire und schickte Eufrasia per Post zwei Lire, mit der Bitte, weiterhin ihre Träume zu erraten und in Zahlen umzusetzen.

Eufrasia ließ sich das nicht zweimal sagen. Sie sorgte dafür, dass alle von der Sache erfuhren, und wer es nicht glauben wollte, dem zeigte sie den Brief von Rosachiara, und so kam zu ihren Aktivitäten als Seherin eine neue hinzu.

Das war auch notwendig. Denn nicht mehr viele ließen sich aus der Hand lesen, und Karten legte sie nur noch zum Spaß für ihre Freundinnen, wofür sie nichts bekam. Ende 1926 ging auch der beim Verkauf des Hauses erlöste Gewinn seinem Ende zu.

XII

Dilenia war weiterhin ein Pfahl im Fleisch des armen Bonaccorsi. Seit Jahren ging sie nicht mehr aus dem Haus, aus Angst vor den düsteren Gefahren der Außenwelt. Mitte 1926 unterbrach sie ihre freiwillige Absonderung nur auf Nachdruck ihres Mannes, um an der Einweihung des Altersheims teilzunehmen, dessen Präsident Ermete geworden war.

Es war ein trauriger Tag gewesen. Die Settembrelli hatte kein Wort herausgebracht, und als sie nach Hause kam, warf sie sich auf ihr Bett und brach in Tränen aus. Als ihr Mann sie fragte, was sie habe, wollte sie nicht antworten.

Sie hatte wie üblich mit der Sofistrà gesprochen, der sie gestanden hatte, sie fürchte sich, dass ihr Mann sie an diesem Ort einsperren wollte.

»Wer weiß?«, hatte Eufrasia geantwortet.

»Was soll das heißen, wer weiß?«, entgegnete Bonaccorsi.

War das eine Art und Weise, mit seiner Frau zu sprechen? Sie wisse doch genau, dass nur sie ihn wieder ruhig und heiter stimmen könne …

Eufrasia antwortete, bevor sie andere beruhigen und aufheitern könne, müsse erst sie selbst in diesem Zustand sein. Sie könne sich nicht den Luxus erlauben, den guten Samariter zu spielen, solange sie sechs Monate unbezahlter Miete auf dem Buckel habe und ihr die Kündigung drohe, solange sie die Schuld nicht abgelöst habe.

»Soll ich sie bezahlen?«, fragte Bonaccorsi.

»Nicht nur das«, antwortete Eufrasia. Da das Krankenhausreglement die Unterbringung von Alten und Bedürftigen auf Kosten der Kommune vorsehe, sei sie überzeugt, dass Bonaccorsi als Präsident der Einrichtung kein Problem haben würde, für sie eine Behausung zu finden. Ein Zimmer würde ihr reichen, aber ein Einzelzimmer, damit sie weiterhin ihre

Klienten empfangen könne. Sonst müsse sie auswandern, nach Gravedona zum Beispiel, wo es eine ähnliche Einrichtung gebe, oder nach Caronno Pertusella, wo sie früher mit ihrem Bruder aufgetreten sei …

Sie zog Anfang 1927 in das Heim ein, Bonaccorsi hatte vorher ihre Schulden beglichen. 1928 verließ sie es wieder. Interleri, der Cavaliere des Reichs, hatte sie hinausgeworfen, als Nachfolger des Präsidenten Bonaccorsi, der inzwischen Vizebürgermeister von Bellano geworden war und sich vorbereitete, Bürgermeister zu werden.

Die Sofistrà ihrem eigenen Schicksal zu überlassen, war die erste Entscheidung, die Interleri im neuen Amt traf, angeheizt von den Schwestern des Altersheims, die ein Jahr lang die Spinnereien von Eufrasia hatten ertragen müssen. Da sprang Dilenia ihrer angeblichen Schwester bei und erreichte, dass die Arme wenigstens nicht hungern musste und unter ihrem Dach eine Bleibe fand. Bonaccorsi musste wohl oder übel einverstanden sein, aber er freundete sich auch mit der Idee an, seine Frau in einer Irrenanstalt unterzubringen und sich mit einem Schlag von beiden zu befreien. Die Partei aber brachte ihn auf eine andere Idee. Denn zuallererst machte es keinen guten Eindruck, wenn ein Vizebürgermeister und künftiger Bürgermeister seine Frau bei den Verrückten unterbrachte. Und es sei auch nicht gerade gut, dass dieser Vizebürgermeister, der Bürgermeister werden wollte, einer Herumtreiberin Obdach gewähre, die über Schicksale und Träume wahrsagte und die es sich erlaubt hätte, die drei Attentate vorausgesehen zu haben, die dem Duce im Jahr '26 zugestoßen seien.

War sich der künftige Bürgermeister darüber im Klaren?

XIII

Wieder musste Ermete einen Ausweg suchen. Dies war nicht einfach, denn in Bellano wollte der Sofistrà niemand ein Zimmer vermieten. Es gelang ihm, beide Übel zugleich zu bekämpfen, als Erlando Biancospini aus der Valsassina nach Bellano gekommen war, in der Absicht, die früheren Molkereigebäude umzubauen, um dort eine Bäckerei einzurichten. Er überzeugte ihn, für einen günstigen Preis auch das ganze Wohnhaus zu kaufen, obwohl sich Biancospini nur für das Erdgeschoss interessierte, gegen die Auflage, die Sofistrà umsonst dort wohnen zu lassen. Bevor Biancospini einverstanden war, bat er darum, die künftige Mitbewohnerin kennenzulernen, und als die Sofistrà sich vorstellte, wollte sie ihm aus der Hand lesen und sagte ihm Glück in der Liebe und den Geschäften voraus. Sie versprach ihm auch, ihm unentgeltlich Lottozahlen zu sagen.

Erlando grinste und zuckte mit den Schultern. Ihm war das Lotto völlig egal, er warf ungern auf diese Weise Geld heraus. Aber er nahm den Handel an, denn mit dem vom Bürgermeister angebotenen Preisnachlass konnte er noch ein großes Stück Land kaufen, hinter dem er seit einiger Zeit her war.

Ende 1931 wurde Bonaccorsi Bürgermeister. Eine seiner ersten Maßnahmen war es, die Sofistrà auf die Armenliste zu setzen: Die Frau lebte nur noch von den Einnahmen der Lottovoraussagen und kleinen Anteilen, wenn ihre Kunden gewannen. Später kamen zu diesem Honorar noch die Innereien und andere Gaben für die Katzen hinzu, mit denen sie sich umgeben hatte. Nur einmal pro Woche verließ sie das Haus, am Freitag, und fuhr nach Lecco zur Lottostelle. Oder wenn die düstere Stimmung von Dilenia Settembrelli ihre heilende Gegenwart erforderlich machte.

So geschah es am Morgen des 10. Mai 1936.

31

I

Fratina Mazzoli war im Haus Bonaccorsi Mädchen für alles. Ihr Spitzname war *Patati*, Kartoffel. Sie hatte die Intelligenz und den Gesichtsausdruck jener Knollenfrucht. Aber auch die Güte und die Fähigkeit, auf alle möglichen Arten weichgekocht zu werden. Gewöhnlich begann sie ihren Dienst genau um acht. Am Morgen jenes 10. Mai sollte sie erst um neun anfangen, um die Ruhe des Bürgermeisters nicht zu stören nach der Festnacht für das Imperium. Wäre es ein Tag wie jeder andere gewesen, hätte sie als Erste die Schmähung an der Wand links von der Eingangstür des Hauses Bonaccorsi gesehen. Wahrscheinlich hätte sie sich nicht allzu viele Fragen gestellt, nicht mal eine. Sie hätte Wasser und Reinigungsmittel genommen und sie weggewischt.

Nun aber war es die Settembrelli, die des Anschlags als Erste gewahr wurde. Gegen halb neun öffnete Dilenia die Tür, um die Flasche frische Milch aus der Molkerei in Empfang zu nehmen, die sonst immer Fratina aufhob und in die Küche brachte.

Die Schmähung sprang ihr sofort ins Auge, und sie spürte deren düstere Drohung: eine schwarze offene Hand, drohend und beunruhigend, war auf die Mauer gedruckt, neben der Tür. Sie fiel in Ohnmacht und wurde gleich darauf von einem Fischer gerettet, der gerade von der Anlegestelle kam, sie in die Arme nahm und ins Haus trug. Als die Settembrelli wieder drinnen war, kam sie sogleich wieder zu sich. Bevor sie aber ihrem Mann erklärte, was geschehen war, verlangte sie, sofort mit der Sofistrà zu sprechen.

»Holen Sie sie gleich«, befahl Ermete der Mazzoli, die inzwischen eingetroffen war. Es wäre sinnlos, ja sogar schädlich gewesen, sich dem Willen seiner Frau zu widersetzen.

Eufrasia war sogleich herbeigeeilt, und erst in ihrer Gegenwart gestand Dilenia, was geschehen war.

»Diese schwarze Hand ...«, seufzte sie.

Ein paar Monate zuvor habe ihr Mann, so fügte sie hinzu, einen kleinen Herzanfall gehabt. Eine kleine Sache, aber ...

»Ist das vielleicht eine unheilvolle Ankündigung?«, fragte sie.

»Ich werde sie sogleich entfernen«, sagte Ermete beschwörend und befahl zugleich der Mazzoli, einen Eimer Zinkweiß zu holen.

»Erst wenn Eufrasia sie gesehen hat«, sagte seine Frau widerstrebend.

Fratina machte sich sofort auf den Weg. Auf der Straße warf auch sie einen Blick auf die Hauswand und hielt sich sogleich die Hand an den Mund.

»*Mamma mia!*«, murmelte sie.

Eine schwarze Hand ...

»Eine schwarze Hand?«, fragte Amedeo Bigatti, Inhaber des Eisenwarenladens Bigatti an der Ecke der Via Manzoni.

»Schwarz«, sagte er selbst wenig später, als er die Neuigkeit dem Metzger Divisanti, der vor ihm stand, weitererzählte.

»An der Hauswand des Bürgermeisters«, erzählte Divisanti seiner Frau.

»Mein Mann hat es mir gesagt«, erklärte diese Rosaneve Nogara, ihrer Freundin und Ehefrau des Konditors Spiriti, der die Ablenkung seiner Gattin nutzte und seinen Laden verließ, um mit seinem Kollegen, dem Elektriker Spatà, den ersten Weißen des Tages zu trinken und über die Neuigkeit zu plaudern.

Während der Kollege redete, grinste Spatà überlegen. Er wusste es schon.

»Aber wie denn?«

»Na, so!«

Er hatte mit dem Fischer gesprochen, der die arme Dilenia aufgelesen hatte.

»Ohnmächtig!«

Der Wirt Malavasi hörte zu und riss die Augen auf. Als die beiden fort waren, ging er in die Küche, um seiner Frau die Neuigkeit zu berichten. Sie ließ ihm nicht mal die Zeit, den Mund aufzumachen.

»Geh los und hol das Brot, du Gauner«, sagte sie.

Malavasi ging weg und tauschte sich mit dem Bäcker aus. Ganz zu seiner Zufriedenheit, denn um diese Zeit war die Bäckerei halb voll. Unter den Leuten war die Frau von Iginio Negri, dem Bellaneser Sekretär des *PNF*. Die weckte wenig später, kaum war sie zu Hause, ihren Mann, der nach dem Fest des Imperiums immer noch fest schlief.

»Was ist los?«, fragte er und wollte gerade losschimpfen.

»Du fragst mich, was los ist?«, sagte sie. Wusste er denn nicht, dass es ein Gerücht gab, nach dem heute Morgen die Frau des Bürgermeisters überfallen worden war und vor ihrem Haus eine Ohrfeige bekommen hatte?

Und ob er wissen wollte, von wem?

»Von wem?«, fragte der Sekretär.

Von denen, die sie gerade erobert hätten, einem Neger.

II

Als Negri eine Viertelstunde später bei der Haustür von Bonaccorsi anlangte, musste er sich mit den Ellbogen einen Weg durch die Menschenschar machen, die in gehörigem Abstand die schwarze Hand betrachtete.

Mazzoli führte ihn in den Salon. Dilenia war schon nicht

mehr dort. Sie war oben in ihrem Schlafzimmer in Begleitung der Sofistrà.

Negri begrüßte den Bürgermeister mit kämpferisch entschlossener Miene.

»Was ist das für eine Geschichte, dass Ihre Frau von einem Neger angegriffen wurde?«, fragte er.

Bonaccorsi sah ihn verblüfft an. »Welche Geschichte? Und welcher Neger?«

»Es gibt da ein Gerücht«, erklärte der Sekretär.

Es habe keinen Überfall gegeben, antwortete Bonaccorsi.

»Allerdings ...«

»Allerdings was?«

»Kommen Sie und sehen Sie selbst.«

Dann machte er sich auf den Weg, gefolgt von Negri.

Als die beiden erschienen, schwieg die Menge. Negri wusste diese einstimmige Respektbekundung vor ihren hohen Ämtern zu schätzen. Er blies sich auf. Er näherte sich dem Schandfleck, sah ihn sich aus der Nähe an und schnaufte. Dann wandte er sich an die Leute, ohne sie anzusehen.

»Ich wusste es«, sagte er laut. So laut, dass alle es hören konnten.

Der Bürgermeister sah ihn an, stumm, aber fragend.

»Ihr müsst immer auf der Hut sein«, fuhr Negri fort, und dabei sah er die Menge an.

Die stand stumm und wartend da. Der Sekretär stützte die Fäuste in die Hüften. »Das Aas«, sagte er jede Silbe betonend, »das üble Rattengeschmeiß, das im Schatten agiert!«

»Was meinen Sie damit?«, erlaubte sich Bonaccorsi zu fragen.

»Diejenigen, welche das Dunkel nutzen, die Zeit der Feste und Unterhaltung, um Zwietracht zu säen und zu drohen!«, fuhr Negri fort, als stehe er auf dem Balkon des Rathauses.

Mit ausgestrecktem Arm zeigte er auf die schwarze Hand.

»Wir werden sie finden!«, brüllte er.

Die Leute um ihn herum zogen alle gemeinsam die Köpfe ein. Negri reckte seinen zum Himmel.

Er wisse noch mehr Dinge, sagte er.

Man hörte lautes Husten.

»Ja«, sagte der Sekretär bestätigend, als antworte er darauf.

Er wusste, dass die faschistische Revolution von denen verteidigt werden musste, die sie verwirklicht hatten. Ihnen kam die Aufgabe zu, wachsam zu sein.

»Auf dem Boden des Gesetzes«, betonte er.

Bonaccorsi, der das Gerede bis jetzt über sich hatte ergehen lassen, versuchte einzugreifen.

»Nun gut ...«

Doch der Segretario hob eine Hand mit ausgestreckten Fingern.

»Gestatten Sie«, sagte er.

Er spürte, wie von der Menge eine immer stärker werdende elektrische Spannung zu ihm aufstieg.

»Mussolini hat keine Angst um sein Leben!«

Mussolini war in diesem Moment anwesend, er, das Oberhaupt des Faschismus. Er musste jetzt eine noch stärkere Geste machen, die eines Befehlshabers.

Er senkte den Arm, streckte den Zeigefinger aus und zeigte auf jemanden in der Menge. Den Avanguardista Peleo Galli.

»Ich befehle Ihnen, den Signor Maresciallo zu holen!«

Der Bürgermeister wandte den Kopf zu ihm.

»Den Maresciallo? Wozu denn?«

Der Sekretär grinste. »Um die Untat anzuzeigen.«

Und auch um zu beweisen, was seine Wachsamkeit und die seiner heruntergekommenen Carabinieri wert war.

III

Der Segretario Negri ging dem Maresciallo Maccadò auf die Nerven. Im Allgemeinen, weil er so eingebildet war und so aussah, als habe er ständig den Geruch von Erbrochenem in der Nase. Im Besonderen, seit er, als er schon Segretario des *Fascio* war, versucht hatte, ihn als Bürgen für eine seiner Bekannten zu gewinnen, Giacinta Biovalenti, neunzehn Schwangerschaften, darunter sieben Fehlgeburten. Zwölf Kinder hatte sie geboren, von mindestens einem halben Dutzend Männer, mit dem Ziel, den Preis zu bekommen, den Mussolini für die kinderreichsten Mütter Italiens gestiftet hatte. Bei dieser Gelegenheit hatte Negri den Appuntato Misfatti eingesetzt. Zuerst zeigte Maccadò dem Appuntato und auch Negri die kalte Schulter, gab ihnen die Akten zurück und forderte sie auf, mehr Mut bei den eigenen Aktionen zu beweisen.

Als dann der Avanguardista Peleo dem Maresciallo sagte, der Segretario brauche ihn, antwortete Maccadò: »Aber ich ihn nicht.«

Doch er machte sich eilig auf den Weg, als der Avanguardista ihm das Bisschen, das er über die höchsten Chefs wusste, erzählte.

Als er dem Tatort näher kam und sah, wie Negri mit fuchtelndem Arm eine Rede an die Menge hielt, lief ihm eine Laus über die Leber. Höflich grüßte er den Bürgermeister.

»Was ist los?«, fragte er Negri.

»Sehen Sie selbst«, antwortete der und wies auf die schwarze Hand auf der Hauswand.

Der Maresciallo sah sie sich an, den Bericht des Aufsehers Anomali noch in den Ohren. Dann sah er auf den Boden und suchte nach möglichen Spuren.

Oh nein, sagte er zu sich. Und blieb da, um seine Meinung zu sagen. Aber er hörte rechtzeitig auf.

Der alte Schlaumeier hatte sich gleich gedacht, dass Negri ihn nicht wegen eines Kohlendiebstahls hatte herkommen lassen. Wer weiß, was er sich in den Kopf gesetzt hatte. Vielleicht war dies der richtige Augenblick, ihn schön dumm dastehen zu lassen.

»Na und?«, sagte er und tat, als verstehe er nichts. »Na und?«, äffte Negri ihn nach, aber in höhnischem Ton.

»Haben Sie nicht auch den Eindruck, Maresciallo ...«, fuhr er fort und leierte seine Schlussfolgerungen herunter. Verborgene Feinde, Defätisten, im Dunklen versteckt, das höchste Amt des Ortes bedroht, Überwachung, Notwendigkeit ...

»Diesen Akt des Vandalismus, von dem der Bürgermeister und mit ihm der Faschismus betroffen sind!«, sagte er dann.

Maccadò schnalzte mit der Zunge.

»Aber ich bitte Sie«, sagte er und steckte die Hände in die Taschen.

Kohlendiebe waren doch etwas anderes als im Dunkel agierende Feinde!

Sie hatten doch nur das Imperiumsfest genutzt, um sich ein paar Vorräte zu verschaffen.

Und die drohende Hand?

Es sei doch klar, erklärte der Maresciallo, dass einer der Diebe im Vorbeigehen ein Bedürfnis verspürt habe und sich dabei an der Wand abgestützt habe.

»Ein Bedürfnis?«, fragte Negri.

»Zu pissen«, erklärte Maccadò.

In diesem Moment fing in der Menge jemand an zu lachen.

Pissen?

Dieser Fleck hier am Boden, fragte der Maresciallo, was sei der anderes als ein Urinfleck?

Danach machte er vor, wie sich jemand mit der Hand an der Wand abstützt, pinkelt und weitergeht.

»Und wenn er weg ist, ist er weg«, urteilte er.

Da lachten die Leute im Chor.

Negri war grün im Gesicht: »Sind Sie sicher, Maresciallo?«

»So sehr, dass ich jetzt gehe und mich um wichtigere Dinge kümmere.«

Er grüßte wieder nur Bonaccorsi und ging pfeifend in die Kaserne zurück, überzeugt, dass er dieser Nervensäge Negri eine Lektion erteilt hatte, die er so schnell nicht vergessen würde.

Eine Woche später aber ...

IV

»Sind wieder Kohlen geklaut worden?«

Negri, immer noch grün im Gesicht, kam eine Woche später in die Kaserne und stellte diese Frage.

Der Maresciallo war zerstreut und biss an.

»Warum?«, fragte er.

Weil auf dem Plakat, das das Ableben von Agostino Meccia, dem früheren Bürgermeister von Bellano, bekannt gab und das von dem *Fascio*, der Gemeinde, der Vereinigung der Kriegsversehrten, der Witwen und Weisen, der pensionierten Beamten, der Alpinisten, der Bersaglieri, Artilleristen, der Pioniere und Grenadiere aus Sardinien sowie den Kriegsfreiwilligen und Sturmtruppen unterzeichnet worden war, eine schwarze Hand auftauchte.

Auf einer Höhe von einem Meter zweiundachtzig vom Boden aus, betonte der Segretario, der sich die Mühe gemacht hatte, nachzumessen.

»Unmöglich, dass jemand, der da hingelangt hat, ein Bedürfnis hatte«, fügte er hinzu.

Dann forderte er Maccadò auf, die Anzeige aufzunehmen, die er als Vertreter des *Fascio* von Bellano gegen den unbekannten oder die bekannten Urheber jener bedrohlichen und beleidigenden Taten stelle, wobei er den Plural betonte.

Ohne weiteren Kommentar verwies Maccadò den Segretario an den Carabiniere Malamonica und ging sogleich los, um sich den zweiten Anschlag anzusehen.

Die Hand war tatsächlich da. Und da standen auch schon Leute, die sich das ansahen und ihre Bemerkungen machten. Jemand hatte sogar gewagt, ihn zu fragen, was er davon halte.

Maccadò äußerte sich erst am Abend am Telefon, als die vom Kommando in Lecco anriefen und wissen wollten, was es mit der Geschichte von der schwarzen Hand auf sich habe.

»Ein paar Deppen leisten sich auf unsere Kosten einen Scherz«, sagte er.

»Wisst Ihr schon, wer es ist?«

»Nein.«

Er wusste aber, dass es mehr waren als einer, mindestens zwei. Die Hand auf dem Plakat war wesentlich kleiner als die auf der Hauswand des Bürgermeisters.

»Maresciallo, bitte«, sagten sie ihm. »Sie wissen doch, wie sich die Dinge entwickeln, wenn Politik dabei eine Rolle spielt ...«

»Mit Politik hat das nichts zu tun«, versicherte sie Maccadò.

Aber zwei Wochen später musste er diese Worte zurücknehmen.

V

Es geschah am 7. Juni, einem Sonntag. Um zehn Uhr morgens war eine kurze Feier vorgesehen, zur Verabschiedung einer Gruppe Arbeiter und Angestellter, die in die Thermalbäder von Sirmione del Garda zu einer Kur fuhren.

Um neun erschien Segretario Negri in der Kaserne und erzählte eine unglaubliche Geschichte.

Am Abend zuvor war Dometio Dellavalle, Kriegsfreiwilliger und Angehöriger der Sturmtruppen, Mitbegründer der Bellaneser Sektion des *PNF*, Fahnenträger dieser Sektion, Dekurio der *Milizia Volontaria Sicurezza Nazionale* angegriffen und misshandelt worden.

»Wollen Sie wissen von wem?«, fragte er den Segretario.

Maccadò wartete die Antwort schweigend ab.

»Von dem Unbekannten, der sich seit einiger Zeit über die Partei lustig macht!«, rief Negri.

Und auch über die Carabinieri, wie er hinzufügte.

Es war lange nach Mitternacht passiert, weil das Geschmeiß dieser Art aktiv war, wenn anständige Menschen den Schlaf des Gerechten schliefen. Dellavalle hatte den Abend mit Freunden verbracht und war auf dem Nachhauseweg. Als er die Treppen hinaufstieg, um seine Wohnung am Privatweg Achille zu erreichen, begegnete er einem Kerl, der nach unten lief. Er schöpfte Verdacht und versuchte ihn aufzuhalten, doch der Mann wehrte sich heftig mit Fäusten und Fußtritten, und so blieb Dellavalle blutend und mit Prellungen auf der Treppe zurück. Nur weil seine Frau, die sich wegen seines späten Heimkommens Sorgen gemacht hatte, nach ihm suchte, wurde er vor Schlimmerem bewahrt. Die Frau half ihm, nach oben zu gehen, und als sie ins Haus kamen, bemerkten die beiden die schwarze Hand an ihrer Haustür.

»Wo hat der Dekurio den Abend verbracht?«, fragte Maccadò.

Er wusste sehr wohl, dass Dellavalle gerne viel Wein trank und seine Teilnahme am Ersten Weltkrieg mehr Schatten als Licht auf ihn warf. Nichts war einfacher, als all dies zu erfinden, um vor den Augen seiner Genossen das unvorzeigbare Gesicht von heute Morgen zu rechtfertigen, das ihn daran hinderte, wie sonst bei der Verabschiedung der Arbeiter und Angestellten die Fahne der Sektion zu tragen.

»Was hat das damit zu tun?«, fragte Negri.

Wollte der Maresciallo etwa behaupten, dass er ihm etwas vormachte? Musste es so weit kommen, dass bei diesen Machenschaften jemand getötet wurde, damit er endlich aktiv wurde? War nicht die Zeit gekommen, endlich etwas zu unternehmen?

»Ja, es muss unbedingt etwas unternommen werden«, wies ihn der Capitano Demarzi am Nachmittag an.

Jetzt war die Frage politisch geworden, da gab es keinen Zweifel. Und es war ein Glück, dass die Zeitungen sich noch nicht über den Leckerbissen hergemacht hatten.

Doch am Montag, den 8. Juni brachte *Il Gagliardetto*, die Tageszeitung des Provinzialverbandes des *Partito Nazionale Fascista*, die Nachricht.

Der Titel lautete: »Drei Indizien sind ein Beweis.«

Maresciallo Maccadò sagte sich zum ersten Mal, dass seine Stelle auf dem Spiel stand.

Man muss etwas unternehmen, dachte er, das ist leicht gesagt. Aber ohne Indizien ist man hilflos …

Er bekam die Hilfe, obwohl er sich dagegen sträubte.

VI

Eufrasia Sofistrà kam in der Mitte jener qualvollen Woche in die Kaserne. Der Carabiniere Bottasana kündigte ihren Besuch dem Maresciallo an. Er bat ihn auch, sie gleich zu empfangen, denn sie wolle nur mit ihm reden, obwohl noch zwei andere da seien. Sie stinke nach Katze, dass einem ganz schlecht würde, sagte er, doch Maccadò reagierte müde. Er wusste noch nicht, was für Fische er fangen sollte, und war in der Sache mit der schwarzen Hand keinen Schritt weitergekommen. Er wartete nun auf den vierten Auftritt des dreisten Menschen, danach würde die Kommandantur den Strick um seinen Hals ganz sicher festziehen.

»Sagen Sie ihr, dass ich beschäftigt bin.«

Sie sagten es ihr. Und sie antwortete störrisch, sie könne warten.

»Jetzt riecht es schon bis hierher in den zweiten Stock«, sagte Bottasana beim zweiten Versuch.

»Also gut, schick sie her«, gab der Maresciallo zurück.

Die Sofistrà bot Maccadò einen ungewöhnlichen Anblick. Sie trug einen dicken Pullover aus bunten Wollresten über einer blauen Schürze, wie sie in der Baumwollfabrik verkauft wurden. An den Füßen schmutzige Pantoffeln und keine Strümpfe. Sie hatte vier Zähne im Mund, ihr Haar war wirr, aber ihr Blick war leuchtend, lebhaft. »Magnetisch«, hätte ihn der Maresciallo genannt. Bevor er redete, schnupperte er und nahm den Geruch von Katzen wahr, der die Frau umgab.

»Wie kann ich Ihnen behilflich sein«, fragte er mit größtem Widerwillen.

»Ich bin hier, um Ihnen zu sagen, von wem die schwarze Hand stammt«, sagte Eufrasia in entschlossenem Ton und mit leichtem Zittern in der Stimme.

Maccadò schnitt eine Fratze. Er kam schon so keinen Schritt weiter, und jetzt musste er noch Spott ertragen: Eine Wahrsagerin leitete die Ermittlungen, und nicht der Chef der Polizeistation.

»Gute Frau ...«, begann er.

»Hören Sie mich an«, unterbrach sie ihn.

»Nein, Sie hören mich an«, fuhr Maccao dazwischen.

»Sie haben mir nichts zu sagen.«

»Was erlauben Sie sich eigentlich?«

»Ich hingegen habe etwas.«

»Ich habe keine Zeit zu verlieren«, sagte Maccadò laut.

»Sie haben schon zu viel verloren«, erwiderte die Sofistrà.

Maccadò nahm den Schlag hin.

»Und Sie verlieren noch mehr, wenn Sie mir kein Gehör schenken«, schloss Eufrasia, die sein Schweigen nutzte.

Ob er durch sie Zeit verlöre, darüber solle er erst urteilen, nachdem er sie angehört hätte. Sie wisse nämlich genau, wem die schwarze Hand gehöre, mit Namen und Vornamen. Und sie rede nicht ins Blaue hinein, sondern habe Nachforschungen angestellt.

Die Stirn des Maresciallo legte sich in Falten.

»Richtige eigene Nachforschungen«, erklärte die Sofistrà.

Am Sonntagnachmittag war eine Prozession von Leuten zu ihr gekommen, um zu erfahren, welche Nummern der schwarzen Hand entsprächen. Sie übe ihren Beruf gewissenhaft aus, und deshalb sei sie losgegangen, um einen Blick darauf zu werfen.

»Keine Hand gleicht der anderen.« Wer wusste das besser als sie? Als sie sie dann gesehen hatte, begriff sie, dass dies nicht irgendeine Hand war.

Diese Hand kam ihr bekannt vor.

Sie hatte sie schon einmal gesehen.

Aber wo und wann? Ein paar Tage grub sie in ihrem Gedächtnis. Dann ging sie noch mal los und sah sie sich genauer an, da sich keiner die Mühe gemacht hatte, sie wegzuwischen.

Da wurde ihr klar, weshalb sie eine so genaue Erinnerung an diese Hand hatte. Und dadurch war sie auf den Besitzer gekommen.

»Sehen Sie, Maresciallo ...«

Die Fläche dieser Hand war ziemlich einzigartig, überall kleine Hubbel, wodurch sie uneben war. Das war eine Art Krankheit.

Der junge Mann hatte sie Dupuytren'sche Krankheit genannt, er war mit drei oder vier Freunden gekommen, um einen Abend, an dem sie gefeiert hatten, nett ausklingen zu lassen. Er hatte sie mit der Erklärung aus dem Bett geholt, er wolle sich aus der Hand lesen lassen. Sie wollte sie nach Hause schicken, aber da war nichts zu machen, sie musste gehorchen.

»Der Handabdruck ist der von diesem jungen Mann«, sagte die Sofistrà.

»Und wie heißt er?«, fragte Maccadò.

Eufrasia sagte es ihm.

Der Maresciallo wollte ihr nicht glauben.

Aber ...

VII

Aber er hatte wenigstens eine Spur. Zweifellos eine gefährliche. Wenn er sich nur nicht täuschte! Maccadò dachte den ganzen Nachmittag nach, dann fasste er einen Beschluss. Er rief die Carabinieri Bottasana und Malamonica zu sich und teilte ihnen den Aktionsplan mit. Kein Feierabend, kein Freinehmen etc. Nächtliche Überwachung: vorsichtig, leise, ununterbrochen, die drei würden sich ablösen. Er appellierte an ihren Opfergeist.

Zwei Wochen dauerte das nächtliche Beschatten und Auflauern. Dann hatte der Carabiniere Malamonica Glück und stieß auf eine schwarze Hand. Obwohl es drei Uhr morgens war, weckte er sofort den Maresciallo Ernesto Maccadò.

Vier Stunden später, um sieben Uhr, erschien Melchiorre Girabotti, der Postdirektor, und fragte, ob die Carabinieri von irgendwelchen Umständen oder Ereignissen gehört hätten, die mit seinem Sohn Giovanni Battista zusammenhingen, der am Vorabend um acht Uhr aus dem Haus gegangen sei, um nach Lecco ins Konzert zu fahren, aber noch nicht wieder zurück sei.

»Das ist merkwürdig«, erklärte der Postdirektor. Denn sein Sohn sei immer zum Schlafen nach Hause gekommen, auch wenn es spät geworden sei.

Über die Geschichte mit dem Konzert musste der Carabiniere Bottasana, auf dessen Gesicht sonst nie die Spur einer Regung zu sehen war, grinsen.

Es war doch klar, dass das eine Lüge war. Eine fromme Lüge, um den Schein zu wahren, mit dem die Familie Girabotti ihren einundzwanzigjährigen Sohn, der zu nichts Lust hatte, vor Freunden und Bekannten schützte.

»Er ist künstlerisch begabt, wahrscheinlich wird er Musiker«, pflegten sie zu sagen.

Welche Musik der Girabotti junior gern spielte, zeigte sich vor ein paar Monaten, als er die neueste Errungenschaft der preisgekrönten Firma Risto und Co. wurde. Damit fing für Vater und Mutter das Elend an.

Der Carabiniere Bottasana zeigte wieder sein Sphinxgesicht und bat ihn zu warten. Der Maresciallo Maccadò begleitete ihn zu der Zelle und wies auf den Jungen hinter der geschlossenen Tür.

»Er ist die schwarze Hand!«, erklärte Maccadò. Er sei heute Nacht auf frischer Tat ertappt worden. Malamonica habe ihn festgenommen, als er gerade seine rußige Hand auflegte. »Und wollen Sie wissen, wo?«

Auf der Tür seines Hauses.

»Von meinem Haus?«

Ja.

Was für einen besseren Ort als die Haustür eines Seniors der MVSN und des Marsches auf Rom gab es für diese Hand, damit sich die Legende aufrechterhalten ließ, dass eine düstere Verschwörung gegen die Partei und ihre wichtigsten Repräsentanten im Gange war?

»Das ist unmöglich«, sagte Girabotti.

»Wir haben eine Anzeige, die der Segretario des Abschnitts unterschrieben hat«, versicherte Maccadò.

Die Abdrücke stimmten überein: auch der auf der Haustür des Decurio Dellavalle, den dieser zu entfernen verboten hatte, stammte von Girabotti junior, man konnte sie genau übereinanderlegen!

Als der Direktor dies hörte, verdüsterte sich sein Gesicht. Nach einem Moment des Schweigens starrte er den Maresciallo an.

»Hat der Beschuldigte gestanden?«, fragte er leise.

»Noch nicht«, antwortete der Maresciallo.

»Gut«, entfuhr es ihm, und hocherhobenen Hauptes, die Brust herausgedrückt, ging er auf die Tür der Zelle zu. Er steckte das Gesicht durch das Fensterchen.

»Kein einziges Wort!«, befahl er dem Sohn und ging grußlos davon.

Mittags war der Maresciallo nach Hause gefahren, um einen Happen zu essen.

Um fünf nach zwölf kam Segretario Negri in die Kaserne, um die Anzeige zurückzunehmen.

Um halb eins erschien der Anwalt Sanapiazzi, beauftragt vom Postdirektor, um mit dem jungen Mann zu sprechen. Ihr Gespräch dauerte nur zehn Minuten. Als der Anwalt ging, verlangte er nach dem Maresciallo. Der aber war noch nicht wieder zurück, und so wartete er auf ihn. Als Maccadò eintraf, forderte er ihn in aller Form auf, Giovanni Battista sofort freizulassen. Der Maresciallo weigerte sich mit aller Entschiedenheit.

»Wir haben eine Anzeige«, betonte er.

»Welche Anzeige?«, fragte Sanapiazzi und teilte ihm mit, dass sie zurückgezogen worden sei.

»Wir haben ihn auf frischer Tat ertappt«, sagte der Maresciallo beharrlich.

»Was für eine Tat?«, antwortete grinsend Sanapiazzi. Durfte man nicht mit seinem Haus umgehen wie man wollte, es verschönern oder auch hässlicher machen, so wie es einem gefiel?

»Der Abdruck auf dem Haus von Dellavalle entspricht diesem genau«, entgegnete Maccadò, der nicht aufgab.

»Das ist schwer zu beweisen«, erwiderte der Anwalt, da die Abdrücke – zugegebenermaßen zur Unzeit – entfernt worden seien.

»Und der Angriff auf den Decurio«, hauchte der Maresciallo.

»Es gab keinen Angriff«, erklärte Sanapiazzi. Der Decurio habe nur alles erfunden, um nicht zugeben zu müssen, dass er völlig betrunken nach Hause gekommen war. Er sei auf den Stufen ausgerutscht, und dann habe ihn seine Frau mit Füßen getreten, weil sie es nicht aushielt, ihn in diesem schlimmen Zustand zu sehen.

Und was den jungen Girabotti angehe, fügte der Anwalt hinzu, da sei der Maresciallo im Unrecht. Er sehe doch selbst, dass er nicht die Spur eines Beweises habe.

Maccadò ließ die Schultern hängen.

»Warten Sie unten«, sagte er zu Sanapiazzi. Dann zog er sich in sein Büro zurück und ließ Giovanni Battista Girabotti nach oben bringen. Eine Weile sah er ihn schweigend an.

»Wer sind die anderen?«, fragte er. Er konnte es sich vorstellen, wollte es aber aus seinem eigenen Mund hören.

»Welche anderen?«, fragte der junge Mann erstaunt.

Der Anwalt hatte es ihm eingeschärft: Bloß keine Namen preisgeben. Diese Sache hätte den Provinzverband schon genug irritiert und man wünsche, ohne Tote und Verletzte aus der Sache herauszukommen. Der Segretario in Como habe gesagt, der junge Girabotti solle beweisen, dass er ein guter Faschist sei. Wie er das beweisen könne, darüber seien er und sein Vater sich bereits einig. Aber er solle den Mund halten, keine Namen nennen und vor allem kein Theater machen durch Anklagen und das Abschieben von Verantwortung! Sonst könne man seinen Arsch nicht retten und die Partei würde ihn und die anderen wie Feinde behandeln.

Der Maresciallo hakte nicht nach, in dieser ganzen Geschichte fühlte er sich sowieso wie eine Marionette, doch dabei ärgerte er sich schwarz.

»Geh schon, Dummkopf«, sagte er ihm.

Früher oder später …, dachte er.

Aber Girabotti verschwand.

VIII

Er löste sich in Luft auf.

Keine Spur von ihm.

Bis zum November des Jahres, vor zwei Wochen, als der junge Mann in den Worten seines mächtigen Vaters wiederauftauchte. In dessen Worten und seiner Haltung aber tauchte nicht mehr der Schatten des Dünkels auf, mit dem er seinem Sohn vor ein paar Monaten aus der Patsche geholfen hatte.

»Entschuldigen Sie, Maresciallo, vielleicht könnten Sie …«

»Ich kann gar nichts«, antwortete Maccadò trocken.

»Ich auch nicht«, hauchte in tragischem Ton Melchiorre Girabotti. Er trat jetzt wie ein Bittsteller auf.

Auch er wusste nicht, was er tun sollte, um etwas über seinen Sohn zu erfahren. Er suchte verzweifelt nach jemandem, der ihm helfen konnte, aber er kam sich vor wie allein in der Wüste.

»Aber er ist doch nicht etwa in Afrika?«, fragte der Maresciallo.

So musste es sein. Um die Geschichte ins Reine zu bringen, hatte die Föderation Girabotti senior auferlegt, seinen Sohn für einen Monat zur Besserung in die eroberten Gebiete des Imperiums zu schicken, und dann war Giovanni Battista mit einem Bataillon Schwarzhemden losgefahren. Der Postdirektor hatte Negri, den Segretario Federale, nach Neuigkeiten über seinen Sohn gefragt und sogar einen Brief an Starace, den Parteisekretär des *PNF*, geschrieben. Nichts.

32

»Was halten Sie davon, Maresciallo?«, fragte der Pfarrer.

Maccadò konnte es kaum erwarten, ihm dafür zu danken, dass er ihm die Scherereien mit Girabotta aufgehalst hatte. Ein übler Streich! Aber jetzt Streit anzufangen, hatte keinen Sinn. Schon deshalb, weil der Pfarrer so aufgeregt war.

»Eine heiße Sache, nicht?«, sagte er.

Es sei doch richtig von ihm, ihm davon zu berichten, fuhr er fort, oder hätte er sich gleich an das Kommando in Lecco wenden sollen?

Der Maresciallo grinste, es sei schon gut so. Und das Kommando würde er schon selbst informieren.

»Im richtigen Augenblick«, betonte er.

Er wollte zuerst diese vier Dummköpfe schmoren lassen, die Mittäter der schwarzen Hand, die dem fünften die Stange gehalten hatten, der inzwischen verschwunden war. Er hatte immer gewusst, dass auch sie mit der Sache zu tun hatten.

Wenn sich sein Verdacht bestätigte, hätten sie die Dummheit ihres Lebens gemacht und würden eine Strafe bekommen, eine Lektion, die sie nicht so schnell vergessen würden.

Zunächst aber, erklärte er dem Pfarrer, müsse er der Sache nachgehen. Wenn er dann Beweise in der Hand hätte, Fakten und Aussagen, würde er die Vorgesetzten informieren.

»Vielleicht muss man die Beerdigung der Witwe aufschieben«, sagte er zum Pfarrer.

»Ich hatte sie auf morgen früh gelegt ...«

Der Maresciallo kratzte sich am Kinn.

»Vielleicht schaffen wir es bis morgen«, sagte er zuversichtlich.

Er musste sich ohnehin beeilen.

Er rief den Carabiniere Malamonica und befahl ihm, sich vor der Haustür der Witwe Fioravanti zu postieren: Niemand durfte hinein.

Nachdem er den Pfarrer verabschiedet hatte, rief er den Carabiniere Bottasana.

»Jetzt geht der Spaß erst richtig los«, sagte er zu sich.

33

Als sie das Haus der Sofistrà verlassen hatte, machte sich Maria Isnaghi zur Fioravanti auf.

Sie betrat das Zimmer der Witwe und machte sich zu schaffen, wobei sie versuchte, nicht in das wachsbleiche Gesicht der Toten zu sehen, das die wohltätigen Damen von San Vincenzo zurechtgemacht hatten.

Obwohl es ihr gelungen war, nicht in Richtung der Toten zu blicken, hatte die Isnaghi den Eindruck, dass die ihr mit geschlossenen Augen folgte, während sie im Zimmer war, und ihre Bewegungen kontrollierte.

Als sie mit dem Schlafzimmer fertig war und in die Küche ging, stieß sie einen Seufzer der Erleichterung aus.

Hier gab es kaum etwas zu tun, wie lange hatte hier schon keiner mehr gegessen. Nur etwas Staub auf den wenigen Möbeln, abgestandene Luft und ein leicht muffiger Geruch. Sie sah sich die Kredenz genauer an, und dabei kam ihr die Taube unter die Augen. Sie hielt sie sich unter die Nase und roch daran. Ein unangenehmer Geruch, das war ja ungenießbar.

Das würde garantiert keiner mehr essen, nicht einmal die Katze, die war schließlich auch tot.

Sie nahm die Taube, warf sie in den Müll und brachte diesen vorsichtig zur Tonne.

Um halb neun war sie fertig und verließ die Wohnung der Fioravanti gerade rechtzeitig, um den Carabiniere Malamonica zu sehen, der die Treppen hinaufstieg und sich vor die Eingangstür stellte.

Bei seinem Anblick wurde sie blass.

Sie wagte weder, Fragen zu stellen, noch, den Carabiniere zu grüßen.

Aber in ihrem Magen spürte sie ein schmerzhaftes Stechen. Der Schreck nahm ihr den Appetit, so dass sie mittags nichts aß.

34

Maresciallo Maccadò beschloss, sie nacheinander zu verhören und ihnen nur eine einzige Frage zu stellen.

Wussten sie etwas über die Vergiftung zahlreicher Vögel im Lauf der letzten Tage?

Er war sicher, dass alle vier ihm dieselbe Antwort geben würden: »Nichts.«

Umso besser, dachte der Maresciallo, so konnte er der Liste ihrer Vergehen noch »Falschaussage« hinzufügen. Über die Namen der Schuldigen bestand kein Zweifel. Und die Aussagen würden nolens volens im richtigen Moment ans Tageslicht kommen.

Erst wenn er ihre lügenhaften Erklärungen schriftlich und unterschrieben vor sich liegen hätte, würde er den Vorgesetzten in Lecco die ganze Sache auf dem Silbertablett servieren.

Der Carabiniere Bottasana war schon vor einer Viertelstunde mit dem Befehl weggegangen, den ersten auf der Liste in die Kaserne zu bringen. Andrea Valenza, Sohn des Barbiers Bartolo Valenza.

Er kam nach einer halben Stunde wieder, denn der junge Mann hatte noch im Bett gelegen, und seine Morgentoilette hatte lange gedauert.

Valenzas Gesicht war noch aufgedunsen vom Schlaf, und als er das Büro des Maresciallo betrat, wollte er sich gleich hinsetzen.

»Niemand hat Ihnen gesagt, dass Sie Platz nehmen dürfen«, wies Maccadò ihn zurecht.

Dann stellte er gleich seine Frage.

»Nichts«, antwortete Valenza.

Ganz gewiss.

»Sie können gehen«, sagte der Maresciallo.

»Aber ...«, erwiderte Valenza.

»Nun gehen Sie schon«, unterbrach der Maresciallo ihn.

Der zweite war Stefano Liberati, genannt Ferro, Sohn des Bankangestellten Augusto Liberati.

Er betrat das Büro mit dem Mantel über den Schultern, einer wilden Haarsträhne in der Stirn und unrasiert. Keine Morgentoilette also. Maccadò hatte dem Carabiniere Bottasana, als Valenza gegangen war, befohlen, nicht zu warten, den vier Lumpen nicht zu viel Zeit zu lassen, die Morgentoilette nehme er dann schon in der Kaserne vor.

Liberati gab dieselbe Antwort.

»Nichts.«

Der Carabiniere Bottasana schrieb mit.

Dann war Evaristo Sperati dran, Risto. Sohn des verstorbenen Käsehändlers Ercole Sperati, der mit seinen Einkünften eine Wohnung nach der anderen im Ort gekauft und ein Vermögen für die Familie angehäuft hatte. Risto lebte bei seiner alten Mutter, einer Frau, an die der Maresciallo eine böse Erinnerung hatte. Bei sich nannte der Maresciallo den Jungen »Graf Ciano«, weil er sich trotz seines hässlichen Aussehens wie ein Adliger gab.

»Verstehe ich nicht«, war Ristos Antwort.

»Ach nein?«, entgegnete der Maresciallo.

»Nein«, erwiderte Sperati.

»In Ordnung«, antwortete Maccadò, während der Carabiniere mitschrieb. »Dann können Sie gehen.«

Als Bottasana die Drogerie Navacchi betrat, um Ludovico Navacchi, genannt Cucco, abzuholen, war es schon elf Uhr.

Als Severino Navacchi, der Vater von Ludovico, den Militär sah, erbleichte er. Irgendetwas sagte ihm, dass es Ärger geben würde. Ihm war, als sei die Zeit des Wartens vorüber: Der Carabiniere an der Türschwelle der Drogerie war ein Überbringer schlimmer Nachrichten.

So kam er Bottasana zuvor und fragte: »Wollen Sie meinen Sohn?«

»Der Signor Maresciallo möchte ihn sprechen«, erklärte der Militär.

»Und warum?«

»Tut mir leid, das kann ich Ihnen nicht sagen.«

Severino Navacchi schluckte.

Er wusste es, er hatte immer gewusst, dass mit diesem Sohn früher oder später etwas Schlimmes passieren würde.

»Bitte sehr«, sagte er kläglich und verschwand hinter einem Vorhang, der in eine Art Magazin und zu einem Treppenaufgang führte, über den man in die Wohnung der Navacchis oberhalb des Ladens gelangte.

Oben in der Küche war die Signora Vittoria, seine Frau.

»Ruf Ludovico«, sagte er mit schwacher Stimme.

Die Frau sah dem Gesicht ihres Mannes sofort an, dass dicke Luft herrschte.

»Was gibt's?«, fragte sie.

»Die Carabinieri wollen ihn.«

Dies waren die letzten Worte, die Severino Navacchi sprach, bevor er bewusstlos zu Boden sank.

35

»*Das ist nichts Schlimmes*«, beruhigte Doktor Lesti sie eine Viertelstunde später, nachdem er Herz und Kreislauf von Navacchi senior überprüft hatte.

Die Emotionen, der Schreck, die zunehmende Spannung wegen der Sorgen um den Sohn in letzter Zeit hatten ihm einen bösen Streich gespielt.

»Noch nie haben Carabinieri mein Haus betreten«, stammelte Severino.

Der Doktor seufzte. Was sollte er sagen? Ihm fiel kein Trost ein. Auch er wusste, dass der Sohn von Navacchi etwas seltsam war. Ein schlechter Kerl war er nicht, um Gottes willen! Aber er war nicht charakterstark. Beeinflussbar, vielleicht als Kind zu sehr verwöhnt. Der Risto hatte ihn eingefangen, und er war mit den anderen den falschen Weg gegangen.

Die hatten ihn so verändert, dass er gar nicht mehr wie der Sohn der Navacchis wirkte, die doch eine so fleißige, ehrenwerte und ernsthafte Familie waren. Und noch weniger wie der Bruder von Filzina Navacchi, der Tochter, die jünger war als er.

Natürlich, so sagte sich der Doktor, wenn ein Carabiniere ins Haus kommt, dann geht es nicht um einen harmlosen Lausbubenstreich …

Sicher ist irgendetwas Schlimmes passiert.

»Man kann nie wissen«, sagte Signora Vittoria, zur Salzsäule erstarrt.

»Wer soll das wissen«, pflichtete der Doktor ihr bei.

»Noch nie«, wiederholte Severino Navacchi, »waren die Carabinieri in meinem Haus!«

36

Maresciallo Maccadò hatte sich mit Absicht Cucco Navacchi bis zuletzt aufgehoben.

Er war der Jüngste der Gruppe, das schwache Glied. Er hatte gehofft, dass die Inszenierung mit einem Carabiniere, der ins Haus kam, und der Vorladung in die Kaserne ihre Wirkung tun würde. So dass Navacchi vor lauter Schreck bereit wäre, die Missetat zu gestehen und ihm so die Möglichkeit gab, die Selbstgewissheit der anderen drei zu brechen.

Dieser Junge tat ihm im Grunde auch ein bisschen leid. In der Vergangenheit nämlich, vor allem in der Zeit, in der seine Frau nie schwanger wurde, weil ihr, wie sie behauptete, die Luft des Ortes nicht bekam, waren sich der Maresciallo und Navacchi senior näher gekommen und er kannte ihn gut. Ein Mann, der Recht und Gesetz achtete und fleißig war. Einen solchen Sohn hatte er nicht verdient.

Als dann aber auch Cucco genau wie die drei anderen antwortete: »Nichts«, waren alle Skrupel des Maresciallo wie weggeblasen.

»Aha, nichts«, grinste er, sagte nichts weiter und starrte ihn schweigend an, um ihn in Verlegenheit zu bringen.

Was eigentlich gar nicht nötig war. Ludovico war kreidebleich, und sein Unterkiefer zitterte so, dass er ihn nicht in den Griff bekam.

»Ich nehme Ihre Antwort zur Kenntnis«, brach der Maresciallo schließlich das Schweigen, »und bitte Sie, sich weiter zur Verfügung zu halten.«

Es sei sehr wahrscheinlich, dass er ihn heute noch einmal sehen müsse. Dann bat er ihn, den Ort nicht zu verlassen. Am besten bleibe er den ganzen Tag zu Hause, so könne er ohne Mühe Kontakt zu ihm aufnehmen.

Ludovico hatte eine trockene Kehle, und seine Hände und Füße waren eiskalt.

»Aber warum?«, brachte er mühsam hervor.

»Alles zu seiner Zeit. Und jetzt gehen Sie«, schloss Maccadò im Befehlston.

37

Es war noch nicht Mittag, aber die Drogerie war geschlossen. Navacchi war dem Rat des Arztes gefolgt, sich einen halben Tag auszuruhen.

»Wegen Unpässlichkeit geschlossen«, stand auf dem Blatt Papier an der Eingangstür.

Ludovico lief ein Schauer über den Rücken, als er es sah. Was ihn wohl jetzt zu Hause erwartete.

Eine Minute später wusste er es: vollkommene Stille.

Bleiern, beunruhigend.

Wie in einem Krankenzimmer.

Schlimmer, wie bei einem Toten.

Seine Mutter saß am Küchentisch. Mit wirrem Haar und verlorenem Blick starrte sie aus dem Fenster, das auf die Piazza Boldoni hinausging.

Sie wandte kaum den Kopf, um ihn anzusehen. Ludovico blieb an der Tür stehen. Er sah, dass sie auch rote Augen hatte.

Leise sagte sie, er solle keinen Lärm machen. Der Doktor habe seinem Vater Kampfer gegeben, und offenbar war er eingeschlafen.

»Was hast du getan?«, fragte sie in hartem Ton.

»Nichts, Mama …«, sagte Cucco leise.

Er war sich dessen sicher. Nichts oder nur ein wenig. Im Grunde hatten sie nur vier Tauben getötet. Und er fragte sich, ob man aus dem Tod der vier dummen Viecher ein solches Drama machen musste. Hatte der Maresciallo denn nichts Besseres zu tun, als sich um Tauben zu kümmern?

Er hatte nichts getan, nichts gestohlen, niemanden getötet …

»Aha, also nichts«, zischte seine Mutter und sah wieder auf die Piazza hinaus.

»Jedenfalls«, fuhr sie nach einer Weile fort, »egal, was du gemacht hast, du bist alt genug, um selbst für die Folgen aufzukommen. Wir sollten deine Schwester so weit wie möglich da raushalten. Wenigstens sie, die arme Seele …«

Ein Schluchzer unterbrach die Worte der Frau.

»Aber was hat Filzina damit zu tun?«, fragte Cucco, der in der heimischen Umgebung wieder Kraft und Mut schöpfte.

Vorläufig, unterbrach ihn seine Mutter, genüge es, ihr zu erzählen, dass dem Vater unwohl sei, und nichts davon zu sagen, dass die Carabinieri im Haus gewesen seien.

Danach könne man weitersehen.

38

Die kleine, magere, zarte Filzina Navacchi, eine schmächtige, fast körperlose Gestalt, arbeitete als Sekretärin im Büro des Direktors der Baumwollspinnerei Cantoni.

Sie war der Inbegriff der guten Sekretärin.

Sie war zweiundzwanzig und damit zwei Jahre jünger als ihr missratener Bruder und die Freude von Direktor Tirisaldi, der sie auf Händen trug, ihre Genauigkeit und Pünktlichkeit lobte und sie ›Farfaletta‹, kleiner Schmetterling, nannte und ihr gesagt hatte, wenn er nach Bellano versetzt würde, würde er alles tun, um sie mitzunehmen, da er überzeugt sei, es gäbe keine so tüchtige und vertrauenswürdige Mitarbeiterin wie sie, selbst mit größter Mühe würde man keine finden.

Sie war immer pünktlich auf die Sekunde, hatte noch nie auch nur einen halben Arbeitstag gefehlt und machte fleißig unbezahlte Überstunden, wenn es etwas Besonderes zu tun gab.

Sie war die jüngste Angehörige der Damen von San Vincenzo, und wenn ihre Arbeit ihr Zeit ließ oder am Sonntag widmete sie sich karitativen Aufgaben.

An jenem Morgen erfuhr sie, als sie bereits im Büro war, vom Tod der Witwe Fioravanti. Sie hatte sie recht gut gekannt, da sie sie mehrmals besucht hatte.

Als sie zur Mittagspause das Büro verließ, wollte sie auf einen Sprung zum Haus der Verstorbenen gehen und bei ihren sterblichen Überresten ein Gebet sprechen und nachsehen, ob sie sich nützlich machen könne. Sie nutzte diesen Moment für den rituellen Besuch, denn der Direktor hatte ihr am Morgen angekündigt, dass er sie am Abend nach der normalen Arbeit brauche. Es müssten Akten sortiert werden, und es würde spät werden.

Sie ging die Treppen hinauf, erreichte die Haustür der Witwe und stieß auf den Carabiniere Malamonica.
»Was ist los?«, fragte sie.
Der Carabiniere antwortete ihr höflich, aber bestimmt:
»Tut mir leid, Signorina, aber ich darf niemanden hereinlassen. Anordnung des Signor Maresciallo.«
Einen Moment sah Filzina ruhig auf die Gestalt des Militärs. Dann stieg sie innerlich zitternd die Treppen herunter und ging mit kleinen, schnellen Schritten nach Hause, als fürchte sie, dass ihr jemand folgte und sie sich in Sicherheit bringen müsse.
Zu Hause erwartete sie eine weitere böse Überraschung.
Ihr geliebter Papa lag krank im Bett!
Was war nur geschehen?
Sie wollte fragen, aber es gelang ihr nicht. Zwei solche Schrecken, so nah hintereinander waren zu viel für sie. Auch sie fiel in Ohnmacht und der Doktor musste erneut gerufen werden.

39

»*Ein Carabiniere* vor der Tür der Witwe Fioravanti?«, fragte der Arzt, nachdem er das Mädchen wieder zurückgeholt hatte.
Filzina war wieder bei Bewusstsein, entschuldigte sich sofort für die Störung und erklärte ihm dann, was zu ihrer kurzen Ohnmacht geführt hatte.
Ludovico saß am Bett seiner Schwester. Als er ihre Erklärungen gehört hatte, tauschte er einen Blick mit dem Doktor.
Ob sie sich auch sicher sei, fragte Doktor Lesti. Er hatte den Eindruck, dass heute zu viele Carabinieri herumliefen, sie waren einfach überall! Auch im Blick von Signora Vittoria

war nun schmerzliche Besorgnis zu sehen, die sie jäh auf ihren Sohn übertrug.

Was zum Teufel ist bloß los?, hätte sie am liebsten gefragt.

Ludovico fragte sich dasselbe.

Er wusste es nicht.

Er begriff es nicht.

Aber er spürte, dass etwas Schlimmes in der Luft lag.

Vielleicht stand ihm böses Unheil bevor.

Ihm wurde schwindelig.

Seine Stirn war eiskalt.

»Oh Gott«, murmelte er.

Und dann näherte auch er sich einer Ohmacht.

»Oh nein!«, rief der Arzt und sprang auf ihn zu, als er merkte, dass das Gesicht des Jungen immer bleicher wurde.

Er hatte keine Zeit, noch einen dritten Anfall zu behandeln.

»Legen Sie ihn hin, und ziehen Sie an seinen Beinen«, befahl er. »Ich komme später wieder, um nachzusehen, wie es dem ganzen Verein geht.«

Er hatte Dringenderes, Wichtigeres zu tun: Er wollte wissen, warum ein Carabiniere vor der Tür der Witwe Fioravanti stand, und was zum Teufel dem Maresciallo Maccadò durch den Kopf ging.

40

Er hatte am Abend zuvor den Totenschein unterschrieben.

Eine natürliche Todesursache. Eine alte Frau. Herzstillstand, ein Kollaps, irgend so etwas.

Doktor Lesti hatte es nicht für nötig gehalten, weiter nachzuforschen, schließlich war die Alte dreiundneunzig gewesen.

Aber jetzt, wo dieser Carabiniere vor ihrer Tür stand …

Irgendeinen Grund musste der Maresciallo schon haben, um den Carabiniere dort aufzustellen.

War ihm etwas entgangen?, überlegte Doktor Lesti, während er zur Kaserne ging.

Aber was?

Je mehr er daran dachte, desto weniger konnte er es sich vorstellen.

Vielleicht waren es Dinge, die ihn nichts angingen, nichts, was mit dem Totenschein zu tun hatte, aber man konnte nie wissen.

Er wollte lieber gleich Gewissheit haben, sie sich persönlich verschaffen und sich von dem Zweifel befreien, der sich in seinem Kopf festgesetzt hatte.

Bei diesem Maresciallo musste man allerdings vorsichtig sein.

Nicht, dass er etwas gegen ihn hatte. Aber, wie sollte er es ausdrücken? – seit 1929, dem Jahr, in dem Maccadòs erster Sohn geboren war, mochten sich die beiden nicht mehr.

Endlich. Denn bis dahin war es der Signora Marescialla nicht gelungen, ein Kind auszutragen, und der Maresciallo hatte sich so in die Sache hineingesteigert, dass er von nichts anderem mehr sprach. Er wurde zum täglichen Albtraum. Es verging kein Tag, an dem er nicht in die Sprechstunde kam, aber auch wenn er ihn auf der Straße traf, fragte er ihn, ob es nicht etwas Neues gäbe, irgendwelche Heilmittel, alte oder neue, Aufbau- oder Stärkungsmittel, etwas zur Kräftigung oder irgendetwas, um die Unfruchtbarkeit seiner Frau zu besiegen.

Irgendwann hatte sich die Marescialla beruhigt, aber dem Doktor war zu Ohren gekommen, dass die Sofistrà eine Schwangerschaft vorausgesehen hatte. Sogleich stimmte der Maresciallo ein anderes Lied an, immer wieder dasselbe: Er ließ sich von den Leuten beeindrucken, die das Geschlecht des Ungeborenen vorhersagten. Sie redeten von einer Tochter, einem Mädchen, dabei hätten er und seine Frau ihre Kinderschar gern mit einem strammen Jungen begonnen, und so hatte er es sich angewöhnt, ihn mit ständigen Fragen darüber zu belästigen, welche wissenschaftliche Bedeutung bestimmte Anzeichen hätten, über Vollmond, die Form des Bauches, die Gelüste seiner Frau und anderen Unsinn über das Geschlecht des Kindes.

Eines Morgens gingen mit dem Arzt die Pferde durch, und er sagte: »Warum fragen Sie nicht die Sofistrà?«

Danach ging ihm der Maresciallo nicht mehr auf die Nerven.

Er war so beleidigt über seine brüske Art, dass er ihn gar nichts mehr fragte. Er war seitdem höflich und formell, nicht mehr als Guten Tag, Guten Abend. Und er ging mit der Familie zu einem anderen Arzt. Als dann sein Sohn geboren wurde, tatsächlich ein Junge, unterschrieb ein anderer den Geburtsschein.

Inzwischen war einige Zeit vergangen, aber die beiden waren einander nicht wieder nahegekommen. Immer einwandfrei höflich, wenn sie sich aus beruflichen Gründen begegneten.

Aber, wie man so sagt, jeder ging seiner Wege.

41

»*Vorsätzlicher Mord?*«

Doktor Lesti sah den Maresciallo Maccadò an, um auf seinem Gesicht die Spuren eines Grinsens zu entdecken, dann wäre er sicher gewesen, dass er sich über ihn lustig machte.

»Dies ist nur eines, allerdings das schwerste der Delikte, die begangen wurden«, sagte der Maresciallo. Er sagte es in tiefem Ernst.

Das also ist die Erklärung für den Carabiniere vor der Tür der Fioravanti, dachte der Arzt.

»Ich sage es nur Ihnen, Herr Doktor«, fuhr der Militär fort, »da ich weiß, dass Sie wie ich dem Dienstgeheimnis unterliegen.«

»Gewiss«, versicherte der Doktor, »allerdings ...«

»Allerdings?«

Lesti überlegte zwei, drei Fragen, und eine sprach er spontan aus:

»Wollen Sie damit sagen, dass die Witwe aus Versehen getötet wurde? Können Sie mir sagen, wie?«

»Vergiftet«, sagte der Maresciallo, jede Silbe betonend.

Bis zu diesem Augenblick war der Doktor vor dem Schreibtisch des Hauptfeldwebels stehengeblieben, im Glauben, dass er es gleich herausfinden würde.

Jetzt bat er, sich setzen zu dürfen. Maccadò gestattete es ihm sofort und entschuldigte sich, dass er ihn nicht vorher gebeten hatte, Platz zu nehmen.

Als der Doktor sich gesetzt hatte, schüttelte er den Kopf.

»Entschuldigen Sie, Maresciallo, aber ich bin verwundert. Erstaunt. Ich kann es kaum glauben ...«

»Ich glaube es durchaus«, entgegnete der Maresciallo. Er habe es vielleicht nicht gewollt, es nicht extra gemacht, aber er hatte es übersehen. In Maccadòs Ton lag etwas Väterliches, als wolle er dem Arzt zu verstehen geben, dass er Verständnis für ihn hatte, jeder könne mal irren. Auch die Ärzte. Auch er. Dass er nicht hingesehen, nicht darauf geachtet hatte ...

»Auf die Zeichen!«, rief der Arzt aus.

»Was meinen Sie?«

»Die Anzeichen einer Vergiftung«, erklärte der Arzt. »Wo sind sie? Ich habe keine entdeckt.«

Zugegeben, er hatte nicht sehr gründlich danach gesucht. Es hatte ihm auch nicht danach ausgesehen. Niemand in seiner Situation hätte daran gedacht. Auch jetzt, angesichts des Maresciallo und seiner unglaublichen Enthüllung sei er bereit zu schwören, dass sein letzter kurzer Besuch bei der Witwe Fioravanti ausgereicht habe, um festzustellen, dass sie eines natürlichen Todes gestorben war.

Und jetzt redete der von Vergiftung.

»Bei Vergiftungen, ganz gleich, welche Substanz verwendet wird, gibt es, wie soll ich sagen, eine eigene Dynamik«, predigte der Doktor. Die vergiftete Person habe Beschwerden, Schmerzen, Übelkeit, oft müsse sie sich übergeben. Eine ganze Reihe von Symptomen, die sich dann in Zeichen, in Spuren niederschlügen. Von solchen Zeichen oder Spuren habe er nicht das Geringste gefunden.

»Die Witwe Fioravanti war ruhig, sah heiter und entspannt aus. Auch im Todesschlaf«, erklärte der Arzt.

So dass er bereit sei zu wetten, dass sie im Schlaf gestorben war.

»Und außerdem, Maresciallo, wer denn und warum ...«

Maresciallo Maccadò, der bisher geduldig den Einlassungen des Doktors zugehört hatte, unterbrach ihn jetzt. »Wir haben Wer und Wie. Das Warum ist nicht wichtig, zumindest in diesem besonderen Fall, aber auch das wissen wir!«

Doktor Lesti wusste nicht, was er darauf sagen sollte. Er war verwirrt und erregt. Die Sicherheit des Maresciallo war entwaffnend.

»Wenn Sie mir etwas davon gesagt hätten ...«, stammelte er.

»Ich hätte es getan«, antwortete der Maresciallo, »in einer Stunde, spätestens zwei, wenn Sie nicht in die Kaserne gekommen wären. Ich hätte Sie informiert und Sie außerdem aufgefordert, und ich nutze die Gelegenheit, es jetzt zu tun, mich zu einer Ortsbesichtigung ins Haus der Fioravanti zu begleiten. Dort habe ich aus Sicherheitsgründen seit heute Morgen einen Carabiniere postiert.«

Der Doktor erstarrte auf seinem Sitz.

»Sagen Sie, Maresciallo«, fragte er aufgeregt, »hat mit dieser ganzen Geschichte vielleicht auch der Sohn von Navacchi zu tun?«

Maccadò war von dieser Frage ehrlich überrascht.

»Ich sehe, dass die Gerüchte schnell die Runde machen«, bemerkte er.

So wie deine Carabinieri, dachte der Doktor.

Maccadò wollte die Neugier des Doktors nicht befriedigen. »Alle vier«, sagte er, »wenn's beliebt. Beenden wir unser Werk. Geben wir der Oper den Schlussakkord, sozusagen, indem wir die Tatwaffe finden oder was von ihr übrig ist.«

42

Er hatte den Navacchi versprochen, wieder vorbeizukommen, um zu sehen, wie es dem ganzen Verein der Ohnmächtigen ging. Er tat es, sobald er die Kaserne verlassen hatte.

Der Kirchturm schlug ein Uhr. Er stand in der reglosen, schweren Luft. Als wolle er darauf antworten, betätigte er die Türklingel am Hause Navacchi.

»Alles in Ordnung?«, fragte er die Signora Vittoria, um gleich zum Thema zu kommen.

»In Ordnung«, antwortete die Frau mit einem leichten Seufzer – wenn man es so nennen konnte.

Dann erzählte sie. Filzina hatte sich ganz schnell erholt, aber mittags hatte sie nur eine kleine Brühe gegessen, danach habe sie erklärt, es gehe ihr wieder gut. Sie hatte unbedingt wieder zur Arbeit gehen wollen, trotz des Protests der Mutter.

Ihr Mann war aufgewacht und wollte nichts essen, er konnte nicht mal über Essen reden. Er hatte darum gebeten, in Ruhe gelassen zu werden, und wiederholte andauernd, dass noch nie, nie in seinem Leben Carabinieri in seinem Haus gewesen seien. Er hatte nicht mal nach Ludovico gefragt, wo er sei und was er tue.

»Ludovico ...«, begann Signora Vittoria von Neuem.

»Ja, genau«, unterbrach der Doktor sie, »um ihn geht es.«

Die Signora wollte es ihm gerade sagen. Ludovico hatte sich, seit der Doktor ihm gesagt hatte, in seinem Zimmer zu bleiben, nicht mehr gerührt und ...

»Dann ist er also noch in seinem Zimmer«, schloss Doktor Lesti.

»Ja.«

»Gehen wir hin«, befahl der Arzt.

»Aber was ist ...?«, fragte Signora Vittoria.

»Ich weiß es«, lautete die Antwort.

43

Er war angezogen.

Aber er lag auf dem Bett, die Hände im Nacken verschränkt.

Ins stille Halbdunkel getaucht, das über dem Zimmer lag, hin und wieder unterbrochen durch leise Geräusche, die von der Piazza hereindrangen, lag Cucco Navacchi reglos da und wartete die Ereignisse ab.

Allerdings hatte er Hunger.

Aber er hatte sich nicht getraut, nach Essen zu fragen. Und es hatte ihn auch niemand zu Tisch gerufen. Heute ging auch alles schief.

Nachdem die Haustürklingel geläutet hatte, hörte er, wie die Eingangstür aufging. Dann hörte er jemanden reden und erkannte die Stimmen des Doktors und seiner Mutter.

Am Anfang nur ein Flüstern hier, ein Flüstern da.
Sie redete mehr als er.
Dann unterbrach er sie.
Nicht nur einmal.
Zweimal, dreimal.
Der Ton der Stimme hatte sich geändert.
Er war trocken und nervös.
Dann das Geräusch von Schritten.
Auch die klangen trocken und nervös.
Den ganzen Flur entlang.
Sie kamen auf sein Zimmer zu.
Zu ihm.
Dann erschien zuerst seine Mutter in der Tür.
»Der Doktor ist da«, verkündete sie, »er braucht dich.«

Es fiel ihr schwer, den Satz zu Ende zu sprechen, ihr war zum Weinen zumute.

Hinter ihr tauchte drohend der Schatten von Doktor Lesti auf. Er überragte die Frau. Er betrat das Zimmer und setzte sich ans Bett.

»Junger Mann«, sagte er, »was zum Teufel hast du mit dem Tod der Witwe Fioravanti zu tun?«

Ein Geräusch.
Ein dumpfer Schlag.
Ludovico sprang aus dem Bett.
Seine Mutter war in Ohnmacht gefallen.
Eigentlich war es zu erwarten, dachte der Doktor.

44

Severino Navacchi, vom Lärm angelockt, steckte den Kopf in die Zimmertür seines Sohnes, als seine Frau gerade wieder die Augen aufschlug.

Sie wollte etwas sagen. Aber als sie ihn sah, konnte sie ihre Tränen nicht zurückhalten.

»Severino«, rief sie.

Auch der Mann kam sich vor wie verhext.

Er hatte seine Frau noch nie so verzweifelt und so entstellt gesehen. Ihre Augen geschwollen, rote Flecken im verzerrten Gesicht, die Haare durcheinander.

Noch nie hatte er sie so gesehen, auf dem Bett liegend, als hätte jemand oder etwas ihr alle Kraft und Würde gestohlen.

Er kam näher.

Er ahnte es. Er spürte etwas Neues und Bösartiges in der Luft, das mit dem Carabiniere von heute Morgen und seinem Sohn zu tun hatte.

Innerhalb weniger Stunden waren durch diese Geschichte Frieden und Heiterkeit seiner Familie zerstört worden. Und wer wusste, was noch alles passieren würde!

Am Krankenbett seiner Frau wagte er nicht zu reden. Er hatte nichts zu sagen, er konnte seinen riesigen Kummer nicht in Worte fassen, der auch in den geröteten Augen seiner Frau zum Ausdruck kam. Er konnte nur leicht den Kopf schütteln, ein Zeichen seiner Untröstlichkeit, gegen die nichts half. Die Signora Vittoria tat das Gleiche.

Ludovico stand in einer Ecke und betrachtete stumm und verwirrt das Desaster, das er angerichtet hatte.

Aber was hatte er eigentlich getan?, fragte er sich.

Vielleicht, überlegte er, würde der Doktor Vater und Mutter, aber auch ihm erklären, was hier brodelte.

Er war sicher, nichts getan zu haben. Jedenfalls nichts so Schlimmes. Jetzt schien ihm der Moment gekommen, die Karten auf den Tisch zu legen und dieser Serie von Jammern, Seufzen, Ohnmacht und Carabinieri den Garaus zu machen. Wenn er dann alles aufgeklärt hätte, sagte er sich, könnte er vielleicht auch wieder etwas essen, da er Frühstück und Mittagessen verpasst hatte.

45

Als Agostino die Baumwollspinnerei verlassen hatte, ging er nicht gleich nach Hause. Er ging durch die Pradegiana und betrat das Haus, in dem die Sofistrà wohnte.

Den Gruß des Bäckers erwiderte er mit einem Kopfnicken. Er nahm zwei Stufen auf einmal. Dann klopfte er, ohne *permesso* zu sagen.

»*Avanti*«, quäkte Eufrasia.

Als der Mann hereinkam, liefen alle Katzen durcheinander. Manche verschwanden unter dem Bett, auf dem die Frau ausgestreckt lag, zwei sprangen auf eine mit allen möglichen Gegenständen vollgestellte Kredenz. Die meisten sprangen zum einzigen Fensterchen des Zimmers, das offen stand, und verschwanden auf den Dächern.

»Womit kann ich Ihnen dienen?«, fragte die Sofistrà.

Agostino suchte in seiner Hosentasche nach Geld und legte es auf einen Tisch mit einem Kartenspiel.

»Lebende Katze, tote Katze, Katze in der Salami«, sagte er.

Die Sofistrà überlegte eine Minute.

»3. 34. 77«, sagte sie dann.

Agostino gab ihr zu verstehen, dass er begriffen hatte.

»Auf welchem Rad?«, fragte Eufrasia.

Agostino erstarrte. Er hatte noch nie Lotto gespielt und an diese Besonderheit nicht gedacht. Er war sprachlos. Die Frau kam ihm zu Hilfe.

»Ist Mailand in Ordnung?«, fragte sie.

Da zuckte er die Schultern, wandte sich um und ging.

46

Genau um vier Uhr nachmittags erschien der Maresciallo Maccadò in Begleitung des Carabiniere Bottasana vor der Tür, die in die Wohnung der Witwe Fioravanti führte.

Doktor Lesti war bereits seit zehn Minuten da. Sein Gesicht war düster, und er trug einen schwarzen Mantel mit hochgeschlagenem Kragen, um sich vor den Angriffen der eiskalten Luft zu schützen, die in der Gegend herrschte: Es sah nicht mehr nach Schnee aus, denn seit Kurzem war Nordwind aufgekommen, der sich in den Abendstunden noch verstärken würde.

»Erholen Sie sich in der Kälte?«, scherzte der Maresciallo, nachdem er gegrüßt hatte, und rieb sich die Hände.

Warum er hier draußen gewartet habe, fragte der Carabiniere dann. Er hätte sich doch in den Eingang stellen können.

»Wenn ich dort Platz gefunden hätte«, antwortete Lesti.

»Was meinen Sie denn damit?«, fragte Maccadò.

»Sehen Sie selbst«, sagte der Doktor.

47

Seit zwei Uhr nachmittags hatte sich bei der Treppe, die zur Wohnung der Witwe Fioravanti führte, eine riesige Schar von Beginen, Freundinnen, Bekannten und wohltätigen Damen eingefunden.

Aber auch neugierige Männer und Frauen, die erfahren hatten, dass ein Carabiniere vor der Tür stand, der keinen hineinließ, waren hingeeilt, um zu sehen, was dort los war.

Der Carabiniere Malamonica hatte sich nach Kräften bemüht, die Menge fernzuhalten. Wenn er nicht Maria Isnaghi in die Kaserne geschickt hätte, um von der Lage zu berichten und Verstärkung zu holen, wäre er allein geblieben. Er fürchtete, Maresciallo Maccadò könnte denken, dass er seine Aufgabe nicht erfüllte, und ihn dann nur noch für Büroarbeiten einteilen und ihn im Papierkram ersticken lassen würde.

Deswegen hatte er sich teuflisch bemüht, all diese Leute ruhig zu halten. Es war ihm nur dadurch gelungen, sie zu bändigen, dass er erklärte, es sei eine Anweisung des Signor Maresciallo, und der Signor Maresciallo würde im Lauf des Nachmittags höchstpersönlich erscheinen, um weitere Befehle zu geben.

Als sie hörten, dass der Chef der Station selbst vorbeikommen würde, beschlossen einige Besucherinnen, auf ihn zu warten. Es waren die wenigen echten Freundinnen und Bekannten der Verstorbenen, die hier nur in der Absicht hergekommen waren, den Rosenkranz zu beten. Sie machten ihn darauf aufmerksam.

Der Carabiniere Malamonica wusste nicht, was er darauf antworten sollte. Es ging um religiöse Dinge, und da musste man vorsichtig sein.

Da sagten auch die nur aus Neugier Gekommenen, dass sie am Bett der Verstorbenen ein Gebet aufsagen wollten.

Das Ergebnis konnte man sehen. Als der Maresciallo Maccadò durch die Eingangstür sah, war die Treppe gedrängt voll mit Leuten, die auf ihn und seine Entscheidung warteten. Oben auf der Treppe vor der Eingangstür der Witwe Fioravanti grüßte der Carabiniere Malamonica, trat in Habachtstellung und legte eine Hand an den Mützenschirm.

Als die Leute auf der Treppe den Maresciallo und den Arzt kommen sahen, schwiegen sie vorübergehend.

In der Stille heulten die Windböen, die jetzt noch kälter waren und sich in Hunderte Luftzüge spalteten, wie Höllenmusik. Wenig später hörte man nur noch die Schritte der beiden Männer, die durch die auseinandergetretene Menge gingen.

»Was ist das hier für eine Unordnung?«, fragte Maccadò leise den Carabiniere Malamonica.

Dieser zuckte die Schultern.

»In Ordnung«, sagte der Maresciallo und sah sich um.

Hier konnte man nicht reden, was sollte man tun?

Da hatte der Carabiniere einen genialen Einfall.

Er wies mit dem Kopf zur Tür von Maria Isnaghi. Da drinnen, sagte er leise, könnten sie in Ruhe reden. Sie könnten die Wohnung der Fioravanti auch über den Balkon erreichen, so seien sie den Blicken der Neugierigen nicht ausgesetzt.

»Sehr gute Idee«, sagte der Maresciallo zustimmend, und der Carabiniere Malamonica lief vor Zufriedenheit rot an.

48

Die Isnaghi hatte an diesem Vormittag nichts so richtig geschafft. Sie war so nervös, dass es ihr schwer gefallen war, Mittagessen zu kochen. Der Carabiniere vor der Tür der Witwe machte sie nachdenklich.

Mittags teilte sie ihrem Mann ihre Befürchtungen mit.

»Wir haben nichts getan«, erklärte dieser kurz und bündig.

»Und wenn wir irgendwas gemacht haben, ohne es zu wissen?«, entgegnete sie.

Sie trieb ein schwer fassbares Schuldgefühl um, das sie nicht beschreiben konnte. Ihr war davon schon ganz übel. Niemand ist vollkommen, wer ohne Sünde ist, werfe den ersten Stein, und so ging es immer weiter, Sätze dieser Art, die der Herr Pfarrer ständig von sich gab, gingen ihr im Kopf herum.

Wenn sie etwas getan hätte, dachte Agostino, dann hätten sie den Carabiniere vor ihre Tür gestellt und nicht vor die der Witwe Fioravanti.

Aber das war nur so ein Gedanke.

Der Mann aß schnell seine Pasta und kümmerte sich dann um die Katze, er roch daran und stellte fest, dass sie den Wildgeruch schnell verlor. Morgen Abend, hatte er seiner Frau gesagt, wollte er drei Arbeitskollegen einladen, um die Katze mit Polenta zu essen, dazu guten Wein und Käse. Mehr sagte er nicht.

Mit dem üblichen Brummen, mit dem er sich von seiner Frau verabschiedete, ging er wieder zur Arbeit, und auf der Treppe würdigte er den Carabiniere Malamonica keines Blickes.

Nachdem ihr Mann gegangen war, stand Maria ein langer Nachmittag voll Unruhe und Einsamkeit bevor. Sie hoffte, dass es bald Abend würde und Agostino zurückkäme, der zwar kaum redete, aber ihr immerhin Gesellschaft leistete.

Gegen zwei Uhr begann sie, die Stimmen zu hören, das Flüstern, die Schritte von Leuten, die kamen und gingen und auf der Treppe stehen blieben. Ihre Unruhe wurde immer größer. Sie schaute durch ein Fensterchen, durch das sie von der Küche aus die Treppe sehen konnte, und verfolgte das unerklärliche Kommen und Gehen der Leute, bis Maresciallo Maccadò mit Doktor Lesti und dem Carabiniere Bottasana von der Eliteeinheit kam.

Sie nahm die plötzliche Stille wahr und die Schritte der drei Männer, die nach oben stiegen. Dann hörte sie das Klopfen des Maresciallo an der Tür, ein Geräusch, das klang wie eine Totenglocke.

Sie ging zur Tür und öffnete mit wachsbleichem Gesicht und tief erschrockenen Augen.

Der Maresciallo Maccadò zeigte das freundlichste Lächeln, zu dem er angesichts der Umstände in der Lage war, und sagte nur: »Entschuldigen Sie ...«

In diesem Moment fiel die Isnaghi in Ohnmacht.

Wann ist endlich Schluss damit?, dachte Doktor Lesti, der »Gestatten Sie« sagte, am Maresciallo vorbeiging und sich der Frau zuwandte, um sie in die Welt der Lebenden zurückzuholen.

49

Ludovico und sein Vater lagen im Bett, jeder in seinem Zimmer.

Die Signora Vittoria war in der Küche. Trotz ihres Kummers und der Tränen, die ihr immer wieder übers Gesicht liefen, bereitete sie einen Braten für Filzina zu, die arme Seele war seit dem Morgen auf den Beinen und hatte nur etwas Milchkaffee und die Brühe vom Mittag zu sich genommen.

Ganz gleich, was geschehen war, das Mädchen sollte darunter so wenig leiden wie möglich und wenn es, wie ihr schien, nötig war, ihr zu erklären, welch schwerer Schlag die Familie getroffen hatte, dann war es besser, dass sie vorher etwas Ordentliches aß.

Der Geruch des Bratens hatte sich von der Küche auf den Flur und von dort in die anderen Zimmer ausgebreitet.

Als Severino Navacchi ihn wahrnahm, wurde ihm übel. Dann nahm er sein Kissen und drückte es auf sein Gesicht.

Ludovico hingegen fluchte innerlich. Er hatte furchtbaren Hunger, sein Magen zog sich zusammen, und die Vorstellung, dass im Ofen ein Braten lag, löste schmerzhafte Krämpfe bei ihm aus. Er hätte ihn ganz sicher auf einmal verschlingen können.

Aber er traute sich nicht, in der Küche zu erscheinen und zu sagen, er habe Hunger und sie sollten ihm etwas zu essen geben. Er wagte es nicht, weil er wusste, dass der Vater seinetwegen geweint hatte, und seine Mutter auch. Die blickte jetzt unruhig und unablässig nach der großen Uhr über der Eingangstür, um zu sehen, wann es endlich fünf Uhr wäre.

Fünf Uhr.

Denn dann wollte Doktor Lesti wieder zu den Navacchis kommen und ihnen, nachdem er Licht in das Dunkel der Ereignisse gebracht hatte, sagen, was ihnen bevorstand.

50

Weil Maria Isnaghi den selbst gemachten Branntwein gut versteckte, wohl wissend, dass seine Herstellung verboten war, fand Doktor Lesti, um sie wieder ins Bewusstsein zurückzuholen, nur die Flasche mit dem Rest Marsala. Maria trank einen Becher des faden Getränks noch am Boden sitzend. Danach ließ sie sich vom Doktor und dem Carabiniere Malamonica helfen, sich an den Tisch zu setzen, an dem bereits der Maresciallo Maccadò saß.

»Signora«, sagte dieser so sanft wie möglich. Es klang so sanft wie Schmirgelpapier, denn die ständigen Zwischenfälle hatten den Maresciallo erheblich gereizt.

Immerhin, vielleicht wegen des Marsala, vielleicht weil der schlimmste Schreck vorüber war: Maria schaffte es, dem strengen Blick des Unteroffiziers standzuhalten und vor allem die Gründe zu verstehen, weshalb der Carabiniere und der Doktor zu ihr gekommen waren.

»Wir werden also, wenn es Sie nicht stört, Ihre Gastfreundschaft ein paar Minuten in Anspruch nehmen und Sie danach kein bisschen mehr belästigen.«

Bei diesen Worten gab der Maresciallo dem Arzt ein Zeichen, sich auch an den Tisch zu setzen, und wies Malamonica an, sich zur Sicherheit vor die Fenstertür zu stellen, die auf den Balkon hinausging, mit dem Rücken zum Zimmer, um zu kontrollieren, dass sie niemand ausspionierte.

»Möchten Sie lieber allein gelassen werden?«, fragte er Maria. Sie war wieder munter und unbeschwert und begann gerade, die männliche Gestalt des Maresciallo zu genießen, von dem sie schon hatte reden hören, den sie aber noch nie aus der Nähe zu Gesicht bekommen hatte.

Maccadò fuhr mit der Hand durch die Luft. Er fürchtete,

beim Aufstehen würde der Frau wieder übel und damit gäbe es neuen Ärger und noch mehr Verzögerung, und sagte, sie könne ruhig sitzen bleiben. Bald würde es keine Geheimnisse mehr geben und als Entschädigung dafür, dass sie bei ihr eingedrungen seien, dürfte sie als Erste erfahren, was geschehen war.

51

Inzwischen war es halb fünf. Doktor Lesti merkte an, dass er es eilig habe. Er wollte auf keinen Fall sein Versprechen gegenüber den Navacchi brechen, ihnen um fünf Uhr Bescheid zu geben. Er wusste, in welchem Zustand er die ganze Familie zurückgelassen hatte. Sie sollten sich nicht endlos quälen. Um halb sechs musste er dann in seiner Praxis sein.

»Nun, Maresciallo«, sagte er bestimmt, um die Diskussion zu eröffnen, die hoffentlich nur von kurzer Dauer sein würde.

Maccadò begriff. »Ich komme gleich zur Sache«, versprach er. Er sei aus einem bestimmten Grund hergekommen. »Um das letzte Mosaiksteinchen zu finden.«

Danach würde er den Vorgesetzten des Kommandos in Lecco das fertige Bild vorlegen.

»Und was ist das?«, fragte der Doktor.

Ganz einfach: »Die Tatwaffe!«

Maria legte eine Hand an den Mund.

Sie hatte sich schon gedacht, dass es um etwas Schräges, Hässliches ging.

Aber ein Verbrechen!

Der Doktor seufzte. »Aber was für eine Waffe denn?« Dass Maresciallo Maccadò ein bisschen dumm im Kopf war, wollte er sich lieber gar nicht vorstellen, das war er bisher ja auch nicht gewesen. Aber jetzt … gab er ihm doch zu denken.

»Eine seltsame, ungewohnte Waffe«, fuhr der Maresciallo fort.

»Unüblich.«

Die Waffe, mit der das tödliche Gift in den Magen der Witwe Fioravanti gelangt war und ihren Tod verursacht hatte. Eine Waffe, der Doktor solle gut zuhören, deren Reste er ganz sicher sehr bald im Haus der Verstorbenen finden würde.

»Reste?«, fragte Doktor Lesti.

Was für einen Unsinn redete der Maresciallo da bloß?

»Ein paar Reste, die dort auf jeden Fall sein müssen.«

Deshalb und aus keinem anderen Grund habe er seit dem frühen Morgen den Carabiniere Malamonica vor der Haustür der Fioravanti aufgestellt, um zu verhindern, dass die am Mord Schuldigen oder der Schuldige die Beweise verschwinden ließen, was dem Auge des wachsamen Carabiniere nicht entgehen würde.

»In Ordnung«, sagte der Doktor, der mit Maccadò nicht länger über dieses Thema diskutieren und nicht noch mehr Zeit verlieren wollte. Außerdem schien ihm der Unteroffizier nicht ganz richtig im Kopf.

Eine Sache allerdings wollte er noch wissen. »Können Sie mir sagen, um welche Waffe es sich handelt?«

»Jetzt ja«, lautete die Antwort des Maresciallo.

»Um eine Taube.«

»Eine ...?«

»Vergiftet.«

Die die Witwe am Abend vorher gegessen habe.

»Ups!«, rief der Maresciallo, sprang von seinem Sitz auf und fing Maria Insnaghi gerade noch auf, bevor sie zu Boden fiel.

Er stützte sie, während sich der Doktor vor sie hinkniete.

»Ist sie wieder ohnmächtig?«, fragte der Maresciallo.

»Nein«, antwortete der Doktor, »aber es hat nicht viel gefehlt.«

52

Nie im Leben hätte Maria Isnaghi den Mut gehabt, es dem Signor Maresciallo zu sagen.

Als sie wieder zu sich kam und allmählich begriff, was um sie vorging, merkte sie, dass sie auf ihrem Bett lag und Doktor Lesti neben ihr saß.

Er hatte sie dort mithilfe des Carabiniere Bottasana hingelegt. Danach hatte er Maccadò vorgeschlagen, mit seinem Mitarbeiter die Örtlichkeiten der Witwe Fioravanti nach den Resten der tödlichen Waffe zu durchsuchen. Er würde inzwischen dableiben, das sei seine Aufgabe, und der Isnaghi beistehen, bis sie sich wieder erholt habe, danach würde er zu ihnen kommen.

Maccadò war seit gut fünf Minuten gegangen, um seine Pflicht zu erfüllen, während Lesti darauf wartete, dass die Frau wieder zu sich kam. Der Doktor hörte, wie die beiden Carabinieri Kisten öffneten, in den Schränken, Regalen und sonst wo suchten, danach hörte er Gemurmel. Kurz und trocken. Er hätte es nicht beschwören können, aber er hatte den Eindruck, vor allem nach den Bemerkungen des Signor Maresciallo, als liefe etwas nicht so, wie der es sich vorgestellt hatte.

Ihn plagte die Neugier, er hätte gerne mal nachgesehen, aber seine Pflicht, die vorging, zwang ihn, auf seinem Posten zu bleiben, bis die Isnaghi ihm sagte, dass es ihr wieder gutging und sie keine Hilfe mehr brauchte.

Nachdem etwa zehn Minuten vergangen waren und es am Kirchturm fünf schlug, atmete Maria wieder normal, und die Farbe kehrte in ihr Gesicht zurück.

»Geht es uns wieder gut?«, fragte er.

Die Frau sagte ja.

»Kann ich dann gehen?«

»Nein«, antwortete sie.
»Nein?«, fragte der Doktor, »und warum?«
»Wegen der Taube«, murmelte Maria Isnaghi.

53

»*Oh Gott!*«, sagte der Doktor zwischen den Zähnen.

»Bleiben Sie hier«, befahl er dann, »und rühren Sie sich nicht von der Stelle!«

Die Isnaghi bedeutete ihm, dass sie verstanden hatte, aber sie hatte sowieso nicht mehr die geringste Kraft.

Mit zwei großen Schritten verließ der Doktor das düstere Schlafzimmer, lief in Windeseile durch die Küche und trat auf den Balkon, der unter seinen schweren Schritten knarrte.

Dann erschien er in der Küche der Witwe Fioravanti.

Der Maresciallo Maccadò stand mitten im Raum, die Fäuste in die Hüfte gestützt, und rollte mit den Augen, als suche er nach etwas, das sich in der Luft verborgen hatte.

An der Unordnung, die in der Küche herrschte, war zu erkennen, dass er schon alles durchstöbert hatte.

Aber er hatte nichts gefunden, und jetzt suchte er, um ein Loch, einen Winkel, eine Kassette zu entdecken, etwas, was ihm bisher entgangen war.

»Drüben alles in Ordnung?«, fragte der Maresciallo.

Er war aber abgelenkt und hatte seinen Kopf woanders.

»Maresciallo«, begann Doktor Lesti.

»Hier haben wir noch nichts«, unterbrach ihn der Militär. »Wir haben jeden Winkel durchsucht, aber … es ist, als sei uns jemand zuvorgekommen, hätte aufgeräumt, sauber gemacht. Aber mein Carabiniere hat mir sein Wort gegeben, dass niemand da drin war.«

Doktor Lesti ging zwei Schritte ins Zimmer hinein. Er näherte sich dem Maresciallo und senkte die Stimme.

»Genau darüber wollte ich mit Ihnen sprechen.«

»Verlieren wir nicht den Mut«, erklärte der Maresciallo. »Fangen wir von vorne an.«

Der Doktor stimmte mit einem Kopfnicken zu.

»Kann ich Ihnen etwas sagen, bevor Sie anfangen?«

»Du fängst dort im Schlafzimmer an«, befahl der Maresciallo dem Carabiniere der Eliteeinheit Bottasana, der sofort loslegte. »Ich rede einen Augenblick mit dem Doktor und komme dann nach.«

Dann war der Maresciallo endlich ganz Ohr, wie er sagte.

»Sehen Sie, es ist wichtig, dass Sie eins wissen«, begann Doktor Lesti.

»Ich höre.«

»Wollen Sie sich nicht lieber setzen?«, fragte der Arzt.

»Nein«, sagte Maresciallo Maccadò abweisend.

Wann? Und warum, hätte er am liebsten gefragt.

»Wie Sie wollen«, sagte der Doktor entgegenkommend.

»Heute Morgen …«, begann er dann zu erzählen.

54

In der Sammlung derer, die an diesem Tag ohnmächtig geworden waren, fehlte nur noch der Maresciallo Maccadò.

Nach Doktor Lestis Meinung wäre es beinahe passiert.

Als er zum kritischen Punkt der Sache kam und ihm erklärte, warum und wie Maria Isnaghi ohne falsche und kriminelle Absichten in die Wohnung der Fioravanti gekommen war und dort die berühmte Taube gefunden hatte, unberührt, und sie dann in den Müll geworfen hatte, wurde Maccadò kreidebleich, und um seine Augen bildeten sich violette Schatten. Dann setzte er sich. Wahrscheinlich war ihm schwindelig geworden.

Er frage ihn, ob er sich schlecht fühle.

»Nein«, antwortete der Maresciallo und sagte: »Weiter, weiter!«

Aber er hatte nichts mehr zu sagen. Die Geschichte war zu Ende.

Wenn man ihn nun nicht mehr brauche, sagte er dann, bitte er um die Erlaubnis zu gehen, da er mit allem zu spät dran sei. Dem Besuch bei den Navacchi, der Öffnung seiner Praxis. Seine Patienten hätten ihm dies allerdings sofort verziehen, da es oft passierte.

Unterwegs ging er noch einmal in die Wohnung der Isnaghi. Einmal um Maria zu sagen, dass der Maresciallo jetzt Bescheid wisse, und vielleicht noch einmal zu ihr käme, um sich alles bestätigen zu lassen und ein paar Fragen zu stellen. Vielleicht auch aus Neugier, um einer Frage nachzugehen, die ihm gerade in den Sinn gekommen war.

Er wusste genau, dass die Witwe Fioravanti eine schöne Katze besaß, die immer zu ihren Füßen lag, wenn er sie besuchte. Aber weder am Vorabend noch heute hatte er eine Spur von ihr gesehen. Was war aus der Katze geworden? War sie vielleicht auch tot?

Maria hatte ihn schamlos angelogen.

Tot? Nein. Sie habe sie gestern Abend selbst noch gesehen.

Während sie log, wurde sie puterrot, und Doktor Lesti, der im Dunklen schlecht sah, verabschiedete sich von ihr und beglückwünschte sie zu der so schnell zurückgekehrten gesunden Gesichtsfarbe.

55

Seit fünf Uhr herrschten im Haus Navacchi Stille und völlige Reglosigkeit, als seien sie alle verhext. Jede Minute, die verging, ohne dass Doktor Lesti auftauchte, wurden die Vorstellungen Severinos und Signora Vittorias über Cuccos Schicksal schlimmer und schlimmer, eine riesige Tragödie braute sich zusammen.

Als die Türglocke läutete, ein unsichtbarer Blitz, der die drei Wartenden durchfuhr, dachte Severino Navacchi an die Worte, die er gleich aus dem Mund des Doktors hören würde, wenn er den Urteilsspruch verkündete. Der Blitz lief von Signora Vittoria zu Filzina, die jetzt vielleicht schon mit den Überstunden fertig war, und in das bevorstehende Familiendrama mit hineingezogen zu werden drohte. Bei Cucco löste der Blitz nichts anderes als den Wunsch nach Essen aus. Der Junge dachte, dass dieser Tag bald zu Ende wäre und dass er bald, ganz gleich, was geschehen würde, endlich etwas zu essen bekäme, es sei denn, sie wollten ihn zur Strafe langsam an Hunger sterben lassen.

56

Um sechs Uhr betrat Doktor Lesti das Haus der Navacchi.

Er sei spät dran und müsse seine Praxis aufmachen, sagte er. Er könne daher nicht alles von Anfang an genau erzählen, das würde er morgen tun.

Wichtig zu wissen sei eins: Das Ergebnis dieses aufregenden Tages war, dass es nichts zu befürchten gab, denn es sei gar nichts geschehen.

»Was wollten dann die Carabinieri in meinem Haus?«, fragte Severino Navacchi.

»Nichts«, sagte der Doktor, »eine Verwechslung.«

»Ein Versehen«, fügte er hinzu, aber er habe es eilig und wolle nicht noch mehr Zeit verlieren.

»Wann essen wir?«, fragte Ludovico danach.

Der Doktor war gerade gegangen.

»Essen?«, fragte Navacchi senior.

Cucco zuckte zusammen.

»Wir warten, bis deine Schwester nach Hause kommt«, antwortete Signora Vittoria.

»Ich gehe wieder ins Bett«, erklärte Severino.

»Willst du nichts essen?«, fragte seine Frau.

Auch er hatte ja seit dem bescheidenen Frühstück nichts in den Magen bekommen. Aber er hatte keinen Hunger. In seinen Augen war die Sache noch lange nicht geklärt.

»Nein«, antwortete er.

»Aber du hast doch schon mittags nichts gegessen«, entgegnete Signora Vittoria.

Severino schüttelte den Kopf. »Nein, ich habe keinen Appetit«, murmelte er und ging Richtung Schlafzimmer.

Ludovico sagte zu seiner Mutter. »Siehst du, ich hatte recht. Nichts ist geschehen.«

Die Frau sagte nichts. Sie war erleichtert, wollte es sich aber nicht anmerken lassen.

»Und wann kommt Filzina nach Hause?«, fragte Cucco.

57

Filzina kam kurz nach sieben. Sie entschuldigte sich für die Verspätung. Sie erzählte, sie hätte schon eine halbe Stunde eher kommen können, denn um halb sieben hätte sie gemerkt, dass sie nicht sehr viel zu tun hatte, und da sei sie schneller weggekommen als gedacht.

Deshalb habe sie die Zeit genutzt, um noch einmal bei der Witwe Fioravanti vorbeizuschauen und das Gebet zu sprechen, auf das sie am Morgen hatte verzichten müssen. In der Wohnung der Witwe sei sie noch zwanzig Minuten geblieben.

»Weil ...«

Weil sie sehen musste, wie trostlos es dort gewesen sei. Nur eine schlecht gekleidete Schwester und eine Freundin wären da gewesen, ein bisschen jünger als die Fioravanti, die hätten schluchzend einen Rosenkranz gebetet. Da habe sie nicht gleich weggehen wollen und sei noch dageblieben. Sie habe ein wenig den Rosenkranz mitgebetet, um ein bisschen Leben in das Ganze zu bringen, wenn man das so sagen könne.

»Und Papa?«, fragte sie schließlich.

»Er ruht sich lieber aus«, antwortete die Mutter. »Er hat keinen Appetit.«

58

Wie konnte er auch Appetit haben? Noch nie seien die Carabinieri in seinem Haus gewesen, wiederholte Severino Navacchi zum hundertsten Mal leise im Dunkel des Schlafzimmers.

Es sei nichts passiert, hatte Doktor Lesti gesagt.
Und nun?
Jetzt war alles klar.
Es handelte sich um einen Irrtum.
Das war schlecht.
Denn es war nicht wahr, dass sich alle irrten.
Oh nein.
Ärzte, Pfarrer und Carabinieri konnten sich einen solchen Luxus nicht erlauben. Ihre Fehler brachten einen sofort unter die Erde, in die Hölle oder ins Zuchthaus.

Gut, sein Sohn war ein seltsamer Junge und war an keinem dieser drei Orte gelandet.

Aber was hatte er für einen Eindruck gemacht, vor dem ganzen Ort? Was würden die Leute jetzt sagen, Gerüchte würden sich verbreiten, wer weiß, was sie alles erzählen würden. Nicht nur über Ludovico.

Auch über ihn und seine Familie.

Schmach und Schande waren über die Familie Navacchi gekommen.

Und warum?
Wegen nichts!
Weil eines Morgens ein Maresciallo eine verrückte Idee gehabt hatte, als sei das Spiel mit dem guten Ruf anderer ein Zeitvertreib.

Nein!
So ging das wirklich nicht!
Die Navacchis waren eine ehrenwerte Familie.

Das waren sie immer gewesen.

Aber die Carabinieri waren in sein Haus gekommen.

Wer sich irrte, der musste dafür bezahlen.

Selbst wenn er auf seiner Jacke die Schulterklappen eines Maresciallo trug.

Das würde Navacchi senior dem Maresciallo höflich, aber bestimmt sagen.

Gleich morgen.

Damit ihm das für die Zukunft eine Warnung war.

59

Achthundert Gramm Braten, Rohgewicht.

Gekocht ungefähr siebenhundert.

Signora Vittoria und Filzina aßen nur je eine Scheibe. Der Rest landete im Magen von Ludovico.

Um Viertel nach acht lagen auf dem Tisch nur noch Krümel.

Severino Navacchi erschien in der Küchentür.

Sein Gesichtsausdruck war ernst.

»Hast du Hunger?«, fragte seine Frau.

Es war keine Frage, sondern eher ein Vorwurf. In der Pfanne war nur noch ein bisschen geronnenes Fett.

Der Mann beruhigte sie.

»Nein«, antwortete er.

Er wollte nur Ludovico sagen, dass er morgen in der Drogerie arbeiten müsse.

»Nur kurz«, fügte er hinzu.

»Und wohin gehst du?«, fragte seine Frau.

»Ich muss etwas regeln.«

»Was regeln?«

»Ich weiß schon, was ich tue«, antwortete Severino.

60

Der Maresciallo Maccadò hatte eine grauenhafte Nacht hinter sich und kaum geschlafen. Erst auf der einen Seite, dann auf der anderen, und er war immer wieder aufgestanden.

Glücklicherweise lag die Signora Marescialla in dem üblichen bleiernen Schlaf, um den man sie nur beneiden konnte. So hatte sie von der Erregung ihres Mannes nicht das Geringste mitbekommen, hin und her, aus dem Bett im Zimmer auf und ab, ins Zimmer, in dem ihre vier Söhne schliefen. Hinein und wieder heraus.

Vier.

Wie diese vier Mistkerle, die ihm durch die Hand geglitten waren und die, das war der Gedanke, der den Maresciallo so empörte, in dem Alter, im dem jetzt seine Söhne waren, genauso gewesen sein mussten. Zart, unschuldig, so süß, dass man sie am liebsten fressen würde.

Welcher Vater wäre nicht bereit, jedes Opfer für solche wehrlosen Geschöpfe zu bringen?

Welcher Mann, der sie so sah, wie sie jetzt waren, käme auf die Idee, dass solche Wesen irgendwann anfangen könnten, sich zu verbiegen?

Welche Illusionen hatten diese vier Dummköpfe zerstört?

Hatten sich ihre Väter das vorstellen können?

Sicher nicht.

Es war ihnen passiert, und es konnte auch ihm passieren.

Bei diesem Gedanken hatte Maresciallo Maccadò Mitgefühl mit den vier Vätern und sich selbst, allein bei dem Gedanken, dass ein solches Unglück auch ihm widerfahren könnte. Dieses Mitleid hielt bis etwa neun Uhr am nächsten Morgen an, dem Moment, in dem Severino Navacchi gerade damit fertig war, seine Gründe darzulegen, und sich auf das Gespräch vorbereitete, bei dem er erfahren würde, was der Signor Maresciallo zu seiner Entschuldigung zu sagen hatte.

Es war genau neun Uhr.

Als ...

61

... *Als Navacchi alles,* was ihm auf der Seele lastete, ausgesprochen hatte.

Er schloss mit der Bemerkung, er sei sehr erstaunt über das Verhalten des Signor Maresciallo.

Bei all seiner Erfahrung!

Man konnte das zumindest oberflächlich nennen. Er hatte dadurch seinen Sohn und die anderen drei an den Pranger gestellt.

»Aber nicht nur das!«

»Nein?«, fragte der Maresciallo.

Nein.

Sie standen am Pranger, und die Familien waren in größter Verlegenheit. Ehrenwerte fleißige Familien, von der ganzen Gemeinschaft geschätzt, oft als Vorbild hingestellt. Jetzt aber müssten sie sich mit dem Geschwätz, den Gerüchten, den Verdächtigungen und sonst was auseinandersetzen, nur wegen des unvorsichtigen Vorgehens des Signor Maresciallo.

Die bösen Zungen warteten schon darauf, ein fruchtbares Terrain für alle möglichen Bosheiten: ganz gleich, ob die Gerüchte stimmten oder nicht.

Es bestand die Gefahr – hatte der Signor Maresciallo je daran gedacht? –, dass sein Sohn genau wie die anderen sein Leben lang abgestempelt wäre mit allen denkbaren Folgen im privaten wie im öffentlichen Leben.

»Und all das«, fragte Navacchi, »warum und durch wen?«
Aus Unüberlegtheit, antwortete er sich selbst, weil man sich einen Fall ausgedacht hatte, wo es gar keinen gab.
Es war gar nichts passiert.
Und dennoch waren die Carabinieri in sein Haus gekommen, wo sie vorher nie gewesen waren.
Und sein Sohn war in der Kaserne verhört worden.
Deshalb halte er es für seine Pflicht, sich an den Herrn Maresciallo zu wenden, um zu erfahren – das verlange er, es sei sein Recht –, um zu erfahren, was er jetzt zu tun beabsichtige, um den zugefügten Schaden einzudämmen.

62

Genau um neun, nach ein paar Minuten, als Navacchi senior den Mund schloss, verschwand das Mitleid des Maresciallo Maccadò für alle Väter der Welt.
Er sah ihm geradewegs in die Augen.
»Eines kann ich sofort tun«, sagte er.
»Und das wäre?«, fragte Severino Navacchi.
»Ihnen erklären, wie Ihr Sohn ist«, sagte Maccadò.

63

Er werde sich auf die aktuellen Dinge beschränken und den Rest zunächst weglassen, sagte Maresciallo Maccadò angriffslustig.
Navacchi biss sofort an: »Welcher Rest?«
»Einen Moment bitte, bin Ihnen gleich zu Diensten«, sagte

Maccadò und rief den Carabiniere Bottasana. »Den Ordner mit den Anzeigen«, befahl er.

In diesem Ordner, erklärte er, während sie warteten, befänden sich die Anzeigen von Kollegen anderer Stationen. Dort fänden sich Unterlagen, fügte er hinzu und zeigte sie Navacchi, nachdem der Carabiniere mit einem riesigen Stapel Blätter hereingekommen war, die früher oder später dem Richter vorgelegt würden.

Navacchi riss die Augen auf.

Sein Sohn …?

»Geduld«, forderte der Maresciallo ihn auf.

»Navacchi, Ludovico«, rief er. Das mit diesem Namen überschriebene Blatt sprang wie durch Zauberhand aus den übrigen Blättern hervor.

Trunkenheit, Sachbeschädigung, Feiern in Kneipen, August 1935.

Prügelei in Colico, in Laghetto in der *Osteria del Ponte*, Oktober 1935.

Störung der öffentlichen Ruhe, Temenico auf dem Fest der heiligen Agatha, Februar 1936.

Erneut Störung der öffentlichen Ruhe, am Fest der heiligen Apollonia, in Abbadia, im selben Jahr.

»Was meine Kollegen ihm immer großzügig verziehen haben«, bemerkte der Maresciallo.

Auf der Liste war auch die Sache mit der schwarzen Hand vermerkt, die vor ein paar Monaten im Mai 1936 passiert war.

»Ich habe keine Beweise dafür«, erklärte der Maresciallo, »aber ich wette um ein Halbjahresgehalt, dass er auch dabei war. Girabotti hat es nicht allein getan, auch wenn er allein dafür büßen muss.«

Dann fügte er noch hinzu: »Haarscharf an einem Mord vorbeigeschlittert.«

Navacchi senior saß in der Patsche. Dabei war der Maresciallo noch gar nicht fertig.

»Es gibt Zeiten, in denen man sich amüsiert«, sagte er, das wisse er. Alle würden dies mehr oder weniger nutzen. Die meisten aber wüssten genau, wo die Grenzen zwischen Dummheiten und Kriminalität lägen. Aber es gäbe ganz wenige, denen nicht klar sei, dass sie diese Grenzen überschritten.

Und Navacchis Sohn überschritte diese Grenzen.

Vielleicht nur, weil er es anderen nachmachte, aus Dummheit, Schwäche oder Langeweile.

Das Motiv sei ihm egal, es liefe immer auf dasselbe hinaus, das sei bekannt. Wenn man diesen Weg einschlüge, würde man ein schlechter Kerl und es ginge böse aus.

Und er, sagte der Maresciallo, könne nicht zaubern. Wenn einer den Weg des Verderbens gehen wolle, dann solle er es ruhig tun. Er könne ihn davon nicht abbringen.

Er müsse darauf achten, dass Ordnung herrsche und die Gesetze eingehalten würden.

Und wenn möglich das Schlimmste verhindern.

Signor Navacchi könne sicher sein, dass sein Sohn Ludovico und seine Freunde, diese Dummköpfe, jetzt besonders überwacht würden. Keiner ihrer Schritte sei der Kaserne entgangen, und beim nächsten Fehltritt würde der Junge schon begreifen, was es hieße, gegen das ehrwürdige Gesetz zu verstoßen.

Und wenn Signor Navacchi dies noch nicht gemerkt hätte, das Verhalten des Jungen sei schlicht und einfach kriminell. Ob er dies wisse oder nicht, habe keinerlei Bedeutung. Das Gesetz richte über Taten und ihre Folgen.

Diesmal habe er noch Glück gehabt, um ein Haar sei er an der Gefahr vorbeigeschlittert, aber der Wind wehe nicht immer aus derselben Richtung. Das solle sich der Junge hinter die Ohren schreiben! Er und alle seine fröhlichen Genossen, denen der Maresciallo dieselbe Warnung gegeben habe.

»Möge es ihnen zur Mahnung gereichen«, sagte der Maresciallo feierlich.

Das war alles.

Severino Navacchi vergaß zu grüßen, denn er hatte nur einen Gedanken im Kopf.

Was konnte er tun, um den Sohn wieder auf den richtigen Weg zu bringen?

Gab es einen Weg, ihm den Kopf zurechtzurücken?

64

Es gab einen.

»Es gibt einen«, sagte seine Frau nach dem Abendessen, nachdem ihr Mann ihr erzählt hatte, was er von Maccadò erfahren hatte, »und du weißt es.«

Doch Navacchi sagte: »Schmutzige Wäsche wird zu Hause gewaschen.«

»Denk drüber nach, Severino.«

»Gute Nacht«, antwortete er.

65

Vier magere Söhne, doch sie aßen wie die Wölfe. Kein Wunder, sie hielten ja auch keinen Moment still!

Maresciallo Maccadò sah sie sich am Samstagabend beim Essen an. Er hatte sich den ganzen Tag um sie gekümmert, war mit ihnen spazieren gegangen, hatte mit ihnen gespielt, damit seine Frau groß reinemachen konnte. Gegen Abend war er kurz in die Kaserne gefahren, um zu sehen, ob dort alles in Ordnung war.

Malamonica erzählte ihm die schöne Neuigkeit.

»Ein Supergewinn, was Maresciallo!«

Ein Gewinn?

»Ganz genau«, antwortete er.

Auf dem Nachhauseweg rechnete er nach. Mit diesem Geld könnte er die vier, die er da vor sich sah, ungefähr ein Jahr lang unterhalten und dazu die beiden anderen, die noch kommen würden, denn seine Frau und er hatten sich für sechs entschieden, und sechs sollten es werden.

Doch der Teufel schiss immer auf den größten Haufen. Dieses Geld würde in der Tasche von jemandem landen, der es nicht brauchte. Aber sicher nicht in seiner: Mit dem Geld, das er verdiente, konnten sie sich nicht den Luxus leisten, auch nur einen Pfennig zu vergeuden, zum Beispiel im Lotto zu spielen.

»So ist es, Marè«, sagte er, als er vom Tisch aufstand, um seiner Frau beim Abräumen zu helfen.

Marè, eigentlich Maristella Capa in Maccadò, sah ihren Mann an. »Was ist, Nè?«, fragte sie.

»Hast du von der schönen Neuigkeit gehört?«

Wie sollte sie? Sie hatte den ganzen Tag keinen Fuß vor die Tür gesetzt.

Der Maresciallo stellte den Stapel Teller ins Becken.

»Jemand hat im Lotto sechshundert Lire gewonnen«, sagte er laut, um das Kindergeschrei zu übertönen.

Ein Einsatz auf dem Mailänder Rad.

»1, 2, 23«, erläuterte der Maresciallo. »Der ganze Ort weiß es schon.«

Dann schwieg er plötzlich.

»Wenn ich so darüber nachdenke«, sagte er wenig später, »was für ein Zufall ...«

66

Am 1.2.1923 war nämlich die *Milizia Volontaria Sicurezza Nazionale* gegründet worden.

»Gehörte derjenige, der die Nummern gesetzt und gewonnen hatte, vielleicht zu den Schwarzhemden?«, sagte der Maresciallo Maccadò, als er schon im Bett lag, nach einem riesigen Gähner, bei dem er sich auf die Seite rollte.

Wer sonst könnte auf die Idee kommen, die Zahlen dieses Datums beim Lotto zu setzen?

Das fehlte ihm gerade noch, fügte er hinzu. Es gelang ihnen einfach alles, sie befahlen, taten etwas und machten es wieder rückgängig.

»Man braucht sich nur ein schwarzes Hemd anzuziehen ...«

Ein schwarzes Hemd genügte, und noch der letzte Idiot wurde Chef von irgendwas, einer Schar, einer Zenturie ...

»Verdammte Hurenböcke!«

»Né!«, sagte seine Frau streng.

»Entschuldigung, Marè!«

Aber es ging ihm wirklich auf die ...

»Né!«

So war es wirklich. Dass sie jetzt auch schon das Lotto beherrschten, ging ihm tatsächlich auf die Eier, selbst ihre Jubiläumsdaten wurden schon vom Glück belohnt. Für manche war es so einfach, an Geld zu kommen, und für so viele andere ...

»Nimm uns als Beispiel ...«

Nie etwas Erspartes, immer alles zusammenkratzen, um über den Monat zu kommen, immer nur sparen und sparen, die Taschen umdrehen, in der Küche nichts verkommen lassen, von Lastern gar nicht zu reden. Zum Glück bekamen sie noch Hilfe vom Land, Öl, Wein, Wurst und Konserven und was sonst noch alles. Und dann gab es welche, die konnten es sich noch leisten, Geld für Lotto aus dem Fenster zu werfen und gewannen auch noch ...

»Né«, unterbrach ihn seine Frau.

»Was ist, Marè?«

»Ich bin müde.«

Der Maresciallo Maccadò lächelte. So war seine Frau immer gewesen. Sobald sie im Bett lag, überkam sie bleierner Schlaf.

»Also Gute Nacht.«

Aber dieses Mal schlief er vor ihr ein.

67

Mitternachtssterne.

Und als Hintergrundgeräusch das rhythmische Schnarchen ihres Mannes.

Die Signora Marescialla sah ihn an. Der Himmel draußen kündigte für den nächsten Tag Wind an.

Auch ihre Söhnchen schnarchten, ähnlich wie der Vater.

Sie lächelte.

Sie wusste, dass es so sein würde, sie hatte es geträumt. Vor allem hatte sie es gewollt.

Dies war ihr Glück, und damit basta. Eine Familie, von Schnarchen durchbrochene Stille, Mitternachtssterne.

Sie hätte den Sohn eines Notars heiraten können, Carmine Colaci, der zum Frühstück Knoblauch aß, oder den Sohn eines Grundbesitzers, Pietrasante Nicola, der immer Stiefel trug, oder einen Apothekersohn, Santo Pirica mit Trauerrändern unter den Fingernägeln. In der Schlange der Anwärter stand auch noch der Sohn eines Anwalts, der aus der Stadt kam, Salvatore Citriritti, kränklich und schon mit zwanzig gebeugt.

Gute, sehr gute Partien. Geld, Eigentum.

»Meine Tochter, du kannst eine Signora werden. Überleg es dir gut, bevor du nein sagst.«

Wie oft hatten sie ihr das gesagt. Ihre Mutter, ihr Vater, die Tanten, Onkel, Freundinnen von Mutter, Vater, Tanten und Onkeln.

Aber sie, Maristella Capa, brauchte gar nicht zu überlegen. Sie wusste längst, was sie wollte.

»Ein Carabiniere?«

Er sei Brigadiere und nicht irgendeiner.

Sie wollte den Brigadiere Ernesto Maccadò. Und sie nahm ihn gegen den Rat aller. Sogar gegen den Willen von Ernesto, der wusste, mit welcher Art Konkurrenten er es zu tun hatte, und ihr sagte, eines Tages würde sie ihre Wahl bereuen.

»Ach, Unsinn«, sagte sie.

»Ach, Unsinn, hatte sie auch an jenem lange zurückliegenden Sonntag gesagt, an dem sie bei ihr zu Hause an einem großen Tisch mit über sechzig Gästen von Verwandten und Freunden offiziell Verlobung feierten.

Am Sonntag, dem 1. Februar 1923.

Mit anderen Worten: dem Jahrestag der Gründung der Miliz!

Und ein Jahr später, als sie am 23. März 1924 endlich heirateten, hatte er dasselbe gesagt.

An diesem Tag hatte ihr Leben, ihr Glück begonnen. Natürlich auch die Schwierigkeiten, das wenige Geld, vor allem seit sie angefangen hatte, Söhne zur Welt zu bringen. Aber auch das hatte sie sich vorgenommen und es war ihre Aufgabe, alles dafür zu tun, dass ihr Mann nichts merkte, auch nichts von den kleinen Geldbeträgen und dem Öl, dem Wein, der Wurst und den Konserven, die sie immer mal wieder zugesteckt bekam.

Die Signora Marescialla lächelte wieder, als sie die Mitternachtssterne betrachtete, auch wenn es schon fast ein Uhr früh war.

Jeder Stern ein Sohn, dachte sie. Nach ihren Plänen sollten noch zwei ihre Wohnung am Himmel verlassen und in ihr Haus kommen.

Mit dem Lottogeld könnten sie sofort mit dem fünften der Serie beginnen, dachte die Signora Marescialla.

1, 2, 23: Diese Zahlen hatten ihr Glück gebracht.

Sie legte sich hin und fragte sich, was wäre, wenn sie es mit einer Viererzahl probiert hätte …

Das wäre zu viel der Gnade, besser, sie verlangte nicht zu viel. Am besten steckte sie das Geld ein und machte kein Aufhebens davon. So würde ihr Haushaltsgeld eine ganze Weile aufgebessert.

Sie drehte sich um, schlief aber nicht. Jetzt konnte sie überlegen, wie sie das Geld nach Hause bekam.

68

Dass sie es selbst abholte, war ausgeschlossen. Es sei denn, sie gestand ihrem Mann ihre geheime Leidenschaft, jede Woche Lotto zu spielen, nur um wenig Geld, mit winzigen Einnahmen, dem allerletzten Rest.

Und sie musste nach Lecco fahren, um das Geld abzuholen, und dazu brauchte sie einen Vorwand, den sie nicht hatte.

Dennoch, so dachte Maristella, musste sie übermorgen bei der Sofistrà die Spieleinkünfte abholen.

Doch am Sonntagmorgen musste sie sich etwas Neues ausdenken.

Eigentlich wollte sie gleich nach der Frühmesse zu Eufrasia

gehen und die Kinder zu Hause bei ihrem Mann lassen, um dann später mit ihnen die Hauptmesse zu besuchen.

Aber schon um sechs redeten die Gläubigen der Frühmesse von nichts anderem. Die Haushälterin, die sonst nur erzählte, wenn jemand gestorben war, sprach sie schon beim Hereinkommen an:

»Haben Sie schon das Neueste gehört?«

»Ist jemand gestorben?«, fragte sie.

Aber nein, jemand hatte im Lotto einen Hauptgewinn gemacht! Auf der Ruota di Milano. Die Sofistrà hatte es auf einem Zettel bekannt gegeben, der beim Bäcker aushing.

»Hat der ein Glück gehabt«, sagte die Marescialla mit erstickter Stimme.

»Oder sie«, bemerkte die Haushälterin.

Das war wie ein Hieb in die Magengrube für Maristella. Sie spürte, dass die Sache heikel wurde.

Sogar sehr heikel, denn nach der Messe hakte sich die Schneiderin Veneranda Vitali bei ihr unter. Sie ging ein paar Schritte mit ihr und blieb vor dem Bäckerladen stehen.

»Weiß man, wer es ist?«, fragte sie.

Noch nicht, antwortete der Bäcker. Aber nur Geduld, bald würde er schon bei ihm vorbeikommen.

»So ein Glückspilz«, sagte Veneranda und ließ endlich den Arm der Marescialla los.

»Kann auch eine Frau sein«, sagte Maristella mit zusammengebissenen Zähnen.

Dann ging sie nach Hause, der Wind blies ihr ins Gesicht, und ihr kam der rettende Gedanke.

Wenn es nicht anders ging, musste sie eben lügen.

69

Am Montagmorgen log sie, und dies fiel ihr nicht schwer. Sie war Einzelkind, da konnte nichts passieren.

Sie hätte, sagte sie, eine Schwester gehabt, die vor langer Zeit gestorben sei, ihr von Zeit zu Zeit im Traum begegnete und ihr zu den verschiedensten Dingen Ratschläge gebe.

Dilenia Settembrelli war kein bisschen erstaunt, als sie das hörte.

»Umso besser«, dachte Maristella Maccadò. Sie wusste vom merkwürdigen Verhalten der Frau des Bürgermeisters, denn ihr Mann hatte ihr unter dem Siegel der Verschwiegenheit davon erzählt. Der Bürgermeister hatte ihm ein paar Dinge gestanden, um ihr seltsames Verhalten zu erklären, auch bei der Geschichte mit der schwarzen Hand.

Ihr Mann, der Maresciallo aber, so fügte sie hinzu, wolle davon nichts hören.

»Oh!«, rief die Settembrelli und wurde ein wenig rot. »Und meiner erst!«

Jahrelang hatte er es geleugnet!

Schließlich hatte er es akzeptieren müssen.

»Meiner aber nicht«, verkündete Maristella.

Er sei Carabiniere und stamme aus Kalabrien, habe einen Dickkopf und glaube nur, was er sehe. Träume und das, was ihre Schwester ihr zu sagen eingebe, nehme er nicht ernst und lache darüber.

»Ich habe es bis jetzt ertragen«, seufzte Marescialla.

Aber jetzt sei sie in einer Situation, in der sie Hilfe brauche, sonst käme sie nicht aus der Sache heraus.

»Ich dachte, ich wende mich an Sie, weil Sie in derselben Situation sind und an dem, was ich Ihnen sagen will, nichts Besonderes finden.«

Es sei nämlich so, dass ihre Schwester ...

»Wie heißt sie?«, fragte die Settembrelli.

»Aquilina.« Die Marescialla hatte sich den Namen einfach ausgedacht.

Ihre Schwester Aquilina, fuhr sie dann fort, wisse genau, was eine sechsköpfige Familie brauche, und habe ihr aus dem Jenseits die drei Zahlen geschickt, mit denen sie im Lotto spielen sollte. Damit habe sie gewonnen, und jetzt rede der ganze Ort darüber.

Sechshundert Lire, das war kein Scherz! Sechshundert Lire, die nur darauf warteten, abgehoben zu werden, was sie aber nicht selbst tun konnte, damit der Maresciallo nicht wütend wurde, er habe ihr nämlich Vorwürfe gemacht, dass sie Geld für das Spiel ausgab, und er würde ihr nie glauben, dass sie mit einem Ratschlag aus dem Reich der Toten gewonnen habe.

»Was können wir da tun?«, fragte die Settembrelli.

Die Marescialla tat, als denke sie nach. Dabei hatte sie schon so etwas wie eine Idee, ja sogar eine richtige Idee.

70

Wie ein Blitz aus heiterem Himmel platzte der Maresciallo Ernesto Maccadò am folgenden Sonntag in die Drogerie Navacchi hinein.

Es war gegen zehn Uhr morgens. Sein Ruhetag.

Um seinem Auftritt mehr Gewicht zu geben, zog er, bevor er das Haus verließ, seine Uniform an. Auch seinen Revolver wollte er mitnehmen, aber seine Frau war umsichtig genug, ihn daran zu hindern.

Als er ihn kommen sah, erbleichte Navacchi senior und stützte sich auf das Balkongitter.

Der Maresciallo wies mit dem Zeigefinger auf ihn, furchterregend.

»Wo ist Ihr Sohn?«, donnerte er.

Ludovico lag oben im Bett. Um ihn für die Dummheit mit den Tauben büßen zu lassen, hatte sein Vater beschlossen, ihm Hausarrest und Arbeit in der Drogerie aufzuerlegen, von morgens bis abends, und dann gleich ins Bett. Schmutzige Wäsche musste zu Hause gewaschen werden, er würde dem Herumtreiber schon Manieren beibringen. Die Woche war ruhig verlaufen, und Cucco schien die Lust verloren zu haben, sich wie ein Esel zu benehmen, und deshalb hatte er ihm erlaubt, heute etwas länger im Bett zu liegen.

Severino Navacchi brachte kein Wort heraus.

Warum war der Maresciallo denn schon wieder da und dazu so wütend und furchterregend?

Was war passiert?

71

I

Folgendes war passiert. Der Plan der Signora war in dem Moment gescheitert, als sie den Hafen betreten wollte.

Eufrasia Sofistrà persönlich hatte auf Bitten der Settembrelli und auf Wunsch der Marescialla am Samstag nach dem Lotteriegewinn, als sie wegen neuer Spiele nach Lecco fuhr, das Geld für sie abgeholt. Sie hatte nichts dagegen, außer dass sie ungern so viel Geld in einer Wohnung wie ihrer aufbewahrte, einem Ort, in den jeder herein konnte, und so wollte sie, dass gleich jemand kam, um das Bündel Scheine abzuholen.

Dilenia hatte ihr Dienstmädchen Fratina Mazzoli mit dieser Aufgabe betraut. Erklärt hatte sie ihr nichts, außer dass sie, sobald sie die Tasche abgeholt hätte, diese herbringen sollte und zwar, bevor es dunkel wurde.

Am Samstagabend war die Mazzoli nicht erschienen. Da begann sich die Settembrelli Sorgen zu machen und die Stunden zu zählen, die sie von dem Augenblick trennten, in dem am folgenden Morgen, gleich nach der Frühmesse, die Maccadò vorbeikäme, um ihr Geld in Empfang zu nehmen. Gegen Mitternacht klingelte die Mazzoli an der Haustür der Bonaccorsi.

Sie weinte, hatte ein Taschentuch in der Hand, das sie auswrang wie einen Lappen.

Sie erzählte, sie hätte, als sie aus der Wohnung der Sofistrà gekommen sei, den Sohn ihrer Hausbesitzerin, der Sperati, getroffen. Diese sei eine gute Frau. Aber dieser Evaristo, der immer bei ihr vorbeikäme, um die Miete abzuholen, sei eine wahre Pest. Und wenn er wusste, dass sie allein zu Hause war, musste sie sich seiner Dreistigkeit erwehren.

Auf dem Weg sei sie mit ihm zusammengestoßen, und die Tasche mit dem Geld sei zu Boden gefallen.

Er habe ganz höflich getan, die Tasche aufgehoben und den Inhalt gesehen …

»Es tut mir leid, Signora«, jammerte die Mazzoli. »Aber wir waren sechs Monate im Rückstand mit der Miete!«

»Er hat das Geld genommen für die Schulden und den Rest für die künftige Miete!«, rief sie und versetzte die Settembrelli in Panik.

»Ja, genauso war es«, versicherte die Mazzoli, »Es sei denn …«

»Ich habe schon verstanden«, beendete die Frau des Bürgermeisters das Gespräch.

II

»*Ich habe verstanden*«, sagte die Signora Marescialla. Es war nicht mehr der Augenblick, die feine Dame herauszukehren.

Sechshundert Lire? Soll das ein Witz sein?!

Sie rannte nach Hause wie im Flug.

Ihr Mann schlief noch, und sie weckte ihn.

»Né, ich muss dir etwas sagen.«

In der Küche, um den Schlaf ihrer Kinderschar nicht zu stören.

»Stell dir vor, ich wäre eine Fremde«, sagte sie, »wie in der Kaserne. Als sei ich gekommen, um ein Delikt anzuzeigen.«

Maccadò runzelte die Stirn, schüttelte den Kopf, er kapierte nichts.

»Marè«, fragte er, »was ist passiert? Warum soll ich so tun, als sei ich in der Kaserne?«

Weil er, so erklärte sie, wenn er gehört hätte, worum es ging, sich wie ein Maresciallo der Carabinieri verhalten müsse und nicht wie ein wütender Ehemann.

Maccadò ballte die Fäuste. Dies tat er in der Kaserne immer, wenn jemand bockig war.

»Marè …«

»Hör zu, Né«, brach es aus ihr heraus, »hier geht es um sechshundert Lire!«

Danach erzählte sie ihm die ganze Geschichte.

Zum Glück waren die Kinder, nachdem die Frau ihre Beichte abgelegt hatte, aufgewacht und drangen in die Küche ein. Einer nach dem anderen, im Abstand von zehn Minuten. Der Maresciallo hielt eine gute Stunde durch. Er wusch sie, gab ihnen Frühstück und zog sie an. Dann, um neun, beschloss er, in Aktion zu treten.

Uniform, keine Pistole, auf Bitten seiner Frau.

»Jetzt«, sagte er am Hauseingang, »werde ich diesem Hurensohn seine Macken schon austreiben.«

Sein Gesicht war düster, als sei ein Gewitter im Anzug.

Maristella hatte ihn gebeten, bloß nichts falsch zu machen. Er hatte es nicht mitgekriegt.

»Und wenn diese Angelegenheit geregelt ist, dann reden wir über deine Lottoleidenschaft.«

Dann ging er im Eilschritt zum Haus von Evaristo Sperati.

III

Aber Risto war nicht da.

Er sei »gerade eben, gerade eben« aus dem Haus gegangen, um das Schiff nach Bellagio zu nehmen. Er habe dort, so informierte ihn die Mutter des jungen Mannes, eine üppig geschminkte kleine Negerin in Spitzenkleidern, die er jeden Sonntag besuche.

»Ich sage ihm immer wieder, er soll heiraten und eine Familie gründen«, zwitscherte die Frau.

Aber er wolle seine Mama nicht im Stich lassen!

»Na dann, gute Nacht«, bemerkte der Maresciallo, eilte im Laufschritt zur Anlegestelle und kam gerade rechtzeitig, um das Boot zu sehen, das soeben von der Mole abgelegt hatte.

»Ist es das nach Bellagio?«, fragte er den Lotsen und zeigte darauf.

»Nein, Signor Maresciallo«, lautete die Antwort. Es fährt nach Menaggio und weiter hoch Richtung Colico.

Und kurz darauf sagte er: »Ja. Sperati war auf diesem Schiff.«

Aber nein, er hätte ihn vorher noch nie sonntags dieses Schiff nehmen sehen.

Lügen von allen Seiten, oben und unten! Außer dem Negermädchen in Bellagio, was hatte er da noch im Sinn? Wenn er die Pistole zur Hand gehabt hätte, dann hätte der Maresciallo auf das Schiff geschossen. Aber er wandte sich zu den Bergen um und dachte nach, was er jetzt tun sollte.

Dann fiel ihm die Drogerie des seligen Bartolomeo Navacchi und des Sohnes Severino ins Auge. Sie war offen, traditionsgemäß, wie jeden Sonntagmorgen. Er starrte darauf, als hätte er keine Pupillen, sondern zwei Sucher.

72

Zwei Sucher, die auf der Stirn von Cucco Navacchi ein Zielkreuz bildeten.

Der Junge war ungekämmt und hatte einen Pyjama an. Hinter ihm war die Mutter in die Drogerie gekommen, um zu sehen, warum ihr Mann so brüllte.

Auch der Maresciallo war ungekämmt. Er kam der Frau vor wie der Schauspieler Ray Nazzaro in der Rolle eines Bösen.

»Wenn bis heute Abend ...«, begann Maccadò.

Da kam ein Kunde herein. Der Maresciallo zuckte nicht mit der Wimper. Navacchi senior hätte nicht bleicher sein können, seine Frau legte eine Hand an den Mund.

»Dieses Geld ...«, sagte der Maresciallo.

Der Kunde riss die Augen auf, drehte sich auf dem Absatz um und ging.

Ding dong, erklang die Glocke an der Drogerietür.

»Wenn bis heute Abend das Geld nicht bei mir zu Hause auf dem Tisch liegt, dann gnade Ihnen Gott!«

Severino Navacchi begann zu hecheln. Cucco holte etwas Luft.

»Welches Geld?«, fragte er mit leiser Stimme.

Maccadò sagte dumpf: »Sag das deinem ehrenwerten Kumpan Evaristo.«

Die Signora Navacchi legte beide Hände übers Gesicht.

»Aber ...«, versuchte sie zu vermitteln.

Die beiden Sucher des Maresciallo richteten sich jetzt auf sie.

»Bis heute Abend!«

Ding, dong, ertönte wieder die Klingel an der Tür.

73

»*Es gibt eine Lösung*«, sagte die Signora Navacchi.

Es war fast Mitternacht, und Filzina war endlich eingeschlafen. Es war nicht einfach gewesen, sie vor diesem neuen Skandal zu schützen. Zum Glück war sie in der Messe gewesen, als der Maresciallo in die Drogerie kam und seinen wilden Tanz aufführte. Beim Mittagessen taten Mann und Frau, als sei dies ein ganz normaler Sonntag. Aber nach Maccadò und gleich darauf Cucco, der immer wieder sagte, er wisse von der Sache mit dem Geld nichts, hatten beide völlig den Appetit verloren. Nur Ludovico genoss das Essen, zu ihrem größten Ärger. Um drei ging Filzina zur Vesper. Da begann das Verhör von Neuem. Und alles lief nach demselben Drehbuch ab.

Severino Navacchi sagte sich, dass er mit seiner Autorität eingreifen müsse.

»Also!«, brüllte er, als habe er einen Entschluss gefasst.

Von jetzt an würde nur noch getan, was er sage. Zuerst solle Cucco seinen werten Kumpan holen und das Problem regeln.

»Aber ich ...«, versuchte Ludovico zu sagen.

»Ich«, fuhr Severino dazwischen, »will nicht einmal wissen, was ihr mit dem Geld des Maresciallo der Carabinieri angestellt habt, weder wann, noch wo.«

Die Navacchi schluckte, dachte an das düstere Gesicht von Maccadò und überlegte noch immer, in welchem Film Nazzaro ihm so ähnlich war. War es vielleicht *Harte Männer, harte Fäuste*?

»Und wenn die Angelegenheit bereinigt ist, kommst du sofort nach Hause, ich habe mir dir zu reden!« Sofort, ein frommer Wunsch!

Cucco ging kurz vor vier aus dem Haus und war noch nicht wieder da, als Signora Navacchi, nachdem Filzina eingeschlafen war, erklärte, was die Lösung war.

»Es gibt eine.«

Jetzt war sie am Ball.

Ihrem Mann sei doch bestimmt klar, dass es keine Möglichkeit gab, den Sohn hier in seinem Heimatort wieder zu einem ordentlichen Menschen zu machen. Es bestehe sogar die Gefahr, dass alles nur schlimmer würde, wer weiß, was noch aus ihm würde, was er noch tun würde. Wollte er ein solches Risiko eingehen?

Doch sicher nicht.

Und deshalb solle er ihr jetzt mal zuhören.

Als Cucco nach Hause kam, war es fast ein Uhr. Auf seinen Lippen zeigte sich ein Lächeln. Er hätte gern erzählt, wie Risto, der wusste, dass das Geld dem Maresciallo gehörte, trotz der frühen Uhrzeit abgehauen war. Aber sein Vater, in Hausmütze und Pyjama, rief ihn zu sich in die Küche.

»Wir müssen dir etwas sagen«, erklärte er, während er sich setzte und die Augen schloss, als täte ihm der schwache Schein der Lampe weh.

In Wirklichkeit tat er es, weil er ihn nicht sehen wollte.

74

Nein, er hatte ihn nie gesehen, weil Gualtiero Cesaretti aus Rom, Goldschmied mit eigener Werkstatt am Largo Santo Spirito und einer hochrangigen Kundschaft von Prälaten aus dem Vatikan, nie nach Bellano gekommen war.

Allein wenn er den Namen hörte, wurde Severino Navacchi übel. Die Einzige, die seine Gesichtszüge kannte, war die Signora Vittoria, die sich rühmen konnte, vor langer Zeit ihre Jugend in Rom verbracht zu haben. Sie war dort geboren und dann 1909 an den Comer See gekommen, weil ihr Vater Beamter bei der Pretura der Regionalregierung wurde.

Cesaretti war Severino Navacchi ein Dorn im Auge. In der Zeit, als er seine jetzige Frau kennengelernt und ihr den Hof gemacht hatte, vermutete er, dass die beiden verlobt gewesen waren und der Römer trotz der weiten Entfernung noch eine gewisse Faszination auf seine Frau ausübte, auch wenn dies Signora Vittoria immer strikt leugnete.

Aber er hatte sich von diesem Verdacht nie befreit. Auch jetzt überkam er ihn wieder. Und wenn er und seine Frau in Streit gerieten, konnte sich Navacchi senior noch aufregen wie in den goldenen Zeiten.

Seine Frau hatte ihm nie einen Grund für seine Eifersucht geliefert, bis auf einen: die Briefe, die ihr Cesaretti nach wie vor schrieb. In den ersten Jahren jede Woche einen, dann im Lauf der Zeit immer seltener. Diese Briefe las die Signora Vittoria aus Gewohnheit allein für sich, dann zerriss und verbrannte sie sie, ohne zu erzählen, was darin stand.

Als Navacchi nach seiner Heirat in der Post einen Brief von Cesaretti fand, den er an der gezierten Handschrift erkannte, bekam er Bauchschmerzen. Was hatte dieser römische Geck ihr zu schreiben, was wollte der Kerl noch?

Die Signora Vittoria antwortete immer mit einem leichten Lächeln und sagte, er hielte sie über das Leben in der Hauptstadt und sein eigenes auf dem Laufenden.

Cesaretti schrieb seiner früheren Freundin, was er machte, erzählte, wie er sich im Lauf der Jahre bei seiner Arbeit verbessert hatte, so dass er jetzt einen guten Ruf als Goldschmied genoss. Es tat ihm leid, dass er keine Frau und keine Kinder hatte, denen er seine Kunst beibringen konnte, und vor sechs Monaten, nachdem er erzählt hatte, dass zwei Versuche gescheitert waren, sein Geschäft an neue Lehrlinge weiterzugeben, hatte er ihr geschrieben, dass er nun beschlossen habe, keine neuen mehr zu suchen. Seine Werkstatt würde mit ihm sterben.

Wie üblich hatte Signora Vittoria den Brief verbrannt. Aber gleich nach der Geschichte mit der schwarzen Hand war ihr die zündende Idee gekommen. Sie wurde nach der Geschichte mit den Tauben noch konkreter, und nach dieser letzten unerklärlichen Sache, bei der es um Geld ging und schon wieder um den Maresciallo der Carabinieri, wurde sie zum einzigen Weg des Heils: Ludovico musste nach Rom geschickt werden, um einen ordentlichen Beruf zu lernen, von dem man leben konnte, und zugleich aus einer Umgebung entfernt werden, in der er für immer unterzugehen drohte. Vorausgesetzt, Gualtiero war einverstanden, denn bisher wusste er noch nichts davon.

Auch ihr Mann sah schließlich ein, dass es jetzt keinen Sinn mehr hatte, mit Eifersucht und Hochmut zu reagieren.

Severino Navacchi sprach mit geschlossenen Augen und machte nur Pausen, wenn er den Namen des Goldschmieds aussprechen musste, den ihm die Frau, die hinter ihm stand, vorflüsterte.

Er machte es nicht extra, er konnte ihn einfach nicht aussprechen.

ZWEITER TEIL

I

Carmine, Nicola, Salvatore, Rocco. Der Maresciallo Maccadò dachte nach.

Ernesto oder Ernestina, falls es ein Mädchen würde. Es war unterwegs. Diesen Namen sollte aber erst der oder die Letzte bekommen.

Zunächst musste er den Namen für den Fünften finden, oder die Fünfte, Anfang November sollte das Kind zur Welt kommen.

Carmine, Nicola, Salvatore, Rocco.

»Vielleicht«, murmelte der Maresciallo bei sich, vor dem Fenster stehend, die Hände im Rücken, den Blick mal auf die Berge, mal auf den See gerichtet.

Wunderschöne Umgebung, da konnte man nichts sagen. Der Berg in seinem Herbstgewand. Er grinste bei dieser Formulierung, eine Erinnerung an die Schule. Er konnte das Schauspiel, das er vor Augen hatte, nicht anders benennen. Es war wie die Eleganz mancher alter Menschen, die Zeit, bevor es Winter wurde.

Und der See.

»Sanft«, sagte er lächelnd.

So lange, bis einer dieser bösartigen Winde kam, die einen Tag und eine Nacht oder manchmal auch über eine Woche anhielten. Wie an dem Tag, an dem er hier gelandet war und seinen Posten angetreten hatte, am 17. Februar 1927.

»Du wirst schon sehen«, hatte man ihm gesagt, »du wirst dort Erfahrungen sammeln, ein ruhiger Posten, gemäßigtes Klima!«

Er war früh an einem höllischen Nachmittag mit dem Zug

angekommen: Es herrschte eisiger Wind mit einem Geräusch, als spielten tausend Geigen. Auf den Bergen lag Schnee, die Uferstraße war vereist. Seine Frau, die wie eine Tomate in der Sonne und in milder Luft aufgewachsen war, brachte vor diesem wilden Panorama kein Wort heraus. Erst am folgenden Morgen machte sie den Mund auf und sagte: »Hier komme ich um!«, nachdem sie eine Nacht den Lärm zuschlagender Läden und den von Wellen gehört hatte, die sich an der Mole zu brechen schienen.

Er beruhigte sie: »Es wird schon gehen, du wirst sehen.«

Als er in die Kaserne ging, hatte er einen Kloß im Hals. Und gegen Mittag, als er gerade nach oben gehen und nachsehen wollte, wie seine Frau den Vormittag verbracht hatte, bekam er einen schönen Telefonanruf aus dem Rathaus. Da sei eine Leiche im Ratssaal, ein Mann, der behauptet hatte, er sei Vizeinspektor, und mit dem Gesicht auf das Register mit den Beschlüssen der Regionalregierung aufgeschlagen war.

So also sah der ruhige Posten aus, das sollte das gemäßigte Klima sein!

Trotzdem hatten sie sich eingewöhnt. Seither waren zehn Jahre vergangen, sie hatten vier Jungen in die Welt gesetzt, die alle vier in ihrem Nest aufwuchsen, in dieser Landschaft mit dem See und den Bergen, die in diesem Augenblick einfach vollkommen aussahen.

Und dann, dachte Maccadò, nach Rocco, Carmine, Salvatore und Nicola, mit denen sie ihre Pflicht gegenüber Vätern und Müttern erfüllt hatten, lohne es sich, für den Fünften oder die Fünfte einen anderen Namen zu suchen, einen aus der Gegend, wie Antonio, Giuseppe, Paolo …

Diskret klopfte der Carabiniere Bottasana an die Tür und unterbrach seine Gedanken. »Ich will nicht stören …«

»Wie heißt du?«, fragte der Maresciallo.

»Ich?«, fragte der Carabiniere, »Carlo, aber ...«

Auch Carlo wäre nicht schlecht, dachte Maccadò. »Was gibt's?«, fragte er gleich danach.

Bottasana wollte mit ihm die Namensliste durchgehen. Der Maresciallo war einverstanden.

»Komm«, sagte er.

In zwei Tagen fanden die Feiern zum zweiten Jahrestag des Marsches auf Rom statt, und mancher konnte und sollte daran nicht teilnehmen.

»Also«, seufzte Bottasana.

Ravaneti, Oreste, Sozialist.

»Der taucht immer spontan auf«, fügte der Carabiniere hinzu.

Der machte eine Ruhmestat daraus und stand den ganzen Tag mit dem roten Tuch um den Hals in der Zelle.

»Weiter«, forderte der Maresciallo ihn auf.

Derotti, Alfredo, Agnostiker.

»Zuerst besäuft er sich, und danach belästigt er die Leute und beginnt, Seine Majestät zu beleidigen.«

Invinati, Primino.

»Der Segretario Negri hat ihn angezeigt, weil er Kontakt zu anarchistischen Gruppen in der Schweiz hat.«

»Wenn der es sagt«, bemerkte der Maresciallo.

Girabotti, Melchiorre.

»Der steht auf der Liste, wie ich mich erinnere, weil Sie, Maresciallo, einmal gesagt haben, dass man ihn vor sich selbst schützen muss«, sagte Bottasana.

»Das hast du gut gemacht«, sagte der Maresciallo zustimmend.

Aber den Direktor der Post Melchiorre Girabotti würde er am Morgen des 28. Oktober persönlich zu Hause abholen und den ganzen Tag bei sich behalten, ohne ihn mit den anderen nach Dienstanweisung in der Zelle einzusperren.

Der Maresciallo fühlte sich nicht etwa schuldig am Schicksal des Sohnes von Girabotti. Es bedrückte ihn eher. Er teilte mit Girabotti die Enttäuschung, die ihn nach einem von Segretario Negri verwendeten Ausdruck auf die Liste der »Verdächtigen« gebracht hatte, die aufpassen mussten, was sie taten. Der Direktor tat dies allerdings überhaupt nicht mehr, genauer gesagt seit dem Morgen des 15. Februar dieses Jahres.

2

Am Morgen des 15. Februar 1937 und nach vier Monaten völligen Schweigens hatte Girabotti den ersten Brief – eigentlich eine Postkarte – von seinem Sohn erhalten. Die Angestellte Mazzaluna hatte sie ihm sofort gebracht, denn sie wusste, dass der Chef darauf wartete wie auf himmlisches Manna.

Als sie ihm die Karte gab, sagte die Frau im Spaß: »Neuigkeiten aus Malaga.«

Girabotti sah sie schief an.

»Und was geht mich das an?«, fragte er.

»Lesen Sie, lesen Sie«, antwortete sie. »Darauf kann man stolz sein!«

Aber auf was?

Wie denn, auf was?

Auf die Tatsache, dass das Schwarzhemd Giovanni Battista Girabotti sich, wie dort stand, in Spanien befand. Er hatte gemeinsam mit den Kameraden des zweiten Sturmregiments der Division Littorio an der Eroberung Malagas teilgenommen und war stolz darauf, an der Seite frankistischer Legionäre zu kämpfen und auch in dieser Gegend der *Pax Romana* zum Sieg zu verhelfen.

Er begnügte sich mit dem Bericht der Angestellten, und

ohne einen Blick auf die Karte zu werfen, rief Girabotti aus: »Aber in Spanien herrscht Krieg!«

»Wussten Sie das nicht?«, fragte die Mazzaluna.

Natürlich wusste er es. Aber sein Sohn sollte in Afrika sein und nicht in Spanien!

»Was für ein Idiot!«

»So ein Idiot«, sagte er dem Segretario Negri direkt ins Gesicht, etwa zehn Minuten, nachdem er das Postamt verlassen hatte.

»Beruhigen Sie sich«, antwortete der Segretario.

»Ich beruhige mich nicht, verdammt noch mal!«, antwortete Girabotti.

»Ich erinnere Sie daran, dass Sie ein Senior der *Milizia* sind«, antwortete Negri.

»Diese verdammte Miliz kann mich mal«, sagte der Direktor daraufhin.

Die Miliz konnte ja gerne in dieses Land gehen! Er wollte wissen, was sein Sohn in Spanien machte, während er eigentlich in Afrika sein sollte.

»Das hat er Ihnen doch geschrieben«, erklärte der Segretario. »Er kämpft Seite an Seite ...«

Girabotti ließ ihn nicht ausreden.

Das sei doch lächerlich. Sein Sohn habe mit der *Pax Romana* und dem ganzen anderen Unsinn, der auf der Postkarte stehe, nichts am Hut.

»Ich möchte doch sehr bitten ...«, versuchte Negri ihn zu unterbrechen.

»Ich möchte darum bitten, dass Sie mir nicht auf die Eier gehen!«

Das sei doch purer Unsinn, sagte er dann.

Nichts als Unsinn, wiederholte er. Er sei bereit zu wetten, dass dem Jungen der Inhalt der Karte diktiert worden sei.

»Seniore ...«

»Schluss mit diesen Lächerlichkeiten! Ich verlange zu wissen, warum sich mein Sohn in Spanien aufhält!«

Segretario Negri ließ die Arme hängen. So schnell könne er das nicht beantworten. Er solle ihm ein wenig Zeit lassen, er würde nachforschen.

Er tat es, indem er das Provinzsekretariat anrief, von dem er erfuhr, dass Giovanni Battista Girabotti als Freiwilliger in die *Division Littorio* eingetreten sei, er habe eine entsprechende Erklärung unterschrieben.

»Er und Freiwilliger?«, entfuhr es dem Direktor, als er das hörte. Für einen Posten im Krieg? »Das ist unmöglich«, sagte er.

Es liege aber eine unterschriebene Erklärung vor, erwiderte Negri.

»Ich weiß, wie solche Erklärungen zustande kommen, ich bin schließlich nicht von gestern. General Roatta brauchte dreitausend Mann, um sie nach Spanien zu schicken, und er hat sie auf die eine oder andere Weise zusammengekriegt.«

»Vorsicht, Vorsicht«, mahnte Negri ihn.

»Vorsicht? Ist Ihnen überhaupt klar, dass wir von meinem Sohn sprechen?«

»Ein Schwarzhemd.«

»Das ist doch idiotisch!«

»Seniore ...«

»Ich habe Ihnen gesagt, dass Sie mich nicht mehr so anreden sollen!«

Verärgert zog Girabotti aus seiner Brieftasche das Parteiabzeichen und warf es vor den Segretario hin.

»Ihnen ist hoffentlich klar, was ...«, versuchte Negri zu sagen.

»Mir ist sehr vieles klar«, entgegnete der Direktor.

In den folgenden Tagen verschickte Girabotti Briefe, in denen er die Lage seines Sohnes beschrieb: auf hinterhältige

Weise nach Spanien geschickt. Er verlange, dass er sofort in sein Vaterland zurückbeordert werde. Er erhielt keine Antwort, so als hätte er all die Briefe bis hinauf zu Mussolini gar nicht geschrieben. Dem Segretario Negri schickte er zur Kenntnis eine Abschrift.

Der Bürgermeister Bonaccorsi überbrachte Girabotti Anfang April eine erschütternde Nachricht. Sein Sohn sei seit der verheerenden Schlacht von Guadalajara vermisst.

»Sie haben ja nicht mal den Mut, mir klar und deutlich zu sagen, dass mein Sohn tot ist«, schrie Girabotti dem Segretario ins Gesicht.

Aber drei, vier Abende später sagte Dilenia Settembrelli zu ihrem Mann: »Er ist nicht tot.«

Der Bürgermeister Bonaccorsi fuhr sich mit der Hand durchs Haar. Seit Monaten hatte seine Frau mit solchen Verrücktheiten aufgehört, und er hatte die Illusion gehabt, sie sei endlich wieder normal.

Als sie jetzt dies zu ihm sagte, kehrte seine Besorgnis zurück.

»Was redest du denn da?«, fragte er und versuchte das Thema zu wechseln.

»Nicht ich sage das«, erwiderte Dilenia, »sondern Eufrasia.«

Die Sofistrà. Die sich genau an die Hand des Jungen erinnerte und nicht nur wegen der Schwielen, die sie wiedererkannt hatte.

»Eine lange Lebenslinie, und eine Glückslinie vom Feinsten. Er kann nicht tot sein«, hatte sie Dilenia versichert.

Also musste es jemand seinem Vater sagen, der in der Zwischenzeit begonnen hatte, durchzudrehen. Bei der Arbeit hatte er die Angestellten angewiesen, Briefmarken mit dem Konterfei des Königs mit dicken Stempeln zu entwerten – wie Faustschläge ins Gesicht seiner Majestät. Außerdem ließ er keine Gelegenheit aus, das Oberhaupt der Regierung und seine Helfershelfer zu verspotten. Der Segretario Negri hatte ihn schon zweimal schriftlich einbestellt, im Mai und im Juni, aber er bekam immer dieselbe Antwort: »Es ist mir egal!« Da wandte er sich direkt an den Bürgermeister: Er solle zusehen, ob er den Mann nicht zur Vernunft bringen könne, es würde immer schwieriger, seine Ausfälle zu ertragen.

Ein schwieriges Problem, sagte sich Bonaccorsi. Und um zu sehen, was zu machen sei, lud er ihn eines Abends nach Hause zum Essen ein.

Sie plauderten über dieses und jenes, und schließlich brachte er das Thema zur Sprache.

Er fragte ihn, ob ihm klar sei, was für ihn auf dem Spiel stünde. »Ihr Arbeitsplatz.«

»Ist mir egal«, antwortete der Direktor.

»Der Parteiausschluss.«

Siehe oben.

»Eine Anzeige wegen Defätismus.«

»Macht mir nichts aus.«

»Hausarrest!«

»Das ist mir scheißegal!«, rief Girabotti.

Das Einzige, was ihn interessiere, sei sein Sohn, den sie auf betrügerische Weise nach Spanien geschickt hätten.

»Um dort zu sterben!«, schloss er.

Dilenia Settembrelli, die bisher dem Gespräch schweigend gefolgt war, stieß einen kleinen Schrei aus.

»Aber er ist nicht tot!«, entfuhr es ihr.

Girabotti erstarrte. Er wusste gerüchteweise, dass diese Frau seltsam war. Aber er war nicht bereit, das hinzunehmen, gerade jetzt nicht.

»Was redet sie da?«, sagte er grimmig.

Als habe sie nichts gehört, sagte die Settembrelli: »Hat Ihnen das noch keiner gesagt?«

Der Bürgermeister bedeckte verzweifelt sein Gesicht mit einer Hand.

Eine Viertelstunde später war der Direktor bereits in der Wohnung der Sofistrà.

3

Ein Auge auf die Menge gerichtet, die sich unter dem Rathaus versammelt hatte, um die Ansprache des Bürgermeisters zu hören, eine schwarze dichte Menge, aus der sich immer wieder ausgestreckte Arme zum Gruß erhoben.

Das andere Auge war auf das Küchenfenster seines Hauses gerichtet: Vom Fenster seines Büros aus hatte Maresciallo Maccadò beide Situationen im Griff.

Der Arzt hatte nichts Genaues gesagt, er hatte sich nicht zu weit vorgewagt, aber zu verstehen gegeben, dass der Sohn oder die Tochter eventuell beschlossen haben könnte, früher zur Welt zu kommen.

Auch an diesem Tag hatte er das Haus verlassen und seiner Frau folgende Anweisung gegeben: Wenn es notwendig sei, sollte sie zum Küchenfenster gehen und mit einem Tuch winken. Wenn er dieses Signal sehen würde, käme er sofort.

Unterdessen war alles ruhig. Am Fenster war niemand. Es war elf Uhr morgens. Der Tag war noch lang. Lang und langweilig, obwohl Girabotti in seinem Büro war. Aber gerade deswegen war es noch schlimmer. Hätte der Maresciallo Gelegenheit gehabt, ein wenig zu plaudern, wäre ihm die Zeit nicht so lang geworden. Aber mit dem Postdirektor war das nicht mehr möglich, seit Eufrasia Sofistrà ihm gesagt hatte, dass sein Sohn lebte und früher oder später ein Zeichen geben würde.

»Ein Zeichen?«, hatte der gefragt.

Und wann?

Darauf hatte die Sofistrà geheimnisvoll geantwortet. »Früher oder später.«

Die Vorhersage der Sofistrà war das Einzige, woran Girabotti noch dachte. Er hätte gern alles getan, um die Hand des Schicksals zu beeinflussen. So fuhr er zur Kapelle der Madonna von Lezzeno, kniete sich auf den Boden des Mittelschiffs und legte das feierliche Gelübde ab, nicht mehr den Mund zu öffnen, bis er das ersehnte Zeichen erhalten hatte. Zu Hause und bei der Arbeit verwendete er Zettel, grüßte mit Kopfnicken, und wenn er nicht schreiben konnte, antwortete er mit Gesten und Augenzwinkern. Er versuchte, Begegnungen zu vermeiden, und blieb für sich. Auch aus diesem Grund wollte ihn Maresciallo Maccadò in seinem Büro festhalten: In der Zelle mit den anderen hätte er nicht so ruhig sein können. So ruhig, dass Girabotti gegen vier Uhr nachmittags auf seinem Sitz einschlief und den Tag mit seinem behutsamen Schnarchen noch unerträglicher machte.

Um acht Uhr abends, als nach den Anweisungen die festgehaltenen Subjekte nach Hause geschickt wurden, weckte der Maresciallo seinen Gast.

»Es ist vorbei«, sagte er nur.

Ein langer Tag war vorüber, ein langweiliger Tag ohne Signal für den einen oder anderen.

Für ihn selbst, so dachte der Maresciallo, ging es nur um Tage, aber würde Girabotti den ersehnten Augenblick je erleben?

4

Anstatt zu früh zu kommen, wurde der fünfte Sohn von Maccadò ein paar Tage nach dem Termin geboren, am 17. November.

»Ein paar Tage Verspätung kann normal sein«, hatte der Arzt versichert.

Der Maresciallo hatte sich beruhigt und dachte sich für jeden Tag, an dem das Kind kommen konnte, einen neuen Namen aus. Am 18. hätte er ihn Paolo genannt, danach Andrea, Mario, Cesare und so weiter.

Für den Tag, an dem es zur Welt kam, hatte er Antonio vorgesehen.

Er kam mit den Füßen zuerst. Und die Hebamme musste sich sehr anstrengen. Es war ein Mädchen.

»Antonia, Antonietta, Antonella?«, murmelte der Maresciallo und sah die Hebamme an.

»Aber nein!«, gab sie zur Antwort.

Felicita: Das hatte die Signora entschieden. Wie die Oma.

Der Maresciallo schluckte. Da es sich um ein Mädchen handelte, schien es ihm richtig, dass seine Frau den Namen aussuchte. Und er hätte es sowieso nie geschafft, sie von ihrer Entscheidung abzubringen.

Besser war es, in die Zukunft zu schauen, dachte er, als Nächster war Ernesto dran.

Er rechnete, Dezember, Januar, die Wartezeit ... Ja, im Februar, spätestens im März ... im Februar, März oder später könnten sie daran denken, den sechsten und letzten der Serie auf den Weg zu bringen, Ernesto oder Ernestina, dann wäre der Kreis geschlossen, und die Zeit des Kinderzeugens konnte 1938 ad acta gelegt werden.

5

An einem trüben Tag Mitte Dezember 1938 kam Ludovico Navacchi am Bahnhof von Bellano an. Er war jetzt schon elf Monate nicht mehr zu Hause gewesen, und er kam nur her, um Weihnachten zu Hause zu verbringen. Nach Weihnachten, Silvester und dem Dreikönigstag, einem in der Gegend besonders beliebten Fest, würde er wieder den Zug nach Rom nehmen, wo er inzwischen spürbar Fuß gefasst hatte.

»Rom oder der Tod«, hatte er vor einem Jahr genau zu dieser Zeit gesagt, als Vater und Mutter ihm keine Wahl ließen. Wenn er diese Gelegenheit versäumte, zur Vernunft zu kommen, würden sie ihn aus dem Haus jagen.

Er hatte gescherzt, aber den Posten gern angenommen.

Durch das, was der Maresciallo Maccadò von ihm dachte und was sein Vater ihm berichtet hatte, verlor er seine Selbstsicherheit. Er fühlte sich wie ein Waisenkind. Er gönnte seinen Eltern keine Genugtuung und tat, als sei ihm alles gleichgültig, und redete von einem bitteren Kelch, den er zu trinken habe. Aber er verließ das Haus gern, froh, viele Kilometer zwischen sich und das wachsame Auge des Carabiniere zu bringen.

Außerdem, so dachte er, wer weiß, wie viele Gelegenheiten es in Rom gibt, sich ein schönes Leben zu machen.

Nach einem Monat bei Gualtiero Cesaretti, bei dem er auch wohnte, waren seine Illusionen dahin, wie Schnee, der in der Sonne schmilzt.

»*Ora et labora*«, murmelte er jedes Mal, wenn er den Goldschmied sah.

Ein bisschen verklemmt war der schon. Aber ein kluger, kultivierter und sympathischer Mann. Er hatte auch am Charakter des undisziplinierten Jungen gearbeitet, mit derselben

Geduld, mit der er seine Schmuckstücke formte, nachdem er sie entworfen hatte.

Cesaretti hatte mit ihm gleich klare Abkommen geschlossen.

Da der Junge nichts von der Goldschmiedekunst verstehe, müsse er jeden Tag üben, mit Opferbereitschaft, damit er schnell lernte. Er solle sich auch merken, dass dies der letzte Versuch war, einen Lehrling auszubilden, und das nur wegen der langen Freundschaft, die ihn mit seiner Mutter verbinde.

Diese Freundschaft werde sein Urteil über das Verhalten des Jungen und die Bewertung seiner Fortschritte in keiner Weise beeinflussen.

Kurz gesagt, wenn Cucco herumtrödelte, würde Cesaretti es sich nicht zweimal überlegen und ihn sofort postwendend zurückschicken. Danach wäre sein Schicksal besiegelt.

Ludovico verstand ihn vollkommen, er war ja nicht dumm.

Und dann vergingen die Tage …

Langsam spürte er, wie sich in ihm etwas entwickelte, ein neues Gespür. Immer mehr entfernte er sich innerlich von seiner Heimat, die Distanz wurde zunehmend größer, je mehr Zeit verging.

Sein Heimatort war wirklich winzig.

Er war überwältigt von der Hauptstadt, die er mit Cesarettis Erlaubnis Stück für Stück kennenlernte, abends nach der Arbeit oder sonntags, wenn es nichts Besonderes zu tun gab.

Die Piazza Navona, das Pantheon, die Fontana dei Trevi, das Kolosseum, der Petersdom, die sieben Hügel!

Cucco war noch ganz benommen von den Darbietungen in der *Cinecittà* anlässlich der Grundsteinlegung für den Neubau des *Istituto Luce*. Er nahm persönlich an der Feier vom 10. November teil. Cesaretti, der wie er kinobegeistert war, hatte ihm einen halben Tag freigegeben. Wenige Tage vor seiner Abreise hatte er einen großen Romführer mit vielen Fotos gekauft, mit denen er zu vermitteln hoffte, wie sehr sich sein Leben innerhalb weniger Monate gewandelt hatte. Er wollte ihnen eine Vorstellung von der Größe geben, von der er jetzt profitierte. Im Gegensatz zu der Kleinheit, mit der er bis vor Kurzem gelebt hatte.

Der Ort war wirklich klein, winzig. Und die Leute, die er immer als Freunde betrachtet hatte, und die Dinge, die er mit ihnen unternommen hatte, waren klein und unbedeutend.

»Alles hat seine Bedeutung, seinen Sinn«, pflegte Cesaretti zu sagen.

Und Ludovico musste zugeben, dass er recht hatte. Die Bravourstücke, die er hinter sich hatte, hatten den Sinn gehabt, ihn hierher, nach Rom zu bringen. Was zuerst wie eine Strafe ausgesehen hatte, war jetzt das schönste Geschenk.

»Es ist wirklich ein Geschenk«, überlegte Cucco, während er aus dem Zug stieg. Ein Geschenk, mit dessen Hilfe er gelernt hatte, wie groß und weit die Welt war, außerdem wichtige Grundlagen nicht nur der Goldschmiedekunst, sondern auch für das Leben allgemein. Und nie wieder würde er an diesen Ort zurückkehren.

Es war ihm so ernst, dass ihm bei dem Gedanken, jetzt mit der Familie Weihnachten zu feiern, leicht übel wurde, es kam ihm vor wie eine Last.

Er hätte darauf verzichtet, wenn Cesaretti, der nun zu seinem Lebenslehrmeister aufgestiegen war, ihn nicht geduldig davon überzeugt hätte, dass es seine Pflicht war.

Je weiter sich dann der Zug von Rom entfernte, desto mehr überkam Ludovico ein Gefühl, gegen das er sich nicht wehren konnte. Er entfernte sich vom Zentrum seines neuen Lebens: eines Lebens voller Arbeit, denn Gualtiero hatte ihm schon zu verstehen gegeben, dass er eines Tages, da er selbst keine Erben habe, die Werkstatt übernehmen könne. Aber auch sein Gefühlsleben kam nicht zu kurz.

Denn unter den besten Kunden, die in Cesarettis Werkstatt kamen, hatte Cucco die dunklen Augen eines brünetten Mädchens entdeckt, der Tochter eines spanischen Diplomaten, die ihn gewisse mögliche Entwicklungen ahnen ließen.

Mit all diesen Gedanken, dazu eine Arie aus *Tosca* pfeifend, in der er mit seinem Meister gewesen war, beschäftigte sich Cucco Navacchi auf der langen Fahrt, bis er endlich am Bahnhof von Bellano-Tartavalle Terme ankam.

6

Als er aus dem Zug stieg, war es elf Uhr morgens. Er schnaufte laut und theatralisch, als wolle er dem Stationsvorsteher Massacotta, der ihn ansah, und einem Hilfsarbeiter, der an der Magazintür lehnte, zu verstehen geben, dass ihn die Aussicht anödete, drei volle Wochen an dem Ort zu verbringen, an dem er bis zum Alter von vierundzwanzig Jahren gelebt hatte.

Als es am Glockenturm der Propsteikirche elf schlug, kam ihm wieder die frühere Verabredung in den Sinn.

Elf Uhr!

Es war bis vor einem Jahr eine wichtige Stunde gewesen.

Um elf nämlich trafen er und seine alten Freunde, diese armen Dummköpfe, sich pünktlich im Café an der Anlegestelle zum Aperitif oder einem anderen Ritual, das noch aufregender schien, nämlich über die nächtlichen Erlebnisse des einen oder anderen oder über neue verrückte Vorhaben zu reden.

Ein feines Lächeln zeigte sich unter dem Schnurrbart, den er sich hatte wachsen lassen, einmal wegen der Modewelle, die viele junge Männer der Hauptstadt erfasst hatte, und außerdem als Zeichen dafür, dass er sich verändert hatte.

Ob seine früheren Freunde ihre Gewohnheit beibehalten hatten?, fragte sich Cucco.

Möglich.

Er brauchte nur hinzugehen und nachzusehen.

Er hatte Mama und Papa geschrieben, er käme im Lauf des Tages, er hatte keine Zeit angegeben, und so hatte er noch etwas Spielraum.

Er ging los.

Vom Bahnhof ging er ohne jede Eile zum Café, den Blick hierhin und dorthin gerichtet. Er sah, wie klein doch sein Ort war, wie sehr seine schmucklose Eleganz mit der Pracht der Stadt, der Metropole kontrastierte, von der er sich hatte trennen müssen.

Er lächelte mitleidig.

Mitleid mit sich selbst, weil er vierundzwanzig Jahre seines Lebens hier vergeudet hatte, Mitleid mit seinen Ex-Freunden, die in diesem Klo den Rest ihrer Jahre zu verbringen hatten und bis zum Schluss damit zufrieden sein mussten, die Wasserspülung zu bedienen.

Am Eingang des Cafés setzte er eine ernste Miene auf. Er wollte nicht lächeln, damit niemand dachte, er wäre froh, wieder hier zu sein. Er trat also mit ernster Miene ein und warf einen Blick auf den Tisch, an dem sie sich zu treffen pflegten.

Es war niemand da.

Ordentlich standen die Stühle um leere Tische.

So als warteten sie auf Kunden.

Oder auf ihn.

Wenn das so war, konnten sie lange warten.

Nie mehr würde ihn jemand überreden, in diesen Sumpf zurückzukehren

Ludovico ging zur Bar des Cafés, begrüßte den Barmann, sah in den Spiegel, glättete seinen Schnurrbart.

»Gibt's was Neues?«, fragte er.

7

Der Barmann schielte ein wenig, auf beiden Augen nach außen. Er beugte den Kopf vor und sah ihn scharf an.

»Wissen Sie es denn nicht?«

Wie sollte ich?, wollte Cucco antworten, er käme doch aus Rom, sei gerade erst angekommen und elf Monate nicht hier gewesen ...

»Was sollte ich wissen?«, sagte er stattdessen mit einer Spur Überheblichkeit im Ton.

Dass Girabotti vor zwei Tagen geredet habe. Damit habe er die Angestellte Mezzaluna furchtbar erschreckt, da sie sich schon an sein Schweigen gewöhnt habe.

»Girabotti?«

»Girabotti senior«, erklärte der Barmann.

»Aha«, sagte Cucco.

Aber was war daran so besonders?

Weil er seit vier Monaten kein Wort gesprochen hätte, sagte der Barmann.

Krank?

Nein, keine Krankheit.

»Eher ein Gelöbnis, irgendsowas«, erklärte der Barmann.

Er hatte es in dem Augenblick gebrochen, in dem die Mezzaluna nach Durchsehen der Post den Brief gefunden hatte, der an den Direktor adressiert war.

Eine französische Marke, ohne Absender.

Sie brachte ihn zu ihm.

Und gleich nachdem er ihn geöffnet hatte, fand Direktor Girabotti seine Sprache wieder.

»Und was für eine Sprache«, versicherte der Barmann.

Lauter Schimpfwörter über die Madonna! Gerichtet an alle von Segretario Negri bis zu seiner Majestät und Mussolini ...

»Aber wieso?«, fragte Cucco neugierig.

Weil sein Sohn Giovanni Battista am Leben war!

»War er noch in Afrika?«, fragte Ludovico.

»Doch nicht in Afrika«, entfuhr es dem Barmann. »Wie kann es sein, dass Sie das nicht wissen?«

Cucco wollte schon protestieren und sagen: Wie sollte er denn, er käme aus Rom, sei gerade mit dem Zug angekommen ...

»Und wo ist er?«, fragte er stattdessen.

Spanien!

Aber sie hatten behauptet, er sei vermisst, also so gut wie tot.

Aber er lebte. Das hatte er seinem Vater in dem Brief geschrieben, kaum zwei Zeilen, ohne Adresse und nicht mal eine Unterschrift.

»Ich bin am Leben und bin in Spanien.«

Auch er hätte es gesehen, sagte der Barmann.

Der ganze Ort hatte den Brief gesehen. Girabotti war mit dem Blatt in der Hand durch alle Osterien und Geschäfte gezogen, hatte alle Leute angehalten und immer denselben Satz gesagt: »Er lebt, er hat sie alle von hinten gefickt, vom Segretario Negri bis zum König und seiner Exzellenz, dem Regierungschef!«

Er führte sich so auf, dass der Maresciallo Maccadò einschreiten musste. Er solle sich beruhigen, sonst laufe er Gefahr, verhaftet zu werden. Da entschuldigte sich Girabotti beim Maresciallo.

»Entschuldigen Sie das glückliche Herz eines alten Vaters«, sagte er.

Danach schwor er, wieder in Schweigen zu versinken.

»Ich werde nicht mehr sprechen«, sagte er, »bis ich genau weiß, wo er ist und was er macht.«

»Schöne Geschichte, oder?«, sagte der Barmann.

Ludovico nickte zustimmend. Dann verglich er seine Lage mit der seines alten Freundes. Afrika, Spanien, tot, lebendig ... Ein Schauer lief ihm über den Rücken, er hätte an seiner Stelle sein können.

So ist die Welt, dachte er, und jetzt war es halb zwölf.

»Trinken wir einen Aperitif«, schlug er vor, obwohl er nicht die geringste Lust dazu hatte.

Bei diesem Vorschlag begann der Barmann wieder zu schielen wie ein Opferlamm.

»Campari?«, fragte er, als wisse er plötzlich nicht mehr, wer vor ihm stand.

Campari. Ludovico willigte ein.

Cucco zahlte und der Barmann wehrte sich nicht dagegen, eigentlich hatte er ihn ja eingeladen.

8

Die Drogerie war geschlossen, es war kurz nach zwölf. Ludovico ging durch die Eingangstür.

Er ging die Treppe hinauf zu seiner früheren Wohnung und berauschte sich an dem Geruch von Bohnerwachs, der in der Luft lag.

Keine Spur von Essensgeruch, dabei war Zeit zum Mittagessen, und es wäre nicht verwunderlich gewesen, wenn es nach Bratensoße gerochen hätte.

Aber so war es.

So musste es sein, weil es immer so gewesen war.

Ludovico wusste es und war froh, dass seine Erwartungen bestätigt wurden. Die Familien in diesem Häuserblock, brave Kleinbürger, die ihre Gewohnheiten hatten, sparsam ohne geizig zu sein, ausgeglichen und still, widmeten sich um diese

Zeit intensiv dem so genannten Weihnachtsputz: Wachs und vor allem sein Geruch waren für ihn immer, seit seiner frühen Kindheit, das erste Zeichen dafür, dass die lange Zeit der Feste nahte. Dieser Geruch bedeutete Ordnung, Sauberkeit, Heiterkeit.

Jetzt, wo er die Treppe hinaufstieg und sich lächelnd an die vergangenen Jahre erinnerte, begriff er, dass sich sein Leben wirklich geändert hatte. Seine Zukunft lag woanders. Hier war nur dieser Geruch, den er jedes Jahr um Weihnachten vorfinden würde.

Er klingelte an der Wohnungstür und stellte sich vor, wie die nächste Szene aussehen würde: Seine Schwester Filzina würde ihm entgegeneilen und ihn umarmen. Seine Mutter wartete am Ende des langen Flurs, der in die Zimmer führte, auf ihn, mit ihrer Küchenschürze, die Hände auf dem Schoß gekreuzt.

Sein Vater würde von seinem Stuhl am Tisch aufstehen und dort auf ihn warten, mit einem unverhohlenen Lächeln und ohne ein Wort zu sagen.

Er klingelte zum zweiten Mal, dachte, er hätte beim ersten Mal nicht fest genug gedrückt.

Er musste sein Drehbuch ändern: Nicht seine Schwester öffnete, sondern seine Mutter. Sie hatte wie üblich ihre Schürze an und trat einen Schritt zurück, um ihn besser zu sehen. Dann kreuzte sie die Arme über dem Unterleib, wie sie es immer tat.

9

Filzina war nicht da.

Aber er musste fragen, wo sie war, sonst würden es ihm die Eltern nicht sagen. Jedenfalls hatte er diesen Eindruck.

»Sie ist nicht da«, antwortete seine Mutter.

Geheimnisvoll.

Aber es war ein schönes Geheimnis, denn die Frau lächelte, während sie antwortete.

»Und wo ist sie?«, fragte er unweigerlich.

Darauf gab ihm die Mutter eine zweite ebenso geheimnisvolle Antwort, worauf ihr Mann ein unterdrücktes Lachen von sich gab, das seine Schultern zittern ließ.

»Heute Abend kommt sie wieder.«

Na gut, dachte Ludovico.

Aber er hatte gefragt, wo sie war, nicht, wann sie zurückkäme.

Also erhob er Einspruch.

Das Geheimnis wurde immer größer.

»Überraschung«, sagten beide Eltern einstimmig.

»Ist etwas passiert? Gibt es Neuigkeiten?«, fragte der junge Mann.

Schweigen.

Die drei sahen einander an.

Mann und Frau hatten feuerrote Wangen und an den Augenwinkeln Freudenfalten, einen Ausdruck von Heiterkeit, der sie aussehen ließ ... sie sahen aus wie Kinder, dachte Cucco.

Genau.

Zwei Kinder.

So hatte er sie noch nie gesehen.

Aber vielleicht kam es daher, dass er so lange weg gewesen war. Im Gesicht die Spuren des Älterwerdens und zugleich dieser Ausdruck von zwei zufriedenen, fröhlichen Jugendlichen, immer bereit zu lachen.

Natürlich hatte er mit seinem ordentlichen Lebenswandel dazu beigetragen, sie wieder ein wenig aufzumuntern. Aber da war noch etwas anderes: ein Geheimnis, das mit seiner Schwester zu tun hatte. Und die beiden waren fest entschlossen, ihm nichts zu verraten.

»Das muss sie dir selbst sagen«, sagte seine Mutter schließlich.

Es sei eine Art Geschenk für ihren Bruder, und das Mädchen würde traurig sein, wenn sie ihr die Überraschung kaputt machen würden.

»In Ordnung«, sagte Ludovico entgegenkommend.

Sie wollten mit ihm spielen, also spielte er mit.

Er hatte außerdem Hunger.

Seine Mutter hatte einen Rinderschmorbraten im Ofen, der vielversprechend duftete. Er setzte sich zum Essen und machte der Köchin alle Ehre. Danach entschuldigte er sich, sagte, er sei müde von der Reise, und bat die Eltern, ihnen erst am Abend von seinem Leben in der Hauptstadt erzählen zu dürfen. Dann ruhte er sich in seinem Zimmer aus, wo er den Nachmittag über tief schlummerte.

10

Um sechs Uhr abends, als er aus traumlosem Schlaf erwachte, in derselben Lage, in der er eingeschlafen war, war Ludovico etwas verwirrt. Er wusste nicht, wo er war. Es war nicht leicht, sich in dem dunklen Zimmer zu orientieren.

Doch der Wachsgeruch, der langsam in seine Nase drang, erinnerte ihn daran, dass er zu Hause war.

Und dass er seinen Eltern noch den Bericht über seine Zeit in Rom schuldete.

Vor allem aber, dass er noch rechtzeitig ein Weihnachtsgeschenk auspacken musste, wie seine Mutter ihm mittags gesagt hatte: das Geheimnis seiner Schwester, die Neuigkeit, die nur sie ihm erzählen konnte.

Er setzte sich, wobei die Bettfedern quietschten.

Aus dem Dunkel hörte er eine Stimme:

»Willkommen!«

Filzina stand in seiner Zimmertür.

Wie lange beobachtete sie ihn wohl schon?

Cucco sah sie an, mit vom Schlaf noch leicht vernebeltem Blick.

»Ciao«, sagte er.

Dann sah er sich das Profil seiner Schwester an, das sich im Halbdunkel des Zimmers abzeichnete: klein, mager, nach vorn geneigt, fast in Gebetshaltung.

Daran hatte sich jedenfalls nichts geändert.

Cucco dachte bei sich, dass das Halbdunkel perfekt zu seiner Schwester passte. Es war ihr Heiligenschein, ihr Schicksal. Flüstern, Träume ohne viel Bedeutung, Schritte in Pantoffeln und Mama und Papa für immer.

Was für eine Neuigkeit, welche Überraschung, welches geheimnisvolle Geschenk konnte diese Krippenfigur mit Namen Filzina Navacchi für ihn vorbereitet haben?

Er wollte sie danach fragen.

Und er hätte es getan.

Wäre ihm nicht die Schwester zuvorgekommen, vielleicht weil sie das Dunkel nutzen wollte, damit er nicht sah, wie sie rot wurde, wie es ihr ständig passierte.

Sie kam zwei Schritte auf ihn zu.

»Ich habe mich verlobt«, sagte Filzina.

»Wer?«, fragte Cucco prompt.

Nicht etwa »Wie?« oder »Mit wem?«.
»Wer?«
Ungläubig.
»Ich«, antwortete Filzina.
»Und mit wem?«, wollte Ludovico fragen.
Doch er schwieg.
Er fürchtete, einen leicht ironischen Tonfall nicht unterdrücken zu können.
Aber in seinem Kopf arbeitete es.
Wer zum Teufel konnte sich in dieses magere Etwas verliebt haben?
Wer konnte ihre Blässe ertragen und ihren Atem, der nach nüchternem Magen durch Fasten roch?
Er hatte, auch wenn er sich elf Monate lang in Rom nur der Arbeit und harmlosen Vergnügungen gewidmet hatte, nicht vergessen, wie attraktive Frauen aussahen.
Und seine Schwester ...
Er stand vom Bett auf.
»Erzähl mir alles beim Essen«, sagte er.

11

Es hätte ihm deshalb keiner etwas gesagt oder geschrieben, weil das Mädchen es so gewollt hätte, erklärte ihm die Signora Vittoria.

Filzina hatte ganz sicher sein wollen, dass es sich nicht um ein Strohfeuer handelte, ein kleines Zwischenspiel in ihrem Leben. Deshalb hatte sie die Sache sogar drei, vier Monate vor den Eltern geheim gehalten, und nach Ostern hatte sie es ihnen dann erzählt.

Aber auch da hatte sie vor übertriebenem Eifer gewarnt

und sie gebeten, mit niemandem darüber zu sprechen, am wenigsten mit ihrem Bruder, solange die Verlobung nicht offiziell sei.

Severino Navacchi und seine Frau waren leicht bestürzt, als sie den Namen des Verlobten erfuhren.

Filzina jedoch gelang es, mit ihrer üblichen ruhigen Sicherheit, ihre Sorgen zu beseitigen. »Ihr werdet schon sehen«, hatte sie gesagt.

Sie hatten ihn gesehen und mit der Hand berührt. »Ein kleines Wunder«, sagte Severino.

Sonntag für Sonntag, seit der junge Mann regelmäßig das Haus Navacchi besuchte, hatten sie festgestellt – sie konnten gar nicht anders, weil es offensichtlich war –, dass Filzina recht hatte.

Er war liebenswürdig, artig, vernünftig, und eines Sonntags fuhr er mit ihnen auf dem Schiff nach Bellagio und Cadenabbia. Auf der Fahrt erzählte er ihnen von seinen Zukunftsplänen.

»Ein Haus und Arbeit.«

Unglaublich, oder? Wenn man bedachte, was noch ein Jahr zuvor geschehen war ...

Jedenfalls hatten sie sich verlobt, Ende November, am 30., dem Tag des heiligen Andreas.

»Und jetzt«, schlug die Mutter vor, »können wir es auch deinem Bruder sagen.«

Aber Filzina sagte immer noch nein.

»Nein.«

Sie war nämlich so froh, so glücklich, dass es ihre Freude getrübt hätte, es ihm nur in einem Brief zu erzählen. Aber jetzt stand Weihnachten vor der Tür, und sie hatte eine wunderschöne Überraschung für ihn. Im Grunde so eine Art Geschenk.

12

»Deshalb«, fügte Filzina hinzu, »habe ich dir nie geschrieben. Ich wollte es dir direkt sagen. Kannst du mir verzeihen?«

Cucco musste grinsen. So war seine Schwester immer gewesen, sachte, vorsichtig, genau. Eine Miniatur, auch in ihrer Persönlichkeit. Dass sie Ehefrau und vielleicht sogar Mutter werden könnte, war für ihn immer unvorstellbar gewesen.

In jedem Fall war es gut für sie. So würde sie im Leben auch Schönes erleben. Bisher hatte Ludovico in ihr nur die Kirchenmaus und die Arbeitsbiene gesehen.

»In Ordnung«, sagte Ludovico, »ich verzeihe dir.«

Jetzt musste aber Schluss sein mit diesem Um-den-heißen-Brei-Herumreden.

»Darf man wissen, wer der Glückliche ist?«

Ihm war, als sei im Ton seiner Stimme beim Wort »Glückliche« eine kaum spürbare Nuance von Ungläubigkeit zu hören gewesen.

Filzina sprach den Namen aus.

Sie saßen noch bei Tisch, hatten aber fertig gegessen.

Cucco schlürfte gerade seinen Kaffee.

Er hielt in der Bewegung inne, die Tasse in der Luft.

»Was? Risto?«, fragte er, in der Hoffnung, sich verhört zu haben, und in der Gewissheit, dass es nicht stimmen konnte.

13

»Ich wusste es, ich habe es gewusst«, sagte sein Vater blitzschnell.

Severino Navacchi hatte seinen Sohn genau beobachtet.

Er sah einen Ausdruck von Ungläubigkeit und Verstörung in seinem Gesicht.

Er sah auch, wie die Kaffeetasse in der Luft stehen blieb.

Er hatte es gewusst.

Er hatte damit gerechnet.

Es konnte gar nicht anders sein.

Auch Filzina hatte diese Reaktion vorausgesehen.

Sie wären erstaunt gewesen, hätte er nicht so reagiert.

Evaristo Sperati war sicher kein empfehlenswerter Typ.

»Und keiner weiß das besser als du«, sagte Severino.

Aber ...

»Bevor du urteilst, sieh ihn dir an«, bemerkte die Signora Vittoria, während Filzina mit dem Kopf nickte.

Den Evaristo Sperati, den er gekannt habe, gebe es nicht mehr, sagte Navacchi senior mit Nachdruck.

»Doch ...«, stammelte Ludovico.

»Wirklich«, fuhr der Vater fort.

Erledigt, verschwunden.

»Ein Wunder«, sagte Ludovico ironisch.

»Eigentlich nicht«, sagte sein Vater ernst.

Eher der Einfluss eines Vorbilds.

»Des guten Beispiels.«

»Und welches sollte das sein?«, fragte Cucco.

»Das du gegeben hast«, sagte Filzina wie aus der Pistole geschossen.

»Ich?«

»Ja«, erklärte Signora Vittoria. Nach dieser Sache ...

14

Nach dem Ärger, den er an jenem inzwischen lange zurückliegenden Morgen vor einem Jahr Navacchi senior bereitet hatte, hörte der Maresciallo Maccadò keineswegs damit auf. Ganz im Gegenteil.

Als er merkte, in welche Bestürzung der arme Severino durch ihn geraten war, beschloss er, die Familien der drei anderen Idioten ähnlich zu behandeln, und er stellte sich dabei so geschickt an, dass er sein Ziel innerhalb einer Woche erreichte: Die Clique zerbrach.

Der erste, der die weiße Fahne hisste, war bezeichnenderweise Evaristo Sperati. Gegenüber dessen Mutter hatte Maccadò sich besonders rücksichtsvoll benommen. Da er ihren Hochmut kannte, ersparte er ihr eine Vorladung in die Kaserne und besuchte sie persönlich nach vorheriger Anmeldung.

Die Frau empfing ihn, als sei das Haus, in dem sie wohnte, nicht ein einfaches, wenn auch luxuriös eingerichtetes Haus, sondern ein Königshof, und bot ihm einen so schrecklich süßen Kirschlikör an, dass ihm ganz übel wurde.

Nach Austausch von Höflichkeitsfloskeln malte der Maresciallo Maccadò der dekadenten Königin in grellen Farben aus, was für ein Dummkopf ihr Erbe war und was ihm blühte, wenn er so weitermachte.

Dann fügte der Maresciallo noch dieselbe Warnung hinzu, die er auch den anderen Eltern gegenüber ausgesprochen hatte: Risto solle wie alle anderen in der Gegend bleiben, denn ab sofort werde er streng überwacht, und beim ersten Verstoß gegen Recht und Ordnung müsse er zahlen, ohne jede Nachsicht.

Diesmal reagierte die Königin nicht von oben herab. Sie hörte ihm zu, klapperte mit den Augenwimpern wie eine

Puppe und dankte dem Maresciallo am Schluss. Sie konnte kaum sprechen, denn ihre Kehle war trocken. Die Worte des Maresciallo hatten sie tief erschreckt.

Am nächsten Tag bat sie ihren Sohn, den Notar Anfuso zu fragen, ob er nachmittags Zeit für sie hätte.

Um drei Uhr erschien der Notar.

Um drei Uhr nachmittags, im Beisein des Notars und ihres Sohnes Evaristo, der an dem Termin teilnehmen musste, legte die Monarchin Anfuso folgende Frage vor: »Was kann ich tun, um meinen Sohn zu enterben und alles der Kirche zu überlassen?«

Auch Ristos Kehle war nun trocken.

Der Notar, ein Mann von Welt, mit allen Wassern gewaschen, zögerte keinen Augenblick und erklärte sofort, wie sie das machen könnte, welche Dokumente sie brauchte und so weiter, und so weiter.

Am Ende gab die stark geschminkte Herrin des Hauses dem Notar Anweisung, alles Notwendige vorzubereiten, damit sie die Papiere jederzeit unterschreiben und ihren Sohn aus dem Haus werfen könne, wenn er sich nicht ab sofort ganz hervorragend benehme.

Nie wieder, so fügte sie hinzu, wolle sie einen Carabiniere in ihrem Haus sehen.

Risto brach der kalte Schweiß aus.

Der Notar Anfuso riet ihm zur Vorsicht. Er kenne die Entschiedenheit seiner Mutter, die, das meine er nicht böse, an Wahnsinn grenze. Ihre Drohungen seien ernst zu nehmen. Das Geld, das sie auf der Bank habe, könne ohne Schwierigkeiten auf das Konto der Gemeinde überwiesen werden, dazu genüge eine Unterschrift.

Dasselbe gelte, sagte er ihm, für die dutzend Wohnungen, die ihr gehörten. Es würde etwas länger dauern, man brauche mehr Papiere. Aber wenn die Alte es wolle, könnte sie ihm mit einer Reihe von Scheinverkäufen das letzte Hemd ausziehen.

Er rate ihm deshalb zur Vorsicht.

Auch deshalb, weil die Frau nicht ganz im Unrecht sei.

Was hätte Risto davon, sich weiter wie ein Dummkopf zu benehmen?

Nichts.

Es habe ihm Spaß gemacht?

Na gut.

Jetzt aber sei der Zeitpunkt gekommen, wieder auf die richtige Bahn zu kommen. Das Vertrauen der Mutter wiederzugewinnen, ihr zu beweisen, dass er neue und gute Vorsätze habe, damit er nicht das bisschen Vermögen, das auf ihn warte, ins Klo werfe.

»Sofort«, beschloss Risto.

Er ging nicht mehr ins Café an der Anlegestelle.

Gleich am nächsten Tag schnurrte er um die Alte herum, die ihn einen Monat lang heimlich beobachtete. Danach begann sie, dem Sohn ein paar verantwortungsvolle Aufgaben zu übertragen. Nun hatte sie einen Sekretär. Er führte Inspektionen in den Häusern durch, die ihr gehörten, wenn es Beschwerden gab, sammelte Mieten ein, nahm kleine Transaktionen bei der Bank vor.

Langsam wich das Misstrauen der Frau, sie begann ihm zu vertrauen, und in diesem Jahr stand Risto kurz davor, Verwalter der Familiengüter zu werden.

Auch die beiden anderen führten ein geregeltes Leben.

Ab und zu trafen sie sich. Aber nur kurz, vielleicht auf der Piazza oder auf dem Kirchplatz nach der Messe.

Sie trafen sich nie lange und redeten über nichts anderes als Arbeit.

Und so blieben die Tische im Café leer.

15

»Ausgerechnet Risto ...«, sagte Cucco und schüttelte den Kopf.

»Ich weiß, was du meinst«, hauchte Filzina.

»Ach ja?«

Ein betschwesternhaftes Lächeln leuchtete in dem Gesicht des Mädchens auf. Die Ironie ihres Bruders konnte sie nicht treffen.

»Aber das zählt nicht«, fügte Filzina hinzu.

»Was?«, fragte Ludovico.

»Die Schönheit«, erklärte sie.

Das war etwas Vergängliches wie alle Eitelkeit.

Cucco rutschte auf seinem Stuhl hin und her. Er fühlte sich unwohl, und die kurze Predigt seiner Schwester ging ihm ... ja genau, seit wie vielen Monaten ordnete er sich den Vorschriften von Cesaretti widerspruchslos unter?

Die Predigt seiner Schwester ging ihm auf die Eier. Eitelkeit, vergängliche Schönheit und all dieser Quatsch gingen ihm am Arsch vorbei! Es war ihm doch egal, ob Risto hässlich war. Er war dicht behaart, und seine Füße rochen.

»Irgendwann ist sie verblüht ...«, sagte seine Schwester.

»Wie bitte?«, fragte er.

»Ich sagte«, wiederholte Filzina, »dass die Schönheit irgendwann verblüht ist und dann nur noch die guten Eigenschaften eines Mannes zählen.«

Ludovico fuhr zur Antwort mit der Hand durch die Luft »Tolle Eigenschaften!«, sagte er.

»Im Grunde«, mischte sich sein Vater ein, der langsam die Geduld verlor, »urteilst du über jemanden, den du nicht kennst. Und außerdem ziehst du in Zweifel, was wir dir gerade gesagt haben. Glaubst du, das sind alles Lügen? Warum sollten wir dir was vormachen?«

»Ludovico …«, sagte Signora Vittoria dazwischen, die um die harmonische Stimmung fürchtete.

»Cucco«, sagte Filzina und betonte dabei diesen Kosenamen, »ich wollte dich erfreuen. Mit einer schönen Überraschung. Und das ist es, das wird es sein, das musst du mir glauben. Ich habe es begriffen, ich habe es gespürt, gleich beim ersten Mal …«

16

Schon bei ihrer ersten Begegnung hatte Filzina begriffen, dass nichts mehr so sein würde wie zuvor.

Es war Ende Januar dieses Jahres passiert. Drei Wochen war es her, dass Ludovico aus Bellano weggegangen war.

Risto, intensiv damit beschäftigt, das Vertrauen seiner Mutter zurückzuerobern, hatte sich auch angewöhnt, sie sonntags zur Messe zu begleiten. In den Jahren, in denen er die Kirche gemieden hatte, waren ihm die Gebete und Lieder entfallen, aber es war kein großer Aufwand, sie sich wieder anzueignen, und so wurde er in kurzer Zeit ein treuer und tadelloser Kirchenbesucher.

An jenem Sonntag war der Todestag von Ercole Sperati, Ristos Papa. Nach der Messe betete der Junge mit seiner Mutter einen Rosenkranz zum Gedächtnis des Vaters. Filzina Navacchi gesellte sich zu ihnen, denn sie hielt sich an die Pflicht jedes guten Christen, für die Seelen aller Verstorbenen zu beten.

Hinterher, auf dem Kirchplatz, als die Witwe Sperati eine beginnende Ohnmacht spürte, war sie zur Stelle. Filzina lief herbei und half Risto, der nicht wusste, was er machen sollte. Sie beruhigte nicht nur Risto und half der Mutter, sondern begleitete die Mutter auch mit nach Hause und stützte sie links, während er sie rechts stützte. Risto bat sie, ihm dabei zu helfen, sie die beiden Treppen hinauf ins Haus zu bringen. Sie tat es gerne, blieb noch eine Weile da, sie plauderten miteinander, und so begann ihre Bekanntschaft.

Wäre sie auch ohne die unfreiwillige, aber wichtige Mitwirkung von Doktor Lesti weiter aufgeblüht bis hin zur Verlobung und baldigen Hochzeit?

Das hätte niemand sagen können.

Aber seine Worte hatten entscheidendes Gewicht, als sie Evaristo Sperati erreichten.

17

Doktor Lesti hatte keine großen Worte gemacht, er hatte nicht lange um den heißen Brei geredet. Als Risto ihm von seiner Mutter erzählte, entfuhr ihm ein:

»Oje!«

Komm auf den Teppich, Junge!

Was glaubte er denn? Dass sein Mütterchen ewig lebte? Dass der Herrgott sie als Saatgut auf der Erde behalten wollte?

Was geschehen sei, dieser Schwächeanfall, sei nichts anderes als eine Alterserscheinung. Altern oder Verfall, wie man es nennen wollte. Gewebe, Zellen, Körpersäfte entwickelten sich nicht weiter. Das war ein Gesetz der Natur, dem sich die gesamte Menschheit unterwerfen müsse, ob sie nun wolle oder nicht.

Und seine Frau Mutter könne sich glücklich schätzen, so alt geworden zu sein. Das schafften nicht viele!

Kurz gesagt, der junge Mann müsse sich darüber im Klaren sein, dass dies keine heilbare Krankheit sei, und er solle nicht glauben, dass irgendwelche Wunder der Medizin der Frau ihre frühere geistige Klarheit zurückgeben würden.

»Überhaupt nichts?«, fragte Risto.

»Rein gar nichts«, bestätigte der Doktor, »außer ...«

»Außer was?«

»Außer die Dinge so zu nehmen, wie sie sind«, antwortete Doktor Lesti.

Die Mutter war nicht krank. Sie war nur alt, und jetzt zeigten sich die entsprechenden Symptome. Besserung war nicht zu erwarten. Bald, in ein paar Wochen oder Monaten, würde sie ein Pflegefall sein. Und da ihm wenig Zeit bleibe, sich darauf einzustellen, solle er es jetzt tun, sagte der Arzt zu Risto.

»Und was?«, fragte der Junge.

Er solle sich darauf einstellen, bald Herr des Hauses zu sein und es mit einer alten Frau zu tun zu haben, die sich wie ein Kind benähme und die Bedürfnisse eines Kindes hätte.

»Ich?«, fragte Risto.

Ja er, antwortete der Arzt. Oder eine Frau. Eine Ehefrau am besten. Wenn er eine hätte oder sich suchen würde, er sei doch sowieso im richtigen Alter.

»Aber keine leichtlebige Person«, sagte er mahnend.

Wenn er sich eine von diesen geschminkten Schönheiten ins Haus hole, müsse er sich darauf einstellen, dass er es nun mit den Launen von zwei Leuten zu tun hätte. Er brauchte eine Frau mit einfachem Charakter, die zu Opfern bereit sei und sich mit christlicher Demut dieser Aufgabe widmete.

Wie Samen in fruchtbarer Erde blühten die Worte des Arztes in Ristos Kopf auf.

Und am folgenden Sonntag, wieder auf dem Kirchplatz nach der Messe, fragte ihn Filzina, warum er ohne seine ehrwürdige Mutter am Arm in den Gottesdienst gekommen sei, und Risto erklärte ihr das Wieso und Warum, und dann begann er sein Manöver zur Eroberung des Mädchens.

18

Ludovico war ein wenig benommen. Er war auch müde und hatte genug von diesem Gerede über Risto. Es war zehn Uhr, und man hörte die Turmglocke schlagen.

»Hast du es jetzt begriffen?«, fragte sein Vater versöhnlich.

»Was, Papa?«

»Dass sich die Dinge und die Menschen ändern«, erklärte Severino.

»Du hast dich doch genauso verändert. Warum sollte Risto das nicht auch tun?«

»Weil ...«, entfuhr es Ludovico, aber er schwieg sofort wieder.

»Weil?«, frage ihn Filzina sofort.

»Nichts«, entgegnete Cucco.

»Aber sag es mir, wenn da etwas ist ...«

»Nichts, gar nichts«, sagte der Junge scharf.

Es sei besser, jetzt schlafen zu gehen, fügte er schnell hinzu, um weitere Fragen und Erklärungen zu vermeiden.

Er wünschte allen müde eine gute Nacht, und ohne Licht zu machen, verschwand er im Flur, der zu seinem Schlafzimmer führte, und ließ Eltern und Schwester mit langen Gesichtern am Esstisch zurück.

»Kommt Zeit, kommt Rat«, sagte Navacchi senior weise.

»Hoffen wir es«, zwitscherte Filzina.

»Ich würde ja gern wissen, was er hat«, sagte Signora Vittoria darauf.

19

Sie wollten wissen, was er hatte, warum ihm der Gedanke, dass Risto seine Schwester heiratete, nicht passte, dachte Cucco, als er unter der Decke lag.

Das ließ sich schnell erledigen.

Sie mussten nur die Drizzona fragen.

Er stellte sich die Gesichter seiner Eltern und der Schwester vor, wenn er ihnen das vorschlagen würde.

Die Drizzona?

Und wer ist das?

Schnell gesagt.

Drizzona, Via dell'Isola 17. Lecco.

Und wenn sie die Adresse vergaßen, brauchten sie nur nach dem Haus von Madame Plumette zu fragen.

Das war einfach zu finden. Jeder kannte sie, auch diejenigen, die taten, als würden sie sie nicht kennen, oder auch diejenigen, mit denen man an einem solchen Ort nie gerechnet hätte.

Er hatte sie zusammen mit seinen Ex-Freunden am Abend des 22. Februar 1936 dort kennengelernt, beim einzigen Mal, als er in ein Bordell gegangen war.

Er konnte sich genau an den Abend erinnern, und hätte jede Minute nacheinander erzählen können.

Er erinnerte sich an alles haargenau.

Bis hin zu den Versen, die einer der Anwesenden in dem Salon gesungen hatte, ein klapperiges Männchen, das sich mit Hilfe eines Stocks auf den Beinen hielt, als Madame Plumette, die so französisch war wie er deutsch, befohlen hatte: »Rufen Sie die Drizzona!«

Da richtete er sich mit Hilfe seines Stocks auf.

Und ernst wie ein Priester psalmodierte er:

»Sie entwöhnt die Kinder,
weckt die Schlafenden,
Sie ist das Heilmittel
der dicken Kunden!«

20

Der Einzige von ihnen, der vor jenem 22. Februar ein bisschen Erfahrung mit dem Besuch eines solchen Etablissements hatte, war Andrea Valenza. Ihn hatte, als er gerade einundzwanzig war, ein unverheirateter Onkel, Bruder seiner Mutter, als er ihn in Mailand besuchte, in ein Bordell in der Via Fioro Chiari mitgenommen.

Als der Onkel erfahren hatte, dass er diese Art von Weihe noch nicht empfangen hatte, wollte er nicht mit sich reden lassen und zwang ihn geradezu mitzugehen. Es war eine schreckliche Erfahrung, von der Valenza vor allem eines in Erinnerung hatte: den miesen Geruch in dem Zimmer der Dirne, die sich ihn geschnappt hatte. Als sie merkte, dass sie es mit einem Novizen zu tun hatte, wandte sie, um keine Zeit zu verlieren und die Sache schnell hinter sich zu bringen, einen unter ihren Kolleginnen sehr beliebten Trick an, der darin bestand, bevor sie zur Sache kam, das Dinge des Jungen lange zu kitzeln. Es endete so, dass Valenza innerhalb von dreißig Sekunden versorgt war, sein Ding war wieder schlaff, und die Frau ging zum nächsten Kunden.

Als er wieder zu Hause war, erzählte Andrea Valenza seinen Freunden natürlich etwas ganz anderes. Alles, was ihm ekelhaft erschienen war, wurde in seinem Bericht exotisch und verführerisch. Und die Spielchen, die er da getrieben hatte! Sachen, die man sich nicht vorstellen konnte.

Irgendwann gelang es ihm, die Neugier seiner Freunde zu befriedigen, bis zu jenem schönen Abend am 22. Februar 1936, als Risto seinen Vorschlag machte.

Waren sie alle volljährig und geimpft? Ja oder nein?

Und hatten sie genug Geld in der Tasche, um sich eine wilde Nacht zu leisten?

Cucco hatte sich gerade an diesem Nachmittag ohne Wissen seines Vaters heimlich etwas aus der Drogeriekasse genommen.

»Ja«, antwortete er.

Und, worauf warten wir noch?

»Aber wie kommen wir nach Lecco?«, fragte einer.

»Im Zug«, lautete die Antwort.

Im Zug, das bedeutete, den letzten Nahverkehrszug nach Lecco zu nehmen, um 21 Uhr 30, und am nächsten Morgen mit dem ersten zurück, der um halb sechs Richtung Sondrio fuhr.

Das hieß, dass sie die ganze Nacht einen draufmachen würden.

»*Highlife* ist da!«, rief Risto auf dem Höhepunkt der Begeisterung.

Andrea Valenza schloss sich ihm an. Er konnte nicht mehr zurück, dazu war es zu spät.

Er tat, als freue er sich, und bevor sie losfuhren, ging er im Café an der Anlegestelle vorbei und kaufte Minzbonbons für das Mädchen, das ihm zugeteilt würde, denn unter anderem erinnerte er sich genau an den schrecklichen Knoblauchgeruch, den er beim letzten Mal hatte ertragen müssen.

Nachdem sie das Etablissement betreten hatten, verlangte Andrea Valenza, um seiner Rolle als Experte zu genügen, das Dreifache.

Die anderen folgten seinem Beispiel widerspruchslos.

Cucco ging als Erster hinein.

Risto als Letzter, dabei sang er vor sich hin.

Ludovico erinnerte sich noch genau, dass er seine Hose noch halb anhatte, als im Nebenzimmer das Mädchen mit schriller Stimme rief:

»Madame, ich habe hier einen Fall!«

Die Stimme kam aus dem Zimmer, in das Risto gegangen war.

»Einen Fall?«, fragte Cucco. »Was soll denn das heißen?«

»Das erzähle ich dir, wenn du dir die Hose ausgezogen hast«, antwortete das Mädchen.

Cucco gehorchte.

»Also?«

»Auch die Unterhose«, verlangte sie.

Der Junge zögerte. Er hatte das Gefühl, dass unter der Unterhose nichts war, jedenfalls nichts Lebendiges. Die Umgebung, das Gehabe der Frauen, die Mischung aus Parfum und Schweiß, die in der Luft lag …

»Was ist das für ein Fall?«, fragte er erneut, mit Nachdruck, um den Moment hinauszuzögern.

»Es ist ein erstes Mal«, erklärte das Mädchen, »also entweder einer, der ein bisschen langsam ist, oder ein zu dicker.«

Cucco hatte, während er zuhörte, die Zeigefinger in das Gummi der Unterhose gesteckt.

»Was ist mit der Unterhose?«

Als Antwort hörte man die raue Stimme von Madame Plumette im Salon.

»Welcher Fall ist es?«

»Von der dritten Sorte«, lautete prompt die Antwort.

Darauf ertönte der Befehl: »Ruf die Drizzona!«

Die Drizzona erschien und lief im Rhythmus der Strophe, die der Tölpel, der sich auf seinem Stock aufrecht hielt, so lange wiederholte, bis seine Stimme versagte.

»So was!«, rief sie noch im Flur und spuckte in ihre Hände wie ein Landarbeiter.

Sie blieb an der Schwelle des Zimmers stehen und befahl dem Mädchen, zu verschwinden.

»Kapier gefälligst«, sagte sie dann, offensichtlich an Risto gewandt, »dass die Drizzona keine Zeit zu verlieren hat.«

Dann schloss sie die Tür, und Cucco musste die Unterhose herunterlassen.

Die Tatsache, dass er nackt dastand, verbesserte seine Lage keineswegs.

Im Gegenteil.

Cucco sah auf sein Werkzeug und dachte an kleine Vögelchen im Nest, die noch keine Federn haben und auf ihre Mutter warten.

Man brauche einen Korkenzieher, bemerkte das Mädchen.

»Du bist nicht mein Typ«, log Ludovico.

Typ oder nicht Typ, erklärte sie, sie brauchten ja schließlich nicht zu heiraten.

»Was sollen wir nun machen?«, fragte sie dann.

»Nichts«, antwortete Navacchi. Und hielt mit einer Geste das Mädchen auf, das sich gerade wieder bereitwillig hinlegte.

Nichts, aber wenn es ihr nichts ausmache, solle sie mit ihm eine halbe Stunde zusammenbleiben.

»Kapiert«, sagte das Mädchen.

So verlöre er vor seinen Freunden nicht das Gesicht und könnte ihnen hinterher nach Belieben jeden Unsinn erzählen.

»Oder nicht?«

Cucco antwortete mit Achselzucken.

Aber wollte er es denn nicht wenigstens versuchen?

»Ach lass doch«, antwortete Ludovico.

Und damit sie auch den Mund hielt, gab er ihr eine Lira Trinkgeld.

Als er herauskam, sah er Valenza und Ferro. Sie standen im Salon und sprachen mit dem missgebildeten Männchen, das seine Strophe aufsagte.

Risto aber saß auf der Bank der Huren und redete mit Madame Plumette.

Er legte temperamentvoll seine Gründe dar, und die Madame wünschte ihn zum Teufel, ebenso temperamentvoll wie er, und sah ihn sehr verwundert an.

Cucco näherte sich der Bank, und als er die beiden sah, die sich beim Reden bewegten wie Marionetten, geriet er zum ersten Mal, seit er das Bordell betreten hatte, in heitere Stimmung.

»Was ist los?«, fragte er.

Risto erklärte es ihm: Er hatte die Leistung, für die er bezahlt hatte, nicht voll ausgekostet und verlangte, dass ihm Madame Plumette einen Teil des Geldes zurückgab.

»Das ist unmöglich«, erwiderte die Madame zum x-ten Mal.

Auch er, so dachte Cucco, hatte die Leistung, für die er bezahlt hatte, nicht voll genossen. Konnte auch er sein Geld zurückverlangen?

»Ich sage Ihnen, dass sie nicht wollte«, entgegnete Risto.

»Aber wann ist das jemals vorgekommen?«, seufzte Madame Plumette.

Die Drizzona habe nie Nein gesagt, nie jemanden weggeschickt, sie sei eine Institution, ein Mythos, ein Rettungsanker ...

»Fragen Sie sie«, schlug Risto ihr vor.

Schweigen hatte sich über den Raum gelegt, ein würdiger Rahmen für das Duell, das sich Risto und Madame Plumette lieferten.

Die Schritte der Drizzona, die Schuhgröße vierzig hatte und immer Herrenschuhe trug, dröhnten wieder unter der niedrigen Zimmerdecke. Der Faun mit dem Stock war der Einzige, der die Bedeutung des Augenblicks nicht erkannte. Als die Drizzona erschien, versuchte er, sie im üblichen Ton zu begrüßen, aber eines der Mädchen gab ihm ein Zeichen, den Mund zu halten.

Die Drizzona näherte sich der Bank. Madame Plumette flüsterte ihr etwas ins Ohr.

»Ist das wahr?«, fragte sie dann.

Ja, es stimmte, versicherte die Drizzona mit einem Kopfnicken.

Madame Plumette schluckte, als sei ihr ein zu dicker Brocken im Hals stecken geblieben. Dann sah sie Risto an, mit einer Mischung aus Bewunderung und Abscheu. Dann suchte sie in ihrer Kasse und warf etwas Kleingeld auf die Bank. Der Preis für das, was Evaristo nicht genossen hatte.

Als sie alle vier hinausgingen, herrschte erstauntes Schweigen.

Draußen kamen sie wieder in eine andere, ihnen vertraute Welt.

Es war kalt und dunkel.

Sie hatten noch eine lange Nacht vor sich, bevor sie den Zug zurück nach Bellano nehmen konnten. Keiner von ihnen hatte eine Ahnung, wie sie diese Stunden herumkriegen sollten. Cucco merkte, dass er Hunger hatte und müde war.

Vor allem müde.

Und als er sich an diese Müdigkeit erinnerte, schlief er ein.

21

Und wenn die Welt unterginge, Severino Navacchi stand immer um sechs Uhr morgens auf. Keine Minute früher oder später. Er hatte einen Wecker im Kopf.

Aber am folgenden Morgen war er schon um fünf auf den Beinen. Um Viertel nach fünf war er bereits angezogen, mit der üblichen Uniform: weißes Hemd mit Ärmelschonern, schwarze Hosen, Hosenträger. Den braunen Kittel zog er erst an, wenn er nach unten in die Drogerie ging.

Bis sechs tat er nichts anderes, als nervös im Flur auf und ab zu gehen, tief in Gedanken versunken. Er blieb stehen, als auch seine Frau aufstand.

»Und was machen wir jetzt?«, fragte er, noch bevor er ihr guten Morgen sagte.

»Irgendwie kriegen wir das hin«, antwortete sie.

»Ja, aber wenn er sich nicht überzeugen lassen will ...«

»Du wirst schon sehen, alles wird gut«, beruhigte die Signora Vittoria ihn.

Severino seufzte.

»Wir müssen es ihm aber sagen. In drei Tagen ist Weihnachten«, sagte er, mit drei Fingern der rechten Hand zählend.

»Das stimmt«, gab die Frau zu.

»Sagst du es ihm?«, schoss es aus ihm heraus.

Signora Vittoria legte die Stirn in Falten.

Worum ging es eigentlich?

Darum, Ludovico zu sagen, dass sie am Weihnachtstag nicht wie immer zu Hause essen würden.

So wie es immer war, seit sich Cucco erinnern konnte.

»Und wieso nicht?«, fragte Ludovico angesichts dieser neuen Überraschung.

Seine Mutter versuchte, ihm die bittere Medizin zu versüßen, und ging die Sache vorsichtig an. Sie ließ ihn so lange schlafen, wie er wollte, bis zehn Uhr ungefähr, und dann stand sie mit einer dampfenden Tasse Kaffee im Zimmer und servierte sie ihm ans Bett. Danach setzte sie sich und sah zu, wie er trank, und versuchte herauszufinden, ob die Stimmung ihres Sohnes sich über Nacht geändert hatte.

Als er ihr zulächelte und ihr dankend die leere Tasse reichte, dachte die Frau, dies sei der günstige Moment, um ihm die Neuigkeit beizubringen, und dann sagte sie es ihm: Die beiden Familien der Verlobten hatten beschlossen, Weihnachten zusammen zu feiern und das große Weihnachtsessen in Ristos Haus zu feiern.

Fragen der Tradition und praktische Dinge hatten zu dieser Entscheidung geführt. Die Witwe Sperati war in den letzten Monaten immer hinfälliger geworden, sie war geradezu beneidenswert unverständig, und so war es besser, sie auf keinen Fall aus dem Zimmer zu entfernen, in dem sie ihre ganze Zeit verbrachte, auf einer Art bequemem Thron sitzend.

Es war unmöglich, sie woanders hinzubringen.

Und was gab es für eine bessere Gelegenheit, über das Hochzeitsdatum zu sprechen?

Er müsse dabei sein, betonte Signora Vittoria. Denn Filzina wollte unbedingt, dass ihr Bruder Trauzeuge würde, der jetzt so weit weg wohne und gerade deshalb das Recht habe, seine Meinung zu sagen.

»Ich habe meine Meinung doch schon gesagt«, entgegnete Ludovico.

Signora Vittoria erschrak.

»Ludovico ...«

»Mama ...«

»Deine Schwester ...«

»Meine Schwester ...«

»Nun sag es schon. Was ist denn los? Warum benimmst du dich wie ein Kind?«

Ludovico sah seine Mutter an.

22

Genau.

Genau wie ein Baby.

Zwei Monate alt.

So beschrieb Andrea Valenza das Ding von Risto, und sie lachten Tränen.

Das ist es, dachte Ludovico.

Valenza war der Einzige, der es begreifen und ihm helfen konnte.

Mit Risto wollte er nicht reden, er wollte ihn nicht einmal sehen.

Und Stefano Liberati war ein Angsthase.

Der Einzige, mit dem man etwas anfangen konnte, war Valenza.

Ihn, ausgerechnet ihn, hatten sie zur Vernunft gebracht, und er lernte nun unter dem wachsamen Auge seines Vaters den Beruf des Friseurs.

23

Formschnitt, Mörderkoteletten.

»Sieh mal an, wer da aus der Hauptstadt kommt«, empfing ihn Valenza, als er ihn den Laden betreten sah.

Der Alte begrüßte ihn brummig. Er hatte gleich den zackigen Haarschnitt auf dem Kopf von Navacchi gesehen und begriffen, dass er nicht hier war, sich die Haare schneiden oder den Schnurrbart stutzen zu lassen.

»Hast du zwei Minuten Zeit?«, fragte Cucco.

Valenza warf seinem Vater einen Blick zu.

Ob er die Fesseln ein wenig lockerte ...

»Wie geht es dir?«, fragte Valenza ihn, sobald sie draußen waren.

Es war bitterkalt.

»Gehen wir einen Kaffee trinken«, schlug Cucco vor.

Nein, lautete die Antwort.

»Einen Kaffee, einen Aperitif ...«

»Nein«, erwiderte Valenza.

Sein Vater hatte es ihm angedroht: Wenn er ihn noch einmal im Café an der Anlegestelle sähe, würde er ihn rauswerfen.

»Lass uns hier reden«, sagte Valenza, ein Auge auf Cucco, das andere auf die Tür des Friseurladens gerichtet.

»Ihr habt es gewusst«, fuhr Ludovico ihn an, »du wusstest es!«

»Was?«

Ludovico tat, als hätte er es nicht gehört.

»Warum habt ihr mir nichts gesagt?«

»Wovon redest du überhaupt?«

Tat er nur so, oder meinte er es ernst?

»Das von Risto und meiner Schwester.«

»Ach so.«

»Also!«

»Ist doch okay.«

»Nichts ist okay.«

»Was ist daran schlimm?«

»Was schlimm daran ist?«, fragte Cucco laut. »Und das fragst mich gerade du?«

24

Gerade er, der den Satz geprägt hatte: »Ein Baby von zwei Monaten!«, worüber sie so gelacht hatten.

Es war vor einem Jahr am Abend des Gründonnerstag gewesen.

Er, Risto, Valenza und Liberati hatten sich als Frauen verkleidet und waren durch den Ort gelaufen, in Cafés und Osterien und hatten Unsinn gemacht. Mit dem schönen Ergebnis, dass sie gegen Mitternacht mit Wein und Likör vollgepumpt waren und keinerlei Lust hatten, nach Hause zu gehen und zu schlafen.

Sie standen mit einer Flasche Grappa auf der Piazza, ließen sie herumgehen und versuchten, die dringende Frage zu beantworten, was sie jetzt tun sollten. Jetzt, wo in den Lokalen die Lichter gelöscht waren und die fleißigen, ordentlichen Leute den Schlaf der Gerechten schliefen.

»Ein Scheißort ist das hier«, sagte Risto. Wenn es wenigstens ein Bordell gäbe, dann wüsste er, was sie bis morgen früh tun könnten.

Die drei stimmten Risto zu und erinnerten sich gemeinsam an ihre Erlebnisse in Lecco, wo sie wirklich ins Freudenhaus gegangen waren. Von hier, von da, von oben und von unten, erzählte Cucco von seinen Heldentaten, alle frei erfunden.

Als auch diese Euphorie zu Ende war, genau wie die Flasche Grappa, sah sich Risto die Statue des Dichters Tommaso Grossi an.

»Meint ihr, er hatte einen Langen?«, fragte er.

Valenza antwortete zuerst.

Nach seiner Haltung zu urteilen, mit seinen beiden Händen über dem Hosenschlitz, hatte er sich wahrscheinlich wegen seinem Ding geschämt.

»Meinst du, er hatte einen Kleinen?«, fragte Cucco mit trunkenem Lachen.

»Oder vielleicht einen Riesengroßen«, sagte Liberati dazwischen.

»Wir müssten die Drizzona fragen«, sagte Risto. Vielleicht hatte der erlesene Dichter ihre Mutter besucht, denn eines der Mädchen hatte ihm an dem Abend im Bordell erzählt, dass auch sie, genau wie die Drizzona, sich nur besonderen Typen widmete.

»Solchen wie mir«, fügte er hinzu.

Da brachen sie in Lachen aus.

Sie waren alle betrunken, nur Risto schien noch nüchtern zu sein.

»Im Sommer wirft er einen Schatten«, sagte er.

Und im Winter?

Zur Antwort hob er seinen Rock: »Bitte, Signorina, setzen Sie sich.«

Da verstummte ihr Gelächter sofort.

»Du hast die Unterhose ausgestopft«, sagte einer.

»Wie kommst du denn darauf?«

Sie wollten es nicht glauben. »Nein?«

Sie brauchten ihn nur anzufassen. Auch die Drizzona war weggelaufen.

»Aber der ist ja dick wie ein Baby!«, hatte sie gerufen.

Zwei Monate alt.

Ein Baby von zwei Monaten. Valenza fing wieder zu lachen an.

Mehr oder weniger. Risto machte eine Handbewegung.

Wie unangenehm muss es sein, mit einem solchen Beutel herumzulaufen. So sperrig, so schwer …

Wie viel er wohl wog?

»Keine Ahnung«, sagte Risto. »Ich bin noch nie auf die Idee gekommen, ihn zu wiegen.«

»Also wiegen wir ihn jetzt, los!«
»Jetzt?«
»Wo denn?«
»Und wie?«
Wieder hatte Valenza, der betrunkener war als alle anderen, die richtige Idee.
»In der Drogerie, bei dir«, sagte er, an Cucco gewandt.
»Seid ihr denn verrückt?«
»Was braucht man schon dafür ...«
»Ich habe keine Schlüssel.«
»Du musst sie doch nur holen ...«
»Oder hast du vielleicht Angst?«
Schließlich wogen sie ihn.

25

Barfuß, um keinen Lärm zu machen, mit angehaltenem Atem, nach einem letzten Schluck Grappa, um sich Mut zu machen, ging Ludovico ins Haus und holte die Schlüssel der Drogerie, die sein Vater immer in der Kitteltasche aufbewahrte. Der Kittel hing an der Flurgarderobe.

Ein Kilo und zweihundert Gramm.

»Ja, okay«, sagte Valenza, »aber mit ... also mit den Oliven.«

»Und weiter?«

Valenza breitete die Arme aus. Er wollte sagen, dass die Sache, wenn man die Oliven wegließe, noch ...

»Noch was?«, fragte Cucco.

War es denn so schwer zu kapieren?

Wenn man das Gewicht der Oliven wegnähme, dann bliebe ein furchtbares Ding übrig, eine tödliche Waffe.

Wenn sich sogar die Drizzona geweigert hatte!

»Okay«, versuchte Valenza ihn zu beruhigen, »aber wenn deine Schwester das gut findet ...«

Ludovico lachte böse: »Meine Schwester hat doch keine Ahnung«, sagte er. »Die Überraschung erlebt sie erst, wenn alles passiert ist. Verstehst du?«

Valenza tat, als denke er daran.

»Ja, aber ... hast du noch nie gesehen ... vielleicht sind ja gerade diese Mäuschen ...«

»Mäuschen?«

»Ja, ich meine diese mageren Mädchen, wie Filzina ...«

»Bist du verrückt? Was redest du da? Vielleicht ist deine Schwester ein Mäuschen ...«

»Ich hab doch gar keine Schwestern ...«

»Dann halt doch den Mund in Gottes Namen ...«

»Ja, ich halte den Mund, aber du müsstest mir erklären, was zum Teufel du willst. Ich habe es noch nicht begriffen.«

Cucco biss die Kiefer aufeinander. »Einer muss sie warnen«, sagte er.

»Wie soll das gehen?«

Filzina warnen?

Ihr sagen, pass auf, Risto versteckt in seiner Hose ein Baby von zwei Monaten?

»Und das soll ich machen?«, fragte Valenza.

»Irgendeiner muss es tun«, sagte Ludovico.

»Warum machst du es nicht selbst? Du warst an dem Abend auch dabei. Du hast es genauso gesehen wie ich.«

Ich?, überlegte Cucco.

Wie sollte er das bloß machen?

Er war ihr Bruder, wie, zum Teufel, mit welchen Worten sollte er es ihr beibringen?

Es musste ein Fremder tun, der nicht zur Familie gehörte.

Valenza hatte doch sonst immer so gute Ideen.

Und jetzt musste er diese Fähigkeit nutzen. Sonst, überlegte er, würde er ihn nicht in Ruhe lassen, und der Alte würde wütend. Er hatte schon ein paar Mal die Tür des Friseurladens geöffnet und wieder geschlossen, um zu sehen, wo er blieb.

Einer?, fragte er sich.

»Warum nicht eine!«

»Eine?«, fragte Cucco.

Allerdings, sagte Valenza.

Angenommen, eine frühere Freundin von Risto trifft deine Schwester und erzählt ihr in allen Einzelheiten … von den Aussichten, den Dimensionen, den möglichen Problemen …

»Sehr gute Idee«, antwortete Cucco mit einem feinen ironischen Lächeln.

Aber wo sollten sie eine frühere Geliebte von Risto finden?

Wer kannte eine?

Hässlich, wie er war, hatte er nie welche gehabt. In Gedanken hatte er sie sicher alle gevögelt, aber in Wirklichkeit …

»Eine gibt es«, behauptete Valenza.

»Und das wäre?«

Die Drizzona.

»Oder etwa nicht?«

26

»*Nach Lecco?*«, fragte sein Vater, »was willst du denn da?«

Am liebsten hätte Ludovico geantwortet, zur Drizzona gehen.

Um sie um eine besondere Dienstleistung zu bitten, sie könnte den Preis selbst bestimmen. Egal, wie viel. Damit sie bereit war, sich als anständige Frau zu verkleiden und an einem der nächsten Tage nach Bellano zu kommen, gleich nach Weihnachten. Frisch gewaschen und gut angezogen sollte sie sich als alte Freundin und vor allem frühere Geliebte von Risto ausgeben. Er würde eine Begegnung mit der Schwester organisieren. Nicht zu Hause, auch nicht im Café an der Anlegestelle, denn es war bekannt, dass der dortige Chef alle vierzehn Tage das Bordell besuchte. Er würde den Ort noch finden, er musste nur noch ein wenig nachdenken. Entscheidend war, dass sich die beiden begegneten und die Drizzona, wenn sie auf das Thema Verlobung und Hochzeit zu sprechen kamen, preisgab, was sie wusste, als Warnung an Filzina.

Dieser Plan erschien Ludovico genial.

Eine hervorragende Idee.

Valenza war wie immer in bester Form gewesen.

»Na ja«, antwortete Cucco, »auch ich muss ein paar Weihnachtsgeschenke haben, oder? Ich bin so eilig aus Rom abgereist, dass ich keine Zeit hatte, mich darum zu kümmern.«

Severino Navacchi lächelte. Ihm war, als hätten sich die Wolken, die am Vorabend das Haus verdüstert hatten, endlich verzogen.

Man musste die Dinge nur einmal überschlafen. Sein Sohn war fröhlich und begriff nicht, warum seine Frau, als er kurz zuvor in den Laden gegangen war, ihm durch ein Kopfschütteln bedeutet hatte, dass Ludovico auch heute Morgen verrückt spielte.

»Ich möchte Filzina auch überraschen«, fügte Cucco hinzu.

27

»Wir haben wohl Hunger, was?«

Madame Plumette lächelte breit mit ihren von Rouge und Schminke verschmierten Zähnen, mit denen sie notdürftig die tiefsten Falten zu verdecken suchte.

Ihr Bordell öffnete um drei Uhr nachmittags, aber um diese Zeit kamen im Allgemeinen nur irgendwelche alten Ferkel oder irgendein Rekrut. Es war kaum jemand da. Der Hauptverkehr setzte um acht Uhr abends ein.

So war sie erstaunt, dass sie einen gutaussehenden, aufgeputzten jungen Mann vor sich hatte, und begrüßte ihn freundlich.

»Das passt gut«, sagte sie in vertraulichem Ton, »ich habe etwas, wovon dir Hören und Sehen vergeht.«

Cucco dankte.

»Ich möchte die Drizzona«, sagte er.

Der klinische Blick von Madame fiel sofort auf Ludovicos Schritt.

»Die Drizzona?«, fragte sie. »Und wie soll das gehen?«

Wo sollte man eine Sau suchen, wenn nicht in einem Bordell, dachte Cucco.

»Das weiß ich schon«, antwortete er.

Madame kreuzte die Arme über der Brust.

»Das wüsste ich auch gerne«, sagte sie.

»Ich will sie aber«, erwiderte Ludovico. »Was ist daran so Besonderes?«

Nichts sei besonders, erklärte die Madame. Oder, besser gesagt, seltsam sei, dass er kein Kunde der Drizzona zu sein schien. Dann fiel ihr Blick wieder auf Cuccos Hose. »In jedem Fall, auch wenn ich sie für dich rufen wollte, könnte ich es nicht.«

»Was soll das heißen?«, fragte Ludovico.

Es hieß, dass die Drizzona nicht mehr arbeitete.

Sie arbeitete nicht mehr?

Sie arbeitete nicht mehr hier!

Und wo dann?

»Wo ...«, sagte zögernd Madame Plumette.

War das ein Geheimnis?

Nein. Aber sie arbeitete jetzt privat.

Na gut, das machte für ihn keinen Unterschied, er wollte sie, ob es nun privat sei oder nicht.

»Können Sie mir die Adresse geben?«

Madame Plumette gab sich geheimnisvoll.

»Ich könnte es ...«

»Was zum Teufel soll diese Geheimnistuerei«?, entfuhr es Cucco.

»Junger Mann, beruhigen Sie sich«, tadelte ihn Madame.

Das sei kein Geheimnis, aber man müsse behutsam vorgehen.

Drizzona arbeite privat, hier in der Gegend bei Germanedo.

Dort empfinge sie ihre Kunden.

Aber:

»Nur ihre eigenen Kunden!«

Die ganz besonderen, die sie in den Jahren ehrenwerter Tätigkeit kennengelernt habe.

»Junger Mann«, sagte Madame und ging zum Sie über, da es sich jetzt um ein Geschäft handelte, »sind Sie sicher, dass Sie ein Kunde der Drizzona sind?«

»Wieso nicht?«, entfuhr es Cucco, entschlossen, männlich, dabei wusste er nicht einmal, wie ihr Gesicht aussah.

»Können Sie das garantieren?«, fragte Madame Plumette.

Cucco stieß einen Fluch aus, egal was Cesaretti davon halten würde.

»Einverstanden«, sagte die Madame.

Danach gab sie ihm die Adresse und erklärte ihm, er müsse die Drizzona telefonisch informieren, dass einer ihrer Kunden zu ihr unterwegs sei. So sei die Abmachung.

28

Blass und abgespannt. Ausgedörrt. Die Kleider scklackerten um ihren Leib.

Filzina kam erst nach sieben nach Hause. Ihre einzige Sorge:
»Ludovico?«

Dann ließ sie sich auf einen Stuhl fallen.

Er kommt bald wieder, beruhigte sie Signora Vittoria.

Er sei nur weggegangen, um einen Spaziergang zu machen, erklärte sie ihr. Sie hielt das Versprechen, der Schwester nichts zu sagen, um die Überraschung nicht zu verderben.

»Wie war dein Arbeitstag?«, fragte sie.

Aber musste sie überhaupt fragen? Man sah es ihr doch an!

Arme Seele, armes Mädchen!

Weihnachten, die Gehälter. Die Preise für die Produktion und was sonst noch alles.

Sie sah aus, als hätte sie einen Bandwurm.

Aber der Direktor vertraute nun mal nur ihr. Wie sollte sie da nein sagen.

Seit einer Woche kam sie mittags nicht mehr zum Essen nach Hause, um weiter in der Baumwollspinnerei zu arbeiten und alle Dinge zu überwachen, die vor Jahresende gemacht werden mussten.

Und wenn sie abends nach Hause kam, dann war sie nur noch ein Strich in der Landschaft.

Was ist die Ehe doch für ein Segen, dachte die Signora Vittoria.

Denn wenn Filzina erst verheiratet war und die beiden Vermögen zusammenkamen, das riesige von Risto und die Mitgift ihrer Tochter, nicht so groß, aber auch nicht zu verachten, dann konnte sie ihr Leben neu ordnen, vielleicht aufhören zu arbeiten und sich der Familie widmen.

Als gut situierte Ehefrau, wie sie es verdiente.

29

Sieben Uhr.

Acht Uhr.

Neun Uhr.

Viertel nach neun.

Die Zeit für den letzten Zug von Lecco nach Bellano.

Nachdem er zweimal den Türgriff nicht erwischt hatte, trat der Schaffner vorsichtig näher.

»Soll ich Ihnen helfen?«, fragte er.

Cucco Navacchi versuchte, das Gesicht des Mannes zu erkennen. Er sah ihn ziemlich unscharf, ein verschwommenes, erbärmliches Oval. Die Schwärze der Nacht verdunkelte es. Aber vor allem das geschwollene linke Auge.

Er konnte nur mühsam antworten, Speichel lief von seiner geprellten Oberlippe herunter und sein Zahnfleisch tat weh. Er hielt eine Hand auf seine Nase, aus Angst, sie könne wieder anfangen zu bluten.

»*Una sega* – eine Säge«, antwortete er.

Zum Glück verstand der Schaffner.

»*Buona sera* – Guten Abend«.

»*Buona sera*«, antwortete er.

Buona sera und Entschuldigung.

30

Die Drizzona hatte ihn um sechs Uhr nachmittags empfangen. Er war der vierte auf der Warteliste. Die Hosen der drei vor ihm – er kam nicht umhin, es zu bemerken – sahen aus, als versteckten sie etwas Dickes darin.

Cucco hatte festgestellt, dass die Wohnung der Frau zwei Eingänge hatte. Einen Haupteingang, durch den auch er gekommen war, und einen für Dienstboten, weil die Kunden, wenn alles vorbei war, nicht mehr durch den kleinen Salon gingen, in dem er jetzt warten musste. Während er dort stand, hörte er sämtliche Geräusche, das Grunzen, das Stöhnen, alle Fürze, die aus Drizzonas Arbeitszimmer drangen.

Die drei, die vor ihm dran waren, waren offensichtlich Dauerkunden. Von ihnen hatte Cucco erfahren, dass die Drizzona, wenn sich die Tür zu ihrem Zimmer einen Spalt öffnete, frei war, bereit für den Nächsten.

Ohne ein weiteres Wort war einer nach dem anderen hineingegangen. Schließlich saß er nur noch allein da, und als sich um sechs die Tür um den typischen Spalt öffnete, ging auch er ins Zimmer.

Als er vor ihr stand, packte Ludovico ein ziemlicher Schreck.

Mein Gott, war die hässlich! So abstoßend hatte er sie gar nicht in Erinnerung.

Sah aus wie ein Mann mit Titten!

Und es roch bestialisch!

»Wer bist du denn?«, schrie sie.

Offenbar hatte die Drizzona einen schlechten Tag erwischt und war nicht in bester Stimmung.

Gott noch mal, sie ließ ihm nicht mal Zeit, sich von dem Schrecken zu erholen, dass er sich in einer solchen Bude befand und den Zoogeruch in diesem Raum ertragen musste.

»Ich bin ...«

»Ich kenne dich nicht«, brüllte die Drizzona.

»In der Tat ...«, stotterte er.

»Luìs!«, schrie sie.

Donnerwetter, dieser Luìs!

Er kam ins Zimmer.

Eine Drizzona ohne Titten, vielleicht war er ihr Bruder.

»Was ist los?«, fragte er.

»Der da will uns verarschen oder ausspionieren«, sagte die Drizzona.

»Ach tatsächlich?«, fragte Luìs.

»Ich glaube, ja«, sagte sie bestimmt. »Ich habe ihn vorher noch nie gesehen.«

»Ist gut, meine Liebe«, sagte Luìs, weich wie Butter. »Dem wird der Spaß noch vergehen.«

31

Wäre es nur die blutige Nase gewesen, dann hätte Cucco den Acht-Uhr-Zug noch erwischt. Vielleicht sogar den um zwanzig nach sieben.

Aber der Strom schien gar nicht mehr aufhören zu wollen.

Cucco hatte schon immer eine empfindliche Nase gehabt, und die Prügel von Luìs hatten ihm ganz schön zugesetzt. Eine Maulschelle nach der anderen, begleitet von dem Versprechen, dass er genauso behandelt würde oder noch ärger, wenn es ihm in den Sinn käme, das Gerücht in Umlauf zu setzen, dass die Drizzona in ihrer Wohnung arbeitete.

Luìs verpasste ihm eine ordentliche Lektion und beschränkte sich nicht auf Warnungen.

Wenn, so fuhr der Riesenkerl fort, der Junge im Auftrag

von Dritten hier wäre, wenn ihn ein anderer schickte, um hier rumzuspionieren und es weiterzusagen, dann gestatte er ihm, in seinem Namen und dem der Drizzona, diesem ebenso viele Ohrfeigen zu verpassen, wie er gerade bekommen hätte. Dann gab er ihm noch vier oder fünf weitere, falls ihm die, die er bisher bekommen hatte, zu wenig erschienen.

Diese Behandlung widerfuhr Cucco in dem düsteren kleinen Salon der Wohnung, denn der Arbeitstag der Drizzona war zu Ende, und sie erwartete niemanden mehr.

Ludovicos Abgang wurde durch einen ordentlichen Tritt in den Hintern gekrönt, durch den der Junge das Gleichgewicht verlor und auf die Stufen fiel.

Er brauchte eine gute halbe Stunde, um wieder hochzukommen, das Gleichgewicht zu finden und ein Minimum an geistiger Klarheit zurückzugewinnen.

Er war in Germanedo, verflucht noch mal, und der Bahnhof ein paar Kilometer entfernt. Es war dunkel, und seine Nase blutete.

Wo ging es lang? Hier oder da? Wo war der richtige Weg?

Er ging aufs Geratewohl in eine Richtung, und nachdem er fünf Minuten wie ein Betrunkener herumgetorkelt war, stand er vor der Tür einer Apotheke und ging hinein.

Die Glocke an der Tür hatte noch nicht geklingelt, da ertönte aus dem Laden schon ein Schreckensschrei. Er drang aus der Kehle der Dottoressa Cracchioli, die hinter der Theke stand und aussah wie eine Mumie.

Sie hatte auch allen Grund zu schreien.

Navacchi juniors Gesicht war blutüberströmt.

Die Karyatide riss weit die Augen auf.

Jetzt konnte er sich auch im Spiegel der Apothekerwaage sehen, der in der rechten Ecke stand.

Er war übel zugerichtet, da konnte man schon einen Schreck kriegen, sagte er sich.

Überall Blut, auf dem Hemd, der Jacke, im Haar.
Ein Auge geschwollen, die Lippe geprellt.
»Schnell, schnell, ins Krankenhaus!«
Bei diesem Schrei fuhr er hoch.

Ein Mann hatte ihn ausgestoßen, wahrscheinlich der Mann der Mumie. Sie hatte ihn beim Anblick der höllischen Gestalt, die in die Apotheke gekommen war, schnell gerufen.

»Was für ein Krankenhaus denn«, murmelte Cucco.

Aber der Mann schrie weiter. »Los, los! Weg von hier!«, denn er fürchtete, dass Navacchi frisch von einer Schlägerei kam. Dass er hier war, konnte nur weitere Scherereien bedeuten.

Cucco bemerkte, dass der Apotheker, oder wer dieser Mann auch war, immer wieder schrie, aber sich von ihm fernhielt, als hätte er Angst. Er blieb beharrlich stehen und sagte unbeholfen und mit Mühe zu dem Mann, er ginge erst, wenn er Verbandmull, blutstillende Watte und etwas gegen die Schmerzen der Prellungen erhalten hätte.

Da befahl der Apotheker, oder wer immer er war, der Mumie, das Verlangte zu holen.

Dann hielt er ihm eine Tüte mit dem Verbandmull, der Watte und dem Übrigen hin und sagte: »Husch, raus!«

Dass er es geschafft hatte, dieses teuflische Subjekt loszuwerden, war für ihn Bezahlung genug.

32

Cucco wusch sich an einem Brunnen. Mit Hilfe der blutstillenden Watte hatte die Nase endlich aufgehört zu bluten. Er knöpfte seine Jacke zu, damit man sein blutiges Hemd nicht sah, dann sah er in die Vitrine einer Konditorei und kämmte sich.

Er sah auch danach noch beunruhigend aus und auf dem Weg zum Bahnhof versuchte er, im Dunkeln zu gehen und Lampen und anderen Lichtquellen auszuweichen.

Um Viertel vor neun erreichte er den Bahnhof, und erst hier, als er auf einer Bank saß und auf den Zug für die Heimfahrt wartete und in seiner Jackentasche suchte, fand er das Fläschchen, das er vor einer Stunde vom Apotheker verlangt hatte, die Medizin gegen Schmerzen.

Im Dunklen und mit dem geschwollenen Auge konnte er das aufgeklebte Etikett der *Farmacia Dottor Cracchioli* nicht richtig lesen, auch nicht die Zusammensetzung des in der Apotheke hergestellten Präparats, denn die Buchstaben waren zu klein.

Es war flüssig, eine Suspension, Tropfen.

Vielleicht gerade weil er jetzt etwas in der Hand hatte, um sie zu bekämpfen, schienen in diesem Moment alle Schmerzen schlimmer geworden zu sein.

Ludovico verlor keine Zeit. Er schraubte den Deckel ab und lutschte etwas vom Inhalt des Fläschchens.

Es war geschmack- und geruchlos, und zehn Minuten später probierte er wieder etwas.

Dann endlich kam der verdammte Zug.

33

Wirklich ein verdammter Zug!

Ein Nahverkehrszug.

Die Sitze waren aus hartem Holz, wie die Bänke einer Galeere, eisiger Luftzug, der Gestank von Kohle und Urin nahm einem den Atem.

Lecco, Abbadia Lariana, Mandello del Lario, Lierna. In Lierna war Cucco am Ende.

Die Erschütterung, das Gebremse, die Hopser, das Schleudern des Zuges, als seien sie alle böse auf ihn. Jedes Mal ein neuer Schmerz, oder die alten, die noch schlimmer wurden.

Als er in Lecco eingestiegen war, hatte er das Gefühl gehabt, dank der Medizin des Ehemanns der Mumie hätten die Schmerzen endlich nachgelassen, und so hatte sich in ihm ein Gefühl des Friedens, der Leichtigkeit ausgebreitet, so etwas wie Freude, als hätte er tatsächlich den ganzen Nachmittag Weihnachtseinkäufe gemacht. In Lierna hatte er den Eindruck, erst gerade den Händen von Luìs und ihren schrecklichen Ohrfeigen entkommen zu sein.

Er hatte so gut wie gar nichts getan.

Er war weder ein Heiliger noch ein Stoiker.

Er nahm das Fläschchen mit den Tropfen, nahm einen kräftigen Schluck, und dann merkte er, wie die Schmerzen aus seinen geplagten Gliedern wichen.

Zum Glück hatte der Schaffner ein Auge auf ihn.

34

Dass dies ein recht merkwürdiger Passagier war, hatte der Schaffner bereits in Lecco bemerkt. Als er sah, wie er zwei-, dreimal vergeblich versuchte, den Türgriff zu öffnen, ging er zu ihm, um ihm zu helfen. Er dachte, der Mann sei betrunken, und vermied es höflich, ihm seine Hilfe aufzudrängen. Doch er beschloss, ihn nicht aus den Augen zu verlieren.

Unter dem Vorwand, die Fahrkarte zu knipsen, ging er im Zug zu ihm, um einen Blick auf ihn zu werfen, wobei er feststellte, dass er in Bellano aussteigen musste. Dann sah er, dass der Zug fast leer war, und setzte sich in der Nähe hin, um im Notfall eingreifen zu können.

Zum Glück.

Denn hätte der Schaffner nicht so gehandelt, wäre Cucco erst an der Endstation, das heißt in Sondrio, ausgestiegen.

Als der Zug den Tunnel passiert hatte und in den Bahnhof von Bellano einfuhr, ging der Eisenbahner, der bemerkt hatte, dass der Passagier keine Anstalten machte aufzustehen und tief eingeschlafen zu sein schien, ebenso höflich wie vorher zu ihm. Es sei Zeit auszusteigen, sagte er ihm.

Cucco fuhr aus einem dumpfen, wirren Schlaf hoch. Er sah aus dem Fenster und erkannte das Schild Bellano-Tartavalle Terme.

Er war angekommen.

»Danke«, stammelte er.

Und jetzt musste er aufstehen.

Was das bedeutete!

Es war, als hätte er keine Beine mehr.

Er versuchte aufzustehen und fiel schwer in den Sitz zurück.

Der Schaffner war immer noch sehr freundlich und bot ihm an, ihm zu helfen. Cucco lehnte ab. Er klammerte sich mit beiden Händen ans Gepäcknetz, zog sich hoch, und dann ging er, einen Fuß vor den anderen setzend, in wogendem Gang zur Tür.

Der Schaffner war ihm auf Schritt und Tritt gefolgt. Er fürchtete nämlich, die drei Stufen beim Aussteigen würden sich bei dem körperlichen Zustand des merkwürdigen Passagiers als böse Falle erweisen.

»Ich kann es allein«, stammelte Ludovico.

Was konnte er da machen?, fragte sich der Eisenbahner.

Hätte es dort einen Posten der Eisenbahnpolizei gegeben, hätte er den Fall melden können, aber in Bellano gab es keinen.

So ließ er den Dingen ihren Lauf.

Und so stürzte Cucco Navacchi vor den Augen des Stationsvorstehers Massacotta und des Maresciallo Maccadò auf den Bahnsteig.

35

Der Maresciallo Maccadò wartete auf den Zug, der Navacchi junior nach Hause brachte. Er wusste aber nicht, dass der Junge in dem Zug war.

Er wartete auf drei Verwandte von sich und zwei von seiner Frau, die alle aus dem tiefen Kalabrien kommend den ganzen Stiefel entlanggefahren waren, um bei ihm die Weihnachtsferien zu verbringen, und die fünf Jungen zu besichtigen, die inzwischen sein Haus bevölkerten.

Die Gäste standen schon auf dem Bahnsteig, desorientiert und frierend. Er hatte gerade die Arme geöffnet, um sie alle willkommen zu heißen.

Da sah er im Augenwinkel die Szene mit dem Sack, denn so sah es für ihn aus: Da fiel ein Postsack aus dem Zug.

Doch der Schaffner, der ein grenzenloses Pflichtgefühl besaß, sprang gleich hinterher.

Er schrie: »Hilfe, ein Mensch in Gefahr!«

Womit klar war, dass es sich um etwas Schlimmes handelte und Hilfe nötig war.

36

Filzina war über ihrem Teller eingeschlafen.

Ihr Vater stand vor dem Fenster, das auf die Piazza Boldoni hinausging, und blickte suchend ins Dunkel.

Schon seit mindestens einer Stunde.

Ohne etwas zu sagen.

Die Hände im Rücken.

Er murmelte eine unverständliche klagende Litanei.

Seine Frau, die Signora Vittoria, tat nichts anderes, als immer wieder auf die Toilette zu rennen. Dies passierte ihr immer, wenn sie aufgeregt und nervös war. Ihr Darm machte die seltsamsten Geräusche, und dann bekam sie Durchfall.

37

Der Stationsvorsteher Massacotta war erst seit zwei Wochen in Bellano und kannte außer dem Bahnhofspersonal noch niemanden.

Er stürzte sich auf Cucco, und dann sagte er zu Maccadò, der keine Uniform trug und ihm gefolgt war, nachdem er die Verwandten angewiesen hatte zu warten: »Meiner Meinung nach wäre es am besten, die Carabinieri zu rufen.«

Darauf antwortete Maccadò mit einem bewussten schweren Verstoß gegen die Grammatik: »Die Carabinieri bin ich«, und stellte sich dann vor.

38

Filzina schlief jetzt ganz tief. In ihrem Bett. Aber auf der Decke. Sie war angezogen, und auf jede Eventualität vorbereitet. Ab und zu fuhr sie im Schlaf ein wenig hoch.

Navacchi senior war noch immer an seinem Fenster. Allerdings hatte er sich hingesetzt, denn der Rücken tat ihm weh.

Er sah, wie sich im Dunkel plötzlich etwas bewegte, wie die Dunkelheit durchbrochen wurde.

Er sah die entstellte Figur, die auf die Piazza zukam. Was war denn das?

Ein Buckliger?

Ein Monster?

Ein Streich, den ihm seine müden Augen spielten?

Langsam kam die Gestalt näher, und Navacchi konnte ihre Umrisse nun besser erkennen.

Das war kein Buckliger, kein Monster, keine Halluzination. Es war ein Mann, nein, zwei Männer, zwei Betrunkene. Einer war ganz sicher betrunken, unfähig, sich auf den Beinen zu halten. Der andere ein bisschen weniger, zwar auch nicht nüchtern, aber nicht so betrunken wie der erste, denn er versuchte, diesen zu stützen. Er hatte ihm einen Arm um die Taille gelegt und hielt ihn aufrecht und versuchte, auch seinen Kopf hochzuhalten. Dieser musste volltrunken sein, denn er schleifte über den Boden, vollkommen schlaff. Der andere musste alle Kräfte aufbringen, um ihn daran zu hindern, sich hinzulegen, denn genau diesen Eindruck machte er, dass er sich gleich auf den Boden legen und schlafen wollte. Mit aller Kraft also hielt er ihn umschlungen und bildete mit ihm diese seltsame Figur, die von fern aussah wie eine Art Tier mit zwei Köpfen und unendlich vielen Armen.

Ein trostloser Anblick, der Navacchi senior an die Zeit vor einem Jahr erinnerte, als Cucco nicht auf seine Warnung gehört hatte und schließlich passiert war, was der ganze Ort wusste.

Und wo war er jetzt?
Warum kam er nicht nach Hause?
Welche bittere Überraschung erwartete sie noch?
Gab es vielleicht böse Kräfte in der Atmosphäre des Ortes?
Die Signora Vittoria zog an der Wasserspülung.
Im selben Augenblick klingelte der Maresciallo Maccadò an der Tür.

39

»*Nichts weiter als Prellungen ...*«, sagte Doktor Lesti. Dabei war es elf Uhr nachts.

Eine anstrengende Nacht, auch für ihn. Erst hatte er bei einer Geburt geholfen, und dann, als er gerade eine Viertelstunde im Bett lag, weckte ihn Navacchi senior: Das Gesicht des Drogisten war eine einzige tragische Maske, mit hauchdünner Stimme erklärte er, ihr Sohn Ludovico läge im Koma.

Abgesehen von den zahlreichen Prellungen sei es nicht weiter schlimm. Derjenige, der sie ihm beigebracht hatte, habe ihm nicht die Knochen brechen, sondern eine Lektion erteilen wollen, sagte der Doktor.

Nichts weiter als Prellungen, über die allein der Junge Auskunft geben könne, sagte der Arzt noch und betonte, dass Ludovico ganz sicher nicht im Koma liege.

»Er befindet sich eher in einem Zustand des Tiefschlafs, hervorgerufen durch eine erhebliche Menge Laudanum.«

Laudanum?

»Opium«, erklärte Doktor Lesti. »Wenn Sie das besser verstehen.«

Signora Vittoria entschuldigte sich. Sie spürte, dass ihr Darm wieder rebellierte.

»Sind Sie sicher?«, fragte Navacchi senior.

»Mehr als sicher«, antwortete Doktor Lesti und hielt die leere Flasche hoch, die er in einer Jackentasche des Jungen gefunden hatte.

»Ich bin ganz sicher«, fügte er hinzu, »wenn Ihr Sohn den ganzen Inhalt dieser Flasche getrunken hat, wird er noch vierundzwanzig Stunden selig schlafen, und ich mache Sie darauf aufmerksam: Wenn er wieder wach wird, dürfte er einige Schwierigkeiten haben, sich genau zu erinnern, was vorgefallen ist.«

Er wolle ja nicht neugierig sein, fuhr Doktor Lesti fort, aber er hätte doch gern gewusst, wie Ludovico es angestellt habe, sich diese Arznei zu besorgen, die nach gesetzlicher Vorschrift nur gegen Vorlage eines ärztlichen Rezepts verkauft werden dürfe. Außerdem seien die Apotheker verpflichtet, genau Buch über Ein- und Ausgänge zu führen.

»Ich weise Sie darauf hin«, schloss der Doktor, »auch wenn ich nicht dafür zuständig bin, sondern eher die Ordnungshüter, die darin einen Straftatbestand sehen und entsprechend handeln könnten.«

Als er das hörte, erbleichte der Drogist.

Vielleicht hatte er …

40

Vielleicht hatte der Maresciallo, nachdem er Ludovico zu Hause abgeliefert hatte, genau das gemeint, ein Eingreifen der Carabinieri, als er sagte: »Sehen wir uns morgen?«, dachte Navacchi senior.

»Was machen wir jetzt?«, fragte Signora Vittoria, nachdem sie vom Klo zurückgekommen war.

Severino Navacchi räusperte sich.

Jetzt musste eine Entscheidung getroffen werden.

Er hatte sie eigentlich schon vorher reifen lassen, als er im Dunkeln auf die Piazza blickte.

In der Stille war es ihm vorgekommen, als spüre er die Schnelligkeit der Zeit, die Jahre, die davonflogen, die Aussicht, dass sie immer kürzer wurden.

Ihn überkam ein kalter Schauer.

Welche Hoffnung konnte er mit sechzig Jahren noch haben?

Doch er wollte jetzt weniger über Hoffnung als über Verrat nachdenken.

Ludovico, ein Verräter.

Und Filzina?

»Was meinst du?«, fragte die Frau.

So konnte es nicht weitergehen. Es war Weihnachten, da war der Verlobte …

Jetzt erschien Filzina, und die beiden sahen einander an.

Gott, war sie blass!

»Komm in die Küche«, sagte der Vater, »und hör mir zu.«

41

»*Hör zu, Filzina*«, begann Severino Navacchi.

Ob sie nun endlich begriffen hätte, wer Ludovico war, was für einer ihr Bruder wirklich war?

Das Mädchen war erschöpft und müde. Sie hatte nicht die geringste Vorstellung, was passiert war, und hätte es gerne gewusst und verstanden.

Sie fragte, warum.

»Warum, das spielt keine Rolle«, unterbrach ihr Vater sie.

Denn was später kam, war nur die Folge, die Wirkung dessen, was Ludovico war.

Er war ein Unglück.

Für sie, die Eltern.

Die so viel in ihn investiert hatten. Und wie wurden sie dafür belohnt?

Das könne man ja sehen.

Aber von ihnen wolle er gar nicht reden.

Vielleicht hätten sie auch selbst mit dazu beigetragen ..., aber jetzt müssten sie am Ball bleiben.

»Wir tun es für dich, nur an dich denken wir dabei«, sagte Navacchi.

Auch für sie sei er ein Unglück.

Sie sollte mal nachdenken, was so ein verrückter Kerl wie ihr Bruder anrichten könne. In zwei Tagen, vielleicht zu Weihnachten, während des Abendessens bei der Familie Sperati. Oder am Tag der Hochzeit!

Wer konnte wissen, was zum Teufel im Kopf dieses Jungen vorging, was er vorhatte, worauf er hinauswollte.

In jedem Fall kam es jetzt kaum darauf an, es zu wissen.

»Es spielt keine Rolle mehr«, sagte der Vater.

Es sei ihnen sogar egal zu wissen, was er an diesem Nachmittag angestellt habe, um in einen so jämmerlichen Zustand zu geraten.

Das sei seine Sache!

Wichtig sei von jetzt an, dass er sich nicht mehr in die Familienangelegenheiten einmische. Die nächste und wichtigste sei ihre Hochzeit.

»Und dann?«, fragte Filzina.

Die Entscheidung war bereits getroffen.

»Dann ...«, begann ihr Vater zu erklären.

42

Puls und Blutdruck seien in Ordnung, sagte Doktor Lesti am Morgen von Heiligabend.

Auch die Atmung sei regelmäßig.

»Also alles bestens.«

Ludovico müsse nur noch die Wirkung des Mittels abbauen.

»Gegen Abend wird er wach sein«, lautete seine Prognose.

Dabei war er schon wach.

Nachdem er die Worte des Doktors gehört hatte, kamen ihm auch noch die seiner Mutter zu Ohren, die sich über ihren Darm beklagte.

»Kann man denn da wirklich nichts machen? Irgendeine neue Behandlung?«

»Liebe Signora«, seufzte Doktor Lesti, »Sie müssten ruhiger werden.«

»Und wie soll ich das machen?«, brach es aus ihr heraus.

Es hatte offensichtlich mit ihm zu tun. Er, der hier lag und tat, als schliefe er, war Ursache ihrer Koliken.

Er war, so dachte er, ganz schön in die Patsche geraten.

Er gab sich Mühe, sich weiter schlafend zu stellen, aber bald würde der Augenblick der Abrechnung kommen.

Was für Lügen sollte er nach dem unvermeidlichen Aufwachen erzählen?

Wie sollte er bloß den peinlichen Nachmittag erklären?

Als er gegen Abend die Augen aufschlug, aus Respekt vor Doktor Lestis Prognose, aber auch und vor allem, weil er einen gefährlichen Hunger hatte, war ihm noch keine richtige Idee gekommen, was er erzählen sollte. Er überlegte, ob er ihnen komplette Verwirrung vorspielen sollte. So könnte er vielleicht, dachte er, aus der ganzen Sache herauskommen.

Er öffnete die Augen im Dunkeln.

Jemand war in dem Zimmer, seine Mutter.

»Ludovico?«, rief sie.

Das war die erste Frage einer ganzen, endlosen Serie.

Ja, antwortete er.

»Wie geht es dir?«

Die zweite Frage.

»Gut.«

Signora Vittoria näherte sich dem Bett.

Cucco versuchte, sich auf ihre Gestalt zu konzentrieren.

Jetzt würde es gleich losgehen. Was sollte er ihr, seinem Vater und Filzina antworten?

»Hast du Hunger?«

Damit hatte er nicht gerechnet. Wahrscheinlich wusste seine Mutter auch nicht, wie sie mit dem schwierigen Gespräch beginne sollte, und spielte auf Zeit.

»Ja«, antwortete er. Natürlich habe er Hunger.

Aber bevor er essen könne, müsse er etwas erklären, antworten, überzeugen und …

»Das Essen ist fertig«, sagte seine Mutter, und danach ging sie aus dem Zimmer.

43

Verdammt, da stand nur ein Teller auf dem Tisch!

Ob die anderen schon gegessen hatten?

Wie spät war es eigentlich?

Es war wenige Minuten nach acht.

Das Geräusch der Wasserspülung drang in die Küche.

Die kleinen Schritte seiner Schwester, die sich über den Gang schleppte, erwischten ihn eiskalt.

Sein Vater kam hustend herein.

»Iss«, sagte er.

»Und dann reden wir.«

44

»*Wir sehen uns morgen*«, hatte der Maresciallo am gestrigen Abend gesagt.

Und so geschah es auch.

Am Vormittag kam er in die Drogerie Navacchi.

Es waren ein paar Kunden dort, und nach ihm kam noch einer.

Maccadò wartete ab. Bestimmt nur, um mit ihm allein zu sein.

Navacchis Hände schwitzten.

Er hatte es gewusst, er hatte es geahnt.

»Was möchten Sie, Maresciallo?«, fragte er im Jammerton.

Maccadò legte nicht los, wie er es sonst tat. Er schien eher verlegen, als wisse er nicht, womit er anfangen solle.

Außerdem kamen schon wieder neue Kunden, als täten sie es mit Absicht. Auch sie ließ der Maresciallo vor. Sie sollten sich ruhig Zeit lassen, er habe keine Eile und könne warten.

Navacchi hatte das Gefühl, sich auf einem Rost zu befinden, als sei der Fußboden der Drogerie glühend heiß. Er hatte begriffen, warum der Maresciallo so verlegen war, und verstand, warum er zögerte. Logischerweise fiel, was gestern Abend passiert war, nicht in seine Zuständigkeit. Bei näherer Betrachtung war nichts passiert, was die Carabinieri oder das Gesetz allgemein betraf, außer der Sache mit dem Fläschchen mit Laudanum. Eine Sache, die, wenn Doktor Lesti mit niemandem geredet hatte, genauso gut gar nicht passiert sein könnte.

Doch der Maresciallo Maccadò wusste Bescheid. Er wusste, wer Cucco Navacchi war. Er kannte sein Vorleben und hatte sich Gedanken gemacht, nachdem er ihn am Vorabend im Bahnhof in diesem Zustand angetroffen hatte.

Deswegen war er hier.

Um Genaueres zu erfahren, zu mahnen, Ratschläge zu erteilen. An seine Warnung vom letzten Jahr zu erinnern. Bei der ersten Sache, die du anstellst …

Vielleicht dachte er, dass Ludovico nach Hause zurückgekehrt war, und fürchtete sich vor den Folgen.

Alle diese Gedanken gingen Navacchi durch den Kopf.

Als der letzte Kunde die Drogerie verlassen hatte und die beiden endlich allein waren, nahm der Drogist sein Herz in beide Hände.

»Maresciallo, seien Sie unbesorgt, morgen schicke ich ihn wieder nach Rom zurück.«

Zuerst begriff Maccadò nicht, was er meinte. Er war hergekommen, um …

»Es ist mir sogar egal, dass morgen Weihnachten ist«, fuhr Navacchi fort.

Weihnachten oder Ostern, er wollte diesen Verräter nicht mehr sehen. Vor allem jetzt, wo sich für seine Tochter ein Lebenstraum erfüllte, ein Mann, Kinder, eine Familie, und Cucco wollte nicht einmal Genaueres wissen, wer weiß aus welchem Grund, vielleicht Neid oder Eifersucht oder sonst was. Er erlaubte es sich, nicht mitzumachen, den beiden netten jungen Menschen Knüppel zwischen die Beine zu werfen.

Weg mit ihm!

Der Familienrat hatte es beschlossen, natürlich im Einvernehmen mit Cesaretti, der bereit war, Cucco früher als geplant wieder bei sich aufzunehmen.

»Die Atmosphäre hier im Ort tut ihm nicht gut«, hatte Signora Vittoria am Telefon erklärt.

»Ich verstehe«, antwortete er, ohne weiter nachzufragen.

»Ja, Maresciallo, die Kinder, was die einem für Sorgen machen!«

Jedenfalls über Ludovico brauchte er sich keine Gedanken mehr zu machen.

»Morgen früh ...«

Hörte dieser Navacchi denn gar nicht mehr auf zu reden?, dachte der Maresciallo.

Er war aus einem ganz anderen Grund in die Drogerie gekommen, und außerdem hatte er frei.

Er war deshalb ein wenig verlegen und hatte die anderen Kunden vorgelassen, weil es ihm nicht gefiel, dass sie ihn einkaufen und damit Frauenarbeit erledigen sahen.

Allerdings hatte seine Frau, die Marescialla, mit den fünf Rangen und all den Verwandten, die ihr Haus bevölkerten, alle Hände voll zu tun und ihm mit der ihr eigenen Offenherzigkeit gesagt: »Mein lieber Maresciallo, wenn du willst, dass unsere Verwandten Weihnachten Senf bekommen, dann musst du ihn kaufen. Ich habe einfach keine Zeit.«

Und so hatte er allen Mut zusammengenommen und sich auf den Weg gemacht, um seine Mission zu erfüllen.

45

»*Das ist aber schade*«, sagte Risto.

»Ja, wirklich schade«, sagten Signora Vittoria und Filzina im Chor.

Wirklich schade, dass Ludovico plötzlich hatte wegfahren müssen. Er war nur so wenige Tage in Bellano gewesen! Sie hatten kaum Zeit gehabt, sich zu sehen und ein bisschen zu plaudern ...

»So ist es nun mal«, sagte Severino Navacchi. Wenn es Arbeit gibt, erledigt sie sich quasi wie von selbst, aber manche Arbeiten ...

Wie diese!

Eine Lieferung von Schmuckstücken, Ringen, wenn er am Telefon richtig verstanden hatte, für ... er senkte die Stimme.

»Für seine Heiligkeit?«, fragte Risto.

Oh Gott, dachte Signora Vittoria. Das Gerede ihres Mannes versetzte sie in Aufregung, und wenn sie nervös wurde ..., man wusste ja, wie das endete.

Und das hier, in einem fremden Haus ...

»Ich weiß nicht, ob es wirklich für den Heiligen Vater ist«, antwortete Severino, »aber der Auftrag kam direkt vom Vatikan.«

Cesaretti prahlte ja immer damit, dass er für Prälaten im Vatikan arbeitete: Deshalb war, was er sagte, gar nicht so falsch.

»Gut«, sagte Risto zustimmend. »Sehr gut. Ich freue mich für Ludovico. Auch wenn es mir leid tut, dass er den heiligsten Tag im Jahr im Zug verbringen muss. Wir sagen ihm rechtzeitig Bescheid, wann die Hochzeit ist, damit er ...«

»Ach ja, die Hochzeit«, unterbrach Navacchi ihn.

Signora Vittoria spürte einen stechenden Schmerz im

Darm. Sie schloss die Augen und hoffte, es würde folgenlos vorübergehen.

Sie wusste schon, was ihr Mann sagen würde: dass Ludovico, wie die plötzliche Abreise von heute Morgen beweise, alles andere als feste Arbeitszeiten habe, da er sich nach den Kunden richten müsste – und was für Kunden! Und daher sei es sicher besser, die Idee, dass Cucco Trauzeuge würde, aufzugeben und sich einen anderen zu suchen.

Sonst würde er am Ende noch die ganze Feier durcheinanderbringen.

»Stell dir vor, dass er im letzten Moment nicht kommen kann. Was soll man dann tun? Einen Ersatzzeugen suchen?«

Er lachte, und seine Frau hatte währenddessen den Eindruck, in ihrem Darm liefe eine Maus frei herum.

Das wäre nicht schön, das wäre nicht nett.

Darüber müsse man nachdenken, beteuerte Severino Navacchi, hütete sich allerdings zu sagen, dass sie in der Familie bereits beschlossen hatten, Ludovico das Hochzeitsdatum seiner Schwester nicht zu verraten.

Erst danach.

Erst wenn es vorbei war, damit er keinen Schaden anrichten konnte.

Risto dachte über die Worte des künftigen Schwiegervaters nach. »Von mir aus ...«, sagte er zögernd, »wenn Filzina einverstanden ist ...«

»Wir sind alle einverstanden«, stieß Signora Vittoria hervor und biss die Zähne zusammen.

Auch die Witwe Sperati, die auf ihrem Polsterstuhl am Kopf des festlichen Tisches saß, schien einverstanden. Denn sie wackelte mit dem Kopf, während ihr ein Speichelfaden vom Mundwinkel herabhing.

Filzina sprang herbei und wischte ihn ab.

»Wollen wir auf Weihnachten anstoßen?«, fragte Risto.
Aber zuerst ...
»Darf ich für einen Augenblick ins Bad?«, flötete Signora Vittoria.

DRITTER TEIL

I

Rosa Maria Ancella Grigli, die Frau des Postdirektors, hatte immer gelitten. Erst, weil ihr Sohn, dieser Wirrkopf, da war, und dann, weil er fort war. Aber im Gegensatz zu ihrem Mann hatte sie deswegen nie Szenen gemacht, war nie wütend geworden. Sie schloss sich in ihrem Haus ein, hoffte und betete. Aber am Morgen des 12. Januar 1938 beschloss sie, gegen ihre eigenen Regeln zu verstoßen, und ging in die Kaserne, um den Maresciallo Maccadò zu besuchen.

Irgendeiner, sagte sie sich, müsse ihr helfen.

Der Maresciallo roch sofort, dass da etwas Unangenehmes auf ihn zukam. Nicht, dass ihm dies missfiel. So hatte er etwas zu tun. Besser, als wenn ihn etwas Schlimmes von dem Countdown ablenkte, der ihn jetzt täglich beschäftigte und an dessen Ende Ernesto geboren würde oder, wenn es ein Mädchen wurde, Ernestina.

»Was hast du?«, sagte er freundlich und verzichtete absichtlich auf das Sie, das er sonst immer benutzte. Seit Achille Starace es vorgeschrieben hatte, verlor der Maresciallo keine Gelegenheit, dagegen zu verstoßen.

»Ich werde mich Ihnen zum Gefallen so kurz fassen, wie ich kann«, begann die Frau, nachdem sie sich endlich gesetzt hatte.

»Ich bin ganz Ohr«, beruhigte sie der Maresciallo gönnerhaft.

Eine Viertelstunde später, nachdem Girabottis Frau aufgehört hatte zu reden, waren seine Ohren feuerrot, so erstaunt war er.

2

Als er ihn in die Drogerie hereinkommen sah, verkaufte Severino Navacchi der Signorina Animata Bucchielli, Inhaberin der gleichnamigen Schule für klassischen und modernen Tanz, gerade hundertfünfzig Gramm Lakritz. Die Signorina war schon über vierzig. Aber immer noch sehr lebhaft, denn, so sagte sie, der Tanz hielt jung. Animata war eine Stammkundin der Drogerie. Wenn sie im Laden erschien, konnte Navacchi sicher sein, dass es halb zehn war, spätestens fünf nach halb. Er wusste auch schon, was sie wollte: Hundertfünfzig Gramm Lakritz war Bucchiellis täglicher Wunsch, denn damit versuchte sie, den Knoblauchgeruch zu vertreiben.

Als er den Maresciallo Maccadò sah, hielt der Drogist zuerst wie versteinert in der Bewegung inne, den Arm in der Luft, die kleine Schaufel schon voll Lakritz. Dann begann er zu zittern, und die Stücke fielen in die Waagschale, auf die Theke und manche auf den Boden.

»Was ist denn mit Ihnen los, Signor Navacchi?«, fragte Animata tänzelnd.

Der Maresciallo brauchte nur eine Sekunde, um zu begreifen. Sein Eintreten hatte bei dem Drogisten die übliche Panikattacke ausgelöst. Er griff sofort ein.

»Nichts«, sagte er zu Signorina Bucchielli, die einen tragischen, theatralischen Gesichtsausdruck angenommen hatte.

Und »nichts«, sagte er auch zu Navacchi. Er sei nur da, weil er mit ihm sprechen wollte, über eine Sache, die mit seinem Sohn zu tun habe.

Genau das hatte Severino Navacchi ja gefürchtet, dass Cucco schon wieder Unheil angerichtet hatte.

»Es geht nicht um Unheil.«

»Nein?«, seufzte der Drogist ungläubig.

»Bei meiner Ehre, nein.«

Es gebe aber doch ein Problem, versicherte der Maresciallo. Und er sei nur deshalb hier, weil Navacchi ihm helfen konnte.

»Ich?«, fragte der Drogist, in dessen Gesicht die Farbe zurückkehrte.

»Ja, aber weniger Sie, eigentlich mehr Ihr Sohn.«

»Ludovico?«

Immer diese Fragen!

Er solle es sich anhören, sagte der Maresciallo, damit er ihm alles erklären könne, und ihn nicht unterbrechen.

Auch der Drogist sagte, er sei ganz Ohr.

Dem Maresciallo Maccadò brannten die Ohren noch. Er warf der Animata einen vielsagenden Blick zu, die, neugierig wie ein Affe, keinen Satz verpasst hatte, und erst als das Ding Dong der Glocke ertönte, zum Zeichen, dass die Tanzlehrerin weggegangen war, begann er mit seiner Erklärung.

3

Es war das Erste, was ihm in den Sinn kam, das Einzige sogar. Deshalb war der Maresciallo gleich in die Drogerie gekommen. Er wusste nicht, wie er der Frau von Girabotti sonst helfen sollte. Die brauchte nämlich wirklich Hilfe. Wenn das, was die Frau ihm gestanden hatte, stimmte, und Maccadò hatte keinen Grund, daran zu zweifeln.

Ihr Mann, der Postdirektor Melchiorre Girabotti, hatte sich in den Kopf gesetzt, als Freiwilliger nach Spanien zu gehen.

»Was will er da?«, fragte der Maresciallo.

»Unseren Sohn suchen«, lautete die Antwort.

Dass er lebte, daran zweifelte der Direktor nicht. Er war sicher, dass er desertiert war und sich irgendwo versteckt hatte. Er würde ihn ausfindig machen.

Es gäbe keinen Weg, ihn zur Vernunft zu bringen, hatte die Frau versichert.

»Ich will ja nichts sagen, aber ...«, entfuhr es dem Maresciallo. Wusste er denn nicht, dass es in Spanien drunter und drüber ging? Hatte er die Berichte über die kürzliche Schlacht von Teruel gelesen, bei achtzehn Grad unter null, bei einem Meter Schnee, ohne dass die beiden Parteien irgendwelchen Nachschub erhielten? War ihm klar, dass er über fünfzig und das Unternehmen der reinste Wahnsinn war?

Das sei ihm egal, antwortete die Frau von Girabotti. Er ließe sich nichts sagen und habe es sich nun mal in den Kopf gesetzt. Es ginge so weit, erklärte die Frau, dass ihr Mann ihr versichert habe, wenn die Miliz seine Bewerbung ablehne, dann ...

»Dann?«, fragte der Maresciallo.

Dann würde er den Internationalen Brigaden beitreten und Lust bekommen, auf die zu schießen, die ihm durch Betrug seinen Sohn weggenommen hatten.

»Oh mein Gott!«, murmelte Maccadò.

Rosa Maria Ancella Grigli in Girabotti sah ihn an. Jetzt war er dran, sie hatte alles gesagt.

Not macht erfinderisch. In Maresciallo Maccadòs Kopf reifte eine Idee.

4

Severino Navacchi nahm ein Stück Lakritz in die Hand. Doktor Lesti hatte ihm gesagt, Leuten mit niedrigem Blutdruck wie ihm täte Lakritz gut. Er nahm das vierte Stück in den Mund und wartete, dass der Maresciallo Maccadò weiterredete. Bis jetzt hatte er noch nicht viel begriffen.

»Verstehen Sie?«, fragte Maccadò.

»Was?«, erwiderte Navacchi.

»Na los!«, sagte der Carabiniere.

Der Drogist verschluckte das ganze Stück Lakritz.

»Wenn Ihr Sohn ...«

»Ludovico?«

Ungeduldig entfuhr Maccadò: »Signor Navacchi, von ihm rede ich doch die ganze Zeit!«

»Ich verstehe, aber was hat er damit zu tun?«

»Ich sage«, seufzte der Maresciallo, »dass mit gutem Zureden ... Im Grunde geht es darum, ein gutes Werk zu tun, einem alten Freund zu helfen und zugleich einer Mutter, die leidet, und einem Vater, der im Kopf nicht mehr ganz ...«

Navacchi war versucht, sich ein fünftes Lakritz in den Mund zu schieben. Er tat es nicht, denn Doktor Lesti hatte auch gesagt, wenn man damit übertreibe, würde der Blutdruck zu hoch.

»Und was soll mein Sohn tun?«, fragte er mühsam.

Der Maresciallo hüstelte. »Passen Sie auf«, sagte er und fuhr mit leiserer Stimme fort: »Mir ist eine Idee gekommen ... Niemand weiß etwas davon ... Doch ich habe mir gesagt, wenn der Junge darüber vielleicht mit seiner ...«

Ding dong, ertönte die Türglocke. Zwei Kunden auf einen Schlag.

5

Seine Verlobte!
 Verlobt waren sie noch nicht.
 Dazu war es noch nicht offiziell genug.
 Aber die braunen Augen von Carmen Inés Endellano Aragón, der Tochter des bevollmächtigten Ministers erster Klasse an der Spanischen Botschaft beim Heiligen Stuhl, hatten das Herz von Cucco Navacchi verzaubert. Es war etwas anderes als vorübergehendes Verknalltsein, wie der Junge in der ersten Zeit gedacht hatte. Als er dann begriffen hatte, dass Inés die Seine werden musste und die von keinem anderen, legte er sich ins Zeug und zeigte das Beste vor, was er hatte: Charme und Freundlichkeit. Gute Manieren außerdem, die hatte man ihm ja zu Hause beigebracht.
 Das Ergebnis war, dass ein zartes Netz über das Herz der Spanierin gefallen war, so dünn wie die Netze zum Fangen kleiner Süßwasserfische.
 Nachdem sie sich gegenseitig ihre Liebe gestanden hatten, bat das Mädchen Cucco um eine Woche Zeit.
 Wozu?, fragte der Junge.
 Um dem Vater von ihrer Beziehung zu erzählen, erklärte Inés, um von ihm die Erlaubnis zu erhalten, weiterzumachen. Denn ohne seine Zustimmung müssten sie sich trennen. In ihrer Familie sei das so, erklärte sie.
 Ludovico blieb nichts anderes übrig, als es hinzunehmen und zu warten wie ein Schiff, das vor Anker liegt. Dabei hatte er keine Ahnung, dass sich, während er geduldig auf grünes Licht des ehrwürdigen Diplomaten wartete, auf dessen Arbeitstisch Informationen über ihn ansammelten: Was er tat, was er gemacht hatte, wo er wohnte und woher er kam.
 Als am Ende des Sommers 1937 der Maresciallo Maccadò

aus Rom eine Anfrage nach Informationen über Ludovico Navacchi bekam, dachte er zuerst, es handele sich um den Drogisten, und fragte sich, was der zum Teufel hatte anstellen können. In der Anfrage wurden keine Einzelheiten genannt.

Dann dachte er nach. Und er sagte sich: Wenn der Junge auch in Rom etwas angestellt hatte, dann hieß dies, dass er eine Gaunerseele hatte und die Stunde für eine richtige Lektion gekommen war, da die früheren nichts bewirkt hatten.

Aber, hielt er dagegen, wenn der Grund für diese Informationen ein anderer sei, eine neue Arbeit zum Beispiel, vielleicht die Anbahnung eines Geschäfts …

»Sieh an, sieh an!«

Die Signora Vittoria hatte ihm gesagt, wenn er sich recht erinnerte, dass Cucco in Rom in einer Goldschmiedewerkstatt arbeitete, die einem gewissen Gualtiero Cesaretti gehörte. Sie hatte auch erzählt, dass Cucco bei guter Führung eines Tages die Werkstatt und die Kunden übernehmen sollte. Bevor er antwortete, zog Maccadò persönlich Erkundigungen ein. Per Telefon, und es dauerte nur wenige Minuten. Cesaretti gab ihm persönlich Auskunft. Auch ihn, so sagte er, hätten die Carabinieri bereits nach der Moral des Jungen befragt.

»Aber was hat er angestellt?«, fragte der Maresciallo.

»Er hat eine Riesendummheit gemacht«, antwortete Cesaretti lachend.

Oje, dachte der Maresciallo.

»Können Sie mir sagen, was?«, fragte er.

»Warum nicht«, ertönte die Stimme des Goldschmieds aus dem Hörer.

Er hatte sich verlobt.

»Was?«, fragte der Maresciallo bass erstaunt.

»Ja, er hat sich verlobt! Mit der Tochter eines spanischen Diplomaten!«

6

»*Ich wusste es*«, sagte die Signora Vittoria.

Auf dem Wohnzimmertisch im Haus Navacchi, glatt wie ein Spiegel und kühl wie ein Grab, dampften zwei kleine Kaffeetassen, eine für den Maresciallo, die zweite für Signora Vittoria.

Severino hatte abgelehnt, er war schon so nervös genug.

Welche Verlobte?

Als ihm Maccadò dieses Wort vor einer Viertelstunde ins Ohr geflüstert hatte, unten im Laden, hatte es ihn durchzuckt wie ein Blitz.

»Entschuldigung«, sagte er zu den beiden Kundinnen, die gerade hereingekommen waren, und begleitete sie zur Tür.

»Aber«, versuchte sich eine der beiden zu wehren.

»Husch!«, befahl er trocken.

Und ebenso trocken sagte er zum Maresciallo: »Kommen Sie nach oben, hier kann man ja nicht reden!«

In der Wohnung führte er Maccadò in die Küche, wo seine Frau gerade Wintersalat putzte.

»Vittoria, hör zu, eine schöne Neuigkeit!«

Der Maresciallo wiederholte sie.

Die Signora Vittoria reagierte mit einem leichten Kopfnicken und fragte dann: »Kaffee, Maresciallo?«

Ein schöner Kaffee kam Maccadò gerade recht. »Danke.«

Darauf befahl sie: »Führ ihn ins Wohnzimmer, Severino!«

Als sie mit dem Tablett hereingekommen war und die beiden Tassen auf den blitzsauberen Tisch gestellt hatte, sagte sie: »Ich wusste es.«

Aber sie hätte den Mund nicht aufgemacht, denn in diesem Haus dürfe man ja nicht über Gualtiero Cesaretti reden. Der Name genüge, und schon mache ihr Mann eine Grimasse.

Ob der Maresciallo es jetzt auch sehe?

Man brauche nur Cesaretti zu sagen, und dann mache er ein Gesicht wie eine bedrohte Forelle, hervorquellende Augen, überrascht, den Unterkiefer vorgestreckt, mit zitternden Nasenlöchern.

Wie war das möglich, dreißig Jahre nach der Hochzeit?

»Und?«, sagte sie beharrlich, »Halten Sie das für möglich?«

»Na ja«, sagte der Maccadò ausweichend.

Hier, man könne es ja sehen, erwiderte die Navacchi. Nicht mal der Cesaretti wäre …

»Was?«, unterbrach Navacchi sie.

»Sei doch mal ruhig!«, zischte seine Frau ihn an.

Er war lächerlich, komisch. Auf die Dauer unerträglich.

Und was konnte sie dagegen tun?

Nichts.

Schweigen.

Und das hatte sie getan.

Sie wisse aber alles, weil der »Ce-sa-ret-ti!« ihr alles geschrieben habe, von Anfang an.

Aber sie habe geschwiegen, um sich diese lächerliche Eifersucht zu ersparen.

Ludovico sei im Übrigen alt genug, um zu wissen, was er zu tun hatte.

»Auch um zu entscheiden, wann er seiner Familie sagen wollte, dass er sich verlobt hat!«, schloss Signora Vittoria.

Und damit Schluss.

»In Ordnung«, sagte der Maresciallo Maccadò.

Aber die Sache sähe etwas anders aus.

»Mehr als Ihr Sohn würde mir seine Verlobte helfen«, sagte er.

»Oder besser gesagt, ihr Vater«, fügte er schnell hinzu.

»Das bedeutet«, fuhr er fort und erklärte ihnen die ganze Geschichte.

Man brauchte einen ganzen diplomatischen Apparat, um herauszufinden, was aus dem armen Girabotti geworden war.

»Ich verstehe«, sagte Signora Vittoria.

Der Maresciallo wolle also, dass Ludovico Inés darum bat.

»Inés?«, fragte der Drogist dazwischen.

»I-nés, mit Akzent auf dem e«, erklärte Signoria Vittoria. »So heißt seine Verlobte.«

Der Maresciallo wolle, dass Cucco Inés bat, ihren Vater zu bitten ...

»Genau«, bestätigte der Carabiniere.

Aber wer sollte das in die Wege leiten?

Die beiden ahnten nichts davon, und der Maresciallo war nicht gerade der Richtige, Ludovico um einen Gefallen zu bitten.

Cesaretti sollte es tun, schlug Signora Vittoria vor.

Und ihr Mann solle sich nicht erlauben zu widersprechen, denn Cesaretti allein verdankten sie, dass sie sich in Ruhe auf die baldige Hochzeit von Filzina vorbereiten konnten. Das arme Mädchen musste bei ihrer Arbeit und den Hochzeitsvorbereitungen an tausend Dinge denken.

7

Dazwischen geschah Folgendes:

Es war die Schuld oder das Verdienst ihres Chefs, des Direktors Tirisaldi.

Es passierte an dem Tag, an dem er ihr einen französischen Brief diktierte. Da Filzina keine Fremdsprachen konnte, stellte sich der Direktor, damit sie beim Tippen keinen Fehler machte, neben sie, um ihr zuzusehen. Bei einem langen Wort mit mehreren Akzenten hatten sich zwei Schrägstriche gekreuzt. Filzina wurde rot, und als sie sich entschuldigte, wandte sie sich dem Direktor zu, der immer noch lächelnd neben ihr stand, den Brief in der Hand.

Und da sah sie es.

Oder besser gesagt, sie sah das, was sie mehrfach bei Risto gesehen hatte, auf der Höhe des so genannten Hosenschritts.

Bei Direktor Tirisaldi war er flach, senkrecht.

Bei Risto aber …

Sie schrieb den Brief unter großer Mühe zu Ende, abgelenkt durch diese Merkwürdigkeit, die ihr bisher nie aufgefallen war.

Woher kam dieser Unterschied? Bei welchem von den beiden sah es richtig aus?

8

Girabotti senior hatte sich wieder beruhigt. Er gab seinen Ehrgeiz auf, den Ermittler zu spielen, da nun diplomatische, vor allem vatikanische Wege genutzt wurden.

Dies war das Verdienst des Maresciallo, der auf die Idee gekommen war, und das Verdienst von Cesaretti, der diese in die Praxis umgesetzt und als seine eigene verkauft hatte. Er erzählte Ludovico, dass er einen Brief von dessen Mutter bekommen hätte, in der sie die tragische Situation der Familie Girabotti schilderte und sagte, welches Glück sie selbst doch gehabt hätten.

Beim Lesen war ihm der Gedanke gekommen, dass man es auf diesem Weg versuchen könnte.

»Natürlich musst du früher oder später deiner Familie von der Verlobten erzählen«, fügte er hinzu.

»Wenn es offiziell ist«, entgegnete Cucco.

Nachdem er die Überprüfung seiner Moral bestanden hatte, wie Cucco es gerne nannte, hatte man ihn bei Hofe vorgelassen. Aber bis zur offiziellen Verlobung musste noch etwas Zeit vergehen.

»Und nur weil der Stempel fehlt?«, fragte Cesaretti im Scherz.

Oder hatte Cucco vielleicht den Gedanken noch nicht verdaut, dass seine Schwester genau wie er das Recht hatte, sich den Verlobten und Ehemann nach Belieben selbst auszusuchen?

»Ich bin ganz zufrieden, wie es jetzt ist«, antwortete Cucco.

Die in Bellano sollten sehen, wie sie klarkamen. Er wollte mit denen nichts mehr zu tun haben. So hatte er auch eine gute Entschuldigung, an dieser Unglückshochzeit nicht teilzunehmen ...

9

»*Signor Novità ist hier*«, erklärte der Carabiniere Malamonica.

Der Maresciallo Maccadò blickte zur Decke, stand auf, ging zum Fenster seines Büros, öffnete es und lehnte sich hinaus.

»Hab jetzt keine Zeit«, sagte er. Er blieb am Fenster und tat, als betrachte er die Aussicht, dabei war es Anfang Februar, die Farben des Bergs wirkten ungesund, und der See war trüb und grün. Die Platanen und Kastanien waren nackt und knotig, besser, man sah sich das alles gar nicht an, aber er wollte sich davon überzeugen, dass Signor Novità, alias Melchiorre Girabotti, wieder ging.

Seit dem Tag nämlich, an dem der Maresciallo ihm mitgeteilt hatte, dass die Nachforschungen über seinen Sohn jetzt auf keinem geringerem als auf diplomatischem Weg vorangetrieben würden, hatte er sich angewöhnt, jeden Morgen in der Kaserne vorbeizukommen und zu fragen, ob es Neuigkeiten gebe.

Eine Zeit lang teilte der Maresciallo Maccadò die Sorgen von Girabotti. Er empfing ihn freundlich in seinem Büro und legte ihm nahe, Geduld zu haben. Es sei nun mal, wie eine Stecknadel im Heuhaufen zu suchen, und gerade jetzt ginge es in Spanien ja noch drunter und drüber.

Girabotti gab Maccadò zwar recht, änderte seine Gewohnheit aber nicht im Geringsten. Und jeden Morgen zwischen neun und zehn klingelte er weiter am Kasernentor, um zu fragen, ob es Neuigkeiten gebe. Nach drei Wochen hatte der Maresciallo deshalb schweren Herzens den diensthabenden Carabinieri Malamonica und Bottasana folgende Anweisung gegeben: Sie durften Signor Novità nicht öffnen, es sei denn, es gäbe wirklich Neuigkeiten, dann würde er ihn in seinem Büro empfangen und ihm diese mitteilen, in der Hoffnung, dass es gute Neuigkeiten waren.

So geschah es am Morgen des 18. Februar. Es gab eine Neuigkeit, unbedeutend, aber positiv.

Der Maresciallo Maccadò wartete ungeduldig, dass es läutete.

Um zwanzig nach neun geschah es.

»Lass ihn herein«, sagte er zum Carabiniere Malamonica, ohne auf die übliche Ankündigung zu warten.

Zwei Minuten später stand Doktor Lesti vor ihm.

Er brauche ihn, sagte er.

I

Seit genau fünfunddreißig Jahren träumte Dilenia Settembrelli nicht mehr von ihrer Schwester Euforbia. Aber in dieser Nacht erschien sie ihr im Traum. Immer noch auf der Bahre, jung und lächelnd. Und sie winkte mit der Hand zum Gruß.

Als Bürgermeister Bonaccorsi aufgestanden war, fand er seine Frau statt in der Küche im Wohnzimmer, sie saß auf einem Sessel und hatte noch ihren Morgenrock an. Sie weinte still vor sich hin.

Was zum Teufel ist denn jetzt schon wieder los?, dachte er.

Dilenia antwortete ihm, als hätte sie seinen Gedanken erraten.

»Eufrasia ist tot«, sagte sie.

»Eufrasia? Und woher weißt du das?«, entfuhr es dem Bürgermeister.

»Von niemandem«, antwortete seine Frau.

Bonaccorsi schloss die Augen. So fing es immer an. Das war der Beginn einer neuen Krise. Was sie sich wohl diesmal ausgedacht hatte …

»Ach, das kann doch nicht sein«, versuchte er sie zu beruhigen.

Nein, unterbrach sie ihn, sie sei tot, da sei sie ganz sicher.

Vor fünfunddreißig Jahren habe sie aufgehört, von ihr zu träumen, als sie in der Sofistrà auferstanden sei, aber jetzt erscheine sie ihr wieder im Traum, und das könne nur bedeuten, dass sie wieder ins Totenreich zurückgekehrt sei.

»Aber gestern war sie doch noch quicklebendig!«, protestierte Bonaccorsi.

Die kommunale Polizei habe ihr gestern noch auf seine

Anweisung hin ein Paket mit Nahrungsmitteln zukommen lassen, mit der Empfehlung, nicht wie gewohnt die Hälfte den Katzen zu geben.

»Das will nichts heißen«, erwiderte Dilenia.

Bonaccorsi gab auf. Es hatte keinen Sinn, seiner Frau zu widersprechen, wenn sie von solchen Phantasien heimgesucht wurde, das wusste er nur zu gut. In diesem Fall hatte Bonaccorsi ja noch Glück. Dilenia hatte ihm keine Geschichten von Engeln und Dämonen, Kometen und Wolkenbrüchen erzählt. Er brauchte ihr also nur zu beweisen, dass die Sofistrà noch lebte, und die Hirngespinste würden verschwinden.

Er rief in der Kommune an und beauftragte die kommunale Polizei, schnellstens zur Wohnung der Sofistrà zu fahren, um nachzusehen, ob sie am Leben sei.

Als eine Viertelstunde später der Polizist an seiner Haustür klingelte und ihm sagte, seiner Auffassung nach sei die Sofistrà tatsächlich tot, fluchte er innerlich.

»Sind Sie sicher?«, fragte er dann.

»Sie ist noch weich wie eine Feigenschale«, antwortete der Polizist wenig dezent. »Aber sie redet nicht und verzieht auch nicht das Gesicht.«

Verflucht!

Aber was verstand ein Gemeindepolizist davon? Vielleicht ging es der Sofistrà nur schlecht.

»Gehen Sie sofort zu Doktor Lesti, und bringen Sie ihn zu der Frau«, sagte der Bürgermeister.

»In Ordnung«, sagte der Polizist alles andere als eilfertig.

II

Als Doktor Lesti die Wohnung betrat, in die er noch nie einen Fuß gesetzt hatte, nahm er zuerst die Luft wahr.

Vom Katzengeruch einmal abgesehen. Überall waren Katzen, eine hatte sich auf dem Bauch der auf dem Bett liegenden Frau eingerollt. Was ihn umhaute und wovon ihm übel wurde, war ein starker Knoblauchgeruch, der in dem Zimmer hing.

Er näherte sich der Leiche der Sofistrà, und bevor er sie sich ansah, gab er der Riesenkatze, die nicht wegwollte, einen nervösen Stoß. Dann warf er einen Blick auf die Pupillen, fühlte nach der Halsschlagader und wusste sofort, dass es da für ihn nichts mehr zu tun gab. Die Sofistrà war tot. Seit ein paar Stunden.

»Sagen Sie dem Bürgermeister, dass ich den Tod dieser Frau bestätige«, sagte er dem Polizisten.

Aber bevor er den Totenschein unterschreiben könne, müsse er mit dem Maresciallo Maccadò reden, fügte er noch hinzu.

»Wieso denn das?«, wunderte sich der Polizist.

Doktor Lesti hielt es für unnötig, diesem Mann seine Gründe zu nennen. Er hatte nicht vergessen, was vor ein paar Jahren nach dem Tod der Witwe Fioravanti passiert war. Die Zweifel, die der Maresciallo an seiner Professionalität geäußert hatte, die vergiftete Taube und all das ...

Deshalb ging er, nachdem er die Wohnung der Sofistrà verlassen hatte, sogleich zur Kaserne.

11

»*Knoblauchgeruch?*«, fragte der Maresciallo und breitete die Arme aus.

Was erzählte ihm Doktor Lesti denn da für einen Unsinn?

Der aber bedeutete ihm mit seinem Zeigefinger, das habe er nicht gesagt.

»Eher ein knoblauchähnlicher Geruch«, wiederholte er.

»Also gut, Doktor, knoblauchähnlich ...«

Nein, widersprach der Zeigefinger des Arztes. Knoblauchähnlicher Geruch, das konnte ziemlich viel bedeuten. Es könne zum Beispiel auf Arsen hinweisen.

»Arsen?«

»Im Körper der Frau.«

Arsen konnte, wenn es in Körperflüssigkeiten wie Tränen, Schweiß, Speichel austrat, diesen Geruch hervorrufen.

»Knoblauchartig«, sagte Doktor Lesti mit Nachdruck.

Und den habe er in der Wohnung der Sofistrà wahrgenommen.

»Also wollen Sie sagen ...«, sagte der Maresciallo.

»Nein«, sagte der Doktor bestimmt.

Er wolle gar nichts sagen, für ihn sei die Frau eines natürlichen Todes gestorben.

»Aber was wollen Sie dann?«

»Um Irrtümer zu vermeiden, möchte ich Sie, bevor ich den Totenschein unterschreibe, bitten, freundlicherweise in dieser Menagerie eine Untersuchung durchzuführen, damit jegliches Missverständnis ausgeschlossen werden kann. Ich hoffe, ich habe mich deutlich ausgedrückt.«

Er drückte sich sehr deutlich aus, dachte der Maresciallo. Und wie! Aber ihm schien es verlorene Zeit, überflüssige Arbeit ...

Er bemühte sich, versöhnlich zu klingen.

»Hören Sie, Doktor, wer sollte denn die Absicht gehabt haben, dieser armen Alten etwas anzutun?«

»Niemand«, antwortete Doktor Lesti.

Davon sei er überzeugt. Genau wie im Fall der Witwe Fioravanti. Aber da sei der Maresciallo ja nicht seiner Meinung gewesen und habe daraus eine Geschichte gemacht, von der man im Ort noch wochenlang gesprochen hätte. Und folglich ...

»Ich verstehe«, sagte Maccadò nachgiebig.

Es ging um verletzten Stolz, der Wiedergutmachung suchte.

»Ich kümmere mich darum«, sagte er. Und er hätte es sogar selbst getan, um das Problem vertraulich zu regeln. Aber Girabotti kam ja jeden Morgen in der Kaserne vorbei.

Nur ausgerechnet an diesem Morgen schien er es nicht vorzuhaben.

12

Warum?

Warum zum Teufel erschien der Postdirektor nicht wie sonst?

Maresciallo Maccadò fragte sich das, sobald Doktor Lesti sich verabschiedet und gesagt hatte, er warte auf Neuigkeiten. Der Maresciallo schluckte. Eins nach dem anderen. Bevor er das gekränkte Ehrgefühl des Arztes wiederherstellte, wollte er nicht die Gelegenheit versäumen, Girabotti mitzuteilen, was er erfahren hatte. Ein junger Mann, der der Beschreibung seines Sohnes entsprach, war in Quintanar de la Orden in einem Trappistenhospiz untergebracht, einer kleinen Stadt im

Süden von Guadalajara. Er hatte diesen kleinen Ort in Begleitung anderer Italiener, offensichtlich Deserteure wie er, verlassen, als sich das Kampfgeschehen in die Gegend von Aragón verlagerte.

Maccadò wartete.

Als eine Stunde nachdem Lesti gegangen war, die Glocke der Kaserne läutete, machte er sich falsche Hoffnungen. Es war nur der Carabiniere Malamonica, der auf die Post und das Gemeindeamt gegangen war und dann etwas zu Mittag eingekauft hatte.

Der Maresciallo begriff: Wenn er weiter in der Kaserne blieb und auf Girabotti wartete, dann musste er auf die Untersuchung der Wohnung der Sofistrà verzichten. Also rief er den Carabiniere Bottasana. Er erklärte ihm grob die Situation und sagte ihm, was er in der Wohnung tun solle.

Während sein Vorgesetzter sprach, nickte Bottasana fortwährend mit dem Kopf, um zu zeigen, dass er ihn verstand.

Im Weggehen kamen ihm Zweifel. Plötzlich begriff er, dass er es nicht verstanden hatte. Er hielt im Gehen inne.

»Maresciallo, Entschuldigung...«

Was sollte er eigentlich tun, was sollte er in der Wohnung suchen?

»Was du willst, einfach suchen«, antwortete der Maresciallo.

Er sollte ein bisschen Theater spielen. In die Wohnung hineingehen, sich umsehen, zeigen, dass er da war, und dann wieder in die Kaserne kommen und sagen, dass alles in Ordnung sei.

Ein bisschen Theater! Dem Carabiniere ging ein Licht auf.

»Also, was habe ich gesagt?«, fragte der Maresciallo.

»Zu Befehl«, antwortete der Carabiniere.

»Bravo! Und wenn du zufällig unterwegs Signor Novità triffst, sag ihm, dass ich mit ihm reden muss.«

13

Ein bisschen Theater.
»Ein bisschen!«
Das hieß, es sollte schnell gehen, das war mit »ein bisschen« gemeint.
Aber Bottasana wollte es sich bequem machen.
Dass er seit einiger Zeit im Dorf eine Freundin hatte, wusste der Maresciallo Maccadò. Und wenn bestimmte Arbeiten ein paar Minuten länger dauerten, dann war der Maresciallo auch mal bereit, beide Augen zuzudrücken.
Aber an diesem Morgen beileibe nicht!
Noch fünf Minuten, dachte Maccadò und sah auf die Uhr. Wenn der Carabiniere zwischen zehn nach und zwanzig vor nicht wieder da war, dann musste er selbst die erregten Gemüter beruhigen.
Drei Minuten nach Ende des von seinem Kommandanten festgesetzten Zeitraums kam Bottasana zurück. Aber er sah nicht aus wie jemand, der mal eben seine Freundin besucht hatte.
»Maresciallo«, sagte er, »in dieser Wohnung herrscht ein Riesendurcheinander!«

14

»Sie ist tot, das hat auch der Arzt gesagt«, erklärte der Polizist dem Bürgermeister.
Wer sollte das jetzt seiner Frau beibringen?, überlegte Bonaccorsi.
Wer außer ihm?

Er machte es gleich. Dies war schließlich nicht die erste Krise, und es würde auch nicht die letzte sein.

»Ich hatte es dir doch gesagt«, antwortete Dilenia, »aber du wolltest mir ja nicht glauben.« Ihre Augen leuchteten, ihre Stimme war ein wenig schrill.

»Ich ziehe mich an«, fügte sie dann hinzu, »und gehe.«

»Wohin?«, fragte ihr Mann.

Wohin? Was für eine Frage? Zu ihr natürlich. Jemand musste sich doch um die Totenwache und die Beerdigung kümmern.

»Die Kommune kümmert sich um das Begräbnis«, sagte der Bürgermeister. Sie habe ja nicht mal genug Geld zum Essen gehabt, die Sofistrà, wie sollte sie da etwas für die letzte Reise zurückgelegt haben.

Dilenia war empört.

»Ihre Familie ist für das Begräbnis verantwortlich!«

Also sie.

»Oh Gott«, murmelte Bonaccorsi und ließ sich auf den Sessel fallen, auf dem kurz vorher seine Frau gesessen hatte.

Als der Carabiniere Bottasana ins Haus der Sofistrà kam, war Dilenia Settembrelli bereits da. Aber sie war nicht allein. Um sie herum der ganze Hof von Freundinnen und Kunden, die in dreißig Jahren die Wohnung dieser Frau aus den verschiedensten Gründen besucht hatten.

Ada Lumàga war da, außerdem Isolina Resega, Desi Vannetti, Seconda Vitali, Eripranda Denti, Viola Venturi, Selina Olivendi, Itaca Croci, Ester Zecchinetti, Vera Carponi, Bernarda Scimiani, Estenuata Albini, Albina Colombera, Nuta Fasoli, Mercede Vitali, Mirandola Ortelli, außerdem die Zwillinge Rosalba und Rosanella Bellani. Als sie die Neuigkeit hörte, war auch Maria Isnaghi gleich herbeigeeilt.

Als er diese Weiberversammlung sah, da sagte sich der Carabiniere Bottasana, dass er den Befehl des Vorgesetzten unter diesen Umständen nicht ausführen konnte. Er konnte sich ja nicht darauf beschränken, so zu tun, als untersuche er etwas. Ein bisschen Schauspiel musste sein. Er sah auch die Gattin des Herrn Bürgermeister unter den Frauen, und so fragte er die Settembrelli, ob er eine Inspektion vornehmen könne.

»Hinterher«, sagte Dilenia.

Erst nachdem der Pfarrer die sterbliche Hülle gesegnet habe. Dann beauftragte sie Maria Isnaghi, den Pfarrer zu holen.

Der Pfarrer kam.

Er schnaufte, denn er war inzwischen recht alt, und die drei Treppen bis zur Wohnung der Sofistrà waren ziemlich steil. Als er die Wohnung betreten hatte, hörte er auf zu schnaufen und begann zu niesen.

»Gesundheit«, sagten die Frauen im Chor.

»Nicht Gesundheit«, antwortete der Pfarrer im Scherz. »Es ist eher das Fell der Katzen.« Er liebe diese Tiere, aber er bekäme davon ein furchtbares Kribbeln in der Nase. »Und hier scheinen sich«, sagte er und blickte um sich, »sämtliche Katzen von Bellano und Umgebung aufzuhalten.«

Ob es vielleicht möglich sei, sie zu entfernen, damit er den Leichnam der Sofistrà segnen könne, ohne darauf zu niesen?

Die Settembrelli antwortete für alle.

Diese Katzen seien die einzige, wahre Familie der armen Eufrasia, das habe sie zu Lebzeiten immer wieder gesagt. Üblicherweise würden sie, wenn jemand die Wohnung betrete, durch das Fensterchen Richtung Dächer verschwinden oder sich unter dem Bett verstecken. Dass sie aber jetzt bei der Toten seien, bedeute, dass sie ihr Gesellschaft leisteten, in diesem letzten Moment bei ihr sein wollten.

»Meinen Sie nicht auch, Herr Pfarrer?« Der Pfarrer, der wusste, wie seltsam die Settembrelli war, verkniff sich eine

Antwort. Außer in der Nase kribbelte es ihm auch in der Kehle und deshalb hielt er es für gut, schnell zur Segnung des Leichnams überzugehen.

Als die Amtshandlung beendet war, wollte er endlich gehen, aber die Settembrelli stellte sich ihm in den Weg.

»Wir«, sagte Dilenia und zeigte in die Runde, »möchten eine Bitte an Sie richten.«

»Bitte sehr«, sagte der Priester.

Aber sie sollten sich beeilen, denn auch seine Augen begännen zu tränen.

Da sah der Carabiniere Bottasana auf die Uhr.

Und nachdem fünf Minuten vergangen waren, beschloss er, die Scheininspektion sausen zu lassen und lieber zum Signor Maresciallo zu laufen und ihm zu sagen, dass ein Riesendurcheinander in dieser Wohnung herrschte.

15

»*Was für ein Durcheinander?*«, fragte Maccadò.

Vielleicht eine Straftat, antwortete Bottasana.

»Was für eine Straftat denn?«

»Beschlagnahmung«, sagte der Carabiniere.

»Und von was?«

Nicht von etwas, von einer Person.

Festhalten einer Person, und zwar der Person des Herrn Pfarrer.

16

Als Maccadò die Wohnung von Eufrasia Sofistrà betrat, stieß er auf eine Wand von Knoblauch-, Katzen- und Schweißgeruch. Der Maresciallo blieb an der Türschwelle stehen. Er war bestürzt. Die Szene, die sich vor seinen Augen abspielte, hatte etwas Infernalisches.

Der Herr Pfarrer schnappte nach Luft. Er war rot im Gesicht, sein Mund stand halb offen. Vor ihm ein Halbkreis aus lauter Frauen, die alle auf ihn einredeten, aber er hatte gar keine Luft mehr, um zu antworten, und versuchte mit einer müden Handbewegung, um Mitleid und vor allem um Luft zu bitten, die er dringend brauchte.

Die Katzen, wach geworden durch das laute Geschwätz, begannen zu miauen, wobei eine der anderen antwortete, manche leckten an herumstehenden Schüsseln mit Essen, manche hatten sich neben der Leiche Eufrasias hingelegt, eine kratzte an der Tür der Kredenz.

Keine der Frauen hatte die Ankunft des Maresciallo bemerkt. Nur der Herr Pfarrer, der ihn entdeckt hatte, riss die Augen auf und sah ihn hilfeflehend an.

Sollte Bottasana tatsächlich recht haben?, überlegte der Maresciallo.

»He!«, schrie er.

Als sie diese fremde Stimme hörten, flüchteten die meisten Katzen durch das kleine Fenster. Nur wenige versteckten sich unter dem Bett der Verstorbenen. Und die, die an der Tür der Kredenz gekratzt hatte, rollte sich ein und legte sich davor. Als die Frauen den tönenden Bass von Maccadò hörten, waren sie sofort ruhig, und in der plötzlichen Stille hörte man nur noch den pfeifenden Atem des Herrn Pfarrers.

»Luft!«, sagte der Pfarrer flehentlich.

Ob es nicht besser sei, den Doktor zu rufen?, überlegte der Maresciallo.

Er musterte die Gruppe der Frauen und erkannte Maria Isnaghi.

»Holen Sie sofort den Arzt«, befahl er ihr.

»Kommen Sie«, sagte er dann zu dem Priester.

Er reichte ihm den Arm und führte ihn Stufe um Stufe bis ins Erdgeschoss, wo der Bäcker ihnen anbot, hinten in der Backstube zu warten, bis Doktor Lesti kam.

17

Die Katzen.

Sie waren das Problem, darauf war der Pfarrer schon alleine gekommen.

Nachdem er zwischen einem Niesen und einem Husten den Leichnam der Sofistrà gesegnet hatte, musste er sich, wie versprochen, die Forderungen der Settembrelli anhören.

Zuerst traute er seinen Ohren nicht. Vielleicht hatte er nicht richtig verstanden: Ihm war, als stecke sein Kopf in einem Eimer oder als habe er Stöpsel im Ohr. Nur mühsam drangen die Worte zu ihm durch. Er bat die Frau des Bürgermeisters, das Gesagte zu wiederholen, vielleicht etwas lauter.

Aber er hatte sich leider nicht geirrt und reagierte spontan.

»Davon kann keine Rede sein!«

Vielleicht war seine Reaktion auf die Dame, die zwar verrückt, aber immer noch die Frau des Bürgermeisters war, ein wenig brüsk. Aber wie konnte sie nur auf die Idee kommen, eine Delegation von Katzen zur Beerdigung der Sofistrà mitzubringen!

Die Settembrelli ließ sich von seiner Weigerung nicht beirren. Und so begann sie eine Litanei über die Katzen, die Eufrasias wahre Familie gewesen seien. Das habe diese zu allen gesagt, die zu ihr in die Wohnung gekommen seien, auch sie seien Geschöpfe Gottes, von großer Empfindsamkeit, wie man jetzt deutlich sehen könne, und so weiter.

Damit noch nicht zufrieden, forderte sie alle anderen Frauen auf, die Wahrheit ihrer Worte zu bezeugen, und da begannen sie alle, wild draufloszureden, alle zusammen, alle durcheinander. Dabei standen sie dicht um den Pfarrer herum, der in dem Moment zu spüren begann, dass er nur noch schwer Luft bekam, mit pfeifendem Atem und hustend und mit feurigen Wangen und kaltem Schweiß auf der Stirn, trüber Sicht und einer rauen Zunge.

»Entschuldigen Sie, wenn ich mich einmische«, sagte der Bäcker und reichte dem Pfarrer ein Stärkungsmittel, »aber ich habe leider mitgehört.«

»Ach ja?«, fragte der Maresciallo.

»Nun ja, ich wollte, wegen der Katzen ...«

Das Geräusch von Schritten im Laden unterbrach ihn.

»Entschuldigen Sie, ich bin gleich wieder da«, sagte er.

Gleich darauf war er zurück, in Begleitung von Doktor Lesti, Bürgermeister Bonaccorsi und dessen Frau Dilenia.

18

I

Keuchend, rot im Gesicht, die Entschuldigung stammelnd, wegen der sie die Wohnung verlassen hatte, kam Maria Isnaghi ins Arbeitszimmer des Bürgermeisters gelaufen. Sie stotterte aus Verlegenheit, an diesem Ort zu sein, und überbrachte Doktor Lesti eine Nachricht des Maresciallo. Lesti war gerade hier, weil er sich mit Bonaccorsi über bestimmte Maßnahmen beriet, die seiner Meinung nach jetzt notwendig waren: die zwangsweise Unterbringung des Postdirektors Melchiorre Girabotti.

II

Am Morgen hatte Rosa Maria Ancella den Arzt gerufen, um ihm zu zeigen, in welchem Zustand sich ihr Mann befand, und ihn zu fragen, was sie tun könne.

Nachdem Melchiorre eine Nacht lang durch alle Zimmer gewandert war, fasste er erneut den Entschluss, nach Spanien zu fahren und seinen Sohn zu suchen. Eifrig begann er seine Koffer zu packen, denn er wolle, so erklärte er, auf keinen Fall Zeit verlieren und noch am selben Tag abfahren.

Als Doktor Lesti das Haus des Direktors betrat, brüllte Girabotti gerade wie ein Wahnsinniger, weil er seine lange Unterhose nicht fand, mit der er sich gegen die Kälte wappnen wollte. Als der Arzt da war, ließ sich Girabotti kein bisschen beim Kofferpacken stören.

Rosa Maria Ancella war am Ende und völlig durcheinander

und fragte ihn, was sie tun könne, um ihren Mann zur Vernunft zu bringen.

»Es wäre zu seinem Besten«, antwortete der Doktor, »ihn ins Krankenhaus einzuweisen.«

III

»*Du wirst sehen ...*«, sagte Doktor Lesti, nachdem Maria Isnaghi ihre Botschaft überbracht hatte.

Man müsste herausfinden, ob hinter dem Tod der Sofistrà wirklich ein Geheimnis steckte.

»Entschuldigung, Herr Bürgermeister ...«, sagte er und stand auf.

»Ich bitte Sie«, antwortete Bonaccorsi. »Wenn Sie gestatten, komme ich mit, denn auch meine Frau müsste dort sein.«

Der will wohl sehen, dachte Lesti, wie seine Frau einen Wutanfall kriegt.

»Gehen wir«, rief der Doktor.

Aber wohin?

»In die Wohnung von Eufrasia. Über dem Bäcker«, sagte Maria Isnaghi.

19

Der Maresciallo!
Der Doktor!
Der Bürgermeister!
Dilenia!
Der Priester!
Ermete!

Das Atmen!
Die Beerdigung!
Spanien!
Welches Spanien?
Knoblauch!
Knoblauchähnlich!
Die Totenwache!
Dilenia!
Ermete!
Girabotti!
Auch Eufrasia?
Dilenia!
Das Krankenhaus!
Welches Krankenhaus?
Asthma, die Frauen, Eufrasia, die Katzen …
»Die Katzen«, sagte der Bäcker.
Er sagte es nicht, er brüllte es, um das Durcheinander in den Griff zu kriegen, das in seiner hinteren Stube ausgebrochen war.

Sofort waren alle ruhig.

»Die Katzen«, flötete Dilenia einladend, und sah den Bäcker an.

Wer könnte besser als ihr Hausnachbar sagen, wie wichtig sie im Leben der armen Eufrasia gewesen waren? Wer könnte besser erklären als er, dass die armen Tiere das Recht hätten, an ihrer Beerdigung teilzunehmen?

»An der Beerdigung?«, fragte Bonaccorsi und suchte den Blick des Pfarrers, der seine Augen mit einer Hand bedeckte.

»Aber gewiss, Ermete«, erklärte Dilenia, »an der Beerdigung.«

Wer konnte dies besser bestätigen als er?
Der sie doch für sie gebacken hatte.

20

Die Settembrelli war blass.

Sie war sogar totenblass.

Der Bürgermeister war wütend und begriff es noch nicht.

Der Pfarrer aber nahm die Hand von den Augen und grinste.

Doktor Lesti begriff, was los war, und sah zufrieden aus.

Der Maresciallo machte eine gleichgültige Miene.

»Wie? Gebacken?«, fragte Maria Isnaghi, die noch da war, obwohl sie niemand zum Bleiben aufgefordert hatte.

»Zwischen einem Backvorgang und dem nächsten. Am Ende des Tages, während der Ofen langsam ausging«, erklärte der Bäcker.

Arme Eufrasia! Man konnte nicht behaupten, dass es ihr sonderlich gut ging. Sie hatte immer nur wenige Lire in der Tasche. Und wenn sie gar nichts hatte, dann ging sie zu diesem System über. Sie wählte die fetteste Katze von allen aus und erschlug sie. »Bist ein tapferes Kerlchen!«, ein Schlag, und weg war sie. Dann zog sie sie sorgfältig ab und brachte sie ihm.

So hatte sie für zwei, drei Tage zu essen.

»Sie«, erklärte der Bäcker.

Aber auch die anderen Katzen, denn sie nagten die Knochen des früheren Kameraden sauber.

Er würzte sie und stellte den Backofen zur Verfügung.

Beim letzten Mal, vor etwa vier, fünf Tagen, hatte er sich für die Katze eine besondere Soße ausgedacht: Öl, Petersilie, ein paar Oliven und Knoblauch. Sehr viel Knoblauch, vielleicht zu viel.

»Ein paar Tage war das ganze Haus von dem Geruch verpestet.«

21

Keiner sagte mehr ein Wort. Doktor Lesti brach die Mauer des Schweigens.

»Ich sehe, ich bin umsonst gerufen worden«, sagte er.

»Der Maresciallo wollte auf Nummer sicher gehen«, erwiderte der Pfarrer. »Er dachte, ich sterbe.«

»Aber Sie sind gesund und munter«, stellte der Doktor fest.

»Den Eindruck habe ich auch«, antwortete der Pfarrer.

»In Ordnung, dann gehe ich jetzt besser und kümmere mich um Direttore Girabotti ...«

»Girabotti?« Maccadò fuhr auf. »Und wo ist er?«

Ein feines Lächeln, bei dem er kaum die Lippen öffnete, zeigte sich auf Doktor Lestis Gesicht.

»Ich hoffe, er ist noch zu Hause und nicht schon unterwegs nach Spanien!«

Der Maresciallo sprang auf.

»Schon wieder dieses Spanien!«, rief er.

»Er packt die Koffer«, berichtete der Doktor.

»Madonna!«

»Seien Sie unbesorgt, Maresciallo«, sagte Lesti, »ich bereite seine dringende Einweisung vor, so dass ...«

»Aber doch keine Zwangseinweisung!«, entfuhr es Maccadò. Vielleicht zu trocken, zu militärisch. Das Gesicht des Arztes zuckte wild, als hätte er einen elektrischen Schlag bekommen, er wurde bleich.

»Wenn Sie, Maresciallo, eine bessere Maßnahme wissen ...«

»Ich weiß eine«, antwortete der Carabiniere.

Doktor Lesti, gerade noch weiß im Gesicht, wurde grau.

»Maresciallo, entschuldigen Sie ...«

Aber Maccadò wiegelte ab.

»Nein, entschuldigen Sie, Doktor.«

Die richtige Medizin, um Girabotti davon abzuhalten, nach Spanien zu gehen, besitze er und niemand sonst.

»Und die wäre?«, fragte der Doktor, der etwas Sensationelles erwartete.

»Das werden Sie sehen«, sagte Maccadò, beendete das Gespräch und rauschte ab.

»Wir werden sehen«, stammelte Doktor Lesti.

Dann blickte er auf die stummen Zuhörer, die die Provokation miterlebt hatten, lauter Fragen im Kopf.

Warum musste der Maresciallo ihn unbedingt auf seinem Gebiet herausfordern?

Hatte das noch mit der alten Geschichte mit seiner Frau zu tun, und hatte er das absichtlich gemacht?

22

Nicht absichtlich.

Filzina Navacchi konnte es nicht sagen. Es wäre falsch gewesen, zu behaupten, dass sie es absichtlich machte.

Es war vielmehr eine automatische, instinktive, spontane Handlung.

Jedes Mal wenn sie einem Mann begegnete, richtete sie ihre Augen genau auf diese Stelle, den Schritt.

Ein flüchtiger, schamhafter Blick, so schnell, dass niemand es bemerkte.

Auch nicht ihr Vater, denn auch bei ihm war Filzina ihrem Instinkt gefolgt.

Und so hatte sie mit jedem Tag eine ganz gute Musterkollektion von, wie sollte sie es nennen?, Hosenställen zusammenbekommen.

Manche waren bedauerlich platt. Bei anderen konnte man von einer Andeutung von Vorhandensein sprechen. Wieder andere schienen gut gefüllt.

Aber niemand, darunter Arbeiter, Mechaniker, Angestellte, Männer auf der Straße, Händler, wirklich eine ganze Menge, keiner von all diesen konnte mit dem Schritt ihres Evaristo mithalten.

Wäre ihr geliebter Bruder da gewesen, hätte sie sich vielleicht getraut, ihn zu fragen, hätte versucht, diese Unterschiede zu begreifen. So musste das verliebte Kätzchen diese Gedanken für sich behalten, tief verborgen auf dem Grunde ihres Herzens.

23

Die anderen Katzen, die echten, waren auch verliebt.

Auch die der Sofistrà. Sie witterten Frühlingsluft. Aber nur sie. Denn obwohl es jetzt Ende Februar war, reichte das Thermometer nachts an die vier, fünf Grad, und am Tag hinderte es ein böser kalter Wind daran, auf über zehn Grad anzusteigen.

Jedenfalls, ob es nun Frühling war oder nicht, dem Bäcker ging es auf die Nerven, und das sagte er dem Bürgermeister auch.

Ob das eine Frage der öffentlichen Ordnung, der Hygiene oder von beidem war, das könne er nicht sagen. Aber jemand solle sich um die Sache kümmern und den Stall, in dem die Sofistrà gewohnt hatte, von der Schar der Katzen, die ihn zu ihrem Versammlungsort erkoren hatten, säubern.

Zum Kuckuck, sie gingen hier ein und aus, als gehöre das Haus ihnen! Sie besudelten alles! Und es roch nach Pisse, dass man kaum noch Luft bekam!

»Und ich könnte wetten, dass es noch mehr geworden sind«, sagte der Bäcker.

Ein paar Tage nach der Beerdigung der Sofistrà hatte er selbst versucht, sie loszuwerden. Irgendwann hatte er auch das Fenster verstopft und die Eingangstür der Mansarde zugenagelt.

»Es wurde schlimmer!«

Denn jetzt trafen sie sich schon im Treppenhaus und manche gleich in der Bäckerei.

Vor zwei Nächten hatte dann dieses Gejaule angefangen.

»Können Sie sich vorstellen, was das bedeutet? Dreißig rollige Katzen, das Gestreite, das Gejaule und alles andere?«

Bürgermeister Bonaccorsi sagte, das könne er nicht, er habe nicht die leiseste Idee.

»Wenn Sie wollen, dann lade ich Sie ein, eine Nacht bei mir zu verbringen«, schlug der Bäcker vor.

»Vielen Dank«, antwortete der Bürgermeister, verabschiedete den Bäcker und setzte sich auf die Rückenlehne seines Sessels.

Katzen!

Er hatte schon genug andere Probleme in der Kommune.

Von denen, die ihn zu Hause erwarteten, gar nicht zu reden.

Ein einziges im Grunde: Dilenia.

Denn seit der Beerdigung der Sofistrà, das heißt seit zehn Tagen, hatte sie den Mund nicht mehr aufgemacht.

24

Sie war stumm, als hätte man ihr die Zunge herausgerissen.
Den Blick starr ins Leere gerichtet.
Ein Gesicht wie aus Wachs.
Bonaccorsi sprach mit Doktor Lesti darüber.
Konnte den Platz im Krankenhaus, den er für Girabotti vorgesehen hatte, nicht seine Frau bekommen?
Der Arzt breitete die Arme aus.
»Das hätte keinen Sinn«, sagte er. »Wir wissen doch beide genau, was diese Frau Ihrer Gattin bedeutet hat. Lassen Sie ihr Zeit, so als sei wirklich ihre Schwester gestorben.«
Schöne Reden, ein schöner Trost, dachte Bonaccorsi.
Er musste sie ertragen. Sie und die Speisen ohne jeden Geschmack, die sie lustlos mittags und abends für ihn zubereitete.

25

Alles andere als ohne Geschmack war das Mittagessen, das seine Exzellenz, der Präfekt von Como, Bonaccorsi und allen anderen Bürgermeistern vom See im Hotel *Gallia* am 1. März 1938 vorsetzte, nach der vorbereitenden Sitzung für den Besuch von Viktor Emanuel III. von Savoyen-Aosta, der am 24. des kommenden Monats in der Provinzhauptstadt stattfinden sollte.
Bonaccorsi war frühmorgens um sechs losgefahren. Mit dem Schiff, denn er mochte dieses Verkehrsmittel lieber als den Zug und fuhr nur ungern Auto. Er hatte auch seiner Frau von diesem Termin erzählt, sie reagierte darauf wie immer

und zuckte nicht einmal mit der Wimper. Er hatte die Mazzoli gebeten, zum Mittagessen bei Dilenia zu bleiben, vielleicht auch beim Abendessen, falls er sich verspätete. So konnte er unbesorgt fahren.

Und er verließ ruhig das Haus. Er war froh, das konnte er nicht leugnen, einen Tag weit weg von der bedrückenden Atmosphäre zu Hause zu verbringen.

Es wurde ein fröhlicher, sorgloser Tag, trotz der langweiligen Rede des Präfekten mit genauen Anweisungen, wie die Beteiligung der verschiedenen Kommunen bei dem großen Treffen im Stadion *Sinigaglia* organisiert werden sollte. Bei dem folgenden Mittagessen antwortete Bonaccorsi auf alle Fragen, wie es ihm gehe, was seine Frau mache und wie es bei der Arbeit sei, immer mit demselben *bene*, und schöpfte die Kraft, schamlos zu lügen, aus den paar Gläsern Wein. Am Ende des Essens fühlte sich der Bürgermeister von Bellano leicht, ja fast euphorisch.

Aber als er wieder das Schiff bestieg und auf dem Rückweg war, verschwand seine ganze Fröhlichkeit nach und nach. An jeder Anlegestelle wurde ihm mehr bewusst, dass er nur scheinbar einen angenehmen halben Tag verbracht hatte. Nichts als ein Traum, eine Illusion.

Das Dunkel, das aus dem Wasser des Sees kam, aber auch vom Himmel herabzusteigen schien, ließ sein Gemüt immer düsterer werden. Als er wieder in Bellano war, schaute er auf einen Sprung im Amt vorbei, obwohl es schon sechs Uhr abends war. Er hatte dort nichts zu tun, aber so konnte er den Augenblick, in dem er nach Hause kam und die giftige Luft dort atmen musste, ein wenig hinausschieben.

Im Gemeindeamt war nur der Segretario Mastrozzi.

»Ist in Como alles gut gelaufen?«, fragte er.

»Ja, ja«, antwortete der Bürgermeister mit einem klagenden Ton in der Stimme.

Und hier?

»Das Übliche«, antwortete Mastrozzi, »nichts Neues.« Es sei denn, es sei eine Neuigkeit, dass gegen Mittag der Bäcker vorbeigekommen sei und nach ihm gefragt habe.

»Wieder wegen der Katzen?«, fragte Bonaccorsi.

»Genau.« Er wollte ihm persönlich danken, dass er sich um das Problem gekümmert habe, und das so schnell. »Er hat aber gesagt, er kommt wieder, weil er sich Ihnen gegenüber verpflichtet fühlt«, sagte ihm der Segretario.

»In Ordnung«, sagte Bonaccorsi mit einem bitteren Lächeln. Er hatte die Katzen völlig vergessen. Der Bäcker hatte einen neuen Vorstoß unternommen, hatte ihn nicht angetroffen und dem Segretario dieses Zeug erzählt und den beleidigten Bürger gespielt.

Er verließ das Gemeindeamt und ging schleppenden Schrittes los, den Kopf voller Katzen. Wie sollte er dieses Problem lösen? Erst mal darüber schlafen, am Morgen würde er weitersehen.

Die Nacht war ein guter Ratgeber.

26

Ratschläge und Träume.
In dieser Nacht begann Dilenia wieder zu träumen.

Nicht von ihrer Schwester, sondern von ihrem Sarg. Er war leer, aber es war eine lebende Katze darin, die auf und ab ging.

Als sie aufwachte, deutete sie den Traum. Und sie hätte ihrem Mann sicher davon erzählt, wenn er zu Hause gewesen wäre, aber Ermete war schon nach Como unterwegs.

Als sie den Traum gedeutet hatte, begriff sie, dass sie keine Zeit zu verlieren hatte.

Als Fratina Mazzoli pünktlich um acht Uhr morgens kam und geradezu verstohlen das Haus des Bürgermeisters betrat, weil er ihr empfohlen hatte, keinen Lärm zu machen, damit seine Frau so lange schlafen konnte, wie sie wollte, stand sie vor Dilenia, hellwach, schon angezogen, bereit auszugehen.

Fratina hatte die übliche Flasche frische Milch aus der Molkerei in der Hand.

»Ich muss dem Milchmann sagen, ab morgen immer fünf Liter zu liefern«, sagte die Settembrelli, als sie sie sah.

»Fünf Liter Milch?«, rutschte es Fratina heraus.

Aber Dilenia war schon weg, um ihre Aufgabe zu erledigen.

27

Als Ermete Bonaccorsi um sieben Uhr abends das Haus betrat, kam ihm Fratina Mazzoli entgegen und nahm ihm den Mantel ab.

»Und meine Frau?«, fragte der Bürgermeister.

»Schläft«, antwortete das Mädchen.

»Das meinst du nur«, sagte der Mann spontan.

»Sie hatte heute einen anstrengenden Tag«, erklärte das Mädchen.

»Nicht zu fassen«, sagte er ironisch.

»Wollen Sie Abendessen?«, fragte Fratina.

Abendessen?

Er war noch satt von dem reichhaltigen Mittagessen und hatte leichte Kopfschmerzen. All der Wein ... Vielleicht in einer anderen Atmosphäre etwas *Minestrina*, eine Scheibe Käse, einen Pfirsich, ein bisschen plaudern und erzählen, was er in Como erlebt hatte ...

Aber so, allein, nein.

»Nein«, sagte er, »auch ich gehe schlafen.«

Als er sich hinlegte, war es acht Uhr.

Aber Punkt zehn Uhr ...

28

Punkt zehn Uhr fuhr Bonaccorsi aus dem Schlaf hoch. Er hatte Sodbrennen. Doch er war nicht deshalb wach geworden.

Er hatte eher das Gefühl, dass ihn jemand berührt hatte.

Er drehte sich um und sah sich im schwachen Schein der Mondsichel nach seiner Frau um.

Sie schlief ruhig von ihm abgewandt auf der Seite, reglos und schnarchte *rrr, rrr* ...

Rrr, rrr?

Er machte die Lampe an.

Da sah er sie. Träumte er? Zwischen ihm und seiner Frau lag eingerollt eine ...

Als das Fenster des Schlafzimmers erleuchtet wurde, erhob sich in der Nacht, als spiele im Garten jemand auf einer verstimmten Geige, ein scheußlicher Klang. Darauf antwortete ein Atemzug, ein Pfeifen, ein weiteres Geräusch, als ob ...

»Eine Katze?« Bonaccorsi begriff.

Jesus, da war eine Katze im Bett!

Und nicht nur dort, auch im Garten!

Aber nicht nur eine, nach den Geräuschen zu urteilen, die von unten aufstiegen.

Er hatte nie Katzen im Garten gehabt. Er hatte auch nie welche gewollt, sie machten alles schmutzig, was zum Teufel ...

Er drehte sich um, außer sich. Noch etwas hatte ihn berührt. Die Katze, die er vorher im Bett neben sich und seiner Frau hatte liegen sehen, rieb sich an seinen Beinen. Er versetzte ihr einen Stoß, und das Tier miaute. Da ertönte ein neues Geräusch, höllisch, tief aus den Eingeweiden. Das Tier sprang davon, lief zur Fenstertür, die zum Garten hinausführte, kratzte daran und jaulte wie ein lästiges Kind. Vielleicht wollte es an dem teuflischen Konzert teilnehmen, das dort draußen immer lebhafter wurde: Klänge, die etwas Menschliches hatten, Klagen, die in Kampfgeräusche ausarteten, kurze böse Schreie, während die Krallen zuschlugen und Spuren hinterließen.

Der Bürgermeister versuchte, vom Fenster aus das Dunkel des Gartens zu durchdringen, um zu begreifen, was dort passierte, als ihn von hinten etwas berührte. Er fuhr auf.

Am Rücken.

Er drehte sich um.

Seine Frau stand vor ihm, in ihrem Gesicht ein Ausdruck unermesslicher Freude.

»Ermete«, sagte sie.

Es war das erste Wort, das er seit zwei Wochen von ihr hörte.

29

Der Traum und seine Deutung.
Der leere Sarg, sagte Dilenia, könne nur eins bedeuten.
Bonaccorsi zitterte.
»Was?«, fragte er, während ihm der Schweiß herunterlief.
Dass auch Eufrasia genau wie Euforbia es nicht schätzte, ständig im Jenseits zu sein.
Das Gaumenzäpfchen des Bürgermeisters zitterte. Er lachte spöttisch.
»Und?«, fragte er.

Aber Dilenia hörte nicht.

»Es ist die Katze!«, rief sie.

Die lebendige Katze, die auf und ab ging, als suche sie etwas.

»Was denn?«

»Einen Herrn«, stieß Dilenia hervor.

Das sei doch ganz einfach, das fand er doch sicher auch, fragte sie ihren Mann.

Zuerst Euforbia.

Dann Eufrasia.

»Und jetzt ich.«

»Du?«

Ja, sie sei das dritte Glied in der Kette.

Ob er einen Beweis wolle, dass sie recht habe?

Er solle den Bäcker fragen, wie ihr heute Morgen Eufrasias Katzen gefolgt seien.

»Katze, Katze, komm, komm …«

Ganz brav in einer Reihe, ohne Fauchen und ohne Balgerei. Sie seien mit ihr durch den Ort gegangen bis nach Hause und hätten sich dann im Garten niedergelassen.

»Aber hier im Zimmer ist eine. Ich habe sie vorhin auf dem Bett gesehen«, erwiderte der Bürgermeister.

»Macht doch nichts«, sagte Dilenia lächelnd.

»Das ist sicher die, die immer auf Eufrasias Bauch geschlafen hat, ihre Lieblingskatze.«

»Meine Lieblingskatze«, verbesserte sich die Frau.

»Dilenia«, sagte Ermete mit tiefer, verlorener Stimme, »geht es dir gut?«

Die Frau lachte ein perlendes Lachen.

»Gut?«

Warum fragte er das?

Es ging ihr blendend.

Was dachte denn ihr Mann?

Sie trug nun abgesehen von sich selbst auch Euforbia und Eufrasia in sich.

»Eine Art Trinität!«

»Ich bitte dich, Dilenia!«, rief Bonaccorsi außer sich.

Es fehlte nur noch, dass die Geschichte seiner Frau die Runde machte.

»Bitte sei still«, sagte er und legte einen Zeigefinger an seine Lippen.

30

»*Sprich leise*«, sagte Signora Vittoria.

»Noch leiser!«, erwiderte Severino Navacchi.

Die beiden lagen im Dunkel ihres Schlafzimmers und konnten nicht einschlafen. Zwei Probleme kündigten sich an.

Das erste war Filzinas Hochzeit.

»Das zweite ist Ludovico«, sagte der Mann.

»Sch!«, entgegnete die Frau. »Leise!«

War es denn die Möglichkeit, dass der Mann sich nicht leise äußern konnte?

»Aber wie soll sie es denn hören?«

»Jetzt rede schon!«

Drei Wochen vor Filzinas Hochzeit war sie gespannt wie ein Flitzebogen, sie aß kaum noch und schlief noch weniger.

Sie war so fertig, dass man sich fragte, wie sie sich noch auf den Beinen hielt.

Sie mussten aufpassen, nicht noch das zweite Problem an den Hals zu bekommen.

»Nämlich Ludovico.«

»Genau.«

»Was sagt der Kerl?«, fragte Navacchi.

Mit »der Kerl« war Cesaretti gemeint. Und er sagte nichts, er schrieb. Immer das Übliche. Dass Cucco, jedes Mal wenn Cesaretti mit ihm über die Hochzeit der Schwester reden wollte, schnell das Thema wechselte, die Nase rümpfte und mit den Achseln zuckte.

Und im letzten Brief, dem von vorgestern, bestätigte er die Sache.

Was sollten sie tun?

Die Signora Vittoria wusste es, aber er sollte es sagen, er sollte einmal eine Entscheidung treffen.

»Willst du erleben, dass er am Tag der Hochzeit auftaucht und irgendeine Kurzschlusshandlung begeht?«, stieß sie hervor.

»Wir haben noch Zeit, darüber nachzudenken«, antwortete ihr Mann.

»Nicht mehr so viel«, antwortete Signora Vittoria.

Die Zeit verging, wie die Zeit eben vergeht.

31

»*Né!*«, sagte die Signora Marescialla.

»Was ist?«, fragte Maccadò.

»Sieh mal, wie die Sterne am Himmel leuchten.«

Durch ihr Schlafzimmerfenster war ein Viereck Himmel und See zu erkennen, auf das der Mond einen leuchtenden Pfad zeichnete.

»Schön«, brummte er ohne jede Poesie in der Stimme.

»Weißt du …«

»Was?«

»Weißt du, dass Kinder Sterne am Himmel sind und auf die Erde kommen?«

»Wer hat dir das gesagt?«
»Ich sage das.«
»Aha.«
»Und fällt dir dazu nichts ein?«
»Ehrlich gesagt, nein.« Was sollte ihm in den Sinn kommen?

Natürlich, dass unter den unendlich vielen Sternen, die man sah, jetzt noch einer war, der herunterkommen musste, zu ihnen nach Hause.

Schließlich, erklärte die Signora Marescialla ohne jede Romantik, sei jetzt die Karenzzeit vorbei. Wenn er wolle, könne er jetzt den letzten der Serie produzieren.

»Den Ernesto.«

Oder Ernestina, wenn es ein Mädchen würde.

Der Maresciallo blickte zur Decke. Er hatte die Tage bis zu diesem Augenblick gezählt, und jetzt war es so weit.

»Ein anderes Mal, Marè«, sagte er und drehte sich zur Seite.

Er war tief in Gedanken, lauter sorgenvolle Dinge gingen ihm durch den Kopf.

32

Vor ein paar Stunden, mitten am Nachmittag, war der Segretario Negri bei ihm in der Kaserne erschienen.

Er hatte nicht das übliche herausfordernde Gesicht, sondern eine Büßermiene. Ein Zeichen, dass er ihn brauchte.

Allerdings.

Das Provinzkommando der Freiwilligen Miliz *Sicurezza Nazionale* hatte ihm mitgeteilt, dass Giovanni Battista Girabotti, der nach der Schlacht von Guadalajara fälschlicherweise vermisst gemeldet worden war, in einem kleinen Ort an der französisch-spanischen Grenze gefunden worden war. Die Miliz hatte ihn festgehalten, er war einer Abteilung der Schwarzhemden der Division *Littorio* zugeteilt und nach dem Kriegsrecht als Deserteur hingerichtet worden.

Die persönliche Habe von Girabotti sollte in zwei Tagen auf dem Seeweg geschickt werden, mit dem Schiff, das um halb neun Uhr morgens in Bellano hielt. Man müsse die Sachen abholen, aber vor allem dem Vater Girabotti die tragische Nachricht mitteilen.

»Ich sehe mich allein nicht dazu in der Lage«, sagte Negri.

Maccadò lächelte bitter.

»*Hic sunt leones* – hier, jenseits der Grenzen, sind die Löwen, oder?«, sagte er.

»Einverstanden«, fügte er dann hinzu.

»Denkst du daran, die Sachen des Jungen abzuholen und damit hierher in die Kaserne zu kommen«, sagte er und verzichtete noch einmal und ganz bewusst auf das obligatorische Sie.

33

Am Abend darauf war der Himmel bedeckt, und Nebel hing über dem Wasser.

»Marè«, sagte der Maresciallo, »geht es auch, wenn man keine Sterne am Himmel sieht?«

»Was, Né?«, fragte seine Frau.

»Wegen Ernesto …«

Oder Ernestina, wenn es ein Mädchen würde.

Maristella drehte sich zu ihrem Mann; es ging trotzdem, aber wie hatte er sich am letzten Abend auf die Seite drehen können, und jetzt …

»Ist schon gut, Marè«, schnaubte der Maresciallo.

Er wollte nicht noch mehr Zeit verlieren. Die Zeit verging wie im Fluge. Und die, die er gebraucht hätte, um seiner Frau zu erklären, was am soeben vergangenen Tag alles geschehen war, wäre verschwendet, wie im Klo heruntergespült.

Ab acht Uhr stand er am Fenster der Kaserne und wartete auf das unheilvolle Schiff, er sah es aus dem Nebel kommen wie aus höllischem Rauch. Um halb neun war niemand da, auch nicht Negri, der eigentlich hätte dort sein sollen, dieser Mistkerl. So ging er selbst und holte die Kiste mit den Sachen des armen Girabotti. Ein Glück! Als nämlich um Viertel vor neun Negri in die Kaserne kam, mit irgendwelchen dummen Ausreden wegen seiner Verspätung, hielt er ihm den Personalausweis vor die Augen, denn er hatte während des Wartens die Sachen von Girabotti durchsucht.

»Das hier ist nicht Giovanni Battista!«, rief Negri aus.

Das Foto zeigte eine Art Affen mit vorstehendem Oberkiefer und Hakennase.

»Und jetzt?«, fragte Negri.

»Jetzt«, antwortete der Maresciallo und benutzte mit Absicht das Sie, »informieren Sie Ihr Oberkommando, dass es sich schon zum x-ten Mal vertan hat.«

Und jetzt, husch!, solle er ihn seine Arbeit machen lassen, er habe keine Zeit zu verlieren, er hätte schon viel zu viel verloren.

»Machen wir uns ans Werk, Marè«, sagte der Maresciallo lachend.

Wenn der richtige Augenblick gekommen ist, soll man nicht warten, fügte er hinzu.

Denn die Zeit verging wie im Flug …

34

»*Oh je, wie schnell es geht!*«, sagte Signora Vittoria.

Es war, als sei erst gestern Weihnachten gewesen, als sich Filzina und Risto offiziell verlobt hatten, und jetzt war schon der 24. März, und in zwei Tagen war die Hochzeit.

Alles war vorbereitet.

Beinahe.

»Es wäre an der Zeit«, sagte sie zu ihrem Mann.

Severino Navacchi nickte zustimmend.

Sie solle sich keine Sorgen machen. Und es müsste ja auch so aussehen, als geschähe alles aus heiterem Himmel. Deshalb habe er bis zum letzten Moment gewartet.

Jetzt war der Augenblick gekommen.

Denn am selbigen Tag, am frühen Nachmittag, während seine Frau beim Friseur wäre, wollte er zu den Speratis gehen und die Botschaft überbringen.

Seine Rede war schon fertig. Satz für Satz.

35

»*Hat Ludovico es vielleicht nicht gesagt?*«, rief Navacchi aus.

Risto sah ihn an. Sein künftiger Schwiegervater war rot im Gesicht, als wäre er gerannt oder hätte getrunken.

»Was gesagt?«, fragte er.

»Dass er nicht zur Hochzeit kommen kann!«, erklärte Navacchi.

»Wirklich nicht? Wieso?«

Der Drogist fuhr mit einer Hand durch die Luft, atmete ein und formte seinen Mund wie einen Hühnerarsch.

»Wichtige Dinge«, sagte er.

Evaristo grinste. Dieser Ausspruch stimmte ihn heiter.

»Warum lachen Sie?«, fragte Navacchi. »Wissen Sie es etwa schon?«

»Natürlich nicht«, sagte Risto, »sagen Sie schon.«

Navacchi nahm sich zusammen und senkte die Stimme. Wichtige Dinge musste man im Flüsterton mitteilen.

Nach dem, was Cesaretti am Telefon gesagt hätte, habe seine Werkstatt einen Orden erhalten, und zwar von niemand Geringerem als Seiner Exzellenz …«

»Dem Duce?«, fragte Risto erstaunt.

Navacchi schüttelte den Kopf.

Nein, nicht von ihm.

Aber fast.

Ciano.

Galeazzo Ciano, dem Mann von Mussolinis Tochter, auch er eine Exzellenz.

Deshalb habe Cucco keine Chance.

»Ich hatte es geahnt«, verkündete Severino Navacchi.

Risto müsse daran denken, was jetzt wäre, wenn er damals nicht auf ihn gehört hätte. Zwei Tage vor der Hochzeit losziehen und einen Zeugen suchen?

Aber dank seiner Voraussicht sei alles geregelt.

»Schade«, sagte Risto.

Es tat ihm leid für Ludovico. Er hätte ihn gern wiedergesehen, auch wenn er nicht Trauzeuge war.

Das hieß …

»Ja?«, fragte Navacchi.

Er wisse, erklärte Evaristo, wie viel seiner künftigen Frau daran liege, dass ihr Bruder dabei sei. Wie sie wohl reagierte, wenn sie die schlechte Nachricht hörte.

»Na ja«, log Navacchi, »sie wird schon ziemlich traurig sein.«

»Wenn der Prophet nicht zum Berg kommt«, sagte Risto, »dann geht eben der Berg zum Propheten. So heißt es doch, oder?«

Ja, so sage man es, bestätigte Navacchi. »Aber in Bezug worauf?«

»Auf die Reise. Die Hochzeitsreise.«

Erste Etappe Florenz, dann Siena und Lucca.

Und von Florenz aus konnte man auf einen Sprung nach Rom fahren.

Das würde eine schöne Überraschung für Cucco.

Und so würden auch sie, wenngleich nur für ein paar Stunden, etwas vom berühmten römischen Frühling abbekommen.

36

Wonniger, göttlicher römischer Frühling.

Für Ludovico Navacchi war es erst der zweite, aber es kam ihm vor, als kenne er ihn wie seine Westentasche. Er hatte darauf gewartet, hatte gespürt, wie er näher kam, und die Tiefe des Himmels und die Nostalgie der Sonnenuntergänge im Vorhinein genossen. Er sah, wie sich an den schönsten Ecken der Hauptstadt, von der Piazza Navona zum Pantheon, von der Fontana di Trevi bis zum Kolosseum, der unsterbliche Marmor in dem neuen Licht, das von Tag zu Tag stärker wurde, verwandelte.

Er hatte die Pracht des Frühlings auch in den Augen von Inés gesehen, die jetzt jeden Abend an seinem Arm mit ihm spazieren ging, eine Art Cicerone mit tiefsinnigem, betörendem Blick.

Dazu kam noch die Aussicht, in ein paar Tagen eine eigene

Behausung zu haben, in der er sich nach Belieben einrichten und sich nach der Arbeit eine Oase der Freiheit schaffen konnte. Noch wichtiger war die offizielle Verlobung, die in einem Monat stattfinden sollte, in Spanien, in Peñaranda de Bracamonte, wo die Familie des Mädchens eine Villa und ein riesiges Gut besaß. Inés hatte ihm in allen Einzelheiten erzählt, wie die Feier aussehen würde: Abendessen im Festsaal, sie beide würden, gefolgt von den Eltern, aus einem anderen Salon kommend den Saal betreten; dann die Vorstellung bei den Verwandten, zehn Onkel und Tanten, zweiundvierzig Vettern und Cousinen, eine ganze Schar Grafen, Marquis, Exzellenzen und Gestalten aller Art, danach der Ball und das Fest für die Angestellten der Hazienda, das drei Tage und drei Nächte dauern sollte. Natürlich nur, wenn der Bürgerkrieg es zuließ.

Während er an all das dachte, sagte sich Ludovico, dass er nichts anderes für sein Wohlergehen brauche. Ein Jahr zuvor hatte er, als er bereits ein paar Wochen in der Hauptstadt weilte, den Eindruck gehabt, mitten in einem neuen Leben angekommen zu sein: in seinem Leben. Und dieses Gefühl war nun viel stärker geworden.

Und sein Heimatort Bellano?

Der war weit weg.

Nicht nur im geographischen Sinn. Auch in seinen Gedanken.

Und da sollte er auch bleiben, weit weg, vor allem von ihm.

Er konnte gut darauf verzichten.

Die seltenen Male, in denen er nichts über Denkmäler oder berühmte historisch bedeutende Orte zu sagen hatte und das Mädchen ein paar Fragen zu seiner Familie stellte, war ihm das ziemlich unangenehm.

In diesen peinlichen Situationen versuchte Ludovico, sich mit wenigen Worten aus der Affäre zu ziehen, verzog aber dabei unweigerlich das Gesicht. Er wusste sehr wohl, warum.

Es ging nur noch um Wochen, vielleicht sogar lediglich um Tage.

Dann würde der Augenblick kommen, in dem Cesaretti ihm sagen würde, er müsse den Zug nehmen und zum See fahren, um dort – oh je! – die Hochzeit seiner Schwester zu feiern. Wenn er an diesen Moment dachte, verdrehte er die Augen und verzog den Mund, als sei ihm übel.

Er hatte keinerlei Lust, wieder dort hinzufahren.

Er wollte bei dieser unpassenden Heirat nicht dabei sein.

Konnte man ihn dafür verantwortlich machen, weil er geschwiegen hatte? War er schuldig?

Schuldig ...

Aber musste er wirklich zu seinem Vater gehen und ihm sagen, schau mal, was Risto für ... und so weiter?

Oder seiner Mutter?

Und warum nicht Filzina? Für die war ja schon ein derber Ausdruck ein Angriff, und sie wurde rot, wenn am Brunnen die Putten Wasser aus ihren Pistölchen spritzten.

Nein, nein, nein.

Sollte sie selbst damit fertigwerden.

Er wollte nicht dabei sein.

Er wollte nicht zu dieser Hochzeit fahren.

Und er würde es auch nicht tun.

Er brauchte eine Ausrede. Eine schöne Ausrede, unanfechtbar, solide und überzeugend.

Daher ...

37

Daher geschah Folgendes: Als ihn Gualtiero Cesaretti am Morgen des 27. März, bevor sie mit der Arbeit anfingen, in sein Büro rief, um ihm zu sagen: »Lieber Ludovico, ich habe eine Neuigkeit für dich, über die du nicht sehr froh sein wirst«, und er sich weigerte, sich zu setzen, obwohl sein Chef ihn dazu aufgefordert hatte, antwortete er: »Ich bleibe lieber stehen«, worauf jener sagte: »Wie du willst«, und kurz darauf: »Hör zu, es hat keinen Zweck, dir ein X für ein U vorzumachen, dadurch würde nichts besser. Dein Vater hat mich mit wenigen Worten gebeten, dir zu sagen, dass deine Schwester gestern geheiratet hat. Er sagte, du würdest schon verstehen, warum sie dir nichts gesagt haben, und dass sie es nicht getan haben, um dich zu verletzen, sondern zum Wohl des Mädchens.«

Da stieß er einen Seufzer der Erleichterung aus.

So brauchte er keine Lügengeschichten und Ausflüchte. Er brauchte sich nicht mehr den Kopf zu zerbrechen, um eine passende Ausrede zu finden. Keine Rückkehr nach Hause, keine Hochzeit! Hurra!

Aber dann fiel ihm ein, dass ja nun schon eine Nacht vergangen war.

Nicht irgendeine Nacht.

Die Hochzeitsnacht.

Er schloss die Augen.

Er sah die erschreckenden Ausmaße des 1200 Gramm schweren Gegenstands.

»Oliven inbegriffen«, sagte er automatisch, genau wie Valenza.

38

Auch Filzina hatte die Augen geschlossen.
Eigentlich nicht notwendig, da ihr Zimmer in tiefstem Dunkel lag.
Sie hatte sie trotzdem zugemacht und auf die Geräusche von Risto, ihrem Mann, gelauscht, der sich gerade auszog.
Die Krawatte, die Jacke, die Schuhe ...
Und gleich ...
Ohne Scham dachte Filzina im Dunkeln mit geschlossenen Augen an das Geheimnis, dass sie gleich entdecken würde.
Die Hose ...
Ach ja, die Hose.
Der Schritt.
In wenigen Augenblicken hatte, so dachte sie, der Katalog jener »Hosenställe«, den sie in den letzten Wochen geduldig zusammengestellt hatte, jede Bedeutung verloren.
Jetzt zählte nur noch ein einziger.
Sie hörte die Stimme von Risto, etwas rau, im Dunkeln.
»Filzina?«
»Hier bin ich«, antwortete sie.
Wer konnte wissen, was jetzt passieren würde?

39

Der Zeitungsausschnitt fand sich in der Morgenpost des 2. April. Zuerst dachte der Maresciallo Maccadò, es sei ein Irrtum.
Aber der von Ludovico Navacchi unterschriebene Begleitbrief war über jeden Zweifel erhaben.

»Wer kennt ihn?«, lautete der Satz, der über einem Foto stand.

Ein Schwarz-Weiß-Foto. Eigentlich eher schwarz als weiß. So dass es aussah, als hätte der Dargestellte sich ein paar Tage nicht rasiert und Ringe unter den Augen. Dabei war er frisch rasiert.

Aber die Nase und die Augen ...

Ist er es oder nicht?, schrieb Ludovico.

Vor zwanzig Tagen war der Mann auf dem Foto, nachdem er überfallen worden war, in die psychiatrische Abteilung des *Omobon*-Krankenhauses eingeliefert worden, dessen Chef Doktor Ermano Allero war. Der Patient besaß keine Papiere und kein Orts- und Zeitgefühl mehr und hatte das Gedächtnis verloren. Auch wusste er nicht, woher er kam und was er an jenem Ort sollte. Deshalb war Ermano Allero auf die Idee gekommen, eine Anzeige in eine Tageszeitung zu setzen, die *La Estrella de la Noche* hieß.

War er es oder nicht?

Eines, so schrieb Ludovico, solle der Maresciallo wissen. Am 15. des Monates würde er nach Spanien fahren und sich auf dem riesigen Landgut der Aragón offiziell mit Inés verloben. Er hätte Zeit genug, zum Krankenhaus zu fahren, um herauszufinden, ob der Mann auf der Fotografie, der das Gedächtnis verloren hatte, wirklich sein alter Freund sei.

Ob es richtig sei, dem Postdirektor davon zu erzählen, solle der Maresciallo selbst entscheiden, meinte Cucco.

Ob es sich lohnte, es ihm zu sagen, in Anbetracht des Risikos, dass man ihm falsche Hoffnungen machte?

Und wenn er es am Ende doch nicht wäre?

Den ganzen Morgen tat der Maresciallo nichts anderes als den Zeitungsausschnitt anzusehen und Cuccos Brief wieder und wieder zu lesen.

Mittags hatte er seine Entscheidung getroffen.

Er war es.

Er faltete den Zeitungsausschnitt zusammen und steckte ihn in seine Tasche.

Er hätte wetten können, dass er es war. Er hätte sogar Lotto gespielt. Das große Los: Der Mann mit dem verlorenen Gedächtnis, die Verlobung, der alte Vater.

Er hätte es getan. Wenn die Sofistrà noch am Leben gewesen wäre. Obwohl er seiner Frau verboten hatte, Geld für dieses idiotische Spiel zu verpulvern.

40

»*Der da!*«, sagte Severino Navacchi.

Der da, besser gesagt Cesaretti, hatte schon wieder geschrieben. Der Drogist reichte seiner Frau den Brief.

Signora Vittoria hatte sich gerade erst die Tränen abgewischt.

Zwangsläufig! Denn am Morgen des 2. April befanden sich Filzina und Risto seit etwas über einer halben Stunde auf Hochzeitsreise.

Florenz war die erste Etappe. Dann Siena und Lucca. Aber vorher, mittendrin, Rom.

Um Cucco zu sehen, ihn zu begrüßen, mit ihm Frieden zu schließen.

Signora Vittoria drückte den Brief an ihre Brust, denn sie spürte, dass nur die Worte ihres alten Freundes sie in diesem Augenblick größter Melancholie trösten konnten.

Voller Dankbarkeit dachte sie an ihn. Und dann wurden ihre Augen wieder feucht.

41

Die Augen, Filzina machte sie wieder auf.

Ganz schnell.

Im Dunkeln, als ...

Sie hätte gern das Licht angemacht.

Aber sie verzichtete darauf. So einen großen Unterschied hätte das auch nicht gemacht.

Es gab keinen Unterschied.

Oder noch besser, es gab einen. Alles war zu ihrem Vorteil.

Wer den Richtigen hatte, das wusste sie jetzt. Risto, ihr Mann.

Und damit auch sie.

Zum Glück hatte sie das Licht nicht angemacht, denn ihr waren zwei Freudentränen über die Wangen gelaufen.

Was hätte ihr Mann denken sollen, wenn er sie in der Hochzeitsnacht hätte weinen sehen?

42

»Weinst du schon wieder?«, entfuhr es Severino Navacchi.

Er konnte diese Frau, die seit ein paar Tagen andauernd heulte, nicht mehr ertragen.

Am Vorabend der Hochzeit hatte sie angefangen zu weinen.

Am Tag der Hochzeit weinte sie, als Filzina das Haus verließ, dann wieder, als sie in die Kirche ging, und ebenfalls, als sie »Ja« sagte, und schon wieder, als sie aus der Kirche kam, dann als die Torte angeschnitten wurde und als das Brautpaar wegging.

Dann erneut während der Nacht, und sie schluchzte so laut, dass er nicht schlafen konnte.

Am nächsten Tag heulte sie, weil ihr ihre Tochter fehlte. Am Abend desselben Tages heulte sie, als sie sah, dass diese glücklich war und strahlte. Sie weinte auch bei dem Gedanken, dass sie sie vierzehn Tage nicht sehen würde.

Und schon wieder Tränen, vorhin, am Bahnhof, als sie sich verabschiedeten.

Und jetzt aufs Neue bei diesem noch verschlossenen Brief, den sie gegen ihre Brust hielt, als hätte sie Angst, jemand nähme ihn ihr weg! Was konnte ihr dieser Idiot schon schreiben.

Aber mit den Tränen war es jetzt bitte genug!

Signora Vittoria ging schweigend fort und verschwand im Bad. Sie wusste, wie sich starke Emotionen bei ihr auswirkten. Wenig später, mit der Geräuschkulisse der Wasserspülung, die noch rauschte, zog sie die Nase hoch und reichte ihrem Mann den Brief von Cesaretti.

»Hier, lies!«

»Niemals!«

Mit dem da und seinen Angelegenheiten wollte er nichts zu tun haben.

»Er redet aber nicht von sich«, sagte die Signora Vittoria.

Sondern von ihrem Sohn Cucco und seinen Plänen.

Und was für Pläne das waren!

43

So gefiel es Filzina besser.
Ihn als Erste zu sehen. Und allein.
Risto verstand es nicht und hätte es gern gewusst.
»Warum?«
»Darum«, antwortete sie geziert.
Sie hätte ihrem frischgebackenen Ehemann natürlich sagen können, dass sie Ludovico erst unter vier Augen sprechen wollte, um festzustellen, ob er sich verändert hatte. Und um zu wissen, was das für geheimnisvolle Marotten an Weihnachten waren, die mit Risto – »meinem Mann« – zu tun hatten, und ob sie nun endlich der Vergangenheit angehörten.
»Also gut«, sagte er nachgiebig. Was seine frisch angetraute kleine Ehefrau ihm da gesagt hatte, war keine richtige Antwort.
Was bedeutete »darum«?
»Drei Tage sind wir verheiratet, und schon gibt es Geheimnisse zwischen uns?«
»Aber nein.«
»Aber ja!«
Fast wäre es zum Streit gekommen.

44

Auch wenn sie einen Streit riskiert hatte, es hatte doch einen gewissen Charme, dachte Filzina, als sie allein war.
Ihr erster Streit als Ehefrau.
Nachher im Dunkeln würden sie sich wieder versöhnen.
Sie wusste ja jetzt, wie das ging.

Bei diesem Gedanken wurde Filzina rot und versuchte, ihn zu vertreiben. Sie musste sich jetzt konzentrieren, sich um ihren Bruder kümmern, ihn zur Rede stellen, diesen Nachmittag völliger Freiheit genießen, den ihr Mann ihr nach einigen Einwänden zugestanden hatte.

»Ich gehe und mache zwei Schritte«, hatte Evaristo am Ende gesagt.

»Sagen wir vier«, schlug sie vor.

Um sieben wollten sie sich wieder im Hotel treffen.

Sie sah auf die Uhr. Es war zwei. Sie hatte viel Zeit, dachte Filzina, aber sie musste sich beeilen.

Sie musste überlegen, wie sie vorgehen sollte.

Sollte sie Ludovico überraschen und einfach bei ihm hereinschneien, also plötzlich in seiner Werkstatt auftauchen?

Das könnte funktionieren. Aber vielleicht besser nicht, einfach so, ganz unversehens … Bei seiner Natur konnte man nicht wissen, wie er reagierte, und damit wäre die gute Gelegenheit, Frieden zu schließen, dahin.

Mit ihr, aber auch mit dem Rest der Familie, mit Mama und Papa. Denn Filzina handelte im Auftrag aller.

Die Mutter hatte es ihr am Hochzeitstag deutlich gesagt.

»Wenn du nach Rom fährst, versuch, mit ihm zu sprechen, bring ihn zur Vernunft. Sag ihm, dass …«

Dann brach sie in Tränen aus, und ihr Vater ärgerte sich. Aber sie hatte schon verstanden, was sie meinte.

Auch Papa hatte ihr eine Empfehlung mitgegeben.

Trocken, so wie er war, und möglichst förmlich wollte er dabei wirken.

»Wenn du ihn siehst, grüß ihn.«

Eine klare Botschaft.

Filzina dachte, es sei besser, ihrem Bruder vorher zu sagen, dass sie ihn besuchen wolle.

Ein notwendiges Telefonat.

So hätte Cucco genügend Zeit, sich vorzubereiten.

Als sie den Hörer abnahm, um die Rezeption um eine Telefonverbindung zu bitten, war es genau 14 Uhr 30.

45

Als genau um 14 Uhr 30 ein Postbote ins Hotel kam, um das Telegramm abzugeben, sagte der Angestellte an der Rezeption, die Familie Sperati sei nicht auf ihrem Zimmer.

Trotz des Durcheinanders an seiner Theke – gerade war eine Pilgergruppe angekommen, die einen Höllenlärm machte – hatte er gegen zehn vor zwei den Mann weggehen sehen. Er hatte ihn sofort erkannt, denn der Gepäckträger, der mit den Koffern des Paares nach oben gegangen war, hatte ihm zu verstehen gegeben: »Ist geschenkt«, was bedeutete, dass er auf sein Portemonnaie achtete und ihm kein Trinkgeld gegeben hatte.

Seine Frau hatte er nicht in seiner Begleitung gesehen, aber ein solches Persönchen, eine so winzige Gestalt, so ein Kanarienvögelchen, das nur aus Haut und Knochen bestand, ging im Gedränge der Rezeption unter.

»In jedem Fall«, sagte er zum Postboten, »ist das Zimmer leer.«

So quittierte er den Eingang des Telegramms und steckte es in das Postfach von Zimmer 132, wobei er bemerkte, dass der Gast die Schlüssel nicht hinterlassen hatte.

Als ihn Filzina um 14 Uhr 40 nach einigem Zögern vom Zimmer aus anrief, damit er sie mit ihrem Bruder verband, begriff der Mann an der Rezeption, warum die Schlüssel nicht an ihrem Platz waren.

Er schrieb die Nummer auf, winkte einen Pagen und wies ihn an, das Telegramm auf das Zimmer 132 zu bringen.

»Glaub aber nicht, dass jetzt der Reichtum ausbricht«, warnte er ihn.

Und so wusste der Junge, dass er nicht den Hauch eines Trinkgelds bekommen würde, und nahm sich Zeit.

46

I

Tut, tut, klingelte das Telefon.

Poch, poch, klopfte jemand an die Tür.

Filzina horchte in den Hörer.

Da machte es wieder *poch, poch*.

»Herein«, sagte sie.

Der Hotelpage, ein Junge ohne Bart, aber mit einer tiefen Stimme, ging ein paar Schritte durchs Zimmer und hielt ein Tablett mit dem Telegramm, das er Filzina reichte.

»Ein Telegramm«, verkündete er.

»Hallo«, sagte eine Stimme ins Telefon.

Eine schwache Stimme, wie die eines Priesters.

Beruhigend.

Es war nicht Ludovico.

»Goldschmiedewerkstatt Cesaretti.«

Der Hotelpage stand wie angewurzelt vor ihr.

Filzina war etwas verwirrt.

»Ja, ja, einen Moment«, sagte sie zu Cesaretti.

Mit der Linken nahm sie das Telegramm.

»Danke«, sagte sie und nickte dem Pagen entschuldigend zu. Er musste doch sehen, dass sie mit Telefonieren beschäftigt war.

»Du kannst mich mal«, sagte der Page und zog sich zurück.

Um kein Geld herauszurücken, waren alle Entschuldigungen gut.

Filzina hörte es nicht, sie hörte nur den Klang der Stimme, während sie Cesaretti erklärte, wer sie war und was sie wollte.

»Einen Moment«, sagte er.

Das Telegramm hatte sie auf ihren Schoß gelegt.

Noch mehr Glückwünsche?

Durchaus möglich.

Den Hörer zwischen Kopf und Schulter eingeklemmt, las sie die Adresse; das Telegramm war an das Hotel in Florenz und von dort nach Rom weitergeschickt worden.

Sie öffnete es, während sie darauf wartete, dass Cucco ans Telefon kam. Allerdings hörte sie nur ein paar schwache Töne und eine Art Klingeln.

II

»*Meine Schwester ist hier in Rom?*«, fragte Cucco.

»Soll das ein Scherz sein?«

»Nein«, sagte Cesaretti.

Der wusste schon Bescheid.

Er wusste von der Hochzeitsreise und von dem Umweg nach Rom extra wegen Cucco. Um ihn zu sehen, mit ihm zu sprechen und die Wogen wieder zu glätten.

»Wäre es nicht an der Zeit, Frieden zu schließen?«, fragte der Chef.

Ludovico, noch erstaunt über die Nachricht, ging auf das Telefon zu.

»Hallo«, sagte er.

Die Stimme.

Harmonisch und freundlich.

Die Stimme von Cucco. Cucco wie in den besten Zeiten.

Cucco, als er noch ein Junge war.

Die Stimme aus der Zeit, in der es so war, als würde die Zeit niemals vergehen, als würde sich nie etwas ändern.

Die Stimme, mit der er sich über sie lustig machte.

Mit der er Vater und Mutter spaßige Antworten gab, mit der er sie auch täuschte und ihnen Unsinn erzählte.

Diese Stimme wusste noch nicht, dass alles verdorben war, alles schlimm war, plötzlich, einfach so, aus heiterem Himmel.

»Hallo!«, wiederholte Ludovico.

»Cucco«, seufzte Filzina.

Und dann folgten nur noch Schluchzer.

47

Ein heftiges Geräusch störte den klösterlichen Frieden in der Goldschmiedewerkstatt Cesaretti. Als Ludovico den Telefonhörer auf die Gabel warf, fuhr Cesaretti hoch.

»Was ist los?«, fragte er.

»Was los ist?«, schimpfte Ludovico.

Seine Schwester hatte am Telefon nur geschluchzt wie ein Kind, Weinkrämpfe gehabt und ihn zwischendurch gebeten, sofort zu ihr zu kommen, weil ... und dann habe sie wieder geschluchzt und ihm dabei fast das Trommelfell durchbohrt.

Cesaretti sah ihn verblüfft an.

Ludovico war puterrot, erregt, seine Augen glänzten.

»Aber was ist passiert?«, fragte Gualtiero. »Hat sie dir nicht gesagt, warum?«

Auch er machte sich jetzt Sorgen.

Weil, sagte Ludovico, er es ihr nicht gesagt hätte.

Er wusste es. Hatte es immer gewusst.

Er hatte sogar versucht, es ihr beizubringen.
Seinem Vater. Seiner Mutter, auch ihr, der Braut.
Dass diese Hochzeit ...
Aber sie, alle drei, hätten nicht reagiert.
Auch er habe sich doch verändert, hatten sie ihm geantwortet.
Und warum sollte sich nicht auch Risto ändern?
»Verflucht noch mal«, murmelte der junge Mann.
Cesaretti ließ ihm grobe Ausdrücke nicht durchgehen, und Flüche noch weniger. Er mahnte ihn zur Ruhe.
»Zuerst müsste man verstehen, was überhaupt geschehen ist«, sagte er. »Ich glaube, du bist nicht in der richtigen Verfassung, um vernünftig mit der Situation umzugehen. Deine Schwester ist wegen einer ... Art Friedensmission hierhergekommen, das solltest du wissen!«
»Frieden?«, fragte Cucco.
Was für ein Frieden denn?

48

»*Die Mama ...*«, schluchzte Filzina in den Hörer.
Aber *tut, tut,* antwortete es.
Zwangsläufig, denn Ludovico hatte schon aufgelegt und sprach jetzt mit Cesaretti, der nicht verstand, was Cucco sagte. Er musste den Eindruck haben, dass der Junge phantasierte.
»Das Gegenteil von Frieden!«, wiederholte er.
»Ein Krieg stand bevor.«
»Aber von welchem Krieg redest du da?«, fragte Cesaretti.
Ruhig, mit leicht öliger Stimme.
Er wisse es, antwortete Ludovico.
Bevor er urteile, müsse er erst erfahren, was Sache sei!

Der Unterschied, das Maß, das Gewicht.

»Ich begreife dich einfach nicht«, seufzte Cesaretti, der nicht mehr weiterwusste.

Er sei nicht der Einzige, erklärte Navacchi junior.

Um das zu begreifen, müsste man es gesehen haben.

Und er …

»Was ist mit dir?«

»Ich weiß es!«

Ludovico schwieg. Es war zu spät, zu spät, um vorzuwarnen, zu spät, um die Sache ins Reine zu bringen.

Was konnte er jetzt, wo es so weit gekommen war, tun?

»Ich muss gehen«, sagte er.

»Wohin?«, fragte Cesaretti.

49

Wo war das Telegramm?

Nachdem Filzina es gelesen hatte, legte sie es auf ihren Schoß.

Dann, als ihr Bruder ans Telefon kam, war sie, obwohl sie heftig schluchzte, aufgestanden. Die schlimme Nachricht, die sie ihm überbringen musste, verdiente höchste Achtung, größte Ehrerbietung. Dazu musste man aufstehen.

Dann vergaß sie das Telegramm.

Wo war es?

Das Mädchen wischte sich die tränenverschleierten Augen.

Da sah sie es.

Am Boden, auf dem Teppich.

Sie bückte sich, um es aufzuheben.

Und da fiel ihr Blick auf die Adresse.

Eben die Adresse!

50

Mit zwei Riesenschritten wie ein Grenadier verließ er den Laden.

Dann blieb Ludovico wie angewurzelt stehen, ihm war plötzlich ein Gedanken gekommen.

Er sah zu Boden.

Dachte über die Idee nach.

Er machte kehrt, vier kleine Schritte wie eine Rot-Kreuz-Schwester. Dann war er wieder im Laden.

»Wenn ...«, sagte er.

Cesaretti war leicht beunruhigt. So hatte er den Jungen noch nie gesehen, ihm fielen alle Dinge ein, die ihm der Vater über den seltsamen Charakter seines Sohnes erzählt hatte.

Ob ihm jetzt auch schon die Atmosphäre in Rom schlecht bekam?

»Wenn meine Schwester für eine oder zwei Nächte eine Unterkunft braucht«, fragte Navacchi, ohne den Satz zu beenden.

Cesaretti zuckte die Achseln.

Sein Lehrling wurde immer seltsamer, immer geheimnisvoller ...

Er brachte kein Wort heraus, ein fragender Blick war seine einzige Antwort.

»Na gut«, sagte Ludovico schnell, »reden wir später darüber.«

51

Die Adresse!

Da stand nicht Familie Sperati.

Noch weniger Filzina Navacchi.

Sehr geehrter Herr Evaristo Sperati, stand da.

Die traurige Nachricht, die verhängnisvolle Neuigkeit war für ihn bestimmt.

Für ihren Mann.

Eigentlich hätte sie sich darüber nicht freuen dürfen, denn es war eine böse, eine schlechte Nachricht.

Aber sie freute sich.

Es überkam sie sogar echte Fröhlichkeit. Sie konnte ein befreiendes Lachen nicht unterdrücken.

Dann schluchzte sie wieder.

Diesmal aber vor Freude.

Es war nicht aufzuhalten, sie konnte nichts machen.

Sie küsste sogar das Telegramm, den Namen, der es unterzeichnet hatte, Doktor Eligio Lesti. »Bedauere traurige Nachricht, Mama gestorben«, teilte er mit.

Filzina drückte das Telegramm an ihr Herz.

Seine Mutter.

Die von Risto.

Ihre Schwiegermutter.

52

Die alte Matrone, die Königin Amerikas, die Witwe Sperati, war dahingegangen, in einem Einbettzimmer im Krankenhaus *Umberto I.* in Bellano. Dort hatte Doktor Lesti sie untergebracht, damit die beiden Frischvermählten in Ruhe auf Hochzeitsreise gehen konnten.

Ob sie im Krankenhaus oder zu Hause war, das machte für sie keinen Unterschied mehr. Sie nahm nichts mehr wahr. Sie reagierte nur, wenn es sich auf dem Sessel, auf dem sie den größten Teil des Tages verbrachte, nicht mehr bequem anfühlte.

Aus diesem Grund hatten sie vier Feuerwehrleute auf ihrem Sessel ins Krankenhaus gebracht.

Und wahrscheinlich aus demselben Grund hatte die Witwe bereits zwei Abende zuvor ihren letzten Atemzug getan. Sie saß auf ihrem Sessel und wurde erst am nächsten Morgen gefunden, schon steif, die Formen ihres Körpers genau der ihres letzten Sitzes angepasst.

53

Sie kam ihm nicht wie jene Art Nutte vor, diese, wie hieß sie noch?, ach ja, Filzina, dachte der Mann an der Rezeption.

Sie war ganz anders als die typische Hotelnutte. Und der Mann war noch weniger der Typ des Zuhälters. Sie wirkten eher wie zwei Dummköpfe, die irgendwo aus einer Randprovinz des Königreichs hergekommen waren. Also Leute, denen man das Blaue vom Himmel erzählen konnte.

Als aber Ludovico Navacchi vorsichtig die Hotelhalle betrat, zur Rezeption kam und sagte, er wolle die Signora vom

Zimmer 132 besuchen, kam dem Mann doch ein leiser Verdacht.

Im Grunde konnte man es nie wissen, die Welt war seltsam, es gab einfach alles.

»Wer sind Sie?«, fragte er.

»Der Bruder«, antwortete er.

Ein anderer, dachte der Angestellte an der Rezeption, der noch vor zwei Stunden unter welchen Bäumen auch immer gelebt hat?

»Der Bruder?«, fragte er.

Sie sahen sich ja überhaupt nicht ähnlich. Er war groß, gut aussehend, gewandt, sie war mager, hielt sich ein wenig krumm, hatte ein Gesicht wie eine Nonne, ein dünnes Stimmchen …

Ludovico begriff sofort, dass der Mann Zweifel hegte.

Um die Dinge gleich zu klären, zückte er seinen Ausweis.

Da musste der Mann nachgeben.

Aber kurz darauf wies er den Etagenkellner an, die Ohren offen zu halten.

In seinem Hotel hatten Nutten und Hurenböcke nichts zu suchen.

54

Lachen und Weinen zugleich.

So viele Emotionen in letzter Zeit, das war zu viel für sie. Diese war die letzte. Nach der Hochzeit, der Hochzeitsnacht, der Trennung von Mama und Papa, der Abreise, den Gedanken an die Zukunft …

Filzina war erschöpft. Sie legte sich aufs Bett und schloss die Augen.

Aber sie öffnete sie sofort wieder, denn das Bild tauchte vor ihr auf, sobald sie die Augen geschlossen hatte. Und es schien ihr nicht der richtige Moment, an bestimmte Dinge zu denken, jetzt, wo die Witwe Sperati, die Mutter ihres Mannes, nicht mehr unter ihnen weilte.

Sie begann wieder zu weinen. Was sollte sie sonst tun?

Um sieben Uhr musste sie es ihm beibringen.

Und bedeutete das nicht, dass ihre Hochzeitsreise unwiederbringlich ruiniert war?

Für sie, die es schon wusste, war es bereits passiert.

Evaristo hatte noch ein paar trügerische Stunden, in denen er glauben konnte, dass das Leben schön, süß, leicht war.

Noch ein paar Stunden, dann würde ihn der schwere Schlag treffen.

Heftig.

Alles zerstört.

Als Ludovico vor der Tür des Zimmers 132 stand, war Filzina so erschöpft, dass sie, hätte ihr Bruder nicht angeklopft, in eine Art Schlaf gesunken wäre, erledigt durch all die unzusammenhängenden Gefühle.

Aber Ludovico klopfte.

Poch, poch.

Kräftige Schläge.

Er kam herein, ohne auf Antwort zu warten.

Er blieb an der Tür stehen, füllte fast die gesamte Türöffnung aus.

Er sah noch viel besser aus, als sie ihn in Erinnerung hatte, und hatte sich wieder ein bisschen beim Rasieren geschnitten.

»Ludovico«, murmelte Filzina und brach wieder in Tränen aus. Ihn zu sehen, tröstete sie. Da war jemand, den sie kannte, ein Freund. Obwohl Evaristo erst vor etwas mehr als einer Stunde das Hotel verlassen hatte, kam es Filzina vor, als sei sie ein ganzes Leben allein gewesen, dem Schicksal ausgeliefert.

Mit Ludovico war es so, als wären auch Mama und Papa da, ihre Wohnung, der weit entfernte Heimatort, der Geruch, der See, die langsam vorübergehenden Stunden, der Wachsgeruch, das Läuten der Drogerietür. Alles war mit ihrem Bruder hier, eine Welt, die so vollkommen war und sich nie mehr ändern würde ...

»Entschuldige, Cucco«, schluchzte sie.

»Es war ein Irrtum.«

55

Ein Irrtum, so ein Unsinn, dachte Ludovico.

Irrtümer konnte man immer beseitigen, Katastrophen nicht.

Und dies war eine Katastrophe und nichts anderes.

Man brauchte ja nur hinzugucken.

Seine Schwester lag da wie ein Häufchen Elend. Noch magerer als beim letzten Mal. Abgespannt, das Gesicht voller Flecken. Geschwollene Augen und dicke Augenringe. Ein Anblick des Jammers. Der Unterleib von Schluchzern geschüttelt.

Das war das Ergebnis von zehn Tagen – Tagen, nicht Jahren Ehe.

Und wo war Risto, dieser Kerl?

Der Hurenbock!

Wahrscheinlich suchte er sich gerade eine nach seinen Maßen!

Mein Gott, er wusste Bescheid, und er hatte doch alles versucht, um den kläglichen Anblick, der sich ihm bot, zu verhindern.

Und das Ergebnis seiner versteckten Warnungen zu Weihnachten?

Hier war es. Filzina bewegte die Hand, als sei sie aus Watte, gab ihm ein Zeichen, ans Bett zu treten, weil sie ihm etwas sagen wollte und kaum noch sprechen konnte.

Und jetzt?

56

»*Du verlierst meinetwegen Zeit*, du solltest wieder zur Arbeit gehen«, sagte Filzina.

Das stimmte.

Aber mit seiner Wut im Bauch hätte Ludovico nur Hufeisen herstellen und auf keinen Fall feinen Schmuck veredeln können.

Und konnte er seine Schwester in diesem Zustand allein lassen?

»Ich habe mir einen halben Tag freigenommen«, log er.

Cesaretti würde es am Abend schon begreifen, wenn er ihm mit den richtigen Worten, die er allerdings noch finden musste, erklärte, worum es ging.

»Oh, mein Lieber«, sagte das Mädchen zwischen zwei Schluchzern.

Also konnte er am Nachmittag bei ihr bleiben?

Und ihr um sieben Uhr helfen, es ihm beizubringen?

Es ihm zu sagen?

Ludovico war verlegen.

Ja, natürlich aber, verflucht ...

»Was ist?«, fragte Filzina leise.

Das sei, stammelte Ludovico, nicht gerade einfach ...

Sich in Sachen zwischen Mann und Frau einzumischen ...

Und dann, verflucht noch mal, warum konnte man nicht verhindern, dass die Dinge so weit kamen!

»Verhindern?«, fragte FIlzina.
Genau. Er hätte es versucht.
Weihnachten.
»Weihnachten?«
Ja, Weihnachten!
»Ich wusste schon zu Weihnachten, dass es so enden würde«, sagte Ludovico.
Und wenn sie, Mama und Papa, auf ihn gehört hätten ...
Filzina setzte sich auf dem Bett auf.
Ihr war noch etwas schwindelig.
»Aber Ludovico, Weihnachten ging es Evaristos Mutter doch noch gut!«, hauchte sie.

57

Ristos Mutter?
»Was hat die denn damit zu tun?«, fragte Ludovico.
Sie sei tot, erklärte Filzina.
Tot, das stehe im Telegramm.
Aber sie ... vielleicht wegen der Aufregung, in Rom zu sein, vielleicht vor Freude, dass sie ihn bald sehen würde ... als man ihr das Telegramm gebracht hätte, da hätte sie nicht auf die Adresse geschaut und gedacht ...
»Ich war am Telefon«, sagte Filzina, »und wartete, dass dich Signor Cesaretti rief.«
Sie habe auf seine Stimme gewartet und sei einfach dumm gewesen. Zuerst habe sie geglaubt – mit welch makabrer Phantasie, wisse sie nicht –, dass ihre Mutter gestorben sei.
»Unsere Mutter?«, rief Ludovico erstaunt.
Ja, ihre liebe Mama.
Ob er sich vorstellen könne, wie verzweifelt sie gewesen sei?

Erst all die Freude dieses wunderbaren Abenteuers, das das Leben ihr geschenkt hatte, einen Mann, die Hochzeit ...

Cucco wurde schwindelig.

Jetzt kapierte er nichts mehr.

»Willst du damit sagen, dass ...«

Natürlich, sie hatte es missverstanden. Die Mutter von Risto war tot. Ihre Schwiegermutter ...

»Aber wer interessiert sich denn für die alte Schachtel?«, entfuhr es Cucco.

Seine Schwester wollte damit also sagen, dass sonst nichts vorgefallen und alles zwischen ihr und Risto in Ordnung war ...

»Machst du dir Sorgen um mich?«, fragte Filzina sanft.

Dann nahm sie die Hand des Bruders und schloss die Augen.

»Bis zum heutigen Morgen war ich die glücklichste Frau der Welt«, sagte das Mädchen.

Aber jetzt laste ihr ein Gewicht auf dem Herzen, wie ein böser Schatten.

Warum ging nur alles Schöne so schnell kaputt?

»Weil die Freude nicht ewig dauern kann?«, fragte Filzina und blickte zur Decke.

Ludovico hatte ein seltsames Gefühl.

Ihm war kalt.

Ein Schauer ergriff ihn, als hätte er Angst oder wäre verlegen.

Er entzog seiner Schwester die Hand.

»Das Mäuschen«, sagte er leise.

Dann trat er zwei Schritte zurück und setzte sich auf einen Sessel.

»Was hast du gesagt?«, fragte Filzina.

»Ist schon gut«, antwortete Cucco mit rauer Kehle.

Glückwünsche für Valenza.

VIERTER TEIL

I

»Nennen Sie sie heute Euforbia«, sagte Bürgermeister Bonaccorsi.

»In Ordnung, Signore«, antwortete Fratina Mazzoli. Aber die Milch müsse sie an die Katzen verteilen.

»Natürlich«, antwortete der Bürgermeister.

Wenn sich seine Frau wie Euforbia fühlte, oder wenn sie wieder Dilenia war, wollten die Katzen nichts von ihr wissen. Nur wenn der Geist der Eufrasia in ihr war, tat sie nichts anderes, als mit den Katzen zu reden, lief ihnen hinterher, verbrachte den ganzen Tag im Garten. »Miau, miau, Kätzchen, Kätzchen, Pussipuss!«

»Ich gehe jetzt«, sagte Bonaccorsi.

»Keine Sorge, ich kenn mich ja aus«, murmelte die Mazzoli.

Sie wusste, wenn die Signora glaubte, ihre Schwester zu sein, dann war sie überzeugt, so alt zu sein wie diese bei ihrem Tod, nämlich neunzehn, benahm sich wie ein junges Mädchen und machte die verrücktesten Sachen. Vor zwei Wochen war sie in grotesker Aufmachung zum Pfarrer gegangen, hatte ihn gebeten, in die Gemeinschaft der Marientöchter aufgenommen zu werden, zu der nur unverheiratete junge Mädchen gehörten. Der Pfarrer redete ihr freundlich zu, und die Settembrelli blieb in seinem Amtszimmer, bis ihr Mann kam, um sie abzuholen und nach Hause zu bringen.

Wenn Dilenia Anstalten machte, etwas Seltsames zu unternehmen, sollte die Mazzoli ihn sofort anrufen.

»Das mache ich bestimmt«, sagte sie.

Seufzend ging der Bürgermeister davon.

Für sie war es doppelte Arbeit, eine doppelte Aufgabe. Wenn die Dame des Hauses glaubte, sie sei ihre Schwester Euforbia, konnte sie sie keinen Moment aus den Augen lassen.

Wenn sie dachte, sie sei Eufrasia, dann war es besser. Schlimmstenfalls musste sie die Hausarbeit ein paar Stunden ruhen lassen und in den Garten gehen und mit ihr die Schönheit und Gelehrigkeit der verschiedenen Katzen bewundern.

Am besten war es, wenn die Padrona wurde, was sie wirklich war, Dilenia. Dann saß sie tagelang auf dem Sofa oder lag im Bett und starrte ins Leere. Dann konnte die Mazzoli unbesorgt ihrer Arbeit nachgehen. Für die sie schließlich bezahlt wurde.

Aber heute war es eben anders, dachte die Mazzoli und begann, die Milch für die Katzen zu verteilen.

So war es, und daran ließ sich nichts mehr ändern.

2

Auch Doktor Lesti hatte das vor einiger Zeit gesagt, Anfang März, als ihm Bürgermeister Bonaccorsi nach langem Zögern die Neuigkeit erzählte.

Er begriff, dass noch etwas anderes im Kopf seiner Frau gestört war. Eines Morgens, als er ihr sagen wollte, dass er heute früher gehen musste als gewöhnlich, antwortete sie ihm nicht.

Da sie sich nicht rührte und nichts sagte, dachte er, sie sei tot.

Er rüttelte an ihrer Schulter.

»Wie kannst du erwarten, dass ich dir antworte, wenn du mich nicht bei meinem Namen nennst?«, sagte sie schließlich.

Bonaccorsi war eine Weile sprachlos.

»Entschuldige«, sagte er dann, »wie soll ich dich denn nennen?«

»Eufrasia«, erklärte sie, als sei das das Natürlichste der Welt.

Am folgenden Morgen stellte Ermete sie auf die Probe.

»Dilenia«, sagte er.

Keine Antwort.

Dann sagte er langsam »Eufrasia«.

»Was willst du?«, fragte sie.

Dreimal hintereinander ging es morgens so.

Beim vierten Mal verzichtete er auf den Versuch.

»Eufrasia«, nannte er sie sofort.

Aber seine Frau sagte nichts.

»Dilenia?«, versuchte er es hoffnungsvoll.

Wieder nichts.

Und da kam ihm eine Eingebung, eine böse Vorahnung, auf die er gern verzichtet hätte. Aber er folgte ihr.

»Euforbia?«

»Ja, was ist?«, sagte seine Frau.

Bonaccorsi wurde sehr nervös. Mit wem konnte er darüber reden?

Er besiegte seine Scham und beschloss, Doktor Lesti zu konsultieren.

War es möglich, dass er nun jeden Morgen erraten musste, wie seine Frau genannt werden wollte? Gab es nicht irgendeine Medizin, irgendein Gebräu, irgendeine Hexenbrühe …

»Es geht nicht so sehr um den Namen«, unterbrach Lesti ihn, »das Problem liegt anderswo.«

Die Frau, erklärte er, sei überzeugt, zwei Persönlichkeiten zu besitzen.

»Das beweist die Tatsache, dass sie einmal auf den Namen der einen und manchmal auf den der anderen hört.«

Das sei eine unumgängliche Tatsache, da könne man nichts machen.

»Das Wichtigste …«, fuhr der Arzt fort.

Das Wichtigste war, dass die Sache nicht schlimmer wurde.

Nämlich dass im Laufe der Zeit nicht noch mehr Personen zu den bereits vorhandenen hinzukämen.

»Das fehlte gerade noch!«, rief Bonaccorsi aus.

Konnte das passieren?

»Alles ist möglich«, erklärte Doktor Lesti.

Und die Jahreszeit war auch nicht gerade günstig.

Was die Jahreszeit damit zu tun hatte, konnte Bonaccorsi allerdings nicht begreifen.

Sie habe eben damit zu tun, antwortete Doktor Lesti, er habe genug Erfahrung und wisse, wovon er rede.

»Der Frühling mit seinen neuen Säften belebt das Blut von uns allen!«

Alle ohne Unterschied, Normale und Bekloppte.

3

Zu den Normalen gehörte der Maresciallo maggiore Ernesto Maccadò. Dass Frühling war, hatte er am Körper seiner Frau gespürt, schon bevor es im Kalender stand.

Abends und morgens.

Abends, sobald das letzte Gebrüll der fünf verklungen war, weil der Schlaf sie übermannte.

Morgens, bevor sich der erste der fünf Schreihälse meldete.

Bei diesem Rhythmus war mit Folgen zu rechnen.

Am Abend des 26. April kam Maccadò fröhlich ein Volkslied pfeifend nach Hause, zugleich schnaufte er, müde von dem langen Arbeitstag.

»Freust du dich, Né?«, fragte seine Frau.

Ob er es schon wusste?

Maccadò sah sie strahlend an.
»Natürlich, Marè«, antwortete er.
Er wusste es, dachte sie.
»Hast du zufällig Doktor Lesti getroffen?«
»Und woher weißt du es?«, fragte der Maresciallo.
»Weibliche Intuition, Né.«
»Aha.«
Schade um die schöne Überraschung, dachte die Marescialla.
»Also …«, sagte sie.
»Und ich sag dir eines, Marè«, unterbrach er sie.
Ein einziges Mal, und sie wusste, wie bescheiden er war, dass er sich nie ins Rampenlicht drängte …
»Ja, Né?«
Einmal hatte er Lust, sich selbst zu loben. Er fand, das hatte er verdient.
»Denn nur ich …«
»Wie, nur du?«
Der Maresciallo sah sie an.
»Wer denn sonst?«
Da sah die Marescialla ihn an.
»Né, wovon redest du eigentlich?«
Maccadò löste den Knoten seiner Krawatte.
»Und du?«, fragte er.
»Sag du zuerst«, befahl die Frau.
Worüber hatte er mit Doktor Lesti geredet?

4

Nichts außer über die üblichen Dinge. Er war allerdings zu ihm gegangen, um ihn um den Gefallen zu bitten, ihn zu Girabottis Vater zu begleiten. Er habe nämlich eine neue Dosis der berühmten Medizin, die den Mann ruhigstellte und von seinem Plan abhielt, nach Spanien zu fahren.

Aber, erklärte der Maresciallo, er fürchte, dass heute Abend die bewusste Medizin zu stark sei. Er wollte nicht, dass sie den beiden mehr schade als nütze. Wenn also der Doktor mitkäme, um bei einem eventuellen Notfall zu helfen, würde er ihm eine Freude machen.

Doktor Lesti war einverstanden, zum Glück, denn Girabotti sprang herum wie eine Ziege, nachdem er die Neuigkeit erfahren hatte, worauf sich seine Frau auf einen Sessel fallen ließ und der Arzt eingreifen musste.

Die Sprünge des verrückten Alten waren vollauf gerechtfertigt, dachte der Maresciallo, weil die Neuigkeiten, die sie aus Spanien erhalten hatten, geradezu unglaublich waren.

Der Sohn war gesund und munter, und es ging ihm hervorragend! Ludovico Navacchi hatte ihm die Wiedersehensszene in allen Einzelheiten beschrieben, und als Maccadò sie las, war er aufgesprungen.

»Denn ich wusste es, ich hatte es geahnt«, sagte der Maresciallo.

Und dafür wollte er sich jetzt loben.

»Aber worum geht es denn?«, fragte seine Frau. »Sag es mir doch endlich, und lass mich nicht so ...«

»Einen Augenblick«, sagte Maccadò.

Nur Geduld.

Die Geschichte von dem Überfall stimmte. Girabotti junior war tatsächlich von diesen Affen angegriffen worden, vermutlich wollten sie sich seine Papiere aneignen, aus einem leicht vorstellbarem Grund, der sonst nichts mit dieser Geschichte zu tun hatte. Wahrscheinlich hatte Giovanni Battista auch ein leichtes Trauma erlebt, durch einen Schlag auf den Kopf oder Ähnliches, und war betäubt worden.

»Aber ...«

»Aber?«

Aber als Ludovico Navacchi nach dem dreitägigen Verlobungsfest mit Inés in das Krankenhaus kam und das Zimmer betrat, in dem Girabotti lag, erkannte der ihn sofort und nannte ihn beim Namen.

»Und dann?«, fragte die Marescialla.

»Das ist doch einfach, Marè!«, sagte Maccadò. Er hatte es immer gewusst.

Dass Girabotti nur so tat, dass seine Amnesie nur gespielt war. Wenn er nämlich erklärt hätte, wer er sei, dann hätten ihn die Militärbehörden eingesperrt und sein Unglück hätte wieder von vorn angefangen. Da er aber so tat, als erinnere er sich an nichts, wurde er untergebracht. Zwar in einem Irrenhaus, aber in Sicherheit und in Erwartung besserer Zeiten. Und die waren mit dem Auftauchen von Cucco Navacchi angebrochen.

»Ich verstehe«, sagte Marè.

Aber jetzt, wo ihn Navacchi erkannt hatte, geriet er da nicht wieder in die Klemme?

»Ganz im Gegenteil«, erklärte der Maresciallo.

Denn jetzt kam das Besondere an der Geschichte. Im Einvernehmen mit seinem künftigen Schwiegervater erklärte Navacchi, dass Giovanni Battista ein Vetter ersten Grades von ihm sei und dass die Familie, nämlich er, sich um ihn kümmern werde.

Kurz gesagt, Giovanni Battista Girabotti war gesund und munter und war auf dem Landgut der Aragón, und nach dem, was Navacchi geschrieben hatte, konnte er dort so lange bleiben, bis sich seine Zukunft und die von Spanien geklärt hatten, da ja momentan noch heftige Kämpfe tobten.

»Besser so!«, rief der Maresciallo aus.

»Bravo«, sagte Marè.

»Hat dir denn Doktor Lesti nichts gesagt?«, fügte sie schnell hinzu.

Und was hätte er ihm sagen sollen?

»Was ich dir jetzt sage.«

Es war am selben Vormittag gewesen. Ihr gefiel dieser Arzt, trotz der schlechten Meinung ihres Mannes: Sie vertraute ihm.

Ernesto – oder Ernestina, wenn es ein Mädchen würde – war unterwegs.

5

Am Morgen des 24. April, drei Tage nach dem Gedenktag an die Gründung Roms, am Tag des Besuchs von Viktor Emanuel von Savoyen-Aosta, dem Grafen von Turin und Generalinspekteur der Kavallerie, wurde die Frau des Bürgermeisters als Eufrasia wach. Am Abend zuvor hatte Bonaccorsi, in dem Wissen, dass er den ganzen nächsten Tag von zu Hause weg sein würde, sich sehnlich gewünscht, dass sie sich beim Aufwachen wie Dilenia fühlte. Dann hätte er sich weniger Sorgen gemacht, weil sie im Bett lag oder bestenfalls in einem Sessel im Wohnzimmer.

Aber da war nichts zu machen. Heute war sie Eufrasia.

Na gut, sagte er bei sich. Es hätte schlimmer kommen können. Wäre sie als Euforbia aufgewacht, hätte er den ganzen Tag wie auf heißen Kohlen gesessen, weil er wusste, was für verrückte Dinge die Frau sich ausdachte, wenn sie glaubte, neunzehn zu sein.

Auch die Mazzoli war mit ihm einer Meinung, als Bonaccorsi ihr sagte: besser Eufrasia als Euforbia. Auch sie saß auf heißen Kohlen, wenn die Signora glaubte, ihre Schwester zu sein, dann hatte sie keine Ruhe, eine große Belastung, sie nicht aus den Augen lassen zu können.

Bonaccorsi fuhr mit der Delegation aus Bellano mit dem Torpedoboot, das ihnen die Abteilung des *Fascio* zur Verfügung gestellt hatte, nach Como. Er hatte Grund, das zu bereuen, und das begriff er auch gleich hinter Varenna. Da war es aber zu spät. Denn der Segretario Iginio Negri, der auf keinen Fall fehlen durfte, belästigte ihn, bis sie die Provinzhauptstadt erreichten.

Es ging um ein in seinen Augen schweres Problem, für das er keine Lösung fand. Alles nur deshalb, weil er die Kassette mit der persönlichen Habe von Girabotti junior, nachdem er ihren Inhalt untersucht hatte, an den Absender zurückgeschickt hatte, aber die Papiere nicht mehr gefunden werden konnten. Das Provinzkommando der Miliz machte sofort Meldung, dass das Papier fehlte, und ließ ihn wissen, dass es ohne dieses wichtige Beweisstück schwierig sei, Klarheit in die Angelegenheit zu bringen. Er müsse es wiederfinden, da er für das Material verantwortlich sei. So nachlässig dürfe ein Parteisekretär nicht sein.

Nach Meinung des Befehlsstabs hatte er es verloren. Aber er wusste gar nichts davon. Er hatte die Kassette von Maresciallo Maccadò entgegengenommen und schleunigst zurückgeschickt.

»Fragen Sie den Maresciallo«, riet Bonaccorsi ihm, um irgendetwas zu sagen.

»Das ist schon geschehen«, antwortete er.

Leider hatte ihm Maccadò nichts zu sagen gehabt.

Und er hätte ihm auch sicher nicht gesagt, dass er sich die Freiheit genommen hatte, das Dokument einzustecken, um die unvermeidlichen Nachforschungen anzustellen und ... ja, auch, um Negri ein bisschen in Schwierigkeiten zu bringen.

Als das Torpedoboot Como erreichte, sagte Negri zum x-ten Mal: »Mir steht ein Disziplinarverfahren bevor.«

Es wurde ein prachtvoller Tag, genau wie es der Präfekt vorausgesagt hatte. Eine schöne jugendliche Sonne bestrahlte den Besuch des Grafen von Turin und stimmte alle Anwesenden fröhlich. Alle außer Bonaccorsi, der nach dem Geschwätz von Negri den Ansagen, Reden, Darbietungen und Grüßen mit steigender Unruhe beiwohnte. Selbst das Mittagessen war für den Bürgermeister von Bellano ein Augenblick grenzenloser Langeweile. Er aß nur mäßig und dachte an die Mitglieder der Delegation, die sich überall zerstreut hatten, zwischen Kneipen und Osterien, wo sie sich nun den Bauch mit Wein und Essen vollschlugen.

Eigentlich sollte das Torpedoboot um vier Uhr von Como ablegen. Aber es fuhr dann doch erst um sechs Uhr abends. Es dauerte nämlich gut zwei Stunden, bis sich die Gruppenmitglieder wieder eingefunden hatten, die letzten vier reagierten um zwanzig vor sechs auf den Ruf, nachdem sie noch einen Abstecher ins Kasino gemacht hatten. Aber damit war es noch nicht vorbei. Denn der Rückweg wurde zur Qual, weil dauernd jemand verlangte, dass das Schiff hielt. Die meisten Mitfahrer schrien, sie wollten aussteigen, und immer hielt das Torpedoboot bei einer Osteria oder einem Weinkeller.

Müde, benommen, mit dem Gefühl, einen Tag vergeudet zu haben, und einem leeren Magen, weil er so wenig gegessen hatte, verließ Bonaccorsi kurz nach zehn Uhr abends die unangenehme Gesellschaft. Er lächelte bei dem Gedanken, jetzt endlich nach Hause zu gehen, sich ins Bett zu legen und schön neben seiner Frau zu schlafen, die sicher schon schnarchte.

Wenn sie Eufrasia war, ging die Frau früh ins Bett. Die Katze neben ihr musste er ertragen.

6

Doch es kam ganz anders.

Er sah sie gleich, als er das Haus betrat.

Dilenia – innerlich hatte er sie nie anders genannt – saß im Wohnzimmersessel, in dem sie ganze Tage verbrachte.

Das tat sie immer, wenn sie beim Aufwachen glaubte, das zu sein, was sie wirklich war, Dilenia Settembrelli.

Folglich ...

Sofort keimte im Bürgermeister der Verdacht auf.

Dass im Laufe des Tages etwas passiert war.

Zum Beispiel ein neuer Personenwechsel, von Eufrasia zu Dilenia.

Das war etwas Neues, bisher noch nie Vorgekommenes. Dies musste er Doktor Lesti sagen, um herauszufinden, ob es etwas Gutes oder, wie er fürchtete, etwas Schlechtes war.

Der Bürgermeister ging auf sie zu und betrachtete sie.

Seine Frau hatte eine schwer zu beschreibende Mimik. Die Gesichtsmuskeln waren zu einem kaum wahrnehmbaren Lächeln verzogen. Sie war blass, aber das kam wohl durch das Dämmerlicht von der Tischlampe neben dem Sessel.

»Wieso bist du noch wach?«, fragte er, um das Schweigen zu brechen.

»Ich wollte dir Guten Abend sagen«, antwortete sie.

»Das ist nett von dir«, sagte Ermete.

Aber es war seltsam, wirklich seltsam.

»Ist etwas passiert?«, fragte er. »Geht es dir gut?«

Nein, es war nichts passiert.

Und es ging ihr gut.

Sie war hier sitzen geblieben, um ihn zu begrüßen.

Das tat sie und ließ dann den Kopf sinken.

7

Schon wieder aufs Geratewohl einen Totenschein auszustellen. Der Gedanke ließ Doktor Lesti nicht los.

Am Vorabend war gegen halb elf Bonaccorsi zu ihm geeilt, um ihn zu holen. Der Mann war außer sich, die Augen traten ihm fast aus dem Kopf. Und er konnte nichts anderes tun, als das Ableben seiner Ehefrau festzustellen.

Aber woran war sie gestorben?

Sie hatte keine Krankheiten, jedenfalls wusste er nichts davon. Sie schien gesund zu sein, doch jetzt war sie tot.

Am folgenden Tag ging er wieder zu Bonaccorsi, um den Dingen auf den Grund zu gehen. Er bat höflich darum, mit Fratina Mazzoli sprechen zu dürfen. Vielleicht war dem Mädchen während des Tages etwas Besonderes aufgefallen.

»Nein«, sagte sie.

Vielleicht hatte die Signora über Schmerzen geklagt.

Nein, auch nicht.

Hatte sie vielleicht etwas Besonderes gegessen, das sie nicht vertragen hatte?

»Milch«, antwortete die Mazzoli. Wenn sie glaubte, Eufrasia Sofistrà zu sein, ernährte sie sich ausschließlich von Milch. Und das war ihr noch nie schlecht bekommen.

Sie hatte sie nicht husten, niesen, schnaufen, gähnen, rülpsen oder ein anderes Geräusch machen hören?

Nein, nichts von all dem. Es war ein Tag wie alle anderen.

»Sagen wir, ein Tag wie die, an denen die Signora glaubte, Eufrasia zu sein«, stellte die Mazzoli klar.

Doktor Lesti gab nicht auf. Er fürchtete, er müsse zu viele Totenscheine wegen »vermutetem Herzanfall« ausstellen, und das könne den Verdacht seines Vorgesetzten, des Provinzarztes, erregen. Als er dann die Mazzoli ausgequetscht hatte, ohne irgendetwas aus ihr herauszukriegen, sah er keine andere Möglichkeit.

Er versuchte es mit dem Bürgermeister. Er solle sein Gedächtnis anstrengen trotz seines Kummers, solle sich erinnern, ob seine Frau ihm irgendetwas Besonderes gesagt hatte.

Bonaccorsi schüttelte den Kopf.

Sie habe ihn nur begrüßt, erklärte er.

Mit »ciao«. Dabei log er.

Denn nie im Leben, nicht einmal unter Folter hätte er es gestanden. Dass ihn, dessen war er hundertprozentig sicher, seine Frau statt mit »ciao« mit »miau« begrüßt hatte.

8

Eine Woche nach dem Tod von Dilenia schloss Bonaccorsi sich in seinem Haus ein. Er musste eine Entscheidung treffen.

Dann traf er zwei.

Zuerst legte er sein Amt als Bürgermeister nieder, und zwar definitiv. Er begründete es mit seiner dramatischen familiären Situation.

Angesichts so starker Worte konnte der Präfekt nichts erwidern. Er nahm den Rücktritt an, ohne zu ahnen, was Bonaccorsi mit diesem schwerwiegenden Schritt verband.

Die familiäre Situation hatte dazu beigetragen.

Aber der andere Grund war bedeutsamer. Er fühlte sich in der Welt, in der er lebte, etwas fremd, obwohl er sich bis vor Kurzem darin recht wohl gefühlt hatte.

Aber jetzt.

Der Stechschritt, das obligatorische Sie, die Abschaffung des Händedrucks, die immer engere Freundschaft mit den Deutschen, die gerade Österreich annektiert hatten, der Spanische Bürgerkrieg, der immer noch andauerte und der ganz nach einem riesigen und wilden Trainingslager für künftige Kriege aussah ...

Er hatte das Gefühl, einer anderen Zeit anzugehören. Einer Zeit des Friedens und der Ruhe, auch wenn er in seinem Leben dank seiner Ehefrau von beidem wenig gehabt hatte.

Während er über sein neues Leben nachdachte, reifte in Bonaccorsi die zweite Entscheidung. Als Ex-Bürgermeister hatte er eine Zeit vor sich, die er mit etwas füllen musste, und so sagte er sich, es sei keine schlechte Idee, seine Erlebnisse aufzuschreiben.

»Ich will die Geschichte der drei Frauen aufschreiben, mit denen ich eine Zeit lang verheiratet war«, sagte er sich.

Die Idee faszinierte ihn. Je mehr er daran dachte, desto mehr fesselte sie ihn. Es gab jede Menge zu erzählen, auch merkwürdige, unterhaltsame, groteske Dinge.

Er brauchte dafür einen Titel, der neugierig machte.

Der eine geht, der andere kommt, fiel ihm als Erstes ein.

9

Genau dies sagte Evaristo Sperati am Sonntagmorgen, als er mit der kreidebleichen Filzina sprach.

Sie standen vor dem Grab, in dem seine Mutter ruhte, und statteten ihr den üblichen Besuch mit frischen Blumen ab.

»Der eine geht«, sagte er und klopfte mit der Hand gegen den Marmor.

»... der andere kommt«, fuhr er fort und legte die andere Hand sachte auf den Bauch seiner Frau. Sie nahm sie weg und bat ihn, ihr den Arm zu reichen und sie schnell nach Hause zu bringen, weil sie spürte, dass ihr gleich wieder übel würde.

Auch Amadio Bertaretti sagte es – allerdings lachend und nicht ohne eine gewisse Genugtuung, nachdem er erfahren hatte, dass er Sekretär der Bellaner Sektion des *PNF* anstelle von Iginio Negri wurde, der für sechs Monate von seinem Amt suspendiert war, bis er aufgeklärt hatte, wieso das berühmte Papier verschwunden war und welche Verantwortung er dafür trug.

»Die können mich mal«, war Negris Antwort. Wenn er jetzt Girabotti junior in die Finger gekriegt hätte, den ersten und einzigen Grund seines Missgeschicks, hätte er ihn gern in Stücke gerissen.

Aber dies war nur ein Wunsch, und der sollte nicht in Erfüllung gehen. Zwei Monate später, wenige Tage nach dem Sieg der italienischen Nationalmannschaft im Pariser Finale der Fußballweltmeisterschaft, gab Giovanni Battista Girabotti mit einem langen Brief ein Lebenszeichen von sich. Der Brief wurde direkt an die Eltern geschickt, und so war diesmal der Postdirektor an der Reihe, in die Kaserne zu gehen und dem Maresciallo Maccadò zu sagen, dass …

10

»Mein Sohn heiratet!«

Noch bevor er Guten Tag sagte, sprudelte Girabotti unter dem erstaunten Blick von Maccadò die Neuigkeit hervor.

Er verstand nicht ganz.

Bevor er darauf antwortete und den Gruß erwiderte, fragte er den Postdirektor, ob seine Frau und er sich darüber freuten, oder ob er mit dem Brief in die Kaserne gekommen war, um ihn wieder um Hilfe zu bitten.

Girabotti fuhr mit der Hand durch die Luft.

»Überglücklich sind wir«, sagte er.
Beide waren überglücklich.
Der Boden Italiens sei für seinen Sohn gefährlich, und deshalb sei nicht daran zu denken, dass er in Kürze in sein Vaterland zurückkehre.
Durch seine Heirat wurde ihm der Kopf zurechtgerückt, aber nicht nur das.
Denn das Mädchen Maria Assunta, die er bei den Aragón kennengelernt hatte, wo Girabotti immer noch wohnte, als angeblicher Vetter von Ludovico Navacchi, hatte zwei Eltern.
»Das ist ja nichts Besonderes, das haben wir schließlich alle«, witzelte Girabotti.
Aber die beiden Eltern von Maria Assunta besaßen ein Wirtshaus. Und das war der große Glücksfall für seinen Sohn. Anstatt es zu verkaufen, wie sie vorgehabt hatten, schenkten sie es ihnen zur Hochzeit. Damit alles in geordneten Bahnen lief und sie unter einem Dach leben konnten, hatten Maria Assunta und sein Sohn einen schnellen Hochzeitstermin geplant.
»Schon Ende des Monats«, rief Girabotti.
Und das war noch nicht alles. Das Schöne war, dass Giovanni Battista dadurch bald spanischer Staatsbürger mit allen Vorteilen werden konnte.
»Mit vielen Grüßen an Negri und die ganze Schar von Hornochsen seiner Kategorie!«
Hoffen wir, er kommt nicht vom Regen in die Traufe, dachte der Maresciallo Maccadò, der allerdings in Worten seiner ganzen Zufriedenheit Ausdruck gab.
»Es tut mir nur leid«, sagte er, »dass Sie beide aufgrund der Entfernung nicht an der Hochzeit teilnehmen können.«
»Ja«, gab der Postdirektor zu.
Aber die Zufriedenheit darüber, dass sein Sohn lebte,

glücklich war und das fernab von all dem Ärger, versüße ihm den bitteren Wermutstropfen.

»Und überhaupt«, fügte er hinzu. »man weiß nie, was im Leben noch passiert.«

11

Die Hebamme Zavacchi war seit dem 3. Dezember in Halbachtstellung. Sie hatte zwei Schwangere am Haken, und es schien, als lägen sie im Wettstreit miteinander, welche als Erste niederkommen würde. Die Frau des Maresciallo Maccadò oder Filzina Navacchi.

»Leider«, sagte sie zum Maresciallo, »kann ich nicht überall sein.«

Dann erklärte sie ihm, warum sie der Geburt der Navacchi besondere Aufmerksamkeit schenkte.

»So mager, wie die ist, und dann mit einer dicken Weltkugel im Bauch könnte das eine schwierige Geburt werden«, erklärte sie.

Da müsste auch der Doktor mitwirken.

»Ihre Frau hingegen …«, sagte sie und hielt inne. Eigentlich wollte sie sagen, dass eine Frau beim sechsten Kind sogar allein entbinden könne.

Die Zavacchi nahm an, dass die Wehen bei beiden Frauen am Nachmittag des 7. Dezember beginnen würden, mit zwei Stunden Abstand.

Zuerst ging sie zur Frau von Maccadò. Die Hebamme wollte nur schnell nach ihr sehen und sichergehen, dass alles normal verlief. Als sie dann gegen sechs hörte, dass auch bei Filzina Navacchi die Wehen begonnen hatten, eilte sie davon.

Sie brauchte nicht mehr als fünf Minuten, bis sie am Kopfende der Erstgebärenden stand.

Während dieser Zeit aber hatte Filzina das Kind bereits zur Welt gebracht. Ein Junge, drei Kilo und zweihundert Gramm, weiß und rot wie ein Pfirsich.

»Unglaublich«, sagte die Zavacchi.

Es konnte nicht wahr sein, dass ein kleiner Stier von dieser Größe es so leicht auf die Welt geschafft hatte.

Da sie hier im Haus Sperati nichts mehr zu tun hatte, kehrte sie zur Marescialla zurück, bei der es gar nicht so einfach war.

Sie untersuchte sie.

»Auch der schon wieder eine Steißlage!«, sagte sie.

Von sechs Kindern war dies das dritte, das mit den Füßen zuerst herauskam. Was hatte die Marescialla nur gemacht? Ein Abonnement?

Es wäre gut, den Arzt zu rufen.

»Doktor Lesti?«, fragte der Maresciallo.

Die Zavacchi wusste wohl nicht, dass es zwischen ihnen Reibereien gab.

»Wenn das möglich wäre ...«

Sie wisse Bescheid, unterbrach ihn die Hebamme. Aber dies sei kaum der Moment, Zeit zu verlieren, indem man einen anderen holte. Und wo überhaupt? In Dervio? In Varenna?

»Also gut, Doktor Lesti«, gab der Maresciallo nach.

Während der ganzen Zeit, in der der Arzt im Schlafzimmer bei seiner Frau herumwirtschaftete, zwang er sich, trotz der Kälte im Garten auf und ab zu gehen.

Es dauerte zwei Stunden.

»Im Übrigen«, erklärte Doktor Lesti in der Küche des Hauses Maccadò dem Hausherrn, »sie war eine Steißgeburt.«

»Wieso sie?«, entfuhr es dem Maresciallo.

Die Zavacchi hatte »der« gesagt.

»Tut mir leid«, antwortete Doktor Lesti, »aber die Beschlüsse von Mutter Natur kann man nicht ändern.«

Und übrigens, was Mutter Natur betrifft, fügte er hinzu, er würde, so riet er in aller Gelassenheit, an ihrer Stelle jetzt den Hahn zudrehen.

»Eine siebte Schwangerschaft wäre zu riskant, wenn Sie verstehen, was ich meine.«

Der Maresciallo bedeutete ihm, dass er begriffen hatte.

Im Übrigen, erzählte er, hätten sie beschlossen, sechs zu bekommen, und mit diesem Letzten seien es ja sechs.

»Mit dieser Letzten«, verbesserte er sich sofort.

Ernestina.

Ernesto, wenn es ein Junge gewesen wäre.

12

Cesaretti, der immer früh schlafen ging, bekam den Anruf. Es war noch nicht zehn Uhr, aber er lag schon unter seiner Decke und las einen Band über Meditationsarten, die ihn immer in den Schlaf begleiteten.

Das Schrillen des Telefons ließ ihn hochfahren. Da er aber selten nachts Anrufe bekam, fürchtete er, dass etwas passiert wäre. Vielleicht mit Ludovico, der heute Abend mit seiner Liebsten im Auto einen Ausflug in die Berge machte.

Als er die bewegte Stimme von Signora Vittoria hörte, war ihm klar, dass er jetzt etwas Schlimmes zu hören bekam.

»Vittoria«, murmelte er.

Leise, schmeichelnd, vornehm.

Wie vor dreißig Jahren, als …

Die Frau konnte nicht viel sagen, sie hatte einen Kloß im Hals, Sehnsucht, Tränen der Melancholie …

»Sag du es ihm«, flüsterte sie ihrem Mann zu und hielt ihm den Hörer hin.

»Ist es Ludovico?«, fragte er.

Nein, bedeutete ihm die Signora Vittoria kopfschüttelnd.

Das Gesicht des Drogisten wurde puterrot.

Wenn nicht sein Sohn am anderen Ende der Leitung war, bedeutete das, ›der da‹ war dran. Und nicht nur das! Die plötzliche Verlegenheit, die Unfähigkeit seiner Frau, weiterzureden … sieh an! Das bedeutete, dass er zu Recht eifersüchtig war. Er hatte immer recht gehabt!

Aus dem Hörer, der zwischen ihm und Signora Vittoria in der Luft hing, drang die weit entfernte Stimme von Cesaretti.

»Hallo, hallo!«

Navacchi nahm den Hörer in die Hand, als sei er der Hals von diesem da und drückte fest zu.

»Hier bei Navacchi«, sagte er heiter.

»Guten Ab…«

»Ich muss mit meinem Sohn sprechen!«

Als er die Antwort hörte, runzelte der Drogist die Stirn. Er legte eine Hand auf den Hörer.

»Er ist nicht da«, sagte er zu seiner Frau.

Daraufhin setzte er das Gespräch mit dem Goldschmied fort:

»Würden Sie dann bitte die Höflichkeit haben, ihm zu sagen, sobald Sie ihn sehen, dass er heute Onkel geworden ist, denn seine Schwester hat vor ein paar Stunden einen Jungen bekommen!«

Cesaretti gratulierte. Dann stellte er eine letzte Frage.

»Er will den Namen wissen«, sagte Severino leise zu seiner Frau.

»Sag ihn ihm«, flüsterte die Signora Vittoria.

»Haben Sie sich für den entschieden?«

»Sie hat sich entschieden«, sagte die Frau.

Filzina hatte entschieden. So hatten sich die beiden geeinigt. Wenn es ein Junge würde, dürfte sie den Namen aussuchen, bei einem Mädchen hätte Risto den Namen ausgesucht.

Navacchi senior nannte den Namen.

»Gut«, sagte er dann und legte den Hörer hin.

Auch das wäre geschafft.

13

Cucco kam um Mitternacht heim.
Pfeifend.

Er hörte aber sofort auf, als er sah, dass in Cesarettis Schlafzimmer noch Licht brannte. Seltsam. Um diese Zeit schlief er sonst immer, und man hörte nichts.

Gualtiero hatte das absichtlich gemacht. Er wusste, dass er bald einschlafen würde. Aber wenn Ludovico Licht in seinem Zimmer sähe, käme er bestimmt herein, um zu fragen, ob es ihm nicht gut gehe und er etwas brauche.

Und so war es.

»Gute Nacht, Onkel Ludovico«, antwortete Cesaretti auf Ludovicos Frage.

Cucco blickte ihn an, als sähe er ihn zum ersten Mal.

Cesaretti grinste.

Jetzt habe ihn seine Schwester überholt, sagte er.

Natürlich hatte er, in Anbetracht der Tatsache, dass die Eltern von Inés beschlossen hatten, mit seiner Hochzeit bis zum Ende des Bürgerkriegs in Spanien zu warten, Filzina nicht bitten können, ebenfalls zu warten.

»So erwartet euch zu Weihnachten eine schöne Überraschung.«

Cesaretti betonte das ›Euch‹, denn es war beschlossene

Sache, dass Cucco gemeinsam mit Inés und dem künftigen Schwiegervater zu den Weihnachtsfeiertagen nach Bellano fahren würden, um endlich die Familie des Bräutigams kennenzulernen.

Die vor ein paar Stunden um ein Element gewachsen war.

Einen Neffen!

»Ein Neffe?«, fragte Cucco.

Davon rede er doch schon seit einer Weile, sagte Cesaretti, und es habe ihm Spaß gemacht, ihn ein bisschen auf den Arm zu nehmen.

»Also hat meine Schwester es sogar geschafft, ein Kind zu gebären«, sagte Cucco, halb ernst, halb scherzhaft.

»Nach dem, was sie gesagt haben, hat sie einen schönen Jungen bekommen, und sein Name ...«

»*Wie* heißt er?«, fragte Cucco, nachdem er den Namen des Neffen gehört hatte.

»Stimmt irgendwas nicht?«, fragte Cesaretti erschrocken.

»*Wie* wollen sie ihn nennen?«

Als Cesaretti die Bestürzung des Jungen bemerkte, erklärte er ihm, es sei der Name eines wichtigen Heiligen, er leite sich etymologisch von dem Wort *frei* ab – ach, welch großes Wort, betonte Cesaretti – und der 1. Juli sei sein Namenstag. Dieser Heilige sei berühmt wegen seines Muts, seiner Energie, Intelligenz und Kultur. Er sei am 1. Juli 1681 zum Märtyrer geworden, und am 23. Mai 1920 habe ihn Benedikt XV. seliggesprochen.

Ludovico hörte sich die Lektion bis zum Ende an.

»Ich verstehe«, sagte er dann.

Er hatte verstanden, dass sein Neffe den Namen eines großen Mannes erhielt.

Aber hatten sie unter allen Heiligen im Kalender, unter allen, die im Paradies wandelten, ausgerechnet diesen aussuchen müssen?

»Oliviero!«

SEPTEMBER 1949

EPILOG

Es war ein kühler Tag, ideal, um Tote zu exhumieren.
Eine Menge Arbeit, fand der Leichenbestatter Carcassa. Und er musste es auch noch allein machen, weil trotz des Versprechens des Bürgermeisters, ihm Hilfe zu schicken, der Helfer nicht gekommen war, da der Bürgermeister ihn woandershin geschickt hatte.

Carcassa zählte noch einmal die Gräber, dabei wusste er genau, dass es zehn waren. Vierzig Quadratmeter Erde.

Neue Parzellen, die für Familiengräber verkauft werden sollten. Frische Tote, die hier rein sollten und frisches Geld für die Kommunalkasse.

Er spuckte in die Hände, bückte sich und nahm den Stein von Dilenia Settembrelli zur Seite, der sich mühelos verrücken ließ. Sie hatten beschlossen, hier bei ihr anzufangen.

Einmal weil sie die einzige Frau inmitten von neun Männern war, also aus Höflichkeit. Aber auch, weil am Vorabend der gute frühere Bürgermeister Bonaccorsi ihn gerufen hatte, um ihm zu sagen, dass er nicht dabei sein könne. Er fürchtete, dass es ihm vielleicht zu naheginge. Außerdem seine Diabetes und die Arthrose ...

Es wäre nett, wenn er so gut wäre, die Reste seiner armen Dilenia aufzusammeln und in den Kasten zu tun, den er in die jüngst erworbene Grabnische stellen wollte.

Wenn die Arbeit fertig war, würde er auch ein schönes Trinkgeld bekommen.

Die Erde war weich, der Spaten fuhr mit einem zischenden Geräusch hinein, und trotz des Ortes und der Arbeit genoss Carcassa es, im Vollbesitz seiner Kräfte zu sein.

Als er bemerkte, dass er am Ziel war, stach er den Spaten in den Boden und nahm einen Reiserbesen. Er prüfte die Festigkeit der Kiste mit dem Besenstiel. Mit ein paar Schlägen zerbrach er die Kiste, und dann hatte er die Überreste der Settembrelli vor Augen.

Nichts als Knochen.

Auf Carcassa machte das keinen Eindruck, er war daran gewöhnt, und wenn es keine Anweisung des Bürgermeisteramts gewesen wäre, dann hätte er nicht mal Handschuhe benutzt, um die Reste in den Kasten zu legen.

Er fing mit den größten an, dem Schädel mit ein paar Haaren dran, den Oberschenkelknochen, den Schienbeinen, den Armknochen und dann den Wirbeln, Rippen und kleinen Hand- und Fußknochen ...

Er legte sie nacheinander auf ein Leintuch, das er auf der Friedhofswiese ausgebreitet hatte.

Irgendwann stand er auf, zwischen Daumen und Zeigefinger einen kleinen Knochen haltend. Er sah ihn an, hob die Hand und hielt ihn gegen die Sonne.

Oh Gott, er wollte ja nicht behaupten, das Skelett von Menschen besser zu kennen als die Ärzte. Aber er hatte in seinem Leben so manchen Knochen gesehen.

Aber so einen ...

Und doch ...

Er bückte sich wieder, sah sich den Boden des Grabes an, fegte ihn vorsichtig mit dem Reiserbesen ab und ...

Noch einer!, murmelte er.

Er sah aus wie der erste.

Er hätte wetten können, dass es keine Menschenknochen waren.

Eher ...

»Das kann doch nicht sein«, sagte er.

Nachdem er dann aber noch drei, vier weitere gefunden

hatte, ahnte er, was es war. Bevor er etwas unternahm, musste er den früheren Bürgermeister Ermete Bonaccorsi informieren.

Als Carcassa gegen elf Uhr morgens an Bonaccorsis Tür klopfte, hatte der gerade eine faszinierende Idee.

Er war in seinem Arbeitszimmer, in dem er nun seit Jahren die meiste Zeit des Tages verbrachte. Auf dem Schreibtisch vor ihm lag das Manuskript der Familiengeschichte, die er endlich fertig hatte. Er hatte Jahre gebraucht, um sie zu beginnen, und weitere Jahre, um sie fertigzustellen, ungefähr zehn. Achthundert Seiten, sauber mit der Hand geschrieben. Nachdem er sie wieder und wieder gelesen hatte, war er zufrieden. Nur mit dem Titel war er nicht einverstanden.

Seit er sich den ersten ausgedacht hatte, *Der eine kommt, der andere geht*, den er aber gleich wieder verworfen hatte, waren ihm Dutzende neue eingefallen, die er sogleich wieder verwarf. Keiner konnte all das ausdrücken, was ihm zu sagen gelungen war.

Und jetzt, wo er fertig war, fragte er sich, abgesehen von der Sache mit dem Titel, ob es sich nicht lohnte, weiterzumachen. Die Idee, Geschichten zu schreiben, reizte ihn. Jetzt aber natürlich Geschichten über andere.

Material hatte er genug. War nicht die Geschichte vom früheren Segretario Iginio Negri schön, der ein wenig angeschlagen vom Russlandfeldzug zurückgekehrt war, und wenn er zufällig einen deutschen Touristen traf, der ihn nach etwas fragte – es konnte auch ein holländischer oder belgischer sein, er konnte die Sprachen nicht unterscheiden –, als Antwort einfach auf den Boden spuckte?

Nicht schlecht war auch die Geschichte der Familie Girabotti, die Abenteuer des Sohnes in Spanien, seine dortige Heirat. Alles nahm ein unglaublich glückliches Ende, er wollte erzählen, wie die beiden Alten gleich nach der Befreiung ihre Koffer gepackt hatten, für immer dorthin gezogen waren und ab und zu begeisterte Ansichtskarten an ihn und ein paar andere alte Freunde schickten.

Dann war da noch die Geschichte des Sohnes der Navacchi, der nach seiner turbulenten Jugend die Tochter eines spanischen Diplomaten geheiratet hatte und jetzt Goldschmied und Hauptlieferant des Vatikans war, Besitzer einer Werkstatt mit zehn Angestellten.

Carcassa unterbrach ihn in seinen Gedanken.

Er forderte ihn auf, sich zu setzen, doch der sagte, er bleibe lieber stehen.

»Alles in Ordnung?«, fragte Bonaccorsi.

»Na ja, da …«, begann Carcassa.

Er steckte eine Hand in die Tasche, streckte den Arm aus und zeigte eine Faust.

»Hier drin …«, sagte er zögernd.

»Ja?«

»Los, sagen Sie es«, forderte Bonaccorsi ihn auf.

Er habe sich erlaubt, ihn zu stören, weil er bei der Arbeit, beim Ausgraben …

»Als Sie meine Frau ausgruben«, ergänzte Bonaccorsi.

Unter den Überresten hatte er diese Teile gefunden, die er in der Faust hielt.

»Und was ist das?«, fragte der frühere Bürgermeister.

»Knochen«, sagte Carcassa.

Das scheine ihm normal zu sein, bemerkte Bonaccorsi.

»Nein!«, sagte der Leichenbestatter.

Denn seiner Meinung nach seien das keine Menschenknochen.

»Und was sollte es sonst sein?«, fragte der Hausherr.

Anstatt zu antworten, öffnete der Leichenbestatter die Faust und zeigte den Inhalt.

Bonaccorsi trat näher, sah sie genau an, berührte sie aber nicht.

Das stimmte. Carcassa hatte Recht. Das konnten keine menschlichen Knochen sein, dazu waren sie zu klein.

»Und?«, fragte er.

Carcassa hüstelte.

»Ich hätte da schon eine Idee«, sagte er.

»Und welche?«

Er meine es nicht böse, aber in seinen Augen seien das Kaninchenknochen, Wirbel.

»Oder auch die von Katzen«, fügte er hinzu.

»Von Katzen?«

Da erschien ein trauriges Lächeln auf dem Gesicht des Leichenbestatters. Er wolle ihn nicht verletzen, aber sie wären nun mal da.

»Ich kann mir nicht erklären, wie sie in dem Sarg gelandet sind«, sagte er.

Als die Settembrelli beerdigt wurde, war er erst fünfzehn Jahre alt und Rekrut bei den Bergjägern. Erst 1948 hatte er bei der Gemeindeverwaltung angefangen. Er konnte deshalb die Sache nicht erklären, war aber auch nicht verantwortlich dafür.

»Also …«

Bonaccorsi brachte ihn mit einer Geste zum Schweigen.

»Geben Sie mir die Knochen«, sagte er und siezte ihn wie in vergangenen Zeiten.

Nachdem er den Leichenbestatter mit einem mehr als großzügigen Trinkgeld entlassen hatte, ging er wieder in sein Arbeitszimmer und legte die vier Wirbel in einer Reihe auf seinen Schreibtisch.

Den größten Teil des Nachmittags verbrachte er damit, sie anzusehen.

Er dachte an das letzte Mahl der Sofistrà, vor mehr als zehn Jahren, an die letzte Katze, die der Bäcker mit Oliven und Knoblauch zubereitet hatte …

Dann kam ihm wieder in den Sinn, was Eufrasia kurz nach ihrer Ankunft in Bellano gesagt hatte, als er der junge Ehemann von Dilenia war und sie schon anfing, seltsam zu werden.
»Und wenn alles nur Hirngespinste wären?«
Nun ja, sagte er sich.
Und wenn nicht alles Hirngespinste wären?
Vielleicht hatte er jetzt den richtigen Titel für seinen Roman gefunden.

DANKSAGUNG

Für die Anekdote, ohne die diese Geschichte nicht entstanden wäre, danke ich Ermelinda.

Für ihre Hilfe, Unterstützung, ihren Rat und den Kaffee danke ich: Paolo Balbiani, Andrea Baldissera, Fiorangela und Miro Colombo, Nicola Gerace, Gianandrea Piccioli, Anna Vitali.

Für die Musik, die mich begleitet hat, Dank an: Francesco Nadir Giamba, Michele Andrea, mit einem Wort: die SULUTUMANa.

Für die Plaudereien, die wir fortsetzen werden, Dank an Ercole Nogara.